大连市文艺精品创作生产“5511”工程长篇小说入选作品

他时光

鹤蜚 ◎ 著

大连出版社
DALIAN PUBLISHING HOUSE

图书在版编目（CIP）数据

他时光 / 鹤蜚著. —大连：大连出版社，2015.11
（大连市文艺精品创作生产“5511”工程长篇小说入选作品）
ISBN 978-7-5505-0986-3

Ⅰ.①他… Ⅱ.①鹤… Ⅲ.①长篇小说－中国－当代 Ⅳ.①I247.5

中国版本图书馆CIP数据核字(2015)第234714号

TA SHIGUANG
他 时 光

出 版 人：刘明辉
策划编辑：刘明辉 李 岩 张 波
责任编辑：张 波 魁宏达
书名题字：徐 铎
封面绘图：于江月
封面设计：林 洋
版式设计：张 波
责任校对：檀 月
责任印制：阎 骋

出版发行者：大连出版社
地址：大连市西岗区长白街10号
邮编：116011
电话：0411-83620442 / 83621075
传真：0411-83610391
网址：http://www.dlmpm.com
邮箱：dlszhangbo@163.com
印 刷 者：大连图腾彩色印刷有限公司
经 销 者：各地新华书店

幅面尺寸：170 mm × 230 mm
印 张：17.5
字 数：272千字
出版时间：2015年11月第1版
印刷时间：2015年11月第1次印刷
书 号：ISBN 978-7-5505-0986-3
定 价：35.00元

大连市文艺精品创作生产“5511”工程

项目委员会

本书编委会

序

滕贞甫

这5部长篇小说是年度文艺精品创作生产“5511”工程的成果。

2012年，中共大连市委宣传部按照市委十一届二次全会提出的建设东北地区文化领军城市和东北亚有重要影响的文化强市的目标要求，组织实施了文艺精品创作生产“5511”工程，即每年以5部长篇小说、5部影视剧（包括电影、电视剧、动漫剧、广播剧、纪录片）、1部舞台剧、1套文艺丛书为重点的文艺创作生产项目，旨在推动大连文艺的繁荣发展，加快文化强市建设步伐。

文艺精品创作生产“5511”工程是一项导向性工程。它立足本市，鼓励广大文艺工作者坚持以人民为中心的创作导向，以中国精神为文艺创作的灵魂，深入生活，扎根人民，坚持把社会效益放在首位，努力创作生产出社会效益和经济效益、社会价值和市场价值相统一的文艺作品。“5511”工程是大连市委、市政府组织实施全市文艺精品创作生产，繁荣发展大连文艺的重要工作载体和平台。

文艺精品创作生产“5511”工程也是一项品牌建设工程。它汇聚全市优质文艺创作生产资源，依托大连作家森林的“下午茶”“讲评会”“记忆写作”等多种多样的展览、展评、推介、评奖、研讨，尤其是各种规模和形式的文艺评论，不断深耕城市文学土壤，涵养创作生态，推介宣传有特色、有新意的文学作品，展示大连文艺创作生产成就，凝聚人才队伍，培育扶掖大连文艺出“名作、名人、名品”，推动大连文艺走出去，树立大连文艺新坐标。

入选年度文艺精品创作生产“5511”工程重点扶持项目的长篇小说，是大连本土作家创作、未经正式出版的原创优秀作品。“5511”工程评审委员会按照严格规范的评审程序，在向社会广泛征集作品的基础上，由专家库抽取人选组成专家评审组，对初评上来的作品，进行认真的审读、评点、论证、遴选，终经评审委员会批准编辑出版。这些入选作品题材不同、风格不同、创作视角不同，作者的身份、职业、经历甚至创作水平也不尽相同，相同的是，这些作品饱含着作家对生活的热爱，对人民的关切，对生命的尊重，他们用作品着力书写人们寻梦的理想和追梦的奋斗，用生动的艺术形象和熟悉的身边日常故事，描绘出我们这个时代的精神风骨。

值此文艺精品创作生产“5511”工程长篇小说入选作品出版之际，是为序。

（作者系中共大连市委宣传部常务副部长、市文联主席）

目录

第一部　雪中罪

时光流逝了，我依然在。

——题记

一

那封信就压在陈锦绣的枕头底下，牛皮纸的信封，右下角印着藏一峰所在部队的番号，那一串普通的红色数字，在陈锦绣看来印刷得要多精美有多精美，要多醒目就有多醒目。那些普通的阿拉伯数字在陈锦绣眼里耀眼甚至发烫，那里曾经是陈锦绣心潮涌动心波荡漾春风沉醉的地方，更是满怀思念的地方。总之，所有那些不同寻常的信封，在陈锦绣那些平常得近乎干瘪的日子里，像一面面风中招展的旗帜，鲜艳无比，猎猎作响，光彩夺目。那是槐花街长大的陈锦绣最得意最炫目的招牌，是陈锦绣区别于像储宝珍那样的槐花街女孩子们的标志。

信来自北方一个遥远而偏僻的小镇，小镇上有陈锦绣最亲密的恋人藏一峰，如果不是这封信的到来，陈锦绣一直相信藏一峰深爱着自己。她曾经无数次地想象，用不了多久，槐花街的人就会看到，在陈锦绣家的房门上有人给钉上了“光荣军属”的牌子，牌子是红底金字，十分醒目。那是让人心生敬慕的牌子，谁家有人当兵了，谁家的门楣上就会钉上这样一块牌子，谁家就会在别人眼里有着不一样的身份，这块牌子像一道风景，总会让人生出无限的想象。如果陈锦绣和藏一峰结婚了，陈锦绣家的房门上也会有这样一块牌子，她家的小院里到时一定会被这块炫目的红色牌子映照得熠熠生辉。但现在一切都不同了，自从陈锦绣接到那封信后，陈锦绣便开始痛恨“回忆”这个词，但又是这封特殊的来信，让陈锦绣多次不由自主地陷入回忆的怪圈之中，她不能自已地反复回忆起她和藏一峰过去的一些事情。也许藏一峰不会想到，那些曾经甜蜜的回忆如今让陈锦绣多么的伤心和绝望：多少次，邮差把自行车铃声摇得震耳，那响声抵达的时候一定是陈锦绣最心花怒放的时候，陈锦绣常常会在槐花街女人们无处不在的目光聚焦下，打开院门，从一脸喜气的邮差手里接过信，像接过一面旗帜，那旗帜高高飘扬，那旗帜像从战场上凯旋一般，让人仰视和敬慕。槐花街的女人都会远远看着，眼里都是羡慕的目光。可是，这次的来信却与以往有些不同，陈锦绣一眼就从信封上看出端倪，信封的右上角贴着小白兔的生肖邮票，这个活蹦乱跳的小兔一下子跳进陈锦绣的心里，把她的心挤得东一下西一下乱跳。以往藏一峰的信都是盖上三角形免费的邮戳，那是军人免费寄信的邮戳，是作为军人特殊身份的一种标志，陈锦绣喜欢这样看似简单却含义无限的邮戳。陈锦绣跟藏一峰说过，她不喜欢他用邮票，贴着邮票的信封等同于普通来信，陈锦绣喜欢光秃秃的信封，只要能盖上三角形的军人专用邮戳就行。藏一峰仿佛也特别懂得陈锦绣的心思。他给陈锦绣的信从来不贴邮票，全都是盖上部队免费的三角形邮戳。不过，虽然从不用邮票，但陈锦绣知道藏一峰是邮迷，他通过各种渠道购买和收集邮票。但是，这一次，从来不用邮票的藏一峰却贴上了邮票。这是一枚新发行不久的邮票，是陈锦绣寄给藏一峰的，整整一百枚，八十块钱，花掉陈锦绣两个多月的工资，邮票上的生肖兔子设计是一幅剪纸图，剪纸上的小兔子屁股上被涂了五彩，看上去小白兔白得不那么纯粹，甚至有些色彩斑斓，不过却平添了些许活泼灵动。小兔子身子浑圆，半蹲在那里，随时要一跃而起的样子。陈锦绣总想忘记这个小兔子，但是无论如何也按捺不住，这只小兔子就像长了腿一样，一次次跳到陈锦绣的跟前，想赶也赶不跑。

邮票是陈锦绣托曾经租住在黑石礁旅社的邮电局进修的学员买的，是送给藏一峰收藏的。陈锦绣给藏一峰寄邮票的同时，还附了一封信，告诉藏一峰，今年过年的时候要到部队去看望他，陈锦绣说要陪他一起在小镇上过年。没有多久，陈锦绣就收到了藏一峰这封贴着小兔邮票的回信。这时候临近过年，年的气息在四处蔓延，陈锦绣的心情也在年味里飘动，这时，蹲在牛皮纸上的小白兔兴高采烈地就蹦到了陈锦绣的眼前。陈锦绣突然有种隐隐的不安，因为这封信与藏一峰以往写给她的厚厚沉沉的信不同，这封信羽毛般轻盈，轻得甚至像蚊子一样没有重量，陈锦绣并没有想到，这封信会带给她怎样沉重的震惊。

陈锦绣翻了个身，床板发出一阵慌张而粗俗的咯吱声，没有了人的欢畅，床板的呻吟便格外的难听，枕头下的牛皮纸信封也在陈锦绣的翻身扭动中，发出细小而琐碎的声响，小到几乎听不到，但在陈锦绣感觉却是有如苍蝇般难听的嗡嗡声，刺耳无比。陈锦绣闭上眼睛，生硬地把黑暗与自己隔绝开来。

信的内容不长，陈锦绣仿佛已经读过百遍千遍，牢记于心：

亲爱的小琴，今年过年，部队要到外地执行训练任务。最近部队的训练任务太重，工作太忙，等过完年我再回去看你和孩子。东马屯的冬天一定很冷吧，你要保重。吻你。藏一峰匆匆。

这封信是藏一峰寄给远在老家的妻子的，但是他却在信封上写了陈锦绣的地址，也许是下意识的行为，也许是装错了信封，不会有什么其他的解释。但是这封信还是惊到了陈锦绣。陈锦绣的眼前浮现出藏一峰小而黑亮的眼睛，一直以来，陈锦绣都认为，凡是小的东西都会给人一种难解的让人迷恋的魅惑，更何况又是眼睛这种会说话的器官。如果那双眼睛又恰恰长在一张面容英俊表情冷峻的脸上，就更加让人痴迷。藏一峰的眼睛曾经多么让陈锦绣迷恋啊，还有他的臂膀，结实而有力，甚至让人窒息，每次见面，他们都要千百次地激情拥抱，每次陈锦绣被那结实的臂膀抱紧的时候，仿佛脚下是悬空的深山峡谷，不抓紧就会跌落万劫不复的深渊；每次拥抱，他们都是一副生死不舍的样子，藏一峰的臂膀温暖着陈锦绣所有爱的日子。如果说藏一峰的臂膀还拥抱过别的女人，陈锦绣说什么也不会相信。陈锦绣一向相信自己的直觉，但是藏一峰的臂弯里真的就搂过另一个女人，还有一个陈锦绣想不到的另外一个世界里的故事，而这一切，陈锦绣竟是浑然不觉，竟没有发现一丝的痕迹，像涨满潮的大海，被子一样遮住了所有的暗礁，看不到丝毫的影子。

这封信无疑带给了陈锦绣一些糟糕的信息，她从信里看到了自己隐隐担忧的东西，像埋在土里的种子，终于在阳光的照射下吐出嫩绿的小芽，陈锦绣有一种突然遭受地震而劫后重生的感觉，害怕回想甚于害怕余震。她多少次梦见自己和藏一峰在沙滩上一起缠绵的情景：他们在沙滩上睡着了，海浪已经漫过了他们的身体和头发，他们甚至已经随波逐流，但他们浑然不觉，漂到离海岸很远很远了依然地浑然不觉。

陈锦绣终于确认了自己无法相信的事实。藏一峰，这个与自己交往了五年的男人，一个声称爱慕自己才华的男人，一个几乎天天都给他写情信的男人，年轻而英俊的军官，竟然已经与另一个女人结婚生子，而陈锦绣却正在与这个自己倾心不已的男人谈着轰轰烈烈的恋爱。这怎么可能呢？陈锦绣不禁悲从中来，她不敢面对这样的现实，她试图让自己的目光和思想都躲在黑暗里，像躲在角落里的旧鞋子，仿佛那鞋子已经褪了色走了形脱了皮难看不已，再也不想当众示人。她努力压制自己不去想这件事，有一段时间她欺骗自己她已经死去了，了无声息地死在黑石礁槐花街的老房子里，死在他们第一次做爱的那张床上。可是，陈锦绣并没有死，而且她的大脑异常清醒清晰，更糟糕的是，她的记忆力超强。让陈锦绣烦恼不已的是，她心里想的和她大脑里想的不一致，一个想死，一个想活，一个想恨，一个依然在爱，一个属于自己，一个却属于另一个人，它们合伙与她作对，并不听从她的意志，一个声音命令她不去想藏一峰，另一个声音却不时地提醒她想起藏一峰。她的眼前不时地浮现出藏一峰那细小而黑亮的眼睛，那双眼睛冷峻，坚定，他的面孔棱角分明，像黑石礁海边不远处的一块黑灰色的人形礁石，他的牙齿白而整齐，臂膀宽而结实，还有最重要的一样，就是他那身军装，肩头上醒目的杠杠和星星，这些都不时地跳出来，在陈锦绣的眼前一遍一遍电影一样地放映。曾经，那些杠杠和星星犹如彩虹般绚丽，如今又像鲜血般刺目。一直以来，骄傲的陈锦绣都把这些杠杠星星当成是自己对爱的一次成功擒拿，这种擒拿增加了陈锦绣的底气，也使陈锦绣自认已经彻底地剥离于槐花街那些俗不可耐的姑娘们。

槐花街的人会怎么看，槐花街的姑娘们会怎么看？陈锦绣的脑海里不时会跳出这样的念头。槐花街的姑娘们会说：你再好，你也是槐花街的姑娘。曾经因为有了那些杠杠星星，陈锦绣的期待和别人有了不一样的含量和质感，她再也不会像槐花街上那些姑娘们，把嫁一个开车的司机或者厨师当成人生的最好归宿，在陈锦绣看来，那样的人生几乎不算是什么人生。她不会像储宝珍和她的妈妈那样，冬天里只盼着刮大风退大潮好去海边捡海参鲍鱼大蛤刺锅子（海胆）之类的东西，然后娘儿俩一起把成筐的海鲜拖到黑石礁广场上大声地叫卖。如果哪一个冬天不见那样退大潮的日子，她们便会很不开心，而且她们仍然要等，每一次的等待会集聚她们的热情，也会延续她们的满足。陈锦绣从来不屑于那样的幸福，那单纯而没有质量的幸福，完全是小家子气，她甚至觉得那些赶海带来的满足和短暂的富足感，已经扼杀了储宝珍们的未来。是的，储宝珍和那些槐花街的姑娘们，她们没有未来，她们也没有资格去谈未来，或者她们从来就不去想未来。陈锦绣也赶海，但陈锦绣赶海都是被动的，她从不主动去赶海，她怕冻裂了手，更怕海风吹裂了她的脸庞，那是多么需要倍加爱护的脸庞啊！她总是把赶海的时间用在读书上或者在镜子前。陈锦绣看不起储宝珍的妈妈，每次在黑石礁广场卖海鲜时，一有空闲她就会反复数着那些一张张小卷的毛票子，那些毛票子对陈锦绣没有构成任何吸引力。就是说，陈锦绣总是把自己和槐花街的姑娘们划分开来，陈锦绣认为，槐花街姑娘们的未来就像在陆地上等一条船一样是没有希望的。陈锦绣与她们多么的不同啊，陈锦绣喜欢的人交往的人都是那么与众不同，陈锦绣有目标，有目标的人才有希望。陈锦绣很小时就下决心了，要找一个和舅舅一样的军官，找一个像爸爸爱妈妈一样爱自己的军人。真是心想事成，锦绣遇到了藏一峰，多少次，陈锦绣挽着藏一峰的胳膊走在槐花街上时，那些羡慕的目光追随着她的背影，哪怕是严冬她也被那些目光烘烤得热热的。或许是那目光太过热烈，燃烧了，融化了，烟尘一样飞散了。

陈锦绣想起妈妈的话，妈妈说得多好，要想让一个人死掉，就让他失恋。

是啊，失恋是世界上最伤人的事。如果可以长生，即使苦难的心愿也无法实现，只能怀着痛苦和煎熬以及回忆活着，这样的人生没有意义。陈锦绣多次想到了死。陈锦绣躺在床上，盯着天花板，天花板上吊着一台电扇，呆头呆脑的样子，那是这栋日式洋房里的老物件，如花瓣般的电扇叶轻轻地不动声色不露痕迹转动着，像是告诉陈锦绣还有空气在动，微小的动。如果不是仰面躺着看到，陈锦绣是感觉不到任何时间的痕迹的。吊扇像一只折了翅膀的鸽子，再也无力起飞，一下又一下轻轻地扇动着，若有若无地动着，垂死般地动着，吊扇上落下的灰尘被阳光无情地照射出来，可以看到在光线下轻轻飞舞的灰尘，慢慢地在空中飘舞，似乎一切都不存在，甚至可以视而不见，但那些灰尘虽然漫不经心却又大雨如注般地倾泻而下，劈头盖脸地冲向陈锦绣。陈锦绣的视线一点点变得模糊，她想爬起来，扯掉这吊在空中的该死的不合时宜的家伙，可是她没有力气，也够不着，就像她没有力气赶走藏一峰的影子一样，就像她再也够不着他的心一样。陈锦绣恨恨地骂自己，不是已经不再想他了吗？可是用不了多久，陈锦绣不由自主地又开始想他了，想一会儿又后悔了，又重新命令自己把脑袋清空，清空藏一峰的一切信息，可是过不了多久，眼前又会浮现出藏一峰的样子。陈锦绣反复地失信于自己，有时候就是这样，人的所思所想并不能服从人的意志。陈锦绣感觉有一个魔鬼在她的大脑里驻足，左右着她，撕扯着她。陈锦绣觉得自己一点儿也不坚强，像将士喝过太过招摇的壮行酒却打了败仗一样，没有凯旋的雄壮，甚至羞于声张，不敢诉说也无处诉说。陈锦绣就那样躺着，窗外的月亮默不作声地来了，又悄无声息地去了，像陈锦绣心里的那个魔鬼一般，赶不走，丢不掉。陈锦绣一开始是想饿死自己，连同心中不肯离去的魔鬼。后来，陈锦绣又选择了另一种方式，服安眠药。这或许是体面的死法，面孔安详，没有狰狞的嘴脸，不见撕裂般的挣扎，甚至会进入梦境之中，面带微笑也不好说。可是，这样的死法又有什么意思，悄无声息地死去，甚至感觉不到她曾经有痛苦，这样的死没有意义。她的枕头边上的一瓶安眠药的盖子打开着，但后来又让她盖上了，不过后来她又打开了，但又盖上。瓶子已经打开盖上无数遍了，时间一点点凝固了，陈锦绣感觉自己仿佛已经死过百回千回，但是陈锦绣知道自己没死，不仅人没死，心也没死，心不死，痛就不会自己跑掉，那种痛就会像骨头连着肉一样撕扯不净。

二

有一段时间，陈锦绣竟然觉得没有藏一峰的日子就没法活，但是她没有死。没有死不是锦绣不想死而是她要去完成一个心愿以后再去死。没有死的陈锦绣有了一个新的想法，就是要杀掉藏一峰，她被自己的想法吓了一跳。本来她想死掉算了，不过，一个人孤独地死去是一件很丢人的事情。后来，她想还是除掉藏一峰后再死会更好一些，不然自己一个人到了那边，如果还能遇到爸爸的话，看到自己连一个做伴的人都没有，他会心疼女儿，毕竟他的女儿是多么的优秀啊。陈锦绣也不想让自己离开而留下藏一峰一个人活着，这样做毫无意义。陈锦绣想着要找一种好的办法除掉藏一峰。想得多了办法也就多了，陈锦绣就无数次地想象着杀掉藏一峰的办法，她的眼前不时浮现藏一峰各种各样暴毙身亡的样子：他的小眼睛惊恐地瞪着，嘴死死地抿着，两只手捂着肚子，全身缩成一团，看不到宽厚的肩膀和有力的臂弯，有时在地上打着滚，有时又疼得四处撞墙，反正藏一峰每一种死的样子都是一副不得好死的样子。

那段时间，陈锦绣需要经常使劲地晃头，又使劲地闭眼睛，才能把藏一峰死亡的画面从头脑里驱逐出去。陈锦绣知道，只要是自己已经开始有了的念头，也就是说自己想象到的事或是在自己眼前出现的影像，都会变成现实，这一点绝对错不了，想躲都躲不掉。这让陈锦绣不禁想起了爸爸。陈锦绣躺在床上，不知怎么又突然想起了爸爸。她清楚地记起爸爸失踪时的情景，那些天，天天下大雪，从半夜下到半夜，再从半夜下到半夜，大雪不停地下了整整十天，那场大雪是这座城市有史料记载以来最大的一场大雪，那场大雪封闭了整座城市，汽车停运，码头挤满了大船，海面上也是雪白的一片，仿佛雪把大海覆盖了一般，四处听不到任何声音，天地死一般的静寂，只有大雪在悄无声息地下，一个劲儿地下，不停地下，没完没了地下。一开始人们不知道这雪会下这么大，会下这么久，会下这么狠，直到大雪封了门，直到大雪封了天地的路。大雪不动声色地把槐花街一间间房子都埋了下去，大家躲在自己的家里，互相不通音讯，想象不到即将到来的灾难。几天后，槐花街上一些破旧的老房子开始一间间地坍塌下去，每一次坍塌都是一阵巨响和混乱的尖叫，不远处水产学院的大喇叭早没了声息，许多人家屋子里的煤球煤饼等等都烧光了，电断了，雪地上到处都是鸟儿跌落时砸下的小洞洞，深深的小洞，像退潮时礁石沙砾间蚬子呼吸透气的小孔，后山里的小动物都冻死在雪地里，除了陈锦绣家门前不远处的大海灰着眼睛，四处都是白色的世界。陈锦绣的爸爸到外地出差被困在了烟台，那几天陈锦绣不停地提醒妈妈，说大雪会下个没完没了，要是不把房顶上的雪扫干净大家就会没命。

陈锦绣的话并没有使妈妈多想，于是陈锦绣就去找宝珍，宝珍最听锦绣的话了，宝珍像一个假小子，一遍又一遍地登上梯子爬到屋顶扫雪。有一天，雪下得特别大，宝珍怎么扫也扫不完，冻得用手捂着耳朵，不时地扫着，这时她看到一个奇怪的东西掉在屋顶上，她捡起顺手丢到院子里，这时她发觉脑袋上少了什么东西，她伸手捂住冻得有些麻木的耳朵，突然发觉右手空空的，她吓了一跳，猛然想起丢到院子里的东西正是自己冻掉的耳朵，她大叫着跳到院子里的雪地里，但是她没有找到自己的耳朵，不知是让饥肠辘辘的狗给偷吃了还是被风吹走了，反正宝珍的右耳朵不见了踪迹，直到雪化了也没有找到。

等院子里的雪堆得比房子都高时，雪终于停了。那是下雪后的第十天，正好是 11 月 24 日，陈锦绣清楚地记得那一天的日子，那天，风停了，大雪也停了，陈锦绣和储宝珍一起沿着只能通过一个人的院子里的小道走出家门，院子外面的世界是封闭的，大家在雪里封闭了好多天。槐花街的雪下得最大，大雪后成了人们参观的地方了，大家都不明白为什么槐花街的雪会下得那么大，超过了任何一个地方。平常日子如果下雪，陈锦绣最高兴了，陈锦绣最喜欢下大雪了，下了大雪，陈锦绣就会和爸爸一起堆雪人，把雪人打扮成白雪公主的样子。陈锦绣站在天井似的小过道里，朝着天上眯着眼睛笑了，她突然大声地喊着爸爸爸爸，小道边的雪一下子被震塌了，把陈锦绣埋在了雪堆里，陈锦绣甚至都没有听到妈妈的尖叫声就昏了过去。

陈锦绣感觉自己就在雪白耀眼的阳光下睡着了，她清楚地记得自己做了一个梦，那是一个可怕的梦，做得好长好长，她梦见自己飞了起来，明明看到自己飞到了海上，海上有一条船，船上的人都站在甲板上，向陈锦绣挥动着手臂，船上还有一个彪形大汉在烧东西，大火在船上熊熊燃烧。陈锦绣奇怪自己怎么会知道那是求救的火焰，但是飞在天上的陈锦绣只能看到那些火焰一点点熄灭了而无能为力，后来，她眼睁睁地看着大船在海里一点点地沉没了。

陈锦绣在雪堆里被挖出来后，并没有让自己马上醒，而是昏睡了一天一夜。陈锦绣在梦里又去了一次大海，去看那条大船沉没的地方，她看到一双熟悉的眼睛在海面上注视着她，那是一个男人的眼睛，她奇怪那双眼睛并没有悲伤，也没有向她求救。那个男人注视了她好久，然后转过身去，背离着岸的方向，消失在大海深处，那手臂长而细，在海面上，像海鸥扇动翅膀一样，不慌不忙、从容不迫地游向远处……陈锦绣竟然被那样的影像迷惑了，不知道过去了多长时间，她终于看不到那海鸥的翅膀，看不到那挥动的臂膀，那双眼睛最后也消失不见了。这时，陈锦绣觉得再也无法隐瞒下去了，她终于在半夜里让自己醒了。她醒来时，正如自己所料，她正躺在热腾腾的炕头上，眼前都是一些乱七八糟焦急不安的面孔，她不用问，也知道那里面没有爸爸的面孔。那时候陈锦绣的妈妈还不知道爸爸已经登上了回家的船，早已经在大海之中航行了好久。陈锦绣听到妈妈说，幸亏你醒了，不然你要有什么三长两短我怎么向你爸爸交代啊，你爸爸是多么疼你啊锦绣！四处都是一些附和声，陈锦绣突然觉得妈妈好可怜，陈锦绣觉得没有理由隐瞒事实，于是陈锦绣盯着妈妈的眼睛，直盯到妈妈害怕起来，她说妈妈你要答应我不要哭，你要答应我知道爸爸不见了也不要哭，答应我不再等他了因为他头也不回地游走了，他在大海里游走了永远也不会回来了再也不会回来了。陈锦绣说爸爸的船触礁沉没了，爸爸不会回来了，他在大海里游走了，自由自在的样子，要多自由就有多自由，他再也不会回来了，永远也不会回来了。

陈锦绣看到妈妈惊恐的目光，她仿佛不相信锦绣的话，是啊，这丫头八成是被雪压坏了脑子，不然怎么会说些乱七八糟的话呢。锦绣再一次告诉妈妈，说爸爸的船沉了，沉没了，船上的人都淹死了，你再也不会看到爸爸了，爸爸再也不会回来了，他到了另一个地方，一个他向往已久的地方。

炸雷般的轰鸣在锦绣的脑袋里炸响，锦绣感觉脑袋瓜子疼痛无比，山崩地裂的感觉，锦绣妈妈一巴掌掴在了陈锦绣的脸上。接着她又听到一声尖叫穿破耳膜，好像天花板瞬间塌陷下来，锦绣眼前一黑，她听到妈妈声嘶力竭地哭号，紧接着她喘息未定，一只大手一下子捂住了她的嘴巴。锦绣听到了有人说，这孩子被雪砸糊涂了。虽然锦绣的嘴被捂上了但陈锦绣的大脑和眼睛没被捂住，她的眼前晃动着爸爸的身影，他正拼尽力气向远处游去，大海深处有一条亮着灯光的船，他在11月的寒冬里，一个人，劈波斩浪，执拗地自由自在地向大海深处游去，直到大海上不再有一丝的波纹。

多年以后，陈锦绣还记得那个梦，她那个梦清晰得让她觉得不可思议，她当时还爬起来，在小纸条上写上“1974年11月24日，爸爸跳进了大海”。她把纸条放到了毛线织的铅笔盒垫下面，她想等自己清醒的时候再拿出来，如果那时纸条还在，就一定不是梦。只是，她搞不清楚，在那片爸爸游走的海域里是不是有鲨鱼出现，因为那天，海面上难得的平静。

她被妈妈打醒后，半夜里曾经偷偷地爬起来找铅笔盒垫下的纸条，那纸条还在，她吓坏了，难道是真的，爸爸真的游走了吗？自那次被大雪压倒以后，陈锦绣身上就开始发生不可思议的事情。陈锦绣突然地有了超乎常人的灵感。有一次，邻居的老贾太太病了好久，眼看着支撑不住了，家人已经开始准备后事，槐花街上甚至挤满了看热闹的人们。这时放学回来的陈锦绣走过贾老太太家门口，她伸长了脖子看着放在院子门板上的贾老太太，锦绣招了招手，把曾经跟妈妈一起去乡下算过命的贾老太太的女儿叫到了跟前，锦绣说，这老太太不打紧的，死不了，你要是把她埋了，明天早晨她会从棺材里爬出来的。家里人惊恐万状地把老太太抬回到屋里，第二天早晨，家里人在睡梦中听到了贾老太太的咳嗽声，贾老太太重新活过来以后又活了十好几年，那以后，陈锦绣在槐花街名声大震。有一天，她试着在考试的前一天晚上在书上找了几道题认真地看了起来，那些题锦绣根本不懂，但是她用一个晚上认真地看了几遍，她想只要自己看过的内容一定会考。陈锦绣把书上的考题画了下来还告诉了宝珍，那次宝珍和锦绣的考试成绩并列第一。有一天，老师把陈锦绣的书拿起来翻看着，老师吓了一跳，陈锦绣要练习的内容就是她要考试的内容，这太不可思议了。陈锦绣被老师罚站，罚站让陈锦绣感觉实在太累了，她想坐下来休息一会儿，她想试试自己的魔力，她拿不准自己的魔力到底好用不好用。陈锦绣就想，老师肚子坏了该多好，肚子坏了老师就会上厕所，我就可以休息一会儿。锦绣的念头刚一生出来，老师就捂着肚子从教室里跑出去直冲进了厕所，一次又一次，最后竟然去了医院，早把被罚站的锦绣忘得一干二净。

那天她在家里的台阶上，看到妈妈从槐花街的小路上走来，她突然想喊妈妈小心别摔倒啊，结果刚喊出“妈妈”两个字，妈妈就一个跟头摔倒了，手里提着的网兜里的土豆滚得四处逃窜。

有时出门的时候，天气明明好好的，锦绣会突然折回家，硬要拿把雨伞出门。锦绣拿着雨伞出门的时候会招来同学们的讥笑，天上明明艳阳高照哪里会下雨，结果锦绣还没有走出槐花街天就下起了雨。

有一次，老师说，明天我带你们去郊外吧。锦绣说，老师你家里有事也能来吗？你这孩子，我家里会有什么事？老师紧追了一句，结果第二天早晨，老师家里的水管子莫名其妙地裂开了。

锦绣说，今天多做点儿饭，晚上家里会来客人，果然晚上家里来了客人。

锦绣说，明天别去上班了，电车全线都停运了，果然电车就停运了。

锦绣说，明天老姨家的大哥要来了，还会带一些挂面来，是富强挂面。第二天，家里的小气窗开着，炕上扔了几捆富强挂面。

有一天早晨，锦绣说，储宝珍的太姥爷要死了，锦绣的妈妈吓得早晨都不敢开门，结果门还是被敲开了，储宝珍的太姥爷脑溢血死在门卫室的床上。

有好长一段时间里，锦绣的妈妈不敢让锦绣说话，如果锦绣非要说话，锦绣的妈妈就会问一下她说的事是好事还是坏事，如果是好事就让她开口说话，如果是坏事就让锦绣把话咽回去，咽到肚子里永远不许说出来。最长一段时间，锦绣有三个月没有说一句话，那些天她脑子里天天都想的是坏事，她只有把自己想象成一个哑巴才不会惹下事端。

陈锦绣想起了自己身上那些超乎常人的灵感，那些灵感一直时断时续，时而不可思议地显现出来。后来，成年以后的锦绣有一天突然想写小说，这之前她根本不知道小说是什么东西怎样去写，她只是试着写了一篇小说，这篇一口气写成的两万多字的小说竟然一下子成功地被一家很有影响的国家级刊物采用了。锦绣被自己突然涌现的文采吓着了，她有些不相信自己的成功，那篇描写民国时期爱情故事的小说纯粹是她脑袋里灵光一现的东西，连陈锦绣自己都感觉到莫名其妙。但正是这一篇小说，招来了藏一峰，这是陈锦绣有生以来的第一次恋爱，当她在一个雨夜里第一次品尝男欢女爱的滋味的时候，她的感觉一点点地不灵了，甚至消失殆尽，她并没有想到，她会丢失了她那解释不清的灵感。

那些灵感已经好久好久不再显现，陈锦绣对自己灵感不再灵光的事实彻底失望，她一直纳闷，自己灵感一向超准，怎么会越来越不准呢？当她收到藏一峰错寄给她的信以后，锦绣突然有一种豁然开朗的感觉，她终于明白自己灵感不再灵光的原因了，一定是那些不洁的行为和念头，性和爱，才是一切的根源，那是不洁之身给了她灵感终结的信号。单从这点来看，陈锦绣也没有理由让藏一峰活在这个世上。

陈锦绣相信自己仍有不可知的魔力，那魔力还在自己体内偷偷地隐藏着。她努力想象着藏一峰死时的样子，那样子凄惨无比，让人不忍目睹，陈锦绣被那样子烦恼着。她又想，为何不能让他死得不露痕迹？是啊，完全可以让他死得不露痕迹，她有办法做到。锦绣被自己的念头吓着了，无奈凝结的相思已经化成仇恨的毒药，在她的体内游走狂奔。

她要杀掉藏一峰。

立刻杀掉！

立刻！

三

陈锦绣是一个想做就做的人。

陈锦绣重新走出家门的时候，已经是年关已近的腊月二十三了。小年的爆竹声震得天花板上的吊扇在微微颤动，在冬天的寒冷中看到天花板上的吊扇，让锦绣有种不寒而栗的感觉，她决定不再盯着吊扇发呆。她坐起来，努力让眼睛更清醒，她不想再让自己的眼睛迷失，也不想再让自己的眼睛红肿，那原本是一双多么美的眼睛啊，容不得半粒沙子。窗外爆竹声敲响了年的钟声，像花木兰接到了加急的战书，陈锦绣感觉自己像接到命令的战士，战事就在眼前，她不能做半刻的停留，她要上前线，她要去战斗，她没有任何理由拖延，这么久的等待好像就是为了参加这样的战斗。陈锦绣把枕头下的信收起来，从柜子里提出专门装信用的小木箱，里面整齐地码放着上千封信，那些信依照年份月份日期用红色的丝带扎成一捆一捆，它们有秩序地排列着，彰显着持之以恒的岁月面孔。尽管她时不时地会找出几封信来看，但是她从来没有打乱过那些信的秩序。它们看上去都一副模样，但她知道，那里面的内容却完全不同，每一封信都传递着不同的激情，那是她几乎全部的岁月，是她度过寂寞时光和想念爱人时的最好安慰。箱子已经有些重量了，不过，再增加一封也感觉不出多出多少分量，但是因为这封信的不同寻常，她又分明感觉到这分量着实是增加了，而且可能会永远地定格在这样的分量了。她把信放在箱子里，立刻，小白兔浑圆的屁股被挤扁了。就当它死在冬天的荒野吧，她把箱子扔到柜子里面，陈锦绣决定再也不去打开它，永远。

陈锦绣站在窗前，黑石礁的海正在退潮，岸边的海浪不慌不忙地拍打着沙滩，像动作迟缓的老人安抚早已入睡的孩子，动作迟缓。她分明听到了那些涛声的无奈，海浪每次都是充满力量地扑向沙滩，但瞬间又变得绵软无力，海水从沙滩上慢慢往海里回流，仿佛是对海岸充满了依恋和不舍。陈锦绣看着大海远处的天际线，长长地吐了口气，她尽量使自己心平气和不动声色，她做了一个明确的决定，就是到小镇上去陪藏一峰过年。

陈锦绣先是到了黑石礁的邮电局，她要给藏一峰打一个长途电话。整个邮电局只有一部长途电话，电话放在立式的只能容纳一个人的玻璃亭里，陈锦绣等在电话亭的外面，手里拿着写着六号的白色小纸片儿，前面还有五个人在排队，看样子要等好久。电话是通过接线员转的，锦绣单位的电话就是由专门的接线员转的，每次她都不在单位打长途电话，话务室里的两个女接线员总是偷听她的电话。藏一峰什么时候要来了，又给锦绣邮什么东西了，什么时候放假了等等，只要是锦绣电话里说的，不久单位里的人都会知道。不过，有时也和接线员无关，长途电话的线路不好，接电话总是得声嘶力竭地叫喊对方才能听到，对方听到时，周围的人都会听到，锦绣宁肯多花钱到邮电局打长途电话，也不愿意在单位打省钱的电话。玻璃电话亭里此时正有一个年龄二十岁左右的女孩子，虽然关着门，还是能听到她说话的声音，因为她的声音实在是太大了。女孩对着电话大声地叫喊着，她一会儿蹲在地上，一会儿两眼盯着玻璃门外的人群，对面接电话的人好像根本听不到她的声音，女孩一遍遍地"喂喂"大叫着，最后她干脆大喊一声我操你妈你耳朵有毛病吗你妈死了死了死了你赶快给我滚回来你这个不孝之子……说完她扔下电话，一脚踢开电话亭的玻璃门，冲了出来，整个大厅里的人都被这个女孩的声音镇住了，女孩脸上挂着泪痕朝着大门扬长而去，后面传来服务人员"你的押金！找你押金！"的叫喊。

又一个人进了电话亭，陈锦绣倚在高高的柜台外面等着。她想起有一次她就是这样大着声音跟藏一峰通话，那时陈锦绣发现自己已经怀孕两个月了，突然到来的状况让她来不及多想就一头拱进了电话亭里，尽管她压低了声音，但是她的讲话内容还是让邮电局里的人听到了，大家都知道她怀孕两个月了，而藏一峰却从头到尾都在一个劲儿地"喂喂"叫着，最后她只好说"我给你写信吧"。

锦绣等了约莫一个时辰，那个人也没有接通电话，陈锦绣只好重新回到家里，她坐在书桌前，决定先给他写封信，一封信三天就到了他那里。她告诉他，她要到小镇上和他一起过年，让他不用回信了，因为她还要顺便去看一位老师，然后再到他那里去，如果他回信的话，她恐怕收不到。她查了一下火车时刻表，把自己的车次告诉了他，让他到时到车站去接她，如果在车站看不到他，她自己也能找到部队。最后，她还在信尾处写上：吻你，我最亲爱的峰。写下最后几个字后，陈锦绣突然想吐，但她知道那不是怀孕，因为上一次的突然事件，让她长了经验，每次和藏一峰在一起时，她都会提前服药，她可以从妈妈的医院弄到避孕药。陈锦绣给藏一峰写完信后，重新回到了黑石礁邮电局，她把信封投到了邮筒里，静静地看着邮筒好一会儿。她想起有一次，那是他们刚认识不久，她把信投到邮筒里后才想起信封上没有贴邮票，那是早晨八点，她就坐在邮电局的台阶上等着开门，开门后才知道，邮筒不归邮电局里的人管，有专门管邮筒的邮递员每天上下午来取信。陈锦绣只好又在那里等，她靠着邮筒坐着，邮筒就在电车道的边上，电车一辆接一辆在陈锦绣的眼前来来去去。正是春天，电车道两侧的槐花开得正浓，她坐在那里，手里拿着本书，漫不经心地看着，等着，后来她在浓浓的槐香中睡着了，一觉又一觉，终于等来了一辆小货车，从驾驶室里下来一个穿着邮电局制服的男人，看上去像是有五十多岁的样子。陈锦绣看了看表，已经是下午两点了，她问邮递员大叔，说你怎么才来，不是说上午十点吗？那位大叔并不搭腔，知道了陈锦绣的意图后，不慌不忙地打开了邮筒，邮筒里面已经堆满了信件，她迅速地在里面翻找着自己的信。邮递员大叔边往大包里装信边说，是不是找了个军人？和我的女儿一样，一天到晚就知道写信，写信。陈锦绣听着邮递员大叔的唠叨，终于在一大堆的信里找到自己的信，这才发现，上面已经贴上了邮票，是一张万里长城的邮票。陈锦绣有些不好意思，她把信递给了邮递员大叔，邮递员大叔有些无奈地摇了摇头，他把陈锦绣的信装到大布口袋里，然后他扎紧口袋，扔到了车上，跳上车，关上车门，扬长而去。

陈锦绣想起那个邮递员大叔，在邮筒前呆立了好一会儿。

陈锦绣从邮电局回来后，就开始琢磨着准备年货。说来连陈锦绣自己都觉得不可思议，她想起来，这是她认识藏一峰以来第一次去藏一峰工作的地方，尽管她给他写了五年的信，那信抵达的地址也无数次地涌现在自己的脑海里，营房的模样，他住的连队大院，大院里的食堂，还有一排排的营房，战士出操时整齐的队列和口号，还有那回荡的歌声，都是她熟悉的影像。以前总是藏一峰休假的时候来找陈锦绣，她从来没有想过去找他，感觉从来没有必要去找他。他总是说，等结婚以后，你到我们部队里探亲，好好地住上一段时间，到时一起见见我们的首长和战友。他说他不想让陈锦绣一个人坐火车来找他，他说一个人坐火车是多么孤单可怜的事啊，他总是让陈锦绣感觉到贴心的关怀和温存。陈锦绣没想到，这份坚持会让一切与以往不同。

大街上到处都飘荡着年的气息，商店里都是采购年货的人们，音像店里传来了女高音嘹亮的歌声。以往，每次藏一峰来，陈锦绣也会提前挤进这样的年的气息里，精心购置各种好吃的，陈锦绣总是把自己想象成未来厨房里的娘子，在商店里在农贸市场里为亲爱的人挑选食物。这一次陈锦绣有了不一样的心境，她变得更加细心和耐心，像是迎接一场考试，做着各种各样的准备。她特意到农贸市场里买来大虾。陈锦绣在自己的小屋子里一个人认真地剥大虾，剥落的虾壳像被撕裂的嘴唇，咸腥的汁液喷溅得到处都是，像是人的血，沾满了她的指甲。她把大虾一个个剥开后，装在塑料袋里，放在院子里的阳光下晒了几天，那些天恰好阳光充足，气温回暖，等陈锦绣把大虾从塑料袋里拿出来时，大虾已经变质，味道刺鼻，这正合陈锦绣的意。她把虾剁碎，然后用很重的酱油加上新鲜的猪肉，再加上盐、五香粉、姜粉、胡椒油、细碎的蒜末、葱等调好味腌上，然后再一个个把饺子包好，放到了窗外盛冰的水桶里，结结实实地冻起来。

陈锦绣专门到妈妈的医院里开了些药，陈锦绣跟着当医生的妈妈学到了一些用药的知识。陈锦绣本应当听妈妈的话好好学习当一名医生，陈锦绣从来没有觉得医生有什么不好，如果不是陈锦绣只是一时兴起喜欢上了写作，她也许已经是一个非常好的医生了，但陈锦绣爱上了文学从此就远离了医道，文学曾经让陈锦绣那么决绝地放弃了学医。不过，陈锦绣不学医并不是对医学不感兴趣，陈锦绣平时除了看文学书籍之外就是看妈妈书柜里的一本又一本的医书。陈锦绣当时在医院里没有找妈妈，她以一个普通患者的身份排队挂号开药，陈锦绣对自己开什么药心中有数，剂量的多少也比较清楚。给陈锦绣开药的医生姓许，是个男人，他的手白得让陈锦绣有些嫉妒。陈锦绣从小就认识许医生，陈锦绣小时候得了感冒发烧什么的都是这位许医生给听诊开药。小时候陈锦绣常常把许医生看成骗子，他总是笑着不厌其烦地骗陈锦绣打针不疼，如果哪一次陈锦绣疼得大叫起来，他就会说你忘记疼你就不会疼了，这简直是屁话。过去陈锦绣一看到许医生就想要报复他，如今想想看许医生说的不无道理，如果你忘记疼了，疼就不算疼了，也就不觉得疼了。陈锦绣已经感觉不是那么痛了，也许她该忘记那种痛，只有忘记那种痛，才会不痛，才会麻木，陈锦绣想尽快了结了那种痛，用自己的方式。陈锦绣骗许医生是给单位领导开药，陈锦绣说这点儿小事不用找我妈妈，陈锦绣说出了药名，这些药名并没有引起许医生的注意。陈锦绣只在许医生那里开了一部分药，另一部分药陈锦绣要到市内仅有的一家夜间药房去买，夜间药房不用医生的诊断也可以买到药。陈锦绣开完药后，又到百货商店里给藏一峰买了一件黑色的高领毛衣。本来她想买那件紫色的，听说紫色是男人的幸运色，但一想到那会使藏一峰的脸庞变得过于明亮，她就感觉到不安。陈锦绣的眼前浮现出藏一峰的脸庞，如今的陈锦绣不喜欢那张脸过于明亮。

陈锦绣离家之前，把冻过的饺子煮好了，用新买的刷了桐油的大号的新饭盒装着，再用很厚的毛巾和毛衣包着。她曾经咬开一个尝了尝，味道真的很鲜美，但是她没有吞下去，不是不好吃，也不是有毒，陈锦绣觉得自己没有胃口，好长时间，陈锦绣都没有胃口。几个小时后，藏一峰就能吃到陈锦绣亲手包的饺子了，藏一峰是多么的爱吃饺子啊，尤其爱吃虾仁饺子，藏一峰吃过多少陈锦绣亲手包的新鲜的虾仁饺子啊。再说过年本来就是要吃饺子的，如果不吃饺子那还叫什么过年？这么远的路程带过来的饺子一定会让藏一峰感激涕零。

陈锦绣想藏一峰一定早就收到了信，信里的口气一如既往地温柔，他一定不会有任何的怀疑。写信时，陈锦绣觉得没有办法不对藏一峰温柔，陈锦绣告诉藏一峰年三十的晚上到，让藏一峰在小镇上订一个房间。这肯定正合藏一峰的意，陈锦绣现在已经明确知道藏一峰不会带自己到军营的，也不会告诉任何人她到了，他会让陈锦绣在外面住，尽管部队里有招待所，但是藏一峰一定会告诉陈锦绣他想与她过二人世界，不想被打扰，他一定会说我只想和你在一起。他总是会把甜言蜜语说得那么真切感人。

陈锦绣终于锁好了门，自从舅舅把妈妈从家里领走了以后，好长时间里，她就一个人住，偶尔她也会到舅舅那里去，但更多的时候，她喜欢待在属于自己的家里。

储宝珍到车站送陈锦绣，她们一路无话。陈锦绣说，我过年出去的事你不要告诉任何人，永远，不管以后发生了什么事，不管谁问你，你永远都说不知道我到了哪里，包括我妈妈，还有警察。

储宝珍并没有吃惊，她紧紧地拥抱了陈锦绣。

我觉得你应当杀了他。你会杀了他吗？

也许会。

我不想让你死。储宝珍忍了忍才没有让眼泪掉下来。我已经死了哥哥，我不想再死一个姊妹。

四

年三十的下午，陈锦绣终于在小镇的火车站台上看到了藏一峰，他正患重感冒，很重很重的感冒，这对他来说是常事。他说过几天就好了，陈锦绣知道这只是他的一厢情愿，藏一峰的体质不好，感冒从来都要好长时间才会好。陈锦绣的妈妈曾经提醒她，说藏一峰的这种体质不适合火暴热烈的她，但陈锦绣从来没有把妈妈的话放在心上。

藏一峰把陈锦绣带到小镇深处一家干净的小旅馆里，小旅馆是一溜平房，有四五间，都闭着门，除了靠里边的一间房，其余的窗户都结满了白白的霜。正如陈锦绣想的那样，藏一峰说本来想等陈锦绣下了火车后马上带陈锦绣去他的部队参观参观，到他工作的营房里看一看走一走，让那些羡慕他的干部战士再好好地羡慕羡慕他们，但是他感冒了，而且过年了，营房里干部也都回家过年了，这时候干部的家属去了不好，怕麻烦大家更怕影响军心等等。陈锦绣注意到了，藏一峰很自然地把她说成家属。陈锦绣曾经多么渴望去他的部队里看看啊，她一直没去的原因就是藏一峰说的那样，等结婚以后以藏一峰家属的身份专程正式地去部队。

小旅馆里没有客人，老板娘回家过年了，她把钥匙给了藏一峰。

我告诉她我表妹要来看我。藏一峰说。

陈锦绣看着他笑了，说得是啊，漂亮的表妹，或者是阿妹，反正还不是你老婆。

谁说的，你就是我老婆。藏一峰边说边打开了房门，房里有一铺小火炕，炕尾处还有一张长方形的饭桌，桌上摆满了各种好吃的东西。炕上是一床红花绿叶的被子，把手伸到被子底下，炕热得有些烫手。窗帘是格子床单做的，半遮着，像打开一半的门。陈锦绣从来没有住过这样的旅馆，感觉像到了哪户农家。藏一峰对陈锦绣说这是小镇上最好的旅馆，大家都回家过年了只有我们两个人多好，我们可以好好享受二人世界。陈锦绣当然不会反对，陈锦绣从来都不会反对他的话，从来都相信他的话，那双小而有神的眼睛，坦诚的话语，成熟稳重，俏皮，幽默，这些多么让陈锦绣迷恋啊。

藏一峰为迎接陈锦绣的到来，已经提前买来了许多好吃的，有切成薄片的猪头肉，炸得金黄的黄花鱼，有锦绣喜欢吃的炸肉丸子，还有香肠，等等，摆了满满一桌子，都是平时难得一见的美食，在陈锦绣看来还算丰盛。屋子里生着炉子，炉子的烟囱连着火炕，炉子上的水壶正嗞嗞地往上蹿着热气，小屋里热腾腾的。藏一峰把黄酒放在热水里烫着，只等着举杯畅饮的最美时刻。陈锦绣从包里拿出只白瓷杯，那是大岛雄送的礼物，陈锦绣总是喜欢把这只杯子随身携带，总是喜欢用这只杯子喝酒，好像只有用这只杯子喝酒才显得正式一些。第一次见面那天，他们就是用这只白瓷杯喝的酒，你一口，我一口，白瓷杯见证了他们在一起那神圣幸福的时刻，似乎初夜美酒的醉意永远留在杯里，满是酣畅的味道。

他们开始喝酒，热乎乎的黄酒弥散着醉人的酒香，藏一峰殷勤地把一个炸丸子送进了陈锦绣的嘴里。呵呵，看看这个满脸爱意目光专注的男人，看看这个叫藏一峰的男人吧，他满脸都是爱怜的神情。陈锦绣的嘴里咀嚼着，喝着黄酒，她多么希望自己永远不要清醒，永远那么迷醉在他爱意的关怀之中。

如果不是枕头底下的他那封寄错地址的信，陈锦绣是无论如何也不会怀疑这张脸的。奇怪如今这张脸上也满是真诚，让陈锦绣找不到一丝虚假的成分，这让陈锦绣一时间有了错觉：莫非欺骗和爱是孪生兄弟，能够在一个人身上共生？藏一峰又把一片香肠递到陈锦绣的嘴里，陈锦绣张开嘴顺势也含住了藏一峰的手指头，藏一峰嘿嘿地笑着，两只黑而亮的眼睛微笑地看着陈锦绣，脸已涨红，陈锦绣知道那是他想要她的神情。是啊，这神情是让陈锦绣屡次失魂的见证，她闻到了酒精和情欲混合的味道。不过，为什么这么着急呢？整个年三十的晚上都要在一起，喝酒，狂欢，然后疯狂做爱，一项都不会少，一项都不会错过。这可是陈锦绣与藏一峰头一次在一起过年三十，五年里的每一个年三十他都在部队里陪着战士们过，他总是年三十的晚上值班，总是陪着战士们包饺子，也许还放鞭炮，他是多么热爱他的战士们啊！现在陈锦绣不那么想了，她在想，每个年三十他都在陪自己的老婆过吧，还有他的女儿，他们会抱着女儿一起坐在老家的炕头上，他们也会做爱，喝酒，做爱，一样不会少，谁知道呢，现在这些都有了清晰的痕迹，再也不是那么模糊了。陈锦绣突然觉得所有年三十里自己的遥望思念是多么荒唐可笑可怜可悲啊，她竟能把痛苦的相思换算成甜蜜的方程式，不停地演算，方法不尽相同，但结果都是一样的，永远都只有一个结果，都不会错的，也不可能错。

多年以后，陈锦绣一想到那个年三十的夜晚，心里就会有一种隐隐的不安，如果有可能，她会做别的选择吗？她多么渴望永远地躺在他宽厚的臂弯里，陪着他一起死去或者活来，那是属于他们俩的恩怨，只能由他们俩去了结，就像怀孕一样，无论怎样，你都得自己生下来。陈锦绣并不知道事情的发展会出人意料，更没有想到自己真的会对他下手。

不知不觉他们喝光了一瓶黄酒。他本来就有些酒量，更何况在年三十的晚上，在无人的小旅馆里，他们欢畅对饮。他还兴致勃勃地说到这家小旅馆的老板娘，老板娘是个漂亮能干的娘儿们，他说老板娘和他很熟，什么也没问就主动把钥匙留给他，他说老板娘真懂他的心意，说有机会一定让她见见这个老板娘。他们不着边际地谈着，喝着，屋子里的炉火旺旺的。

黄酒不似白酒那么烈，那么酣畅，但黄酒执拗，有后劲，后劲上来会让人头晕目眩。藏一峰喜欢喝黄酒，像他的性子，他喜欢黄酒的不动声色，他喜欢那些流窜于体内的酒慢慢地在体内激活每一个细胞，那是些潜伏深处的不为人知的美妙感觉，只有亲自体会才感觉得到。当兵的人有几个人不喝酒？不喝酒在军营里无法生存，起码交不到朋友。但他又不喜欢那招惹是非的白酒，虽刚烈却太外露，如果可能，他都选择黄酒。每次从老家回来，他都带着家乡出产的黄酒，一箱一箱地带，慢慢地喝。

陈锦绣有了上瘾的感觉，她虽然喝得不如他老道，但感觉这酒的味道并不陌生。她喜欢喝酒，喜欢喝烈一些的白酒，每一次喝酒，她都像领略男女之情一样，领略了酒精带给她的快感，而黄酒是她认识他以后才学会喝的。陈锦绣自觉酒量比他要大，她建议每人把着一瓶喝，不许耍赖，她喝多少，他也喝多少。在他看来，她会最早扛不住劲，但喝着喝着，她除了脸红红的以外，看不到醉意，倒是陈锦绣喝酒的畅快样子勾起了藏一峰的欲望。他从桌子对面坐到了陈锦绣的旁边，他搂过陈锦绣，把手伸进了陈锦绣的胸前。但是陈锦绣并不急于迎合他，她执意要喝光了那些酒，还有那些美味，统统要干掉才行。还有那些饺子，放在炉子上热着的饺子，那可是陈锦绣精心准备的美食。他搂着锦绣，像孩子一样地撒娇，让陈锦绣一个一个地喂给他饺子吃，他边吃边说真好吃。陈锦绣说那你多吃点儿，这些都是给你包的。他干脆抱过饭盒，大口吃起来。

不知道是谁提起了话头，他们共同回想起了第一次一起喝酒，还有他们第一次做爱，就是那次喝酒后的事情。那是在陈锦绣的家里，那天一开始大雨如注，后来又狂风大作，槐花街的小路上挤满了去赶海的人，黑石礁发大海了。发大海的黑石礁正在退潮，退大潮，退潮的夜晚，海浪拍打沙滩的涛声格外的响亮，风的咆哮如雷声，格外的猛烈，大家都在海边期待大潮退去时的惊喜，大家都准备好了冲到海里。但是那天，他们俩却躲在家里，无视外面的狂风巨浪，无视大海深处的诱惑。认识陈锦绣之前他从来没有看到过大海，真实的大海。他们光着身子做爱，他没有想到能在大海边做爱，他的梦想就是能在大海边和心爱的女人做爱。这样的奇怪梦想竟然实现了，多么奇妙啊。

陈锦绣突然想起什么，她问藏一峰，如果你现在还在农村，你不当兵，你不上大学，这时候你早就是几个孩子的爹了吧？如果可能，你的儿子大概也要上学了吧？他点点头，用手指头刮着陈锦绣的鼻尖，嘿嘿地笑着，说锦绣你真是聪明，如果可能现在我的儿子就应当上小学了，天天坐在课堂上听老师讲课呢，可是现在的老师又懂什么，老师能教会孩子什么？他们哈哈笑起来，两个人黏在了一起，她不时地用手去挑逗他，去抚摸他的脸膛和身体的敏感部位，他的身体开始发热，脸发红，屋子里的火炉烧得正旺，温暖得不尽真实，空气变得模糊而又暧昧，性的渴求也变得朦胧而诱人，他把爱抚的手伸进了陈锦绣的胸前，像清晨第一口喝下的盐水，陈锦绣的血流快速地渗向身体最隐秘的地界，既温柔无比又激烈震荡。不过，那双大而用力的手让陈锦绣捕捉到了粗糙的痕迹，这是陈锦绣以往忽略的痕迹，陈锦绣突然感觉到这双手不是藏一峰的，他的手本来应当是光滑的柔软的精致的，没有变得粗糙的理由和机会。陈锦绣曾经在这双手的指引下，飞向了无边的幸福。

他们每人干掉了一瓶酒，只是她在他的酒里加了些苏打粉，那是她特意为他准备的。他们都醉了，他倒在炕上，火炕的燥热加上黄酒的后劲，使他的脸上一片红彤彤的颜色。他竟然不知不觉落下泪来，或许是酒精的作用，那眼泪真实地流着。不过，陈锦绣并不吃惊，也许真实的眼泪并不见得代表真实的心境。谁知道他为什么而哭，因为谁而哭？也许是想起了家乡的老婆孩子也说不定，或者是预感到生命将尽也未可知。

她红着脸庞，更加的妖媚。他搂过她，既然都醉了，余下的就是安然大睡吧，当然还有睡前的亲昵，必须的，那是他们多么渴望的事情，男女之事的美妙怎么会在这样的夜晚缺位。

他狠狠地打了一个喷嚏，接着又是一个，震得他怀里的陈锦绣也跟着抖动。他感冒很重，陈锦绣从他的怀里拱出头来，把脸贴向他的脸，她用力抱紧他，然后紧紧地亲吻着他。他一开始用力拒绝，怕把感冒传染给她，但是他的身体不听话，她脱掉第一件衣服的时候，她看到他有了反应，他的眼睛是迷离的，目光里透着爱怜和渴望。这多么好，有一段时间陈锦绣那么迷恋他的身体，甚至不舍得这美妙的身体不再属于自己。她是多么想念他啊，他的身体，他的拥抱，他的亲吻，还有他给她的性。他的性开启了她对身体全部的体验，使她很长一段时间里迷醉于这种新鲜的体验，但是他们又相距遥远，她不得不格外地克制自己，拒绝周围一切明确的暗示。她渴望性，但她的性一定要有爱的成分，为了爱，她甚至可以忍受饥渴和寂寞，她甚至想这一辈子只为他一个人保留着过去和未来。

夜晚总是要来临，不可阻挡地来临。

病痛的身体并不能阻止性欲的扩张，在酒精的作用下，更激发了他对性的渴望，他突然地想尽快地去抚摸陈锦绣的每一寸肌肤。而陈锦绣早就变得急不可耐，她更渴望他温柔的手的抚摸，他的强有力的冲击，他的结实的胳膊和温暖的胸膛，他的娴熟的技巧还有温柔的眼神，更让她回味无穷的是他温柔的舌尖，甚至因为那舌尖，她对每次关于嘴唇的期待都甚于性的接触，她甚至长时间地蹲在春草吐绿的田野里，看小草吐出绿茸茸的“舌尖”。每一次，他的舌尖触动她的嘴唇的时候，她的灵魂就有如出窍一般，口腔里溃疡一样的疼痛无比，烧灼一般的饥渴难耐，只有忘情地互相融合，才会消解这饥渴。

他把她放平，她年轻充满活力的身体充满了诱惑，他一件一件脱光了她的衣服，也脱光自己的衣服，她感觉到他身体滚烫，像燃烧的火把。他终于把她压到了身子底下，他完全不像一个病人，他的动作蛮横有力，使她无法不去理会带给身体的快感。

闭上眼睛，好好地体会舒服的自由自在飞翔的感觉。

她听话地闭上眼睛，在他的引导下体会自由自在飞翔的感觉，这感觉最初是藏一峰给她找到的，她那时对性事还一无所知，是藏一峰教会了她。每隔一段时间，她想他想得仿佛再也等不下去的时候，他就会来到，在陈锦绣槐花街家里的大床上，尽情地奔放，随着时间的推移，陈锦绣对性事越发的迷醉，也越发的娴熟。

当藏一峰热情而执拗地进入陈锦绣的身体时，她立即忘记了一切，幽怨，愤怒，仇恨，留恋，统统都不见了，大脑是空白纯净的世界，身体充塞着兴奋和渴望。她感觉自己像个迷路的孩子，终于见到了亲人，又兴奋又悲伤。

她在藏一峰的冲击下，体验到了性爱的美妙，她开始一点点变得疯狂起来，甚至尖叫起来，她扭动的身体和膨胀的欲望昭然若揭，把藏一峰的每一根神经都调动起来。藏一峰变得更加的刚烈，他甚至跳到了地上，光着脚，站在冰冷的地上，他把陈锦绣从炕里拖到了炕沿，把她抱了起来，像抱一个刚出生的娃娃，把她放在炕沿上，他站在炕边上，一下又一下，一下又一下，他们开始相互撞击，精准到位。

陈锦绣把双手吊在他的脖子上，陈锦绣感觉到体内涌动的无数暗流，像汹涌而来冲垮闸口的洪水，喷薄而出。多好啊，越是罪孽的东西越感人至深，越让人无法忘记，他本应当属于我，却还属于另一个女人，这怎么可以？她突然感到愤怒，她抬起身子，靠近藏一峰，在他的耳朵上狠狠地咬了一口。

终于，他气竭力乏，身子重重地压倒在她的身上，呻吟不已，得了大病一般，他甚至有了哭泣的声音，嘴里喃喃自语。她突然动了怜悯之心，把指头埋进他的头发里，用手抚摸着他的头发，那里都是浸湿的汗水。不过，她的脑海里却在盘旋着另外的念头，甚至无心玩味性带来的愉悦。

死有多种多样，如果可以选择，你选择什么？她突然问。

醉生梦死吧，像现在这样，多美啊！他回答，闭着眼睛，死去一般。

人喝醉了，神经就变得麻木，大脑就变得迟钝，思维就会摆脱了精神的束缚，身体就会自然地放松。陈锦绣终于下定了决心实施自己的计划。她没有过度地沉迷于性事带来的愉悦当中，她给他穿上买来的黑色毛衣。穿上黑毛衣后的藏一峰充满了神秘感，他困乏不堪地穿着黑色的新毛衣躺了下来，他有些发烧，说话也开始变得絮叨起来。他并不看陈锦绣，像是喃喃自语，他说了许多话，时断时续，像在梦中。他说有一天他要回老家去，他说他最大的梦想是当他们那个县里最大的官，最大最大的官，娶个大城市的姑娘，娶个像锦绣你这样有文化的大城市的女孩当老婆，娶陈锦绣你啊，锦绣，锦绣我有多爱你啊你知道吗，我要你，亲你，我的亲亲啊……

远处响起了花炮的声音，没有多久，他们就在鞭炮声中睡着了，他们抱在一起，睡得很沉。

五

炉火不知何时已经熄灭，屋里有些寒冷，陈锦绣被冻醒了，她睁开眼，她看见藏一峰正睁着眼睛看着自己，四处漆黑一团，没有开灯她也能看到那双眼睛的盯视。

陈锦绣对着那双眼睛，轻声地问道，如果你先遇到我，你会娶我吗？

藏一峰无语，黑暗中紧紧地搂了搂陈锦绣。

如果有一天我们再也见不到了怎么办？

他突然用手捂住了陈锦绣的嘴，用力地搂了搂陈锦绣，依然无语。

夜静极了，他们在无声的黑暗中相互凝视着。

藏一峰说，锦绣你想听我的故事吗？

陈锦绣并没有太在意他的话，一切都已经晚了，什么理由都不重要，陈锦绣感觉她失去了的东西比生命都宝贵。

藏一峰并不在意锦绣的回答，他只当她在静静地听他讲。藏一峰老家在东北偏远的一个大山里，那里很穷，也很封闭，感觉夏天也很短，年轻人唯一的出路就是当兵，转干。他想当兵，但他家里太穷，没有什么东西可以拿得出手去送礼，直到二十四岁那一年，他的爸爸被逼无奈，拿了把菜刀去了大队书记家，说如果再不让我儿子当兵，我就砍死你全家，再砍死我自己，他就在那样的情况下走出了大山。

当兵临走之前，村里有一个他心仪已久的漂亮姑娘小琴，主动找到他，要把自己给他。她说的给就是先让他睡，以后他提干了，再正式嫁给他。但是他走后不久，她来信告诉他，她怀孕了。当兵第二年，他让爸爸拍了封母亲病危的电报，急匆匆地赶回家要和小琴完婚。小琴已经在十里外的小姨家生下了个孩子，小琴不想让别人知道和他谈恋爱，如果他转不了干，她是不会嫁给他的，她说了，这一辈子的梦想就是要通过结婚离开农村。小琴没有让他看孩子，还批评他不应当匆匆赶回来。你这样将来怎么有机会提干，时间不等人，四年的时间转眼就过，到时你回来时还是一个穷当兵的话，我可不会嫁给你。

就这样，他又回到了部队。部队里提干哪里会那么容易，他既没有特殊的贡献，也没有特殊的才能，唯一爱好就是看书，当兵几年把连队图书馆里的书全看了一遍，也试着往报纸杂志投稿，但都没有音讯，他就是在那时候遇到了陈锦绣。他还写了好几本的日记。他仍然看不到任何的希望。小琴怕引起部队首长的怀疑，连信都不给他写了，他连一张女儿的照片都没有，小琴说只让他好好努力，一定要穿着四个兜的干部服回来，才可以公开他们的关系。当兵第三年年底，他陪同排长到一个因公去世的邻县的战友家去处理后事，排长同意他回家住两天，他直接找到小琴家，小琴说什么也不让他见女儿，他只好撒谎说提干的名单已经报上去了，小琴才领他去看了他的女儿。那是他第一次看到自己的女儿，女儿只知道爸爸在外地当兵，记不得他的样子，他看见女儿的那一瞬间，再也抑制不住地搂着女儿大哭起来，那一刻他突然很痛恨自己，藏一峰你有什么理由不出息，你不出息能对得起自己的女儿吗？

藏一峰在去与排长会合的路上，坐的大客车与货车相撞，客车上的人死了十几个，还有十几个人伤势严重。他也受了伤，等他糊里糊涂爬出来时，看到当时车上一片混乱，鬼哭狼嚎般的哭叫声不绝于耳，能动的都在往车外面爬。他一看几个受伤严重的人身上还在往外流血，却没有人管，他忍着痛，立即组织没有受伤的几个人开始救援，他把自己身上背心等内衣撕成一条条的，包扎几个受重伤的人的伤口，然后再一个个把他们背下车，等救援车赶到时，他已经累昏了，等他醒来时，已经躺在了医院的病床上，坐在床边的是排长。

他和排长回来不久，受伤群众的感谢信就到了部队，当时有一个军报的实习记者在部队采访，正好抓住了这个题材，写了一篇报道，年底，部队组织演讲团，他成了演讲团成员，半年的时间里，他跟着演讲团到各个部队演讲，到年底时，他转干了，还被推荐上了军校。

藏一峰说，锦绣你知道吗，我是我们村里第一个上大学的人。

藏一峰没有把提干的事告诉任何人，他原本想给家人给小琴也给自己的女儿一个惊喜，他在当兵最后一年的秋天准备回家探亲，他喜滋滋地穿上四个兜的衣服，出发前，他突然改变了主意。他想起每一年他回去，女人都不满意，说他没有提干就是没有出息，如今他终于提干了，却突然想摆脱那个嫌贫爱富的乡下姑娘，但是他必须有一个合理的理由。

他把自己装成没有提拔的样子，把战士的衣服穿回家，但那时他没有和陈锦绣走到一起，因为部队首长的女儿看好他了，他和部队首长的女儿相恋了。结果一个同乡到医院看病，看到他的未婚妻子，那女人听说他早就在部队提干了，她气坏了，带着女儿到部队来了。部队首长找他谈话，两条路，要么脱军装滚蛋，要么回家与村姑结婚，他只好回家结婚了。但是那以后，他不再想那个村里的女人，每一次夏天休假，他都在四处游荡。

后半夜，藏一峰感觉全身奇痒无比，甚至在炕上打起了滚儿。他浑身上下起了片片红疹，他的荨麻疹旧疾犯了。他拼命地在身上四处抓挠着，一会儿工夫，身上就出现了一道道的血印子。当然，这是陈锦绣早就料到的，她早知道他会犯病。吃了变质的虾仁饺子，喝了掺杂了苏打粉的黄酒，又得了重感冒，怎么能不犯病呢？不犯病才怪呢。陈锦绣从包里面拿出准备好的巴比妥、安定、卡马西平等药，她说这些都是防过敏的药，她说妈妈担心他的身体过敏给他开了好多药，她说吃了这些药就好了。她一粒一粒喂他吃药，不一会儿，他就不叫了，深深地睡去，再也没有任何言语。

早晨五点，天还是黑的，窗外下起了大雪，陈锦绣开始梳洗打扮，然后她把雪白的双耳白瓷杯装进包里，给熟睡中的藏一峰掖了掖被角，然后走出了小旅馆，夜色中的小院里已经是一片银白的世界，陈锦绣喜欢下雪的世界。大年初一的早晨的雪格外的安静耀眼。

凌晨开始的雪来得静寂，仿佛夜里突临的悲伤，委屈却又节制，待天空渐醒时，雪花张扬异常，大片的雪花被大风挟持着漫天狂舞，年三十已经过去了，那远行的步伐太过匆忙，像那些永不回归的青春，被成熟的时光吞噬得了无踪迹。

陈锦绣突然特别想念大海，想念大海边的家、小院，一切一切，想在大海边听熟悉的涛声。陈锦绣想起了妈妈，想起了黑石礁的海边，想起了槐花街，想起了久无音讯的父亲。父亲失踪那年，冬天的雪下得格外的多，一场接一场地下，还有大风也跟着起舞，漫天的飞雪像春天飞舞的杨树的绒絮，迷住了眼睛。雪天的黑石礁海边，这时候的船只一定都沉默着，这个日子它们应当沉默，它们见证了一段段悲伤和痛苦，见证了生离死别的一切，有了不语的资格。大海需要怎样的胸怀和坚硬的心才能面对生死，面对一切？

锦绣回头看了看小屋，那里和这雪的世界一样，静静的，没有一点儿声息。她眼前重新浮现出那些曾经幸福的日子，她关上小院的院门，像抹掉了那些已经被仇恨淹没的记忆还有眼泪，她抚摸门闩，手上沾满的雪一点点化在了手心里，门闩虽然坚硬却又很光滑，因为久远的磨砺，已经找不到曾经坚硬粗粝受伤的痕迹。

奇怪她这时想的不是藏一峰，而是失踪已久的爸爸。但她又怎么也想不起来爸爸的模样，她有种想大声哭泣的冲动，难道真要背负着遗忘的罪名，不再想你，不再想起那些温暖的记忆。

大春已到。

陈锦绣走到火车站，大年初一的火车站上只有她孤零零的一个人，她站在前后空空没有遮挡的火车站站台上，想找个地方坐都没有。她心里想，多少次，藏一峰就是从这里坐火车去看她的，他的内心藏着怎样的故事？他一个人的时候会孤单吗？他会想什么？

站台上静悄悄的，这是一个无人值守的站台，这样的小站，仿佛深山里的村庄，没有写下名字，却实实在在地存在着。陈锦绣的眼睛避开远处原野上一片的银白，她把头仰向天空，仿佛天地间只有她一个人。她不觉孤单，她是个非此即彼的人，就如眼前的雪一样，她的爱和恨，必须是干净透明的。

车站上荒凉得几乎可以用空无一人来形容，像枪毙人后的靶场，四处都是死人的影子。她曾经亲眼看到过枪毙犯人，那是正在填埋的垃圾场，到处都是刺鼻的味道，荒草遍地，四处灰飞，解放牌大汽车上拉来好几车人，他们被押解下来。她清楚地记得有一个女人，一个剪了短发的女人，她的胸脯挺得高高的，眼睛看着远方，枪响时，锦绣分明听到了她的哀号。锦绣摇了摇头，把那些影像赶走。风很大，像着了魔的孩子，狂野而又夸张地叫着，仿佛疼痛会在叫喊声中转移，化解，或者放大，或者远去。

想到靶场上的那些人，陈锦绣突然临时改变了主意，她迈开大步，沿着长长的铁道往前走去，一个人顺着铁道线往前走。火车道上雪倒是不多，却有很多脏东西，有高粱饴的糖纸，用过的黑色或者暗红的卫生带，一定是哪个粗俗的女人从火车上扔下来的。她大约走了两站地，在一个小站里停下来，天渐渐亮了，她看着阳光那么惨烈地照着，想象着那个痛不欲生的藏一峰的扭曲的嘴脸。她找到一个地方，丢掉了很多东西，烧了一些衣物，还扔掉了饭盒，那些是证据，她自认做得很干净。

她一度走得很累，但她又特别的兴奋，就仿佛某一晚特别的困倦但又特别的兴奋，无法入睡一样，她有一次五天五夜没有睡觉，困得不行，但就是睡不着觉。

不知走了多久，终于又看到远处有列车来了，她长长吐了口气，她发现，自己已经走不动了，再也走不动了。

车上下来几个人，是加水的工人，她在浓雾一样的蒸汽的掩护下上了火车，她一直往后面走，直到走到后面的一节车厢，发现一个人也没有。

陈锦绣坐上了回家的火车，车厢里没有乘客，广播里正在播放时下流行的歌曲：年轻的朋友们，今天来相会……陈锦绣本来非常喜欢流行歌曲，没事时总是喜欢哼唱几句，这时候的陈锦绣困极了，厌烦广播里的歌声，她用手捂着耳朵。歌声终于停了，却又开始播放相声，陈锦绣趴在小桌板上，用手捂住自己的耳朵，把声音隔离开。但是她还睡不着觉，她一遍一遍地打着哈欠，就是睡不着，她在长椅上翻来覆去难受不已，最后只好重新坐起来。她从包里拿出本书，随便地翻着，她最终也没有让自己看清楚哪怕半行的文字，她的眼睛盯在书上，思绪却在四处飘飞。她想起了藏一峰那封最初打动她的写在大八行宣纸上的毛笔小楷字，一打开那封信，一股宣纸和墨的沉香扑面而来，让锦绣有种晕乎乎的感觉。那封信上究竟写了什么她竟然一点儿也想不起来了。她想起了她的初夜，那个黑石礁退大潮的夜晚，槐花街的人们兴奋地奔赴大海，那个夜晚，一个小镇上的男人夺走她纯贞的爱。

她坐在大年初一的火车上，听着列车碾过铁轨的声音，那声音伴随着她轰隆隆地前行，一点点地远离了藏一峰，远离了那个边远的小镇还有小镇上那家小旅馆，那里的炉火肯定已经熄灭，那里还深睡着一个她曾经深爱的男人，如果可能，这个他爱了五年的叫藏一峰的男人，由于喝了过量的掺有苏打粉的酒，加上他正患感冒，再吃了变质的虾仁馅的饺子，又吃了那些药，巴比妥、安定、卡马西平等等，这些药物混着酒精在他的身体里一点点起步，继而疯狂地奔跑，它们由素不相识，互相张望，互相吸引，到很快搅成一团，然后会跟上血液的速度，拼命地奔跑，很快会跑到生命的尽头。吃过药后，藏一峰会在很短的时间内达到深度麻醉的状态，然后会睡过去，然后，第二阶段便是卡马西平起作用。卡马西平不管过量与否，和过敏药等多种药混吃都可能诱发脑水肿和脑积水，稍一过量，其程度更厉害，药源性反应会导致他在极短的时间内颅内压急剧升高，压迫脑组织进入小脑，进而压迫负责呼吸的神经中枢，藏一峰会在极短的时间内因呼吸衰竭而死亡。不过，陈锦绣觉得藏一峰不会那么快就完蛋，因为陈锦绣用药量都恰到好处，如果不仔细分析甚至找不到任何故意致命的痕迹，这些药用得都很合理，对一个没有医学常识的病人这样用药不会让人产生任何的怀疑。那些变质的虾仁才是致命的根本。陈锦绣还用了安定，她之所以用安定，是怕他痛得用头撞墙或者在地上打滚，要知道，陈锦绣在妈妈的病房里可没少见过这样的病人。

陈锦绣眼前浮现出藏一峰发病时痛苦的样子，她突然觉得自己变得坚硬而强大。如果一个人的内心足够强大，那他一定是有过许多痛苦的过往，也许恰是在失去了爱以后。

窗外蔓延着年的喜庆，但陈锦绣的心里却一片悲凉，一晃而过的田野让人有一种萧瑟荒凉的感觉，冬的影子遮蔽了大地的气息，一切都如死寂一般。陈锦绣感觉手心好热，发烧般的热，她把双手手掌贴到窗玻璃上，一股透骨的寒冷滑过手掌越过手腕向身体里传递，玻璃上有细小的蒸汽闪过，陈锦绣隐约感觉到玻璃上有一双眼睛在注视着她。

“路是用脚走出来的，爱是用心堆起来的，情是用湿度传递的。”这是藏一峰曾经写给她的诗句，她曾经沉浸和感动在这样的诗句里，这时她突然恨恨地想，应当再加上一句“恨也是用遭遇雕刻的”。

为什么她先前没有想起来这样的诗句？她突然觉得应当把这诗句当面送给藏一峰。

陈锦绣趴在靠窗的小桌板上，头侧向窗外，眼睛看着窗外出神，她又看到玻璃上映照着一张脸，陌生的脸，但她转过身来，却什么也没有，她重新闭上眼睛，迷迷糊糊睡着了。

一个女乘务员开始查票，陈锦绣记得刚才她验过票了，陈锦绣开始找车票，但是怎么也找不到了，她明明买了票的，可是乘务员并不听她解释，她们争执起来，这时，来了四五个警察，不由分说，给她绑了起来，她大叫着挣扎，直到把自己叫醒。

她睁开眼睛，车厢里依然静悄悄的，只有铁轨上列车在有力地奔跑。她吓出一身冷汗，环顾四周，发现不知何时，对面坐着一个人，目不转睛地看着她。她并未在意，思绪不由得顺着铁轨，伸向那如烟的往事之中……

第二部　异乡客

一

醒来，是冻醒的，一定是谁慌张地剪断了夜的帷幕，偷走了夜的被服，才让温暖的气息偷偷地溜掉。豆芽儿裹紧了被子躲在被窝里不肯起床，炉火早已熄灭。

豆芽儿的房子紧挨着方芳家的大房子，或者说是搭建在方芳家大房子旁的一个偏厦子，位于方芳家的西面，北面外接了一个小厨房，厨房很小，如果两个人同时在厨房里干活都转不开身。

方芳家的大房子因为外墙是灰色的墙砖，时间长了，槐花街的人都把这个房子称为小灰楼。小灰楼并不是楼，只是做出了要长成楼的样子罢了。这个小灰楼成了豆芽儿心中永久的痛，她不明白当初爷爷怎么会在大房子外面接出这样的小房子，因为与小灰楼无法分割地接在一起，不是一家人，却好像一家人一样地住在一个院子里。这不明摆着做出寄人篱下的姿态吗？豆芽儿常常对宝珍说，什么时候能有锦绣家那样的大房子就好了。她期待着宝珍长大了能找个好单位或者嫁个好人家，不然要一辈子住在这样的破房子里，一辈子用羡慕的眼光看着锦绣和锦绣的妈妈方芳。

小灰楼是一栋日式老房子，是锦绣爷爷留下的，本来设计的是二层楼，不过仅仅完成了一层的建筑，二楼并没有完成。虽然外表看上去是日式建筑风格，但并没有日本建筑节约上的考虑，内部的结构并不是日本建筑常用的砖木结构，墙壁也没有用红砖加木板条和石灰黏合抹就，而是全部用厚重的红砖筑起，可能是考虑二层楼的结构，看结构很壮实的感觉。

冬天里，每当豆芽儿在小偏厦子里冻醒的时候，就恨恨地想起仅住着两个人的锦绣的家，也会不由得想起锦绣的爸爸永金，当初如果不是豆芽儿的爷爷找来一大家子的人来冒充住户，当年他们怎么会保留下来那么大的房子？不过，如果不是永金突然失踪，谁知道那里的主人会不会换成我豆芽儿？也许是命吧！豆芽儿心里装着别扭和委屈，但又无能为力。

窗外凛冽的风越发的紧，屋里的炉火已经灭了好久，炉火一旦停熄，小屋的四周就会像透风一样，阴冷的气息四处渗漏，立即就会把人冷得透骨。

周遭静静的，时间有点儿早，豆芽儿不想起床，但是今天豆芽儿值早班，她只好逼着自己起床，她先把炉子生着，随便弄了点儿吃的。过年了，好吃的东西比平时要多很多，但豆芽儿却没有太多吃的欲望。好的东西一旦一下子多起来，就会让人失去拥有的渴望和斗志。窗外是黑色的夜，过不了多久，大街就会和太阳一起醒来，那时，这样的寂静就会死去，一切都将活泛起来，让人没有丝毫的遐想空间，满世界的喧闹会铺天盖地地涌来，毕竟这是大年初一的早晨。

或许是靠海近的原因吧，豆芽儿总感觉槐花街冬天的夜晚比别的地方要冷得多。吃过饭后，豆芽儿浑身上下有种热乎乎的感觉，炉火把她的面孔烤得潮热，甚至带着热腾腾湿润的气息。走出家门的时候，豆芽儿吓了一跳，天地一片银白，大年初一的早晨一场覆盖天地的大雪袭击了槐花街，也袭击了黑石礁。因为下了一夜的雪，四处的银白使天气越发显得寒冷。

豆芽儿被眼前的白雪晃花了眼一般，头脑也变得迟钝，一片空白的感觉。槐花街两侧拥挤的各式破旧的洋房别墅在暗影下的雪中矗立着。槐花街何时成街，豆芽儿也说不清，她第一次走进槐花街时，爷爷已经带她到大连十几年了。早年的街道多以路两侧栽植的各种树木取名，种植楠树的叫楠山街，种植梧桐的叫梧桐街，种植樱花树的叫樱花街，还有桂林街、枫林街、柳林街等等，都是因树得名。一般一条街上只种植一种树木。靠海的槐花街是黑石礁的一条街，紧邻着槐花街还有好几条小街，这些小街因为不是主要街道，名字也起得不甚讲究，有红海头街、上屯街、下屯街等，还有一些横七竖八叫不上名字的小巷。小街都能从黑石礁广场通到海边，但这些小街过去都是穷人的街，都是为槐花街上的人服务的街。这些小街小巷都不算真正的街，所以名字也就不如槐花街叫得浪漫，也不如槐花街叫得洋气。

紧邻槐花街的另外几条街都是布满了饭店杂货铺衣庄美发店澡堂花房等等的各种生活气息浓厚的街区。这些街都仿佛为槐花街而生，却又仿佛都是槐花街的私生子，是临时兴起的产物，匆忙的样子有些东倒西歪。杂货铺是铁皮房，澡堂里飘出的是汗腺旺盛的出苦力人的味道，街道也像是营养不良的早产儿，一点儿也没有招人稀罕的样子，街道弯弯曲曲，路面破败不堪，即使不下雨也满是泥泞，街两边的树都是些歪七斜八的叫不上来名字的树，而且各种铺子都用绳子系着幌子，理发店的毛巾挂在上面，像是生了双胞胎的人家，屋里屋外都挂满了五颜六色的尿布。而槐花街是多么的不同啊！豆芽儿走在槐花街上，想象着这里曾经的富庶，她记得爷爷描述过的槐花街，还有爷爷那些在槐花街上拍摄的照片，可惜都被当作罪证被爷爷偷偷地烧掉了。

槐花街呈“羊”字形，羊的两个前角伸向南面。从黑石礁广场往南，沿着羊的尾巴顺着羊的脊柱一直往羊头上走就是黑石礁南部的海边。羊的两侧肋骨上和沿着海边的山坡处都盖满了密密麻麻的建筑，大多是20世纪40年代之前遗留下来的日式、俄式等风格的别墅式建筑，有四五十栋之多。远远看上去，这些建筑年代久远，大多已破旧，却仍然显现着曾经的荣耀、富庶和神秘，成为这里曾经显赫的佐证。

黑石礁往槐花街的入口处的槐花别墅的水泥外墙上，刻着“槐花街”三个字。槐花街曾经是富人街，是洋人街，20世纪初由俄国人规划建设的。豆芽儿记得爷爷说过，如果不是认识了陈锦绣的爷爷，他们一家可没有机缘住到槐花街上。

二

豆芽儿出生时差点儿被送了人，是回家奔丧的爷爷领走了豆芽儿，爷爷还想法儿让豆芽儿上学读书。爷爷后来娶了一位本地女子，那个女子在日本人家里帮佣，因为干活麻利，就被日本人家请到了日本，说等日本人家的儿媳妇生完孩子就回大连，谁知这一走就再也没有回来，从此以后，爷爷带着豆芽儿一起生活。

黑石礁海边以前建有大片大片的欧式楼房，几十年前是高档别墅区。那些红白黄形态各异的别墅，个性十足，有着圆形小格子的木窗，或高或平或坡形的屋顶，敞开的阳台，高高的台阶，结实的围墙，感觉很混合的形态，有西方的影子，又有日本的感觉，不华贵，很简约但是又有点儿品质。虽然俄国早于日本进入大连，但在黑石礁一带高档别墅区基本上都是当年的日本人开发的。日俄战争爆发后，日本人发现了黑石礁的天然景观，由南满洲铁道株式会社投资，将整个黑石礁海岸线围起来，进行了开发性的保护，还在紧挨着黑石礁别墅区的海岸线一带修建了大连的第一个公园——星个浦公园。20世纪二三十年代，是黑石礁发展的繁盛时期，星个浦公园内建有大和旅馆、高尔夫球场和各种游艺场，还建有棋乐亭、水族馆以及供游客游泳用的更衣室等。园内栽植大量的樱花，每年四月的最后一周，日本人都要在园内开赏樱花会。大和旅馆还曾经住过许多名人，当年暗杀斯大林的杀手也曾经住在大和旅馆，这当然是另一段传奇了。

早年的槐花街建筑千奇百怪，远远看去，好似建筑博览会，各式建筑如星罗棋布般点缀在沿海一带，这些建筑几乎都是依海而建，显示了曾经的达官显贵们在这里消磨的闲适时光。风和日丽的日子里，楼宇间都是海鸥翅膀的扇动和欢喜的鸣叫。

槐花街是整个黑石礁的核心，因为有了槐花街，黑石礁才显得富足繁盛。

黑石礁的名字的确与黑色的礁石有关，这个简单的没有诗意的名字，并没有减少黑石礁的魅力。而星个浦，意指海边星罗棋布的奇形怪状的岩石和海中林立的礁石。黑石礁海岸线凹凸崎岖，既有延绵温柔的沙滩，又有高低不等形状各异的礁石。往左右两侧的远处看，海的东西两侧紧邻高山，仿佛黑石礁的海是一个大大的包裹，包裹的开口处窄小，打开包裹就是漫无边际的茫茫大海。黑石礁的礁石林立，海浪长年拍打着礁石和两侧的山石，惊涛拍岸之处既是至美的风景所在，也是风暴的聚集地。每个冬天，黑石礁的海边都逃脱不掉那么一两次的风暴侵袭。每当狂风大作，礁石与海浪的撞击格外的响亮，电闪雷鸣时天空与大海的撕咬难解难分。那时候，海浪以饱满而膨胀的力量拍打着那些林立的黑色的高低不等大小不一的礁石，巨浪滔天的怒吼声在礁石间倾泻激荡。而更多的时候，黑石礁的海边是一片风平浪静的柔美景象，海浪轻轻地拍打海岸，就像女人对婴儿绵软无力的抚摸，那是海水漫过沙滩时动情的抚慰，像极了要分别的情人，带着不舍的眷恋。

槐花街早已不似从前那么的富庶，随着人口的迅猛增加，在违建猖獗的20世纪七八十年代，围绕老别墅建筑群四周接盖了数不清的大大小小的偏厦子和简易房，每栋别墅前后左右会开出四五个门庭和院门，一栋好端端的别墅房子被拆得四分五裂，破烂不已，住户也以出苦力的穷人居多，整个槐花街像冬天里缀满补丁的遮挡风寒的破棉门帘子。

从槐花街到达黑石礁广场要走七八百米的路，黑石礁人最引为自豪的除了黑石礁海滨奇特的礁石自然风光外，就是这条槐花街了。槐花街的两侧栽种着各种各样的槐花，有洋槐、刺槐、国槐等多个品种，不过，与大美的槐花街景致相比，槐花街的人们已经习惯了或者接受了冬天里风暴的搅扰。每一个属于槐花街的日子，都会在海浪的声音中沉睡和醒来。风从海面上裹挟着怒气在小街四处流窜，不肯示弱，敲打着每一扇干瘪的门楣。如果好长时间黑石礁的海没有了风暴侵袭，黑石礁的人们会寂寞不已。如果正好在寒冷无比的冬夜，恰好你因为某种忧伤或者怀念无法入眠，那么你一定可以体会到黑石礁的寂寞。

冬天里，除了每天都能听到大海的涛声，槐花街整个冬天里还常常会被凶猛呼啸的风暴席卷几次。每一次风暴过后，槐花街上到处都是掀翻在地的木板瓦砾和倒下的大树等等。每到寒风光顾的夜晚，槐花街的人们都躲在屋里不敢出门，守着火炉，看着窗外满天飞舞的杂七杂八的东西，像欣赏五彩纷呈的礼花。平时，只有国庆节的夜晚，才会在远离槐花街的市中心劳动公园里看到礼花绽放，而劳动公园的礼花不是每一个槐花街的人都能看到的。每到国庆节，槐花街上只有方芳和陈锦绣母女才会去那里看礼花，而储宝珍和储宝贵只能从陈锦绣的描绘中，去遐想劳动公园上空礼花的美丽。

一想到自己的一双儿女储宝贵和储宝珍，豆芽儿就一阵莫名的心痛。虽然与方芳一家一起住在一个院里，却完全是不同的境遇，每看到方芳孤傲的神情，豆芽儿心里就恨恨地骂。虽然最初的南院北院之分完全是因她豆芽儿而起，但她们钟爱的那个男人已经不在了，曾经的仇恨却成了豆芽儿心中永久的痛。

豆芽儿定定神，狠狠地长长地吐了口气，像是要顶回去这寒冷的气息，更像是给自己壮胆和鼓劲。凌晨槐花街静悄悄的，空旷而清冷，大街上甚至看不到几个新鲜的脚印，也许这时候大家都躲在屋里做着美梦吧。豆芽儿的脑袋里突然蹦出了一段清晰的旋律，它一个劲儿地在她脑袋里纠缠着不肯离去。那种歌谣式的旋律特别适合女孩子唱，小时候她经常唱，长大了以后不让唱了也不敢唱了。她环顾四周，见没有人，不由得轻轻地哼唱起来：

微雨黄昏的海面，
火影闪烁的星个浦，
想起海岸漫步的年轻岁月，
想起渐渐消失的我，
绢丝般朦胧的夜晚，
小雨飘荡的星个浦，
海岸漫步的岁月，
想起不能取代的我……

她的眼睛有了些潮湿的感觉，突然感觉有些忧伤。长大以后，豆芽儿还经常坐在黑石礁的海边，倚着岸边的礁石，目光冲着远方，轻轻地哼唱过这首歌，那么优美的旋律不知道为什么会让她唱出些悲伤的感觉。

三

冬天的槐花街少有浪漫，街道两侧到处都是槐树粗糙干瘪倔强的树干，被风和寒冷侵蚀得不见了叶的影子，树干上落满了雪，尽管被高低不平的房子遮挡着，豆芽儿仍能追觅到埋在白雪里的丝缕槐香的痕迹，这槐香刺激着她，永远都抹不去的香曾经强烈地折磨着她。豆芽儿缩着脑袋，想把寒冷和孤独挡在身体之外，身子也仿佛一夜间矮了几分。才刚刚凌晨四点多钟，谁会这么早走出家门，更何况是大年初一的凌晨。槐花街不长，却蜿蜒曲折，又因为下雪的缘故，有些难走，一条千八百米的小街，豆芽儿感觉走了好久。积雪很厚，豆芽儿在雪中一下一下费力地前行着，她不得不早早地赶往黑石礁广场的调度室，停靠在广场上的第一班电车还要等着豆芽儿去吹哨发车呢。不过，大过年的谁会那么早去坐电车？也许有吧，反正不会是今天，今天可是大年初一啊。但初一是初一，规定是规定，这是工作，不干不行，而且这份工作是豆芽儿费力争取来的，不让她干什么都行，不让她当调度可不行。不过，大年初一的凌晨，豆芽儿一个人走在半黑半明的槐花街上，心里还是有些许的不甘，当初费那么大劲才换来的工作，竟然让她有了些许不满的情绪，是啊，谁会稀罕这份破工作，起早贪黑的。但是这份工作豆芽儿可是花了不少心思和功夫啊，这其中的艰辛只有她豆芽儿自己知道。

豆芽儿真名叫窦艳，是电车公司的调度，因为从小就长得又细又长的，取小名豆芽儿。出生时据说病得很重，又是个女孩，家里就准备把她送人了。算命的先生说了，这丫头命中带水，得往有水的地方带，豆芽儿就被爷爷带到了有水的大连。

豆芽儿长得细细高高的，走在路上有种风吹杨柳的感觉，会给人一种不同的味道，每次她走出调度室用力地吹哨的时候，都会吸引许多人的目光，远远地看去，她的身影，每每成为黑石礁广场上一道别样的风景，多少女人羡慕握在她手里的那枚哨子，那声声脆响又会引来多少男人喜爱的目光啊。但是她私下里却有满心的委屈和不满。因为调度室就在黑石礁广场边上的电车终点站站台上，而她的家就在黑石礁的槐花街上，她每天从槐花街走到调度室大约十几分钟的路，这本来是一件多么省心省力的事。可是这十几分钟的路对豆芽儿来说是那么的不情愿。豆芽儿有个喜好，她喜欢坐在电车上，喜欢看那些乘客气喘吁吁奔跑追赶即将开走的电车的样子，期待哨音吹响时好心的司机等她上来的那一瞬间，那时，满车的目光都会为她鼓劲，当然也会有不满和抱怨的声音，不过，这些都会在她上车后得到平息，她会成为人们注意的焦点，人们就会看到她新穿的衣服、新式的皮包，还有她杨柳般的腰肢，那是多么幸福的时刻啊！可是，这些都是想象，她永远不用赶着跑着追着上车，也不用哪个好心的司机和乘务员等着她，她无法每天挤到拥挤的车厢里，无法听到车里人的谈话聊天说事儿，也不会被哪个男士有意无意地在拥挤的人群里用身体抵挡护着她，她工作的地方就在广场上的调度室里，她的工作范围就是从调度室到站台的十几米的距离，甚至她根本不用上站台，只要站在调度室的门口吹一声哨子电车就会应声启动，然后她只能回到调度室里看报纸或者发呆，等着另一辆电车开到站台上，然后看着调度室墙上的钟表，看着表针转到下一辆车的发车时间。她周而复始地重复着单调的工作，不过，她心里清楚，她没有资格抱怨，这比她原来当环卫工人淘大粪不知道要好多少倍，她没有理由抱怨，她应当知足。可是豆芽儿就是心里不满意，不服气，不舒服，不过瘾，总之就是不痛快，难道她就应当在这个小调度室里一直待下去不成？

豆芽儿自己知道，自己所有的不痛快都是因为方芳。不过，这也许是命吧，有时她想。

昨天女儿宝珍上夜班，女儿还没走时，豆芽儿就早早地钻进了被窝，她爬进被窝装睡，就是不想和女儿宝珍延续前一天的话题。女儿储宝珍可不是个心疼妈的孩子，这孩子跟自己有点儿像冤家。宝珍要买一件新款的料子大衣，那件大衣是红黑相间的格子大衣，是当下最流行的款式。豆芽儿是打年轻时过来的人，更何况豆芽儿也是喜欢打扮的人，知道女儿宝珍当下是最爱打扮的年龄，豆芽儿本来在心里已经答应给女儿买一件的，因为女儿的理由很简单，就是锦绣已经买了一件，她储宝珍现在自己挣钱了，再也不想受小时候的委屈了。再说宝珍说自己长得也不比锦绣差，为什么就不能穿一件好看的格子大衣呢？本来豆芽儿钱也准备好了，可是还没有等把钱拿出来，远在山东老家的宝珍舅舅就来了信儿，说过年了，家里一点儿过年的东西都没有，而且宝珍的姥姥又生病了，需要钱看病。豆芽儿知道，宝珍姥姥看病是假，要钱是真，豆芽儿想，自己已经两年没有往老家寄钱了。

上一次见到父母和小弟一家是两年以前的事了，本来他们已经说了死话，今生老死不相往来。那一次，他们突然拉帮结伙来到了槐花街，连个信儿都不捎。当然他们也不会写几个字儿，也不用写什么长篇大论的信儿，他们的信儿就是直接要钱。他们把豆芽儿的家当成自己的家，他们不来那是不想来；他们想来就来想走就走，不用和任何人打招呼，不用考虑豆芽儿同意不同意，谁让豆芽儿住在有名的槐花街，在他们山东老家，谁不知道豆芽儿的爷爷曾经在槐花街上做事。说起槐花街谁不另眼相看。只是那一次，他们在豆芽儿的家里住着住着就不安分起来，先是把豆芽儿积攒的钱一点点偷光，后来又把家里能吃能喝的都给败光了，还把豆芽儿买的猪皮棉皮鞋拿出来穿。四个人轮流穿出去显摆，先是妈妈和弟媳穿，后来弟弟和爸爸穿，他俩脚大，就踩着后鞋帮去大街上溜达，那可是豆芽儿东省西省才买的新皮鞋，只有过年时拿出来穿过那么几天，他们四个人硬是把一双新皮鞋穿成了烂鞋子。后来，他们因为吃鲐鲅鱼还是吃镰刀鱼打起来了。那阵子市场里突然涌出好多卖鲐鲅鱼和镰刀鱼的，那阵子这两种鱼多得在黑石礁的海里盛不下，便宜得不得了。他们有人想吃鲐鲅鱼，有人想吃镰刀鱼，后来他们总算是统一了意见，他们把豆芽儿准备过年走油用的一坛子猪大油拿出来，炸鱼吃，两种鱼一起炸，那天，槐花街上到处都飘荡着炸鱼的香味。后来，因为豆芽儿偷偷地给了爸爸两元钱结果让弟弟知道了，弟弟指责豆芽儿不长良心，说这么多年在老家都是我在照顾而你却不感激我不给我钱花给一个没有用的老头子花。豆芽儿的爸爸显然不能同意儿子把他比成老头子，他们又打了起来。他们把豆芽儿家弄得一片混乱，不是动棍子就是动刀子，而且下死手动真格的，还跑到了锦绣家去打。他们想本来院子就是他们的，他们越想越来气，还借机把锦绣家里的玻璃打碎一块。他们打得很凶，槐花街没有谁能拉得开。一开始分不清谁和谁一帮，后来发现是父母之间吵架，后来父母又一起对付弟弟一家，与弟弟、弟媳妇打，最后，又一起和豆芽儿一家打。弟媳妇总是怀不住孩子，总是习惯性地滑胎，她脾气特别的暴躁，她拿着斧头到处乱挥，其实就是吓唬吓唬人，她最终没有砍人，她拿斧头把豆芽儿的皮鞋一下一下都剁碎了，也剁碎了豆芽儿的心。豆芽儿连夜把他们全都赶到了大街上，他们在槐花街上跳着脚骂着豆芽儿这个不孝之女，说豆芽儿你觉得你是谁你就是一个强奸犯的老婆你是个破烂货。他们专挑难听的可劲地骂，骂得槐花街上聚满了人，骂得槐花街上飘荡起会意而开心的笑声。他们到大街上流浪，但是他们很快就又有了新的主意，后来他们很快就和好了，他们竟然扬言要搬到方芳家去住，说锦绣娘儿俩凭什么住那么大的房子，她们两个人住那么大房子是浪费是资产阶级是大地主大资本家要是在乡下早拉出去枪毙了……再说，当年要不是豆芽儿的爷爷带着一大家子来充数，他们怎么会保留下这些房子，他们现在不让我们住就是卸磨杀驴！

卸磨杀驴！卸磨杀驴！卸磨杀驴！卸磨杀驴……

他们怒吼着，豆芽儿没有在那些骂声前软下来。这是第几次把父母赶到大街上她也说不清了，反正槐花街的人都知道豆芽儿，都认识豆芽儿，都有权利笑话豆芽儿，反正她的脸面早就丢尽了，再丢一次也无妨，豆芽儿已经习惯了这样被人耻笑和怒骂。寂寞的日子难道不需要来一些这样的吵闹吗？不然日子过得会多么的平淡无奇啊！

豆芽儿把储宝珍挣的钱全部没收了，豆芽儿不允许宝珍自己支配自个儿挣的钱，宝珍要买什么东西再和她要，每到储宝珍和豆芽儿要钱，豆芽儿就特别心疼，豆芽儿对储宝珍特别的抠门儿。豆芽儿并没有把老家的妈妈生病当回事，只当是老家的鸡啊鸭啊猪啊狗的生病了，但她知道老家的父母和弟弟媳妇们没有地方弄钱，豆芽儿寄走了二十元钱。钱寄走了，再给宝珍买格子大衣钱就感觉紧张了，她不给宝珍买大衣就有理由了。其实豆芽儿心里觉得，宝珍再怎么打扮，也打扮不出锦绣的俊样儿。宝珍是风里吹雨里滚土里扒拉出来的毛丫头，再怎么拾掇也只能拾掇出粗糙的草姑娘模样，而锦绣是高贵人家长大的，天生的贵气，穿不穿格子大衣都一样的漂亮。豆芽儿一想到与方芳明里暗里较劲，心里就隐隐地痛，就恨得牙根儿痒痒。豆芽儿实在不想给储宝珍买什么格子大衣。按理说，储宝珍已经工作了，也挣钱了，可是山东老家的父母和兄弟姐妹前前后后这么多年把豆芽儿家里搜刮得精光。再说豆芽儿从来就没有富有过，她从来不能像陈锦绣的妈妈方芳那样，想穿什么穿什么，想吃什么吃什么。没钱的豆芽儿更看重钱，钱到了豆芽儿手里再往回要几乎是不可能的。虽然她没有资格和人家比，但是她就是心里不舒服，一辈子不舒服，如果有机会再生一回人，她就生在好人家富人家有权势的人家，生在不要脸的人家也行，就是不能生在现在这样的破家里。

四

时间太早，广场上有些冷清。

黑石礁地处城乡接合部，是许多公交车的起始点和长途汽车的换乘站，所有开往城市西部的汽车到了黑石礁即是到了终点站，连廉价的电车都在黑石礁断了念头，轰隆隆开过来，却在黑石礁戛然而止，把人送到黑石礁广场上，然后再拉上人送回市内，无法再向前迈进半步，仿佛用尽气力要把黑石礁从城市的边缘解救出来。所有从市中心区开来的公交汽车到了黑石礁广场，也就到了终点站。车停下来，放下乘客，然后在广场上掉头拉上乘客再往市内走，仿佛再往前就是悬崖峭壁，多一步都不肯走。如果谁要到城市的西部，就只能在黑石礁广场上换乘长途客车了。过了黑石礁，就是小平岛往旅顺方向的郊区，属于小长途，连当年贪心的日本人都不想再往前走了，把电车道只修到黑石礁广场，连进城送菜的车也只能停在破烂不堪的下屯街。

黑石礁广场是城乡的分界线，这里因为有了电车，有了小广场，乡村得以在这里向城市延伸，而城市却无法在这里止步。

豆芽儿供职的电车公司是解放广场电车厂，主要是负责黑石礁开往兴工街、兴工街开往寺儿沟方向的有轨电车，这些线路是城市的重要交通线路。黑石礁是电车始发站也是终点站，还是临时的停车场，每到最后一班车收车时，十几辆顺着电车道一溜排开，依次在铁轨上整齐地停靠着，远远看去，有着墨绿色车体和一个个小窗口的电车，像一个个庞然大物又像一队队慢慢行进着装整齐的士兵，它们到达再出发，周而复始，成了黑石礁一道独特的风景。

豆芽儿自小就喜欢坐电车。豆芽儿喜欢听电车乘务员报站名，有时候豆芽儿坐电车不为别的，就为听一个个站名，振工街、大众街、大同街、西岗街，老街的名称让人有种归属感。那些乘务员穿着干净整齐的工装，斜挎着工作包，从里面拿出票，麻利地收钱卖票，他们把票递给你时并不看你，他们知道你的手准能接住那一张小小的薄薄的车票。那些票只是暂时给你保管，下车的时候那些票会回到他们的手里，他们要么撕碎了要么揉成一个小团，放在包里装废票的夹层里，或是打开车窗扔到外面，全看他们的心情，是的，他们有权处理那些票。那些扔到车窗外的车票有些还完好无损，有时被风吹到路边的杂草中。豆芽儿小时候最喜欢在杂草中捡扔掉的车票，运气好了会找到好几张，然后弄平整了，再坐车时就用这些捡到的车票。豆芽儿不用担心那些票被发现是捡到的，只要票面整齐完好，就没有理由不让用，也许这正是他们故意设置的把戏，那些丢在风中的车票给孩子们带来的意外惊喜难说不会给他们带来小小的成就感。他们是电车上的主人，他们天天开门关门迎来送往，他们把车门弄得咣当咣当地响以表示他们的庄重与严肃，他们面无表情的样子在豆芽儿看来多么有味道啊！

豆芽儿的理想就是长大以后当一名电车乘务员，为了适应将来的工作，豆芽儿从小就喜欢记地名，小时候爷爷经常给她讲大连地名的来历，虽然长大以后那些老街名已经陆续不用了，但是豆芽儿仍然记得那些老地名老街名。有一次，豆芽儿的爷爷有些犯糊涂走丢了，他老得都要不记得家了，被派出所警察送回家的，豆芽儿问爷爷在哪儿丢的，爷爷说在浪速町，豆芽儿知道，浪速町就是天津街。豆芽儿几乎记得每个街道的名字。日本侵占时期的街名有着明显殖民性、歧视性特征，仅具有日本风俗文化内涵的含“町”“通”的名称就有近两百个，而有中国文化风俗内涵的街名只有不到三十个，占所有地名的很少部分。日本人把在平缓的丘陵地带上的街道和高岗地名字带上“台”字，春阳台、樱花台、秀月台。他们还愿以战舰名称命名，什么吉野町、朝日町、三笠町、浅间町、浪速町等。还有以日本古代诸侯国国名命名的武藏町、骏河町、摄津町、纪伊町等。在日本人集中的地方大多都会用“通”“町”等做地名，那些明治町、神明町、大正通、东乡町、儿玉町等路街，后来都被鲁迅路、解放街、西安路、修竹街、团结街等取代，不过，那些旧名字还在豆芽儿的记忆里，像那些旧时光一样无法被抹去。

紧邻槐花街的下屯街最早是贫民区，后来日本人开发了黑石礁，把下屯街的贫民迁走了。再后来，日本人撤离大连后，下屯街上的老居民重新搬回去，许多人还住进了老别墅，下屯街又叫回了原名。但有一些地名已经根深蒂固，无法改变，只在原有的基础上稍有变化，吉野町改成了吉庆街，朝日町改成了朝阳街，枫町改成了枫林街等等。但大多数中国居民都集中在寺儿沟、转山屯、老虎滩、傅家庄、香炉礁、侯家沟、车家村等地，由于一些老地名带有明显殖民地色彩，一点点被弃用了。

五

调度室位于黑石礁广场的西北角，也是广场的最高处，也许因为地势高，门前的雪被风吹得所剩无几，像被人潦草地扫过。豆芽儿打开调度室的门，调度室里有一张长桌子和几把椅子，桌子和椅子冰冷得让人不敢碰，好像一碰手上的皮肉马上要粘上去一样。豆芽儿又开始生炉子，这是今天她第二次生炉子。好在生炉子的东西都在角落里码放着，装在麻袋里的木刨花，剁成小长条的破木头，堆在墙角脱成砖头状的黑乎乎的煤饼和新鲜的煤块，边上用许多半块的碎砖头垒成小圈儿护着，还有引火用的废纸。炉子里的炉灰都烧成了砖红色，是煤里加了太多的黄黏土的缘故。豆芽儿开始掏炉灰，她怕炉灰太冲，拿起水壶往上倒水，可水壶里的水结了厚厚的冰，她只好用一只手捂着嘴巴，另一只手掏炉灰，掏了一会儿，掏着掏着她不由得停下了。她干脆扔掉工具，坐在了椅子上，重重地叹了口气。她想起了一个人，想起了王兵，他现在在哪里，他还好吧，过年了，不知道他能不能吃到饺子。

豆芽儿抬眼往调度室的窗外望去，仿佛看到一个人向她走来，她似乎听到外面电车咣当咣当开过来。如果王兵还在，他还会在大年初一给我拜年的，他是那么让人牵挂。她的眼前不由得跳出了王兵那副调皮的样子。

过年的时候，豆芽儿无法不想起王兵，如果不是因为自己，王兵现在还在电车厂当他的司机，这可是他向往已久的职业啊。王兵的父亲是电车厂的修理工，一次，他在修理电车时，电线突然断裂，砸中了他。当时他站在电车车顶棚上修理电车支架，电线断了直接落在了他的头上，他一下子从电车上摔了下去，死了。十八岁的王兵直接进了电车厂接父亲的班。因为王兵的爸爸是工伤，所以王兵可以在电车厂任意地挑工种。王兵喜欢打扮，他不想穿着油腻的工作服在电车厂当修理工，他想当电车司机。

王兵是学徒时认识豆芽儿的，后来王兵告诉豆芽儿，他第一次看见豆芽儿姐时，豆芽儿姐的眼睛里正在着火，他只想着要去救火，别的什么也没想。

那天，也是大年初一，她早早地在调度室里掏炉灰，有人走进了调度室，还没等豆芽儿回头，那个人一下子从后面捂住了豆芽儿的眼睛。

豆芽儿的心嗵嗵地跳起来，但她还是装作生气地大声叫道，谁呀？快放手，我要干活！

那人还是捂着豆芽儿的眼睛，身子仿佛要贴到豆芽儿的后背上。

是王兵，豆芽儿当然知道，她故意抖了抖肩膀，说，王兵你松开手。

我就不松。

你松不松？

不松！

松不松？

不松不松！

你再不松手我拿煤钩子刨你！豆芽儿边说边真把煤钩子朝身后比画起来。

真不识闹！王兵不满地放开手，见豆芽儿头也不抬地在那里忙乎，他轻轻地拍了拍她的肩头，说，姐，你怎么真生气了？姐，我是逗你玩呢！

真是棵豆芽儿，经不起冻（动）。王兵嬉皮笑脸地嘟囔着。

豆芽儿并没有起身，仍然蹲在炉子前掏炉灰，却听到自己的心咣咣地跳。

王兵看豆芽儿的脸红了，便来了精神，问她带没带什么好吃的来。

这是他俩的秘密，每次到调度室里等候发车的时候，王兵都能从豆芽儿那里淘来好吃的东西。

真馋！豆芽儿装作面有愠色地说，兜里有瓜子。说着抬起了左边的胳膊，欠身示意王兵瓜子在左边的衣兜里。王兵立即兴奋起来，把手伸进豆芽儿的衣兜里，但他并没有直接掏瓜子，而是用力地抓了一下豆芽儿的前胸，然后才掏出一把瓜子，轻轻一跳，把屁股挪到了桌子上，动作快得让豆芽儿来不及反应。

王兵吃着瓜子，美滋滋地说还是豆芽儿姐姐好。

豆芽儿低头扒炉灰，嘴上却说，叫阿姨！没大没小的。不过，这话说得连她自己都听出了语气里的绵软和暧昧。

嘿嘿，姐姐姐姐姐姐姐姐……就叫姐姐。王兵一脸赖皮的样子。

王兵一副嘻嘻哈哈的样子，仗着年龄小，对豆芽儿也是没大没小的，总喜欢和她闹着玩。电车司机是清一色的女性，突然来了一个男司机，大家真是左看不顺眼右看不顺眼。不过，豆芽儿喜欢王兵，不仅是从他外表看到的那样年轻，充满活力，无忧无虑，没心没肝的不知愁的样儿，关键是他们有秘密，这秘密已经埋藏很久了，豆芽儿越来越害怕这秘密，所以对王兵是又爱又怕，她从来不跟他真生气，就是有气也是装出来的。

今天大年初一，我来给姐姐拜年，姐姐过年好。王兵说着朝豆芽儿努了努嘴，做出亲嘴的样子。

豆芽儿说了句“不害臊”，低下头忙乎，不再理他。

我想姐姐了，知道姐姐早班，我是来帮姐姐干活的。说着，他把手里的瓜子皮丢到煤灰里，拎起装灰的桶子出门倒灰去了。

豆芽儿看看表，时间差不多了。

我要去吹哨了。却是商量的口气。

王兵拍拍手上的灰，有些不舍离开的样子，往窗外看了看，电车上已经站了好几个人，都在往调度室这边望着，车上的两个乘务员看样子也打扫完了卫生，向调度室这里直摆手。

豆芽儿从衣兜里拿出哨子，装作要吹的样子，王兵一下子用手捂住了她的嘴，说不许吹，我上车了你再吹，说着迅速地在豆芽儿脸上亲了一下，跳出了调度室，往电车上跑去。

电车上的人不多，就那么三五个人，硬木长条椅子与天气一样的冰冷，刚上电车的几个人几乎都站着，也没有人去抓住吊在空中的圆圈把手。因为电车上人少，大家可以找到许多空间立脚，或者可以倚在长条木椅把头的地方，或者找个其他什么地方。平时人多都抢座，现在人少座多了，反而没有人坐了。上车的都下意识地把两只手放在嘴边，边哈着气边搓着手，轻轻跺着脚，彼此漫不经心打量着，或是看着窗外想着各自的心事，或者干脆佯装闭目……

豆芽儿眼看着王兵一溜小跑着跳上了电车，钻进前面的驾驶室里不见了，她来到站台上，在雪地上下意识地踱着步，终于吹起了响亮的哨子。乘务员咣咣咣把电车前后车门拉上，再把车门上的小钩子从下往上利落地一挑，两扇对开的门就挂上了，几乎在她哨声刚响的瞬间，电车轰隆一声启动了，像一栋笨拙的大房子，咣当咣当地往前移动着。也几乎在电车启动的同时，豆芽儿也以极快的速度跑回到调度室。

豆芽儿回到调度室，再看看越开越远的电车，有些恍惚。车速过快，电车车顶棚的支架与电线迅速地摩擦着，嗞嗞地划过一道道又红又蓝的斑驳火花，那让人迷离的火花把黑石礁夜空彻底点亮了。

豆芽儿穿着一件大红色的棉服，正是春节最时兴的棉服款式，大街上的成年人几乎每人一件：卡其布的外表，粗重的有力量感的拉链，衣服上下共有四个贴在外面的大口袋，看上去有些招摇。男女棉服的款式几乎一样，但颜色不同，男式的只有黑、深蓝、土黄，而女式棉服的颜色就丰富多彩了，大红、粉红、墨绿、淡黄和淡绿等等，腰身处有一根暗藏的细绳，轻轻一拉一系，立马就会显出身条。豆芽儿的年龄穿大红色的衣服有些夸张，但她心里清楚地知道自己是为谁而穿的。豆芽儿的头发上新烫了波浪卷儿，她每到站台上吹响电车发车的哨子后，立即就会像一团火一样滚进调度室的小铁皮房里。

好像是特意而为，调度室里的主角永远都是女性，从记事起，豆芽儿就只看到过女调度，从来没有看到过男调度，尽管调度室里常常有男人在里面，但他们都不是调度，从来不是。豆芽儿身材高挑，喜欢穿鲜艳夺目的衣服，她当调度，站在黑石礁的街头，那就是黑石礁的一道风景了，王兵甚至还想到了“独立寒秋”这样的句子来形容豆芽儿，让豆芽儿觉得他又可爱又好笑。

窦艳姐，我就是因为你才想当电车司机，这样我就可以天天看到你，可以天天到你的调度室里来。豆芽儿想起王兵的话，抬头照了照镜子，镜子中的豆芽儿脸色灰暗，一看就是严重缺觉的样子，她用手轻轻地摸了摸自己的脸，强迫自己忽略脸上那些粗糙的皱纹。她不由得想起她和王兵在一起时的情景，心跳立即有些加速，像是害怕被别人发现一样，突然地朝四周警觉地看了看。他们开始得唐突，却又无法坦然地结束。

那也是一个春节，她刚到电车公司不长时间，那时的王兵也不过才是一个二十出头的小伙子。

想什么心事呢，这么入神？有人进来，是司机小张，戴着一条大红色的围巾，格外的喜气。豆芽儿从回忆中醒过神来，略微平复了一下乱跳的心，转过身来，问了声“过年好啊”，继续埋头生炉子。

炉子终于点着了，通红的火苗在炉膛里跳跃。豆芽儿麻利地收拾着，抬头看了看墙上的钟表，离第一班车发车的时间还早着呢。

她想起不辞而别的王兵，心里竟然心痛不已，他其实还是个孩子，他现在在哪里？过年了，他想不想家？

六

调度室是个铁皮搭的临时建筑，四面都是窗户，有点儿像火车站广场上日本人修建的用于执勤的岗亭。那岗亭很有名，有点儿像一个倒立的细脖大肚的酒瓶子，细脖子足足有两层楼那么高，上面挂着一排楼梯，瓶肚子上是四面窗户的小屋，人在上面，可以一览整个广场的各个角落。曾经那里有一个姓霍的交警看中了宝珍，豆芽儿想提前看看给宝珍把把关，她在岗亭不远处悄悄地打量着霍交警，她发现霍交警脑袋上是抓人眼球的少白头，少白头一定是血液有问题，豆芽儿于是打消了把宝珍嫁给霍交警的念头。豆芽儿坐在黑石礁广场的调度室里，经常会想起远在火车站广场上的交警岗亭。有一天，因为电车道扩道，岗亭被拆除了，豆芽儿当时还想，幸亏没把宝珍给了霍交警，如果给了他，岗亭拆了，霍交警到哪里办公，他的少白头会不会愁得更白？

调度室与黑石礁广场有一个五六米的落差，从调度室旁边的台阶走下去就会到广场上。豆芽儿坐在调度室的长凳上，她不用费劲就可以看到整个黑石礁的景致。调度室和黑石礁广场的关系就像一把打开的扇子，调度室在扇子的根轴处，而整个黑石礁广场就像一把打开的扇页，支撑扇页的是通往东南西北的大小不一的街和道。俄国人的规划设计喜欢以广场为中心，然后才是大街、林荫街、小街、小巷，递次延伸，像把一切美的景致都收藏在曲折之中。

炉子上的水壶嗞嗞地冒着热气，热烈而喧闹，壶盖跳动着，像犯了病的癫痫病人，一抽一抽无法停歇，小铁皮房虽然四面都是窗户，看上去样子单薄，屋子里面却暖融融的，把冻僵了的树干和呼着白气的行人隔在窗外。屋顶上的烟囱往外冒着灰白色的烟，像戏台上的白娘子在风中舞着宽长拖沓的袖子，要多缠绵有多缠绵。

又一辆电车在哨声中碰上了门，开始咣当咣当晃荡着向远处开去，车身左右摇晃着，摇摆得快倒下去一般有些让人担心。从第一班电车发车的哨子凌晨四点钟准时响起，直到第二天凌晨的一点半钟最后一班电车收车，电车全天几乎不停歇地运转。中间只停顿三个小时，这停顿的三个小时，让忙碌了一天的有轨电车终于可以喘息一会儿，整个黑石礁，甚至整个城市便陷入了寂静之中。电车噪声很大，但是黑石礁和住在电车沿线的人家似乎听惯了这样的喧闹声。豆芽儿曾经问过住在沿线的几位朋友，一天到晚听着电车轰隆隆的响声会不会睡不着觉啊？他们却说听惯了有轨电车的轰隆声，睡得很香，如果哪天听不到了反而不习惯，竟然睡不着了。就好比听惯了身边的人打呼噜，冷不丁少了那个打呼噜的人也会不得劲一样。

调度室旁边就是台阶，沿着十几级的台阶走下来，就到了黑石礁广场。黑石礁广场北侧有一家老字号的国营黑石礁饭店，这家饭店后来越开越大，在全市开了十几家分店，这是后话。挨着饭店的是国营黑石礁商店，广场的南面，是黑石礁饭店和商店的对面，也是槐花街街口处，有一个大大的院落，旧时叫槐花别墅，现在是黑石礁旅社。黑石礁旅社占据了几乎大半个广场。

在黑石礁广场东南部还有黑石礁理发店、黑石礁五金店、黑石礁浴池、黑石礁食品商店、黑石礁杂货铺、黑石礁粮店等等，不知道是起名的人愚笨还是不在意，在黑石礁凡是个店，起名都用“黑石礁”打头，仿佛怕人们忘记黑石礁一样，名字起得毫无创意。挨着槐花街最近的一条街的街巷深处，还有一个新建的不大的自由市场。一条大道沿着电车道并行着，从市内自东向西舒展开来，穿越黑石礁广场，紧贴着槐花街街口，顺着黑石礁旅社院墙外，向旅顺方向延伸过去。

又一辆车发走了，豆芽儿回到了调度室，已经是早晨六点了，阳光仿佛在夜里冻僵了般，迟迟不肯露头。小铁皮房里的火炉尽情地烧着，豆芽儿已经发了十几班车了，她在调度本上做着记号。她坐在窗前看着黑石礁广场，广场上行人寥寥，时间还早，串门拜年的还没有出发，大街上依然沉默着。反正是大年初一，人们有的是时间和耐心去等待晚起的阳光。

豆芽儿坐在调度室里往远处漫不经心地看去，黑石礁广场上高高低低胖胖瘦瘦的建筑都像过年的孩子一样，换上了新装，干干净净地裹在雪白的衣衫里。不远处的一栋居民楼里，有早起人家的窗口滚出了一团团白色雾气，像是捂在被子底下的小孩子，睡了一晚上，醒来了，开始呼呼地张嘴喘着气。那一团团白气在窗口的风中拥挤着盘旋着，迅速飞散开去。这样的早晨走在大街上的行人，大多是非上班不可的司炉工清洁工或者乘务员医生护士等等。如果这时有人在街头闲逛，多少会给人一种不真实的感觉。

调度室东北面位置是电车在黑石礁的终点停靠站，电车先到终点站停下后，等下完了乘客，就在那里等待调车指令，然后再开到调度室跟前的站台上，司机再到电车另一头的驾驶室，等待正式发车的指令。终点站旁边紧挨着一个神秘的院子，院子里有一处老建筑群，解放后还被作为国宾馆使用过，宾馆里曾经住过许多历史上有名的大人物。

这时候在终点停靠的电车已经有好几辆了，排成了长长的队列。又一辆电车驶回黑石礁终点站，停到了国宾馆的旁边，按时间算，这一辆应当是4759号电车，正是当年王兵开的那辆电车。豆芽儿早早地就把目光贴到了电车上，她希望看到驾驶室里高高瘦瘦的王兵。电车上依然人不多，只下来三两个人，都各奔东西了。这时，一个看上去有些瘦小的男人从电车上下来，径直朝黑石礁广场走来，他把豆芽儿的目光牵走了，豆芽儿的目光不由得跟着他。那个男人径直朝调度室走过来，快到调度室时，顺着调度室旁边的台阶，走下台阶，来到黑石礁广场。豆芽儿的目光从调度室里飞出来，跟随着广场雪地上那一串深深的脚印，跟紧了那个瘦小的男人，一直向前走去。他一定是到槐花街去，他去找谁，难道又是到槐花街回访寻根的日本人？豆芽儿正想着，这时，男人果然就到了槐花街的街口。豆芽儿的眼睛不得不停止前行，她满是疑惑，因为那个瘦小的男人停住了脚步，停在了黑石礁旅社的大铁门前。不用说，春节期间黑石礁旅社是歇业的，更何况是在大年初一的早晨，这样的日子旅社是不可能接待客人的，当然也不会有客人上门。有谁会在大年初一的早晨去住旅店呢？豆芽儿知道，至少黑石礁旅社开业以来还从没有过这样的情况。

那个瘦小的男人从调度室窗外走过时，豆芽儿就被他吸引住了。男人个子不高，甚至有些矮小，她注意到了男人那张脸有些特别，他的脸轮廓分明，有点儿与众不同。他看上去表情严肃，甚至有些过于严肃，他紧抿着嘴，像是在抵御寒冷，又像是在努力思考，他的脚步又小心又急促又沉稳而坚定。他的一只手插在米色风衣的口袋里，另一只手拎着一个黑色的大皮包。那时候少有人穿风衣，更少有那种特别质地的大皮包。对了，他穿的是一件少见的米色风衣。在这个寒冷的大年初一的早晨，他应当穿棉袄而不是穿风衣，豆芽儿看着他的背影想。他脖子上还围着紫色的围巾，虽然露在外面的不是太多，但还是能让豆芽儿看出端倪，那绝对不是用旧毛线手织的那种围巾，应当是很珍贵的机器织的羊毛围巾。豆芽儿看到陈锦绣的妈妈方芳有一条这样质地的围巾，只有上海才能买到这种羊毛围巾。他还穿着一双乌黑锃亮的大皮鞋，皮鞋的鞋带系到了裤脚的里面，不知道会不会系到小腿肚子上，这就更与众不同了，他应当穿黑色粗猪皮面的棉皮鞋，时下最流行的那种棉皮鞋。他应当穿棉皮鞋而不是单薄的皮鞋，这显然不是一种刻意的打扮，这个人的打扮太不凡了，这说明他肯定不是一般人。豆芽儿实在想不出他应当是哪里人，哪个区和哪个县的都不应当是，那他是哪里的呢？豆芽儿觉得这个男人与她天天看到的那些男人是多么的不同啊！他的着装、神态、步伐都是那么的与众不同，当他走过调度室小铁皮房旁时，根本没有往里面看一眼，他的目标很明确。

豆芽儿的目光跟着他一起站定，她在想，他应当不会是去住店的，谁会在大年初一的早晨去住店？那么他从哪里来？他会去找谁？旅社里的姑娘几乎每一个人豆芽儿都熟悉。哪个姑娘才相了对象，哪个姑娘嫁了人，哪家人家新得了“双棒”，哪个姑娘的爸爸升了官，哪个姑娘的妈妈长得漂亮却不时地生病，哪个姑娘买了件值钱的羊毛大衣到处显摆等等，豆芽儿通通都会晓得。豆芽儿知道今天是储宝珍值班，难道他是找储宝珍？

豆芽儿专心想着这个男人的事，这时又一辆电车上的小胖售票员王红匆忙跑去广场边上的公厕，待王红回来时，电车已经到了发车的时间。如果有空他们总是借着等待发车的短暂的时间，到调度室里看看豆芽儿，和她待那么一小会儿，聊几句，直到电车到发车时间了，才匆忙跑回车上。乘务员们都喜欢豆芽儿，他们总是豆芽儿姐长豆芽儿姐短地与豆芽儿聊天，好像豆芽儿姐真是一棵豆芽儿，一会儿不关照豆芽儿就蔫了一样。只是这天，豆芽儿的脑袋和眼睛都围绕着那瘦小个子的男人转着，等发车的时间到了，她匆忙跑出调度室，站在门口，使足力气，鼓起腮帮，用一声匆忙响亮而短促的哨声把电车吹走了，等她再回头往黑石礁旅社大门口看时，那个男人已经不见了。

七

大岛雄最后把目光锁定在槐花街街口的黑石礁旅社的大院里，院子深处耸立着一栋旧式日本洋房。如果不是大岛雄曾经多次和顺子来过这里，他一定不会那么轻车熟路。虽然第一次到黑石礁的初衷是为了满足顺子的心愿，但是大岛雄不得不承认，他对黑石礁旅社有着不一样的情感，充满了怀念甚至牵挂，除了那个叫陈锦绣的漂亮女孩没有别的什么原因。

写有“黑石礁旅社”几个字的大牌子贴在大门旁边的院墙上，风头盖过了刻在水泥墙上有些模糊的“槐花街”几个字。黑石礁旅社外表看去虽然只是日式的二层楼建筑，却是黑石礁广场上最惹眼的建筑，整个小楼设计精巧，尖尖的黑灰色的屋顶，给人一种西洋建筑的假象。白色的墙壁，小方块叠加的暗花玻璃，红砖砌成的围墙，小院静静的，小楼也不动声色地耸立着，仿佛第一次世界大战停战后，异常的宁静。

如果不是太性急，大年初一，大岛雄不会出现在一个陌生的国度和陌生的城市。以往大岛雄到黑石礁都是和顺子同行，这一次，大岛雄突然大年初一出现在黑石礁是有原因的：就在上一年的夏天，大岛雄和顺子坐飞机去北海道旅游，半路上突然遭遇狂风，他们的飞机在空中盘旋了好久然后就掉了下去，不知怎么大岛雄被挂在了一棵高大的树上……大岛雄幸运地活了下来。后来大岛雄突然想起什么，他在随身携带的钱包里找到了一幅小画，那是陈锦绣画在稿纸背面的画，是陈锦绣随手画的并随手送给了大岛雄，画上一个人被巧妙地挂在一棵大树上，大树下面是大海。大岛雄几乎一下子想到是陈锦绣的这幅画救了他，他眼前不时会蹦出锦绣的面孔，他犹豫了好长时间，终于鼓起了勇气，决定到黑石礁旅社来找陈锦绣。

大岛雄踩着厚厚的积雪，他的脚下发出吱呀吱呀悦耳的响声，像他此刻的心情。他甚至抬头追逐偶然炸响的唐突的鞭炮声，体会那些清脆的瞬间的幸福感觉，在这个大年初一的早晨，大岛雄感觉自己从容而自信。

大岛雄虽然穿着单薄的风衣，但并没有感觉到寒冷，他的手心很热，甚至有些发烫。远远看去，黑石礁旅社大门紧锁着，大岛雄在门前站了好久才发现大门旁边的小铁门上松着锁，不仔细看还真看不出来。他为自己的发现兴奋起来，轻轻一推，小铁门吱呀轻轻地尖叫了一声。大岛雄推开小铁门，走进院子，他顺着院墙和平房之间的通道走进去，大院里静悄悄的，是啊，谁会这么早出门。大岛雄一个人步履坚定地向院子深处走去，咯吱咯吱的脚步声甚至踩出很美的节奏和韵律，身后是一长串新鲜而清晰的脚印，很显然大岛雄是大年初一第一个走进旅社大院的客人。大岛雄拐过长长的过道，走到了院子深处，他在院子里站定，停下来，远远地打量着别墅。大岛雄对这里并不陌生，虽然他不及顺子那样熟悉，——毕竟顺子在这里成长，在这里度过童年时光，他只是通过顺子知道了这里，然后又跟随顺子来过这里，但他了解这里的一切，这里的前世今生。他抬头看了看二楼朝南的一个长长的镶满玻璃的房间，那里曾经是顺子家宽大的花房和阳台，如今被改造成了客房。窗玻璃上结着厚厚的窗花，看来那里已经好久没有人居住了，或者暖气停了好久。别墅一楼是顺子家的大客厅，沿着客厅往里面的房间是顺子小时候的游戏室。院子南边角落里的锅炉房烟囱高高地竖立在那里，门前堆满了煤，高高的煤堆被雪覆盖了，并没有或黑或白的烟从里面冒出来，但是靠近门口的地方，还是被挖出了一小片黑黑的地方，很显然，早晨有人动过那些煤，顺子的书上的照片显示，锅炉房的位置原来是顺子家的网球场，网球场的四周都是绿色的草坪和美丽的槐花树。

他打量了一下四周，院子里坐东朝西新起一栋二层楼，上面两个红色的大字“客房”格外显眼，不过，楼上楼下的大门都上着锁，很显然已经关闭了。这栋楼是后建的，在顺子的照片里没有这栋楼，顺子悄悄跟大岛雄说，这栋楼破坏了这个院子的风格。

大岛雄收回目光，看见别墅的大门虚掩着，门前的积雪被扫到台阶的两侧。大岛雄在门口跺了跺脚，然后从门口往里张望，楼内没有点灯，长长的走廊漆黑一片，隐约能看到走廊里通往二楼的木制楼梯和扶手从楼上延伸到走廊，大厅显然被改造过，被分成了若干个小房间，房间都关着门，只有靠大门口右侧的一个房间开着门，大岛雄看到门框上方挂了一个牌子，上面写着“服务室”三个字，门半开着，里面飘出有些闷热的夜晚气息，那种积攒了一夜的屋里才有的那种气息，是女人身上才有的味道，正在慢腾腾地往外蔓延着……

大岛雄从包里拿出一本书，那是妻子顺子的回忆录《槐花飘香的小街》，书里面夹有一幅画，宝珍一眼就看出来，那是陈锦绣画的画，不过，看上去那幅画算不上一幅画，只是画在稿纸背面的一张简笔素描，画着一个人挂在一棵树上，关键是这棵树还长在大海上。当宝珍从大岛雄手里接过那幅画，心想也许陈锦绣画的时候并不在意，她那时热衷于瞎画，只有锦绣的脑袋里才会有这么些稀奇古怪的念头。看上去那是一幅没有任何意义的画，一定是陈锦绣突发奇想随性而画，在宝珍看来，陈锦绣总是做一些不着调的事，或者是为了哗众取宠也不好说，反正锦绣总是喜欢和别人不一样，总是隔路。不过，画虽然寥寥几笔，还算传神。陈锦绣当然不会知道，因为一幅画，一个日本男人大岛雄会在某一年的大年初一早晨从日本找来。在大岛雄看来，那幅画却别有深意，或许是一种潜意识的心理表现也说不准，至少在大岛雄看来，这幅画有着太多太深的含义，他因为这幅画才不远万里来找陈锦绣。

大岛雄有些激动，那种久违了的心跳涌出胸口。他稍微平静了一下自己的情绪，然后径直往里走，长驱直入的感觉激动着这个瘦小的男人，他轻轻地敲了下服务室的门，走了进去……

第三部　恨槐花

一

槐花街的过往岂止是岁月年轮可以理得清的缠绵。

对于槐花街的女人来说，几乎都对槐花有着割不断的情结。槐花街上的人对槐花的感情，甚过这个城市其他任何地方的人，很难说槐花街是因黑石礁而出名，还是黑石礁因槐花街而出名，槐花街周围的小街小巷也都栽植着槐树。其实，槐树漫长的一生中，枝繁叶茂、花容娇媚的好日子真是少得可怜，像一晃而过的青春年少时光一样，总是匆匆飞逝。槐树其貌不如杨柳俊秀，其形不如梧桐挺拔，其寿不如松柏常青，然槐树质朴泼辣，不择土沃，不挑水肥，尤其是每到五月春夏交替之季，春风吹拂，槐花绽放，槐香袭人，四处都是醉人的清香。

大连的槐树主要有刺槐和洋槐两种。两种槐树都长得不太好看，如果非要比较一下，刺槐要优于洋槐，刺槐的树皮有着深而曲折的褶皱，暗褐色的树皮水泥般的紧硬，树干笔直伸展，长得高大，枝丫冲到天空，横向生长，整体形态给人以十分舒展的感觉。而洋槐身材既不挺拔伟岸，也不俊秀高雅，树干略微弯曲，枝丫也长得太过随意和稀疏，弯曲忸怩，相貌难看。大连冬季漫长，槐树的叶子又格外的脆弱，总会在霜降开始时先败下阵来，严冬时已经是片甲不留。整个冬天，槐树只好赤裸着丑陋的身子，挺着形状怪异的枝丫，摆出无奈的丑陋的姿态，浑身上下刺头儿似的支棱八翘，冷眼地打量着世界。总之，不长叶子时的槐树，外表一点儿也不招人喜欢。不过，就算是可爱的孩子也有不待人见的时候，不是说八九岁讨人嫌吗，更何况相貌难看的槐树？槐树在让人不待见的日子里，默默地顶着寒冷的侵袭，悄悄地凝望着岁月，盼望着温暖的日子快些到来，好增添丰满的衣衫，打扮憔悴的容颜，迎来绽放和飘香的短暂美妙的时光。

五月份也是风最少的时候，槐树早早地绿了芽儿，下过雨后，到处都是春天的气息，天空碧蓝，洁净如洗，这时的槐树有种扬眉吐气的畅快感觉，虽然花期最多也不过十天半月而已，但槐花成了宠儿，不管是人还是蜜蜂都会围着槐花转。那些天里，槐花拼尽气力，像卑微的嫔妃等待久不临幸的皇帝，用它可怜的短暂而美丽魅惑的花期，妄图凝固稍纵即逝的好时光。槐花不像玫瑰那样招摇，也不像牡丹那样惊艳，槐花的香也不那么浓烈，槐花更像男人爱极又得不到的情人一般，总是让人充满了怀恋和相思的滋味。槐树所有漫长难过的日子也因为槐花盛开而变得无足轻重，好像所有的日子都没有槐花扑面的花香让人心醉。

遥想一百多年前大连建市时，俄国人萨哈罗夫作为达里尼市（俄国殖民统治时期大连市的名称）首任市长，不仅带来了沙俄贵族，还带来了俄罗斯民族的浪漫和奢华。建筑师以火车站为中心，把高耸的屋檐和长长的廊柱式俄式建筑积木一样地铺陈在这个新兴城市的重要地段，铺张地修筑一个又一个大小不一的广场，仿佛没有广场就不能称其为城市一样，这座新城吸引来更多国家的建筑师开始在此大展拳脚，似乎要把大连建设成建筑的万国建筑博物馆。也许是早就有的规划，也许是哪个建筑师的随性之作，从黑石礁海边一座小山的山顶上远望，黑石礁的海边和山坡上都是红绿灰蓝各色的屋顶。作为大连最早种植槐树的街道，每到槐花盛开的季节，俄国贵族们就会成群结队来槐花街赏槐，黑石礁海滨自然天成的礁石景观，更是起到了推波助澜的作用，把黑石礁一下子推向了贵族化的虚境假景之中。

槐花街的槐树很多，在街道两侧形成了小片的槐树林，每到槐花盛开时，也是槐树生长最旺盛的时候，树林深处都飘荡着槐花的幽香。碧绿晶莹的槐树叶中，密密匝匝地垂落着串串槐花，一嘟噜一嘟噜紧挨着，有心急的早早就吐着淡黄色的花蕊，悄悄绽放了，而有的槐花却含羞地垂着眼帘，任凭盛开的那些花瓣用力地挤对也不肯展露半点儿的微笑。开的未开的粉嫩槐花挤在一起，懒懒地垂下来，走在路上，不经意间一抬头，满树的槐花都似在恣意绽放，到处都是微微涌动的暗香。槐花的味道香而不烈，淡淡地在空气里游动，远远地就可以捕捉到，沁人心腑，吸一口神清气爽，再摘一串吃下去，那感觉，要多美就有多美。

不过，槐花街也有槐花街的烦恼，槐花街的人都少有耐心等待槐花盛开，它们早早就被槐花街的人惦记上了，人们早早就等在那里，等着槐花吐蕾好摘下来。槐花好吃，对于时常饥饿没有多少副食供应靠粮票度日的槐花街主妇们来说，槐花是最好的调剂品。每年五月槐花盛开的日子，是槐花街最热闹最得意的日子，也是槐花街的主妇们最忙碌的日子。

储宝珍清楚地记得，几乎每一个槐花开放的日子里，哥哥储宝贵都是最忙碌的，如果不是后来发生的枪击事件，她永远都会喜欢这样的槐花盛开而忙碌的日子。

储宝贵是槐花街最盼着槐花开的人了，他总是等不及槐花开旺的时候动手。槐花白色的小花骨朵刚刚鼓出头来，宝贵就着急了，他带着锦绣和宝珍跑到槐树林中。宝珍和锦绣同岁，宝贵比她俩大三岁，他们三个总是形影不离。在宝珍和锦绣眼里，宝贵是有本事的人，他喜欢上房揭瓦爬树掏鸟蛋下海摸鱼等等，不是撕破了衣服，就是身上擦破了皮，他没有一时半会儿能闲得住，也会经常被妈妈豆芽儿暴打。但宝贵好像是属鸡的，只记吃不记打，挨打受罪后，不一会儿就忘记，依旧四处作祸惹事。

槐树高，最先开的都是树冠顶层的那些槐花，不过，谁也抢不过储宝贵，因为太高，一般人很难够得着。宝贵总是三下两下就蹿到了树顶，再哧溜一下就滑了下来，猴子一样灵敏。只见他灵巧地爬到树顶上，把头探到茂盛的绿叶中寻找槐花，从树上摘下一串串刚刚开放的槐花，他总是大度地先扔下来给锦绣和宝珍吃，然后在树上大声地问道，好吃吗？宝珍和锦绣总是边吃边同声地答应着，好吃，真好吃！宝贵就特别满足，他摘下一串塞到自己嘴里，然后像个小大人儿，说还真是好吃啊，等着，哥哥再给你们多摘些。一会儿，宝珍和锦绣的脚下就堆满了槐花。宝珍和锦绣一边往面袋子里装一边往嘴里塞着槐花，槐花甜润鲜美的汁液顺着她俩的嘴角溢出。

这样的日子，如果不是宝贵和宝珍两兄妹的陪伴，锦绣会生出许多莫名的寂寞和忧伤。小时候，每到槐花盛开的时候，锦绣的爸爸都要给他做一顶槐花的花帽，再做一条槐花的项链，戴在锦绣的头上和脖子上，那些槐花开放的日子，锦绣浑身上下都透着花香。锦绣最见不得槐花受伤，树林中那些寂寞的槐花，让它们的香气从深山里飘散出来，一定是在寻找亲人。不过，那些槐花又是多么的幸运，它们年年月月的等待，总能盼来槐花盛开，就像是等待失去音信的亲人归来，即使冬天来临，即使它们的树叶和花朵被大风吹散，但日子总有盼头，花朵、树叶只是和槐树短暂地分离，下一个槐花盛开的日子，它们会重新在枝头相见，它们永远也不会像爸爸那样一别不回。

锦绣是个敏感的孩子，敏感的孩子又容易给人一种高傲的感觉，锦绣看上去不太合群。在家家兄弟姐妹众多的年代里，像锦绣这样的独生女在槐花街上真是少之又少，加上锦绣妈妈的与众不同，好像锦绣总是与别的孩子不一样，她只和宝贵宝珍两兄妹玩，他们住在一个院里，他们无法不成为好朋友，更重要的，宝贵宝珍两兄妹总是处处让着锦绣，仿佛锦绣是他们家的公主。

宝贵对槐花提前动手总会让别人坐不住，他们会仰起脸看着树上的宝贵不解，难道槐花真的开了吗？再看看宝珍和锦绣满脸的槐花花瓣，才感觉槐花是真的开了。一些不会爬树的人，便会自制U字形的铁钩子，绑到长长的木杆上，伸到槐树高处结满槐花的树枝，折断槐树枝，用力从树顶上拉下来，再摘取槐花。从那时起，到槐花谢落，树林里街道上到处都是折断的槐树枝。等槐花旺时，有时等不及慢慢摘槐花，有些人干脆先把长满槐花的树枝砍下来，把树枝捆好，一捆捆地拖回家，慢慢地摘槐花，树枝剁成一段一段的，码在院子里，冬天里当柴烧。宝贵也会掐一些槐树枝回家，这样他就不用一次次爬上爬下那么麻烦，摘的槐花也又快又多。不过，锦绣的妈妈方芳阿姨反对折树枝的行为，她站在院子里数落宝贵，她一边从树枝上往下摘槐花一边批评宝贵，她说，宝贵啊你把这些树枝都折断了，树会多疼啊？如果有人把你的胳膊腿儿的折断了你不疼吗？又说，你爬上爬下的，摔坏了，将来媳妇都讨不到，看你怎么办。那时，宝贵和宝珍还有锦绣会陪着方芳摘槐花，他们坐在院子里的槐树下，方芳阿姨总是边嗅嗅鼻子边说，这槐花多香啊，宝贵就蹲在那里嘿嘿地傻笑。

宝贵对方芳的批评并不生气，宝贵觉得方芳阿姨连数落人都那么好看。他喜欢方芳阿姨，他说方芳阿姨是槐花街最闪的女人。不过，这时如果这话恰巧被宝贵的妈妈豆芽儿听到了，她一定会露出不屑的神情，她心里会恨恨地说，假慈悲，假慈悲，有本事你别吃啊！这样的表情格外地刺激宝贵，宝贵不想让方芳阿姨生气。方芳好像根本不在意别人的不屑和不满，她坐在院子里，认真地摘着槐花，不舍得丢掉一串，不一会儿，一嘟噜一嘟噜的槐花就盛了满满一盆，槐花在方芳阿姨的白瓷盆里颤颤悠悠，像一群刚出生的小白兔，新鲜活泼。宝贵愿意帮方芳阿姨弄槐花，宝贵知道，槐花盛开的时候也是槐花街的节日，更是宝贵宝珍和锦绣的节日。那些天，槐花街上家家都在做槐花美食，到时候，方芳阿姨会用槐花做各种好吃的，都是他最喜欢吃的美味，想起来都让人流口水。

二

一团丝绒般油亮乌黑的头发，散发着淡淡的头油的味道，弯曲成蛇样的身体正均匀地喘着气，一下一下，像节奏明快的指针，被一圈细白柔软的绒毛围住的脖颈，看不见，却让宝贵的心异常的痒痒。宝贵坐在方芳面前，眼睛跟着方芳的动作在转，转得有些眩晕，如同深夜睡梦中遭遇突然而至的灯光，寒光般划过天际的流星一样让人窒息。方芳每有什么动作，宝贵的心就跟着紧紧地跳一下。方芳坐在小板凳上，就像被槐花压弯了的细挑的树梢，弯着腰埋头在槐花的花朵里，精心地挑选着饱满的槐花。她的手，在鹅黄又略有些淡白色的槐花花朵间穿梭着，她的手白皙而修长，对待槐花小心温柔，犹如对待刚出生的小鸡雏，风一样轻轻地掠过宝贵的心尖。那手在宝贵心里是多么的柔软而又惊心动魄啊，他多么希望那样的一双手抚摸自己的身体，每一个地方，每一寸肌肤，而不是只在槐花间游弋。

宝贵最期待这样的时光，槐花开放的日子里，四处都是槐花沉甸甸的幽香，这时锦绣就会坐在院子里的槐树下闻着花香，而宝珍和锦绣有时会把槐花用手帕包好，放在背包里，那暗藏的槐花清香便会跟着她俩四处游荡。

槐花有着随性的好品质，和任何食物一起都搭，槐花既可以做饭也可以做菜。要知道，粮店里的白面和大米不是随便吃的，那是细粮，要凭票供应，平时大家吃得最多的是玉米饼子，过年过节才可以吃细粮。不过，槐花开的时候，家家都不再吝啬，有了槐花，就可以做成槐花玉米饼子，会加点儿玉米面，蒸出香香甜甜的槐花饼或者槐花玉米和白面掺和在一起的馒头，还可以掺在大米里，做成槐花米饭、槐花菜团等等。槐花种子甚至可以入药，可以凉血治痔疮，也可以排毒。不过，槐花吃过量也会中毒，每到槐花开放的时候，许多孩子因为吃了过量的槐花，脸肿胀起来，大街上经常会看到脸蛋儿肿得变了形的小孩子。

方芳阿姨总是把吃不了的槐花晒在门前的台阶上，等晒干了再装到面袋里，留着冬天吃，在槐花了无踪迹的冬天，槐花的香气一直在家里四处淡淡地游动着。

方芳做的槐花美食在槐花街上非常有名，不知比豆芽儿做的槐花饼子或者是槐花馒头要好吃多少倍。当然了，方芳是槐花街的另类，用豆芽儿的话说，她是个不会过日子的女人，是个败家的女人，只有她这种不会过日子的女人才会做那些乱七八糟的东西吃。豆芽儿所说的乱七八糟的东西里有槐花饺子、槐花肉丸汤、腌槐花小菜、煎槐花鸡蛋饼，还有蒜香炒槐花、槐花蛋花汤等各种好吃的。而豆芽儿每闻到锦绣家灶间飘出来的美味，就会恨恨地想，真是个败家的娘儿们！那表情，让宝贵和宝珍不敢言语。豆芽儿不喜欢方芳，她俩互相从不搭言，看见对方就像看到了空气一样无视对方的存在。

那一年，宝贵七岁，槐花开过后，宝贵就可以上学了，他新买的书包就放在枕头上，每天晚上他都枕着书包睡觉，怕丢了似的。那年槐花开的季节里正赶上过端午节，锦绣早早就约好了宝贵兄妹俩到自己家里吃槐花饭。那一天，宝珍的妈妈特意不在家，到下屯街的老乡家里去串门。这是孩子们的节日，她知道，虽然她看不上方芳，但孩子们和方芳在一起她也不反对，况且还有好吃好喝。那天，锦绣的妈妈做了金灿灿的大黄米饭，煮了鸡蛋鸭蛋，做了槐花猪肉丸子汤，还有槐花煎鸡蛋，她让锦绣喊来宝贵和宝珍一起吃，每年槐花开得最盛的时候，两兄妹都会偷偷地到锦绣家里吃好吃的，如果豆芽儿知道了，屁股会被打肿成发面团一样。那天，宝贵和宝珍每个人都吃了两大碗大黄米饭，喝了好几碗槐花肉丸汤，直吃得两人小肚子鼓鼓的才肯罢休。那天晚上，宝贵和宝珍半夜里突然肚子疼得在炕上打滚儿，宝贵的脸上更是肿得变了形，宝珍的肚子鼓成了小山包，他俩号叫的声音仿佛把整个槐花街都搅动了。方芳是医生，作为最近的邻居，她无法忽视这样的号叫，她对锦绣说可能是这俩孩子吃得太多了伤着了，不是中毒了就是撑着了，她只好让锦绣去告诉豆芽儿，让豆芽儿用手指头放进宝贵和宝珍的嗓子眼处抠，不一会儿，他俩就趴在炕沿上大吐不止，肚子里的大黄米和肉丸子已经变得臭气熏天。

那天锦绣一点儿事也没有，偏偏宝贵兄妹俩吃出了问题，豆芽儿没有去想是不是因为锦绣吃得少或者其他什么原因，她只是觉得这是一个阴谋。豆芽儿首先想到会不会是方芳故意为之，豆芽儿知道，在方芳看来，宝贵这个孩子有些来历不明，豆芽儿总是隐隐地担忧有一天方芳会对宝贵暗下毒手。

三

后来锦绣才知道，她出生之前妈妈曾经怀过一个孩子，只是她不知道是哥哥还是姐姐。

方芳在医院里当医生，有一天晚上方芳值夜班，来了几个因为打架受伤的病人，他们是邻居，不知道什么原因互相动了刀子。有一段时间，大家的脾气都那么火暴，甚至因为一点儿不值得一提的事情就开始打架，打起架来就动刀子动棒子。有一阵槐花街也经常会有人聚众打架，而且经常是打群架，虽然，槐花街上的人家不见得过往密切，但是关键时候却很抱团。有时哪一家孩子惹祸了，会有人找到槐花街闹事，只要槐花街有人大声吆喝一声，槐花街的老少爷们儿瞬时就会跑出家门，聚在槐花街上，手上拎着家伙，找事打架的一看那阵势都会吓跑，有胆子大的会被槐花街的人打得四下逃窜。槐花街的人虽然都是四处搬来的，但却格外齐心，打起架来也不含糊，派出所的民警经常到槐花街抓人，把满身满脸是血的人押往派出所。

那天晚上有一个住在凌水桥的年轻小伙被人捅了好几刀，因为失血过多，送来时已经奄奄一息。当时已是晚上十点多，医院里没有多少病人，方芳正在自己的值班室休息。傍晚，大军派司机给她捎来了一袋黄豆和五盒罐头，里面有她最喜欢吃的海螺罐头。大军经常给方芳带各种吃的用的东西，方芳知道有些确实是住在杏花屯的娘家带来的，有些就是表哥大军自己送给她的。大军在部队里当一个大官，每次他都让司机把东西直接送到方芳的医院，虽然在不时挨饿的年代，方芳的表哥没少帮忙，可现在挨饿的时候毕竟已经过去了，大军反复接济让丈夫永金心里很不舒服，他比较讨厌他送的东西。那阵子方芳因为怀孕正害口，那天晚上，她正在休息室里对付着一个海螺罐头，正想办法打开，这时医院走廊里传来了吵闹声，一个护士跑进来说方医生有急诊病人需要抢救，方芳忙跟着护士到了诊室，一大群人抬着一个血肉模糊的人进来，那天只有她一个医生值班，她忙着抢救病人，等她疲惫不堪地忙完时，已经毫无睡意，早晨下夜班的她坐上电车后就睡着了，等她跟着电车晃荡到黑石礁时，还处于半睡半醒的迷糊状态，乘务员喊她下车时，她一个激灵站起来。迷迷糊糊的方芳下电车时不小心绊了一下，手里装黄豆的面袋口摔开了，装在面袋里的黄豆不客气地滚出了口袋，方芳条件反射地去整理面袋子，结果一不小心踩在黄豆上，跌了个屁股蹲儿，就这样，第一个孩子被跌掉了。自方芳怀孕以后，丈夫永金经常在她下夜班时到电车站去接她，那天早晨永金要组织单位的职工到旅顺进行野营拉练，他早早就离开了家，所以没去车站接方芳，他也根本没想到方芳会提着一面袋的黄豆还有五个罐头，永金虽然嘴上不说，却把方芳的流产看成是那些黄豆的原因。但是方芳不同于别的女人，她是个矫情的女人，是个有点儿小资的女人，她为了表达自己对丈夫永金的不满，一个人跑回了乡下的娘家。

方芳和大军是县里高中的同学，还有些亲戚关系，论起来，方芳叫大军表哥。方芳的祖上行医经商，是沙河镇上有名的大户人家，家境优裕，她的行为举止都是小姐作派，天生的优越感挂在脸上。而大军家是地道的农民，祖辈种地为生。按说两个人没有什么共同语言，但大军聪明，学习成绩好。方芳受家里的影响，毕业时报考了本市的医学院，大军报考了大连工学院，两个人的学校很近，大军就经常以老乡的名义来看方芳。方芳虽然是一个大户人家的小姐，但是那时候贫下中农吃香，她也主动接受贫下中农的再教育，他们俩就成了恋人。结果大军在学校书读了没有多少日子，赶上了抗美援朝，大街上热火朝天的征兵场面感染了大军，他不顾方芳的反对，放弃了学业报名参军。大军参军后，方芳的家里也发生了变故，因为爷爷曾经在镇上开过店经过商行过医，20 世纪 50 年代运动时受到了冲击，全家都成为“肃反”对象。而大军在朝鲜战场上经过枪林弹雨的洗礼，等他从朝鲜战场凯旋时，已经成为人人羡慕的部队干部，当他坐着越野吉普车回到老家时，方芳已经从医学院毕业，分到了医院当了医生。

大军的父母自然不会同意前途光明的大军娶方芳为妻，他在家人的安排下，娶了同村的姑娘小凤。那时候，方芳爷爷的资产全部充了公，她也从一个小姐变成了一个什么也没有的穷丫头，父母也回到了杏花屯的老家，安心地接受改造去了。不过，孝顺父母的大军虽然结了婚却一个人回到了城里，他没有把乡下的老婆带到城里。他没有忘记方芳，他经常到医院的宿舍里看方芳，已经做了父亲的大军心里始终放不下方芳。方芳一直就那么一个人过着不咸不淡的日子，从没想过嫁给大军以外的人，这样过了好多年，直到遇到了锦绣的爸爸。

锦绣记得妈妈说过，她和爸爸认识是在一个国庆大庆的一年，那天，医院组织全体职工到劳动公园参加国庆游园庆祝活动，他们在公园里围着一辆辆四处驶来的花车载歌载舞庆祝国庆，跳着闹着，等散场时已经是半夜时分，方芳突然发现身边都是不认识的人，她和大家走散了。她在灯影里四处寻找着同伴，她远远地看到同事刘金的背影，立即大声地喊道，刘金刘金刘金！旁边的一个男人说，你喊我吗？方芳白了他一眼说谁喊你了，男人说我叫永金。我喊刘金，没喊永金。他们同时笑了起来。眼前的男人相貌端正，结实有力的样子，有点儿像大块头的大军，这让方芳有了一种异样的感觉。

那天，方芳最终没找到自己的同伴，她带着哭腔对永金说，这么晚了电车汽车都没有了怎么办啊？永金问明白方芳去哪里，原来他们是同路，都往一个方向。永金在黑石礁海边的水产公司工作，他住在槐花街上，方芳说她去过槐花街，她喜欢槐花街的那些老房子，她说如果能住在那样美的房子里是多么幸福的事啊。就这样，他们一路走着一路聊着，从劳动公园到黑石礁十公里的路他们几乎走了一个晚上，等快到黑石礁时，方芳实在走不动了，她坐在道边上脱下了鞋子，脚上磨出了几个大水泡。永金弯下高大的身子，方芳几乎听到了他骨头像要折断的声音，他蹲下来，看着她磨出了水泡的脚掌，沉默了好一会儿，他黝黑的面孔在黎明前的大街上显得那么亲切和踏实。永金执意地要背着方芳走，方芳拗不过他，只好趴在了这个男人的背上。他背上她站起来，方芳突然觉得自己也变得人高马大起来。他们踩着夜色往黑石礁走着，他背着她，他们边走边说。他告诉她，自己的爷爷给日本人当过差，出身不好，爷爷在解放前就和家人失去了联系。他说他小时候上过日本人开的学校，他小时候总是穿皮鞋和背带裤子，他说他喜欢过一个漂亮的日本女孩，她曾经答应要嫁给他的，后来她回日本去了，他俩可能永远无法再相见了。他说爸爸曾经雄心勃勃地要在槐花街上盖栋漂亮的小楼，再后来父母都得病去世了。她趴在他的背上默默地听着，不由得落下泪来，原来他们有着多么相似的命运啊，他感觉到自己的背上湿了。她告诉他，因为父母年老体弱，弟弟还小，他们家一度几天都没有一粒粮食，如果不是大军偷偷相助，她的父母和弟弟可能会饿死。她告诉永金她表哥的名字叫大军，她说本来可以嫁给大军，但是大军却娶了别人。

天快亮时，永金把方芳背到了槐花街的家中，打开门时，方芳还睡在永金的背上，当时永金不忍心把方芳放下来。永金没有想到，睡在背上的方芳经过了一路已经拿定了主意要嫁给他。

四

流产后方芳在杏花屯娘家住了好几个月，她因为太心疼失去的孩子一直在心里怪罪永金。一度，她走在乡村辽阔而贫瘠的田野上，感觉到了无望和悲伤，后来有一天，突然想通了的方芳，就自己回到了槐花街。

那天，突然回家的方芳在自己家猛然有种头晕目眩的感觉，她在院子里看到了邻居豆芽儿肚子有些鼓鼓的，当然她们住在一个院子里，互相能看到还是很正常的。那天，豆芽儿一个人一脸阳光地在院子里晒衣服，她的身子有些发胖，这发胖像毒针刺痛了方芳的眼睛，她想，豆芽儿是不是怀孕了？这想法惊到了她，怎么会呢？虽然因为闹饥荒，犯了罪的豆芽儿的男人已经从凌源监狱里放出来了，但他在当地的劳改农场就业，按理说她是可以怀孕的，但是怎么会那么巧，就在她不在家的这段时间里怀了孕呢？她是如何让自己的肚子鼓起来的呢？也许只是胖了而已？眼前的豆芽儿已经长成了小萝卜，不见了曾经豆芽儿一样瘦弱的模样，她变得丰满而壮硕，而且，她看到方芳第一眼时眼神里明显有躲闪的痕迹，仿佛从幸福中一下子回到了胆怯和不安之中。但就是那一瞬间躲闪的眼神，让方芳捕捉到了另外的痕迹。

陈锦绣家是槐花街上最早拥有红灯牌收音机的，后来锦绣清楚地记得，有一段时间里，家里的红灯牌收音机坏了，是妈妈发火时摔在地上的结果，那以后，收音机失了语成了摆设，任锦绣怎么拍打也发不出声来，就像一个活蹦乱跳的猴子突然断了胳膊腿又哑了嗓子，成了废物。没了声息的收音机不仅使锦绣听不到每天下午四点的小喇叭节目和五点半的小说联播节目，而且也使锦绣的爸爸变得一筹莫展，因为收音机坏了，每天早晚广播新闻联播节目时他只能听附近水产学院操场上大喇叭里的广播，那广播声音有些空灵遥远，一度是没有收音机的家庭了解外部世界的重要途径。锦绣的爸爸为了听得真切，总是一个人坐在窗台上，时而把耳朵凑近小气窗前听着，时而又看着窗外凝神，他听广播时总是非常的认真，他的眉头会因为某个新闻而紧锁或者放开，他一只脚放在窗台上，另一脚就放在炕上，很多年以后，陈锦绣的眼前都会经常浮现出爸爸坐在窗台上听广播的样子。

现在想想，很难确定爸爸当年是在听广播还是在想某个人，也许是在期待某个人的出现。后来想想，锦绣觉得自己的家和宝珍的家有点儿像东德西德，也有点儿像隔着三八线的朝鲜和韩国，更像锦绣上学时与同桌老对儿干架时画了白色粉笔隔离线的课桌，感觉他们那么近，却又那么远。锦绣甚至把那面墙看成了台湾海峡。他们的院子有一天被一分为二地隔开了就是锦绣妈妈从乡下回来以后的事，锦绣的妈妈对院子做了大动作，那以后，如果没有正当的理由，宝珍的妈妈豆芽儿很难有机会堂而皇之地出现在锦绣家的院子里。锦绣的爸爸不知道是不是因为像妈妈说的那样心虚而不敢拆除院子里的隔断，尽管拆除那个名义上的墙是一件多么容易的事。陈锦绣的爸爸也许是为了证明自己的清白，只好不去理会那面院墙。长大以后的宝贵和宝珍兄妹俩，从来没有觉得两家的院墙有什么不合适，他们因为不知道那些大人的故事而觉得那面墙无足轻重，大人们人为的阻隔其实并没有阻止他们和锦绣成为要好的朋友，宝贵经常不请自来地从墙的另一面跳到锦绣家的院子里玩。

有一段时间，永金异常孤独，一个人在家里等着方芳，因为几次去方芳老家想请回方芳都被拒绝了，年轻的永金只好一个人在家里边工作边等着方芳。每天下班回家后，他一个人做饭。豆芽儿在自家墙外接出来的一个厨房里做饭，她在小厨房里生炉子，煤饼是自己做的，把黄泥和煤面放进水搅拌好后盛到小木框里，再晒干，做成一个个砖头一样的煤饼，冬天之前，家家户户门前都会晒着成排成排的煤饼，豆芽儿似乎已经习惯了用煤饼，觉得用煤饼做的饭更香。

方芳并不知道，其实最早让豆芽儿引起永金注意的是一场差一点儿燃起来的大火。那天，永金把菜炖在锅里后，就一个人回屋里看书去了，他刚刚借到一本长篇小说《保卫延安》，当时他正看到敌军五六万人开始沿无定河向延安方向全线溃退，我西北野战军主力南下追击的故事，书中有一段周大勇被任命为代营长，奉命带三个连直插敌人心脏，在数万敌人之中，不断机动灵活地出击，趁夜捣毁敌人旅直属部队，又巧妙而顽强地击退了一千多敌人的轮番冲锋的情节，深深地吸引了锦绣爸爸，他沉浸于小说中残酷激烈的战斗场面描写，为人民战士用智慧、勇敢和意志筑成的铜墙铁壁而骄傲，早就把炖在锅里的菜忘得一干二净。他躺在床上看着书，不知不觉竟然睡着了。他并不知道，这时候，他的菜正一点点地煳在了锅里，继而又被烧成干菜，直到点燃了厨房里的抹布、门帘。豆芽儿正蹲在院子里择豆角，豆芽儿那时候在黑石礁街道的环卫队里扫大街，平时扫大街时都戴着口罩，生怕让熟人认出来，她在别人面前总是有些自卑。豆芽儿在院子里闻到了异样的味道，她循着煳味儿找过来，她看到厨房里烟雾弥漫，火苗已经开始往上蹿，她一边大叫着快救火一边随手拿起地上的拖把扑火，等她把刚燃起的火扑灭时，她听到了一种奇怪的声音，她顺着声音找过去，看到陈锦绣爸爸的房门大开，他四仰八叉地躺在床上正鼾声如雷。他睡得太死了，那么大的声音都没能唤醒他，他睡得实在太过恣意太过香甜，他鼓起的内裤让豆芽儿猛然感觉到脸红心跳。正是五月槐香的时候，豆芽儿离开了，不一会儿，她又回来了，她把做好的两个玉米和白面两掺的发面饼子和一钵炖好的茄子鲅鱼端到了屋里，轻轻放在了床头柜上，立即，满屋子都是发面饼子和鱼的鲜香味儿。他睁开眼，看着正抬身准备离开的豆芽儿，他下意识地伸出了手，吓得豆芽儿站在那里一动不敢动。

后来开始写小说的锦绣弄不清楚是自己听说的还是想象中的情节，她总是觉得杜撰父母的情感故事有些说不过去。不过，后来的许多事情证明了锦绣的故事还是有些依据的。那天的饼子和鱼做得实在是太好吃了，更重要的是，锦绣的爸爸已经好久没有吃到过这么美味的饭菜了，方芳不在的这段时间里，每天晚上回来他都是随便地糊弄几口吃的，很长一段时间里他都食不知味。那天他吃完后，把饭钵洗干净，又拿出几扎挂面，那是方芳的表哥大军捎来的，锦绣的爸爸拿去送给豆芽儿。她正坐在自家的小凳子上吃饭，一碗碧绿的海菜疙瘩汤，一盘炒土豆丝，看见他进来，她愣了一下。他放下饭钵，对她说，这么好吃的东西怎么不给我吃？随手拿过盛疙瘩汤的碗喝了一口。她慌张起来，想站起来，又不知该不该站起来，于看着锦绣的爸爸。他是读过书的人，他在她的眼里是多么的高不可攀啊。但她还是站了起来，慌张地去夺盛汤的碗，她说我再给你盛一碗。他说，不用，就这一碗就行，他拿起碗，一口气把她喝了一半的海菜疙瘩汤呼呼噜噜地吞了下去，她惊讶地看着他，他抹了把嘴，咧开嘴笑了。她发现他牙齿雪白，她从没有见过男人会有这么白的牙齿，她情不自禁地说，你的牙真白啊！

他放下碗，眼睛盯着豆芽儿，说，你看你，瘦成什么样儿了，真像一根豆芽儿，可怜的豆芽儿。她怔怔地看着他，眼圈红了，她的眼前浮现出方芳高傲的目光，苗条的身段，她的耳朵里都是方芳优雅的声音，她夜里温柔的、舒服的，让自己沮丧的呻吟，她知道那声音是因为什么而起的，又是因为什么而放肆的。方芳平日里的举止透着幸福，方芳是槐花街最有味道的女人，她拥有这样雪白的牙齿是多么的幸运啊！豆芽儿的脑子里胡思乱想。这时，她感觉胸口突然闷得透不过气来，一种让人感到强烈压迫与窒息的力量袭击了她，她一下子觉得眩晕起来，他已经一把抱紧了她，她只听到他说，以后我要帮你长胖点儿。

那天晚上，他留在了豆芽儿的小床上了。自从这栋小灰楼外接的一部分住进了豆芽儿爷孙俩以后，他就把他们当成了自己的一部分，虽然他很少光顾豆芽儿的小屋，可他没有想到，那里是如此的破败不堪。他看到屋子中间房顶的横梁上吊着一个破旧的小筐，他很好奇里面放的是什么，孩子一样央求她拿下来，他看到一片模糊的东西，那是他的泪阻挡了他的视线。他终于看清了筐子里的东西，筐子里是一包油迹斑斑的点心，纸做的点心绳子还系得紧紧的，他说，你为什么不吃掉？她说这是别人从天津捎来的麻花，她说她不舍得吃，留着走亲戚或者用得着的时候用。他心疼不已，说你吃，你吃了以后我再给你买，再给你换一个大点儿的筐，装你喜欢吃的东西，你想什么时候吃都可以。他躺在小床上，感觉腰被什么硌了一下，他翻身起来一看，床单上一个厚厚的补丁，他心想要帮她换一条床单。他看到她桌子上放着一面破镜子，很小，还裂开了缝，像她的身体，柔情无比却太过瘦小，皮肤上满是伤心的皱纹。

五

豆芽儿是自卑的，她知道，大家虽然住在一个院里，但是他们永远都不是一类人。豆芽儿早年跟着爷爷住在昆明街的小车大院里，而锦绣的爷爷住的槐花街是位于黑石礁的富人区。锦绣的爷爷是曾经留学日本的有钱人家的阔少爷，而豆芽儿的爷爷是住在昆明街小车大院从山东老家闯关东来的拉小车的苦力。大连开埠后，港口和铁路以及船厂、工厂等陆续开工建设投入使用，各种各样的运输方式也应运而生，除了轮船、铁路、汽车和马车等等，还有完全依靠人力拉的平板车，那时候，小车车行是大连陆地物资运输的主力军。

拉车经常出现丢货和翻车的事情。所谓“翻车”就是车连人以及货一起消失。为了防止偷窃和丢失货品，避免出现丢货和翻车，车行规定，凡是运送贵重物品，取得驾车执照的拉车的师傅必须是带家眷一同居住，便于统一管理。豆芽儿和爷爷就住在延安路昆明街的小车大院。小车大院是人力车夫聚居地，院子只有一个大门，里面却住着近百户人家，门口有专门的看门人，青壮年男人在外面拉车，老婆孩子就成了人质。豆芽儿只和爷爷一起住，每到爷爷出车了，她就一个人在大院里玩，不得跑出大院半步。

昆明街的小车大院的老板姓魏，他的爷爷最早也是拉车的，到了他这一代，生意越做越好，已经有了自己的车行，车行里的车都有统一标志，便于识别。每次出车，都由车行统一安排，货品主要是生活用品类，货物少时，一辆车独自送去后回来销账，如果货物多，就组成一个车队，排成长龙一个跟着一个排着队拉货。豆芽儿的爷爷体力好，动作快，就经常往返于火车站和码头之间拉快货送急件。

永金认识豆芽儿要早于方芳，他们住在一个院子里，他们很容易同时出现在房前屋后，他们天天见面。

豆芽儿的爷爷和永金的爸爸能认识纯属偶然。永金的爸爸当年在满铁株式会社当翻译，经常往返于火车站和码头之间。有一次，他押送一批重要的货，结果货车坏在半路，正赶上豆芽儿的爷爷从海港拉完货从火车站往回返，就把豆芽儿的爷爷拦下了。西装革履的永金爸爸求豆芽儿的爷爷帮忙把货送到火车站，说要急着赶火车。车行有规定，车夫不得擅自在外面接活，豆芽儿的爷爷看到永金爸爸急得一头大汗，再一想从半路上到火车站快点儿走也就半个多小时的车程，就帮永金的爸爸把货送到了火车站，为了怕以后车行知道了说不清，他送完货分文未取就往回跑，但是他干私活还是被同行看到并揭发了，豆芽儿爷爷的车被没收了，参股的钱也没要回来，豆芽儿和爷爷一起被赶出了小车大院。豆芽儿的爷爷就到码头上当搬运工。有一天，他又看见了西装革履的永金爸爸，他们一下子就认出了对方，永金爸爸说还欠着豆芽儿爷爷的一份人情。他就把豆芽儿的爷爷介绍给了位于港湾桥的小车车行，不久，永金的爸爸在日本人的资助下盘下了港湾桥的小车车行，豆芽儿的爷爷被永金的爸爸聘为货运公司的负责人，钱也挣得越来越多，最后竟然租了大房子。豆芽儿的爷爷本打算把山东老家的老婆孩子接来，但是就在车行生意做得风生水起时，日本宣布投降了，货运公司不久便关闭解散了。豆芽儿的爷爷没有生意做了，他们搬出大房子，重新搬回了小车大院，小车大院已经取消了门岗，也没有了看门人。小车大院的魏老板被定为“反革命”，这个经过祖孙三代奋斗而扬名大连的小车大院，随着“反革命”魏老板的被镇压，彻底地消失了，小车大院也成了没有主人的大杂院。

豆芽儿随着爷爷回到了自己被魏老板收回的房子里，大杂院里嘈杂无比。豆芽儿的爷爷重新在码头上找到了扛大货的活儿，不管什么年代出力干活都不会饿死。豆芽儿从日本人开的学校里退学了，不久后她重新上了学，同学里没有了穿皮鞋背带裤子的有钱人家的少爷小姐，而成了大杂院里的穷人家的孩子。每天放学后，她都跑到自己在南山街住过的那个大房子那里，直看到那里的荒草长得老高老高。

南山街到处是一栋栋豪华的别墅洋楼，里面住着穿皮鞋坐小轿车的姑娘，豆芽儿每天都往那里跑，坐在小别墅的附近，偷偷地想象着自己住在里面的情景。

虽然豆芽儿被爷爷送到了学校里，但是她坐在教室里什么也听不进去，她的眼前都是爬满大房子墙头的爬山虎的绿油油的叶子，慢慢地，她把自己小时候的生活想象成了富家大小姐一般的生活。她不屑与大杂院里的孩子们抢公共自来水用，她不和他们一起做作业，豆芽儿瞧不起大杂院里的孩子。多年后，她的愿望终于在女儿宝珍的努力下实现了，可她没料到当她心中的愿望经过漫长的努力终于实现的时候，她却已经无福享受这一切了。

童年的豆芽儿喜欢做梦，整天想象着自己住在那个她曾经借住过的大房子里，她恨满地泥淖的大杂院，她当众宣读的作文吓了老师一跳：我的家位于南山街小巷深处，夏天，四处生长茂盛的楠木提供着宜人的阴凉，拜占庭式的小洋楼耸立在苍穹下，屋内一个女孩坐在钢琴前弹琴，窗外到处都是喜鹊欢快的鸣叫声……

这当然是豆芽儿瞎编的，她向往着那样的房子，高贵的生活，现实却让她痛苦，她病了，天天做着白日梦，读三年级下学期时不得不退了学，她每天等着爷爷上工以后，一个人到南山街的小巷里转悠，把这里想象成自己的家。有一天，有一个年轻人拿着一张照片找到了豆芽儿的爷爷，豆芽儿的爷爷从照片里看到了自己，那是他和永金爸爸的照片，豆芽儿的爷爷明白了年轻人的来意后，当晚就收拾行李和豆芽儿搬到了黑石礁。

当年，永金的爸爸出逃前，曾经告诉永金，无论发生什么事，都要保住房子，因为这个房子有地契，如果可能，以后有一天，希望儿子能把这栋楼盖起来。他留下了图纸，他说，盖好了，就是黑石礁也是槐花街最漂亮的房子。永金从小就知道豆芽儿的爷爷是个讲义气的人。当时，日本人陆续撤离大连后，日本人的房子一幢幢空了下来，那时候政府动员大家到日本人的房子里住，尽管许多穷人没有房子住，但是最初敢住进日本房子的人实在太少，毕竟大连被日本人统治了四十多年，他们已经习惯了听话，他们生活在日本人统治的阴影里，怕日本人哪一天会再回来。当时政府为了打消老百姓的疑虑，还敲锣打鼓地欢送迁入日本楼房的老百姓，后来看到那些最初大胆住进日本楼房的人都没有什么事，日本人也像海上的大雾般被大风吹得无影无踪，渐渐地，有人开始争住日本房子以及各种别墅，一时间大家蜂拥而至，黑石礁的高级别墅没有多久就挤满了住户，有的一栋小楼甚至挤进十几户人家。

永金家的房子只盖了一层，匆忙搭起来的屋顶铺着黑色的沥青。这房子原来是一个日本铁路高级干部的住宅，家里甚至还有电话和澡堂子，澡堂子有五六平方米大，里面有一口大锅，下面可以烧火，把水烧热，然后人在大锅里面洗澡。别墅有着高高的台阶，有一个大大的院子，站在台阶上可以看到黑石礁的大海。

永金家的房子肯定会被安排进别人来住。永金为了保住房子费尽脑筋，他想到了豆芽儿的爷爷。永金找到豆芽儿的爷爷，求他搬进自己的小楼，他知道房子保不住，与其让不相干的人住，不如让豆芽儿她爷爷过来住。就这样，豆芽儿随着爷爷一起搬进来，豆芽儿的爷爷住进来后，永金家的房子仍然显得空空荡荡，豆芽儿的爷爷就把豆芽儿的爸爸妈妈兄弟姐妹们一起叫了过来，那是他们第一次从山东老家来大连，他们本来没有资格来大连。豆芽儿的爸爸妈妈当初因为豆芽儿是个女孩而要把豆芽儿送给别人，是拉车的爷爷把豆芽儿接来了，豆芽儿是爷爷用高粱米汤汁喂大的。豆芽儿懂事后经常问爷爷为什么不用大米汁喂自己偏偏用硬邦邦的高粱米，爷爷告诉豆芽儿，当年日本人统治大连时，大连老百姓是不许吃大米饭的，如果被发现吃了大米是要杀头的，小车大院里就有一个人因为偷吃了大米饭被杀了头，他衣襟上的一粒大米饭粒出卖了他。没有白米饭吃的豆芽儿只好喝高粱米汁长大了。豆芽儿的爷爷从山东老家招来了一大帮人，这些人从没住过这么好的房子，他们在房子里四下乱窜，在红木桌子上面敲核桃，往光滑的地板上吐痰，把小院里的方砖花坛拆掉，种上了土豆和芸豆，小院里飘散着大粪的味道，他们简直无法无天。不过，这样的日子没有持续多久，等街道和工作组的人来检查过房子安顿好了住户后，豆芽儿的爷爷就对这些山东老家的客人下了逐客令。按豆芽儿爷爷的想法，风头过了，他自己也会搬出去，豆芽儿的爷爷只肯住外接的小平房。

豆芽儿最终也没有住进她梦想的大房子里，十七岁的时候嫁给了住在下屯街的一位姓储的山东老乡的儿子。储家的儿子本是个老实巴交的人，但是有一次下夜班在下屯街的一个窝棚里把一个女人给强奸了，豆芽儿总也不相信老实的丈夫会做出这种事，尽管丈夫极力辩护，说那天只是走在路上突然尿急，就躲在一个无人的窝棚后面撒尿，没想到刚尿出一点儿，就听到窝棚里传来了一声女人的尖叫，他吓得撒腿就跑。不过，无论他怎么解释还是没能逃脱牢狱之灾，他被判刑，送到了凌源劳改。豆芽儿在婆家待不下去了，就搬回了爷爷家，后来越来越老的豆芽儿爷爷在永金的水产公司里打更，直到老死。

永金甚至记不得豆芽儿出嫁时的模样，等豆芽儿从婆婆家回来时，方芳已经嫁进来好久了。

六

陈锦绣总是想把这一段历史真实地描绘下来，但想象的情景总是难以如实地再现出来，所以对父母的事情她总是很敷衍，这不是她的风格，她写东西喜欢酣畅淋漓。

本来永金一直都在想什么时候去接方芳，但是他总是没有行动，对她总是有种不肯亲近的感觉，脑海里经常会出现青梅竹马的顺子。永金确定一生里不可能拥有顺子，所以这一生一定和顺子在一起的誓言让他感觉有些自欺欺人。

陷入情感中的永金和豆芽儿虽然觉得自己做得不对，但是他们还是抓紧一切时间狂欢。直到有一天，永金从外面回来，闻到了奇异的香味，他掀开厨房的门帘时吓了一跳，方芳围着围裙在厨房里忙乎，锅里正炖着鱼。

他心跳到了嗓子眼了。

你一个人回来的？

是搭大军的车回来的，他正好从乡下回来。

他根本无心听她说什么，找个借口走了出来，往豆芽儿家里望了望，那里静悄悄的，没有一丝的动静。

方芳离家的那些日子里，豆芽儿总是满心困惑，要知道方芳是多么美丽的女人啊，豆芽儿不能理解，永金怎么会舍得把这么娇气好看的女人气走，在她看来，孩子掉了算不了什么大事，好好安慰不就行了。留得青山在，不怕没柴烧，以后孩子一定还会有的，为了一个掉了的孩子就跑到娘家怎么能行，豆芽儿想，她山东老家的大姨，一个人一辈子生了十三个孩子，只活了四个，如果生第一个死了，以后就伤心难过甚至绝望，那她怎么会有那四个长大成人的孩子呢？但豆芽儿又是多么期望被气走的方芳永远不要回来，她是多么让豆芽儿自惭形秽啊。她的胸口总是鼓鼓的，腰细细的，个子高高的，皮肤白白的，走路扭扭的，目不斜视，漂亮得像《早春二月》里的谢芳，要多美有多美。她天生就是有钱人家小姐的样子，走路干活都那么好看，穿什么颜色的衣服都好看。有一次在黑石礁浴池洗澡，豆芽儿远远地盯着方芳偷偷地看了好久，那鼓鼓的乳房和又细又白的皮肤让她羡慕不已也痛恨无比。

豆芽儿也没有想到，方芳不在家的这段时间里，她竟然习惯了永金的怀抱和大床，等方芳有一天突然归来，她才发现，那些让人迷醉的好时光原来根本不属于自己。

豆芽儿在方芳回来后不久去了凌源的农场，其时豆芽儿的丈夫储运来早就出来了，当初把储运来送到监狱里的那个女人后来又被人意外"强奸"了，这次意外让豆芽儿的丈夫彻底平反了，但是他不愿意回到黑石礁，虽然他可以说是根本没罪，但是储运来不想见到黑石礁的人，他在凌源的劳改农场就业了。方芳回老家那一年，豆芽儿丈夫在农场患了重病，豆芽儿不得不离开家去了农场。豆芽儿在那里住了好长时间，等豆芽儿带着儿子宝贵回来时，已经是三年以后的事了，他们一家人出现在小院里时，方芳和豆芽儿都惊奇地发现，她们都腆着大肚子。

那是1963年的冬天，住在一个院子里的两个女人几乎同时生下了各自的女儿，一个叫储宝珍，一个叫陈锦绣。两个女孩一点点长大了，像一对欢蹦乱跳的鸟儿一样，稍大一点儿以后，她们开始跟在哥哥宝贵的身后四处疯癫乱跑，槐花街上到处是他们撒欢儿的影子。

第四部　阴阳错

一

一到冬天，黑石礁就被没完没了的雪纠缠上了。锦绣清楚地记得，槐花开得最盛的那年的冬天下了好大好大的一场雪，连续下了几十天，直到有一天突然停了。也就在那天，天气突然又暖和起来。槐花街气象的反复无常让人费解，曾经有气象和地质方面的科学家专门到黑石礁考察，他们沿着黑石礁的海岸线走来走去考察这一带独特的地质构造，最后也没有得出什么结论，反正，一到冬天，黑石礁就好像把天上的雪神激怒了一样，经常下大雪，好像老天不把天上的雪下个一干二净就不甘心。

肯定是个星期天，纸片一样的大雪片铺天盖地落下来，天地万物仿佛盖上了厚厚的白被子，一切都隐藏不见了。这样的日子，槐花街的人都躲在屋子里做着自己的事情，这种互不相干的日子使我们有理由选择一种自由的方式去对待。那天早晨的太阳还没有全部露出脸，一般这时候，陈锦绣都在被窝里。这时，陈锦绣听到储宝珍在外面喊她，陈锦绣爬起来，从窗口往外看，宝贵和宝珍两兄妹正在院子里向陈锦绣招手，宝贵甚至挥了挥手里的弹弓，又指了指高大的槐树。陈锦绣三下两下地穿上衣服，跳下炕，光着脚丫套上鞋子，跑了出去。陈锦绣几乎是未加思索就决定跟宝贵宝珍兄妹俩混，很长一段时间，陈锦绣离不开他们两兄妹。

宝贵脑袋比一般孩子大一大圈，槐花街的孩子们都叫他大头怪，有些调皮的孩子看见宝贵，就会齐声唱那首流传于街巷的儿歌：“大头怪，偷麻袋，叫人抓住两头拽。”都说大脑袋的孩子聪明，宝贵确实比别的孩子聪明。本来他年龄太小不够入学条件，他陪着槐花街已经九岁的二虎子去学校里考试，老师让二虎子背小九九，二虎子每次背到三五一十五时就出错，不是三五一十一就是三五一十三，把二虎子的妈气得半死，这时候大脑袋的宝贵一口气帮着二虎子把小九九背完——他在家里把一年级的算术语文全学会了。宝贵从不屑于槐花街小孩子们的儿歌，他乐意顶个大脑袋满世界地转，他有的是不断翻新的花样，他的表情永远都是那么自信而快乐，他成了锦绣和宝珍的主心骨，有宝贵在，她俩就成了槐花街最快乐的丫头。

与哥哥宝贵相比，妹妹宝珍却笨了许多，这让宝贵有什么事只愿意吩咐锦绣去做，但胖胖的锦绣又特别的懒。锦绣总是梳着两个朝天的羊角小辫儿，拉着宝珍跟在宝贵的后面，屁颠屁颠快乐无比。

如果要捉麻雀，非得有大而宽敞的院子不可。宝贵开始忙乎起来，锦绣和宝珍只能跟在宝贵的后面给他打下手，他们一起动手在院子里扫出一小块干净的地方，扫出来的地方要露出土来才行。下了好长时间的雪，天空中的云一样聚集的麻雀饿得有些飞不动了，它们在树枝上无力地鸣叫着。宝贵从自家院子里拖来一个大筐，用一根木棍把大筐支起来，放在扫干净雪的地方，再在大筐下面撒上一些高粱米和碎玉米粒等鸟儿喜欢吃的粮食。雪还在下，远远看去，支起的大筐像一个穿着花裙子的姑娘在雪地里跳舞，大筐下面的小天地里像是铺了一块漂亮的花布，更像是丰收的田野，一根长长的细绳子一头拴在支筐用的木棍上，另一头拉进锦绣的家门里。院子里的槐树上，已经有一群麻雀正在枝头上张望，这使他们兴奋起来，宝贵说听它们的叫声就知道它们都饿急眼了，一会儿，我们就可以吃到香喷喷的鸟肉了。

一切都准备好了，三个人重新回到屋子里。他们把门打开一道小缝，蹲在门口，从门缝里偷偷地向门外看着，耐心地等着麻雀上钩。宝珍总是担心麻雀会有所察觉，她一遍又一遍地说出自己的担心，锦绣说宝珍你不要再说了，麻雀听到了会跑掉的。哈哈哈，宝珍不觉大笑起来，难道麻雀真能听懂我们讲话不成？当然！锦绣一本正经地说，一定能听得懂，你看它们多小心，你以为麻雀真像你想的那么彪啊。在宝珍眼里，麻雀是头脑简单的家伙，从麻雀脑袋的大小就可以看出来麻雀不够聪明，看看宝贵的大脑袋就知道了，那么小的脑袋能装进什么东西啊?

宝珍对麻雀瞧不起的眼神显露无遗，直到宝贵狠狠地瞪起眼睛她俩才专注起来。他们躲在屋子里，不一会儿，就有几只麻雀朝着大筐跳过来，它们显然被大筐下的好吃的杂粮吸引住了，但是它们还真是非常小心，似乎知道这是个阴谋，显然，这样四处白雪的天地里不可能突然有了那么多美味。在这个寒冷而银白的世界里，麻雀们饥饿无比，它们发现了那么有诱惑力的美食，它们虽然充满怀疑，但无法不铤而走险，就像是一个陷入危险沼泽的人，哪怕看到一根稻草也不会放弃一样，尽管可能会更快地死亡，但是只要有一丝机会就不会放过，这是与智慧无关的本能。

宝贵一手握着细绳，一手把食指放到唇边，示意锦绣和宝珍不要出声，锦绣和宝珍不由得屏气凝神地跟着宝贵一起盯着那些麻雀。终于，有两只胆大的麻雀迅速地往前跳着，它们经过一番观察后，终于迈着试探的步子向大筐底下的高粱和玉米走过去。它们走到了大筐下面，它们开始吃那些粮食了。这是两只脖颈处有着淡黄色羽毛的成年麻雀，一个胖大一个瘦小，它们俩警惕而迅速地在筐子下面一下一下啄食着杂粮，彼此迅速地交换着眼神，像是一对面对生死的恋人，它们被丰美的食物所吸引，它们敏捷飞快地吃着，没有丝毫的犹豫。这时候在附近观察的麻雀也开始陆续跳到大筐下面，而就在这时，那两只先到的麻雀互相对着鸣叫了几声，迅捷地跳出大筐，就在它们展开翅膀的那一瞬间，宝贵拉动了细绳子，几只麻雀还没有反应过来，已经被大筐扣在了下面，它们与那些美食一起留在了大筐下面。

锦绣和宝珍一起跳起来，宝贵脸上是胜利的笑容，强烈的阳光照射着雪白的世界，晃得人睁不开眼睛。麻雀确实不够聪明，它们活得太过随意，除了咋咋呼呼的鸣叫和虚张声势的外表，简直可以说是一无是处，它们步态跳跃，少有沉稳的时候，更没有一点儿派头，停歇的地方也让人觉得不靠谱，不是落在树上就是落在房檐上窗棂上，甚至是让人心惊的电线上。它们的家也那么让人不齿，废弃的烟囱，破烂不堪的墙洞，或者是哪个不起眼的缝隙，它们在那些杂乱干草堆积的家里生儿育女，它们天生就是贫贱的命。一上午，他们用这种简单粗笨的办法，逮到了十六只麻雀，直到大筐里的粮食被麻雀吃得精光才收手。它们有理由在临死前饱餐一顿，这是它们用生命换来的。

宝贵把逮到的麻雀一个个用力地摔在地上，麻雀甚至来不及哭泣来不及体味恐惧，就立马断了气。宝贵握紧麻雀，把细长的铁丝从每一个麻雀的屁股穿进去，再经过身体内脏然后是脖子最后从嘴巴里面穿出来，每三只麻雀用铁丝穿在一起。麻雀鲜红的血立刻沾在铁丝上面，只一会儿工夫，铁丝上的鲜血一点点变成暗红色。那些刚才还活蹦乱跳的麻雀不用再拼命地奔波，不再有痛苦的挣扎，没有了生的烦恼和诱惑，永别了可爱的阳光，是的，它们本来就没有资格在这个世界上起舞，它们本该生得朴实无华，它们没有值得炫耀的资本，从它们漂亮却不中用的外表就可以看出来它们是多么浮华。

穿成串的麻雀被宝贵用提前和好的黄泥给裹紧，然后放到炉子上烤。不一会儿，麻雀身上的黄土开始冒热气，屋里一点点升腾起潮湿而复杂的泥土味儿，等到黄泥被烧干烧裂，宝贵就拎着一串麻雀轻轻地往地上磕，沾在麻雀身上的黄泥连同麻雀身上的羽毛一起脱落下来，麻雀立刻变得婴儿一般光溜溜，身上的毛被拔得精光。然后宝贵把脱了毛的麻雀放在炉子上再烤一烤，麻雀身上沾的点点羽毛立即被火烤焦了，变成灰烬在空气中飘舞起来。终于，光着身子的麻雀被火烤成了焦黄色，屋子里满是诱人的香喷喷的烤肉的味道。宝贵不费吹灰之力就把刚才还活蹦乱跳的麻雀弄到了另一个世界，它们从一条生命变成一顿美味的过程如此简单，这使崇拜宝贵的锦绣心里产生了朦胧的忧伤。

不过，这种小小的看不见的忧伤只停留了一会儿，锦绣和宝珍就迫不及待地把烤熟的香喷喷的麻雀往嘴里塞。宝贵一个人烤，供宝珍和锦绣两个人吃。宝珍甚至大叫，看啊，麻雀的的腿肉多肥啊！香气充盈了她们的胃，也使她们单纯的喜悦更加真实。

永金走进家门的时候，几个孩子正在有滋有味地吃着麻雀肉，桌子上堆满了麻雀被肢解的尸体，这时他们的脸上都被麻雀烤焦的大腿给抹得黑乎乎的难看得不得了，可是永金似乎并不介意，他那被风吹过的面孔上泛着光，映在三个孩子的小脸上，让整个屋子立即活泛起来。永金在锦绣的脸上亲了亲，又摸了摸宝贵的头，拍了拍这个男孩子的肩膀，这个叫宝贵的男孩子特别的招人喜欢，他甚至想等宝贵长大了给他买一辆自行车，他喜欢什么样的就给他买什么样的，他这样聪明可爱的孩子就应当拥有想要的任何东西。

锦绣只顾吃麻雀肉，她当时并没有太注意爸爸的目光，在她看来，爸爸喜欢自己一定多于宝贵兄妹，自己才是爸爸的女儿嘛，但她的心里又隐隐地有些担心，她的脑子里在想些什么啊？她真是一个让人捉摸不透的孩子。每一次看见爸爸走进家门，她都有种恍如隔世的感觉，她有着自己都无法排解的迷惑，她恨自己那种恍惚的感觉，她害怕自己无法解释的感觉，她总在担心哪一天爸爸突然消失不见了，这种可怕的隐隐的担心让她自己也说不清，就像是黑石礁海边一夜间涨满潮的大海，淹没了那么多的沙滩和礁石，不见了她曾经熟悉的美丽景象。她近乎讨好地笑眯眯地看着爸爸，把自己的小脸伸到爸爸的跟前，让爸爸一次又一次地亲她红红的脸蛋儿。

那个冬天里，由于不停地下雪，锦绣和宝珍还有宝珍的哥哥宝贵变得无所事事，他们有太多的机会在院子里完成他们和麻雀的游戏，在对麻雀进行捕杀烧烤的充满血腥的冬天里，锦绣和宝珍在宝贵哥哥的带领下，展开了一场又一场与麻雀的较量。麻雀那瘦小的肉身让他们的味蕾格外的满足和幸福，那时候锦绣并不知道，这种低档次的欢愉会在成年以后的许多时光里折磨着自己。

二

冬天终于过去了，麻雀不再留恋宝贵放在大筐底下的粮食，它们好像一下子找到了觅食的法宝，成群结队地在天空飞翔，四处都是麻雀得意的鸣叫。由于困了一个冬天，它们变得机敏而疯狂，胆大而心细，身体也强壮起来。储宝贵不再那么容易逮到麻雀了，但他有了更加锐利的武器，一只精巧无比的弹弓。锦绣知道宝贵的弹弓是爸爸送的。锦绣总是跟在宝贵的后面说，如果我是男孩，爸爸也会给我做弹弓的——爸爸的确是这样跟锦绣说的。宝贵几乎和弹弓形影不离，他天天练习射击技术，在院子里的墙头上摆上一个破烂铁罐头盒子，再跑到远处，用锦绣和宝珍给他找来的尖锐的小石子儿，对着罐头盒子射击。一开始打中时，锦绣和宝珍都会跳起来欢呼，讨好地捡回打飞的罐头盒子，等准确率越来越高，她俩就会说距离太近，宝贵就再跑远一点儿，甚至跑到院子外面，回回击中目标，直到能对付天上飞过的麻雀。

天一暖和，宝贵就带着宝珍和锦绣到处去找麻雀，他们太留恋冬天炉火里烤肉的香味了，麻雀那肥硕的大腿肉，鼓鼓的胸脯，丰满的屁股，还有虚张声势的翅膀，让锦绣总感觉肉香在口腔里缠绕，令她回味无穷。宝贵改用弹弓进行捕杀后，一样可以给锦绣和宝珍弄来好多麻雀，他们一样可以吃到麻雀肉。宝贵打弹弓的水平在槐花街的男孩子里数一数二，这一点让锦绣格外地崇拜。

在这个春天里，在鸟儿最得意的时候，宝贵带着锦绣和宝珍一起，四处打麻雀，宝贵喜欢跟锦绣和宝珍玩，他们住在一个院子里，他们三个在一起有很多好玩的事情。在锦绣看来，有一个宝贵就可以玩任何事情，别人跳绳跳皮筋都是几个人一起玩，宝贵总是一人顶两个人，他把皮筋一边绑在槐树上，另一头自己举着。

无论玩什么，宝贵都是学得最快玩得最好的那一个。不过，宝贵虽然喜欢玩，但不愿意和别的小朋友玩。每当宝贵展示什么胜利成果时，就会有人站出来说，你是狗屁，你爸爸是强奸犯，宝贵就会大声和别人争辩，说那是诬陷，说不过，就会上去和人家打，在锦绣眼里，宝贵就是厉害的战神。有一天，宝贵被几个小伙伴打倒在地，他挂彩了，他跌落的门牙、流血不止的鼻子，仿佛在锦绣的心中捅了刀子，宝贵打架输了在她看来就是英雄末路也是世界末日。锦绣常常会拉着宝珍一起上去帮忙，她俩也经常被打得满头满脸是包，有人还趁机边打锦绣边骂你个资本家坏分子的小崽子等。宝贵被打后，总是一个人忍着疼，他不许锦绣和宝珍回家告诉大人，渐渐地他们不再到处乱跑，他们更愿意三个人待在一起。

锦绣拉着宝珍跟在宝贵的后面一起去打麻雀，宝贵一脸自信地往水产学院的操场走去，他不时地抬头打量着天空，仿佛成群的麻雀已经成了他手下败将和俘虏。锦绣像宝贵肚子里的蛔虫一样，他的每一个动作每一个眼神锦绣都能领会意思，她和宝珍甘愿为他做任何事。此时，他们一起走在学校操场边上的小树林里，那里有着成群结队的麻雀在四处乱窜。麻雀肉的美味充塞了锦绣的胃囊，在这个冬天里，锦绣胃里装过太多烤得焦香的麻雀肉，她报答的唯一方式就是拉着宝珍一起到海边去给宝贵捡石子儿，此时宝贵的衣兜里鼓鼓的，里面装有她和宝珍去海边捡到的石子儿，那是打麻雀最赶劲的子弹。

他们仨最喜欢玩的地方当然是黑石礁海边了，黑石礁的海就在槐花街的跟前，他们站在自家的院子里就能看到海。黑石礁靠海，也因海而出名，黑石礁的人夏天里都愿意泡在海里，不会游泳简直就没有资格说自己是黑石礁人。槐花街离海最近，夏天时，槐花街的大人下班了，一般都会到海里游一圈再回家吃饭，孩子们很小就开始往海里钻，在海里野，大人们也不会去过多地管孩子，槐花街的孩子们天生就会游泳。在槐花街，不会游泳是会被人笑话的，住在海边，不会游泳是不可思议的事情。

宝贵经常带着锦绣和宝珍去黑石礁的海里游泳，只是槐花街的许多女孩子很少在白天下海游泳，她们即使想游泳，也只会在天黑时才下海，因为她们大多没有游泳衣。人们经常会在夜晚的黑石礁海滩上听到海里姑娘们的嬉声。宝珍也从来不在白天下海游泳，她和槐花街的那些女孩子一样，没有锦绣那样漂亮的游泳衣。妈妈给她做了一件游泳衣，但是她不喜欢穿，那是妈妈用旧衣服改成的游泳衣，那样的游泳衣上面没有皮筋结成的泡泡，没有鲜艳的红，没有醉人的绿，更没有好看的系在脖子后面的长带子，她宁愿在海边给哥哥和锦绣照看衣服。

宝珍五岁生日那天收到了一份礼物，一件红色的游泳衣，是豆芽儿给她买的，和锦绣的一模一样。宝珍并不知道，她的游泳衣是锦绣的爸爸送的。

他们仨在海边还有过一次奇遇，这奇遇差点儿改变了他们仨的命运。有一次，大约是黄昏时分，他们仨游累了，宝贵似乎还听到了妈妈豆芽儿的声音，他们仨准备回家吃晚饭。这时，他们仨看见海边来了一个穿运动服的男人和两个小女孩，那时还少有人穿运动服。两个小女孩长得一模一样，她俩与锦绣和宝珍的年龄差不多。他们在海边旁若无人地脱掉外衣，扔在沙滩上，男人和两个女孩都提前换好了衣服，两个女孩穿着满身都是泡泡的淡黄色的游泳衣，款式同锦绣和宝珍的一样，她俩相视一笑，一脸的满足。这时，那个男人先下到海里，在海里蹲了一下，然后回头招呼两个女孩，两个女孩一前一后跳进海里，接着，两个女孩一左一右在男人身边，他们跳起来，轻轻地一跃，一起向大海里游去。宝贵和锦绣宝珍被眼前的一幕给惊呆了，他们一起下海，一起游起来，他们的姿势几乎是一样的，那个男人看样子是两个女孩的爸爸，但是，天啊，他怎么可以让两个这么小的孩子游到那么远。宝贵他们从没有看到过这么小的孩子可以往那么深的海里游泳，她们累了怎么办？如果两个女孩游不动了，一个大人怎么照看得过来？更让他们惊讶的是，渐渐地他们竟然游得完全看不到影子了。宝贵三个人一起站了起来，宝珍甚至大叫起来，说他们三个人不见了不见了怎么办，锦绣甚至想那个人会不会是两个女孩的后爸，他一定是想把姐妹俩扔到海里弄死，好在宝贵表现出见多识广的样子，宝贵说你们瞎说什么，你没有看到那个叔叔的游泳动作与我们的不一样吗，他游得真好。宝贵崇拜的人可不多，但从宝贵的眼神可以看出，叔叔和女孩一定很了不起，他们准备在海边等。于是他们待在海边，但叔叔他们游得太远了，仿佛要游到大海的尽头，宝贵他们没有等到几个人回来，就被豆芽儿给喊回家了。天色已晚，他们不得不回家，他们回家后，顺着梯子爬到了楼顶张望，远处的大海上一片漆黑，宝贵有些担心。终于他们听到了三个人的说话声，叔叔他们在海边影影绰绰的，好像是在穿衣服。宝贵发现，叔叔他们正朝着自己家的院子走来，原来那个叔叔的自行车就停在宝贵他们家的院墙外面，宝贵他们的房子离海最近，仿佛就建在沙滩上一样。宝贵等在门口，看着男人把两个女孩一前一后地放在自行车上。他们冲着宝贵笑了笑，宝贵也笑了笑，看他们要走了，宝贵大着胆子说，叔叔，你游得真好，你能带我往深海里游吗，往大海的深处游？我想像她们那样。他指了指两个女孩，宝贵说，我想像你的女儿们那样往深海里面游。

两个女孩笑起来。他不是我们的爸爸，他是教练，是杨教练，坐在自行车前面横梁上的女孩说。

宝贵瞪大了眼睛。

杨教练也跟着笑了起来，他一边把着车把，一边用身子支着自行车，怕车倒了，他问，你会游泳吗？喜欢游泳吗？

宝贵说我太喜欢游泳了，但是我不敢往深海里游，教练你能带我像她们那样游到深海里面吗？

你想游到深海里面干什么，在边上游不好玩吗？

我想……宝贵脸涨得生疼，他说，我想看看很远的大海里是什么样子。

两个女孩一起笑了起来，锦绣和宝珍悄悄地站在后面，也跟着笑了起来。

杨教练伸手摸了摸宝贵的头，你多大了。

七岁，今年夏天我就上学了，书包都买好了。他回头看了看锦绣和宝珍，不信你问她俩，她俩是我妹妹。

锦绣和宝珍同时用力地点头，是啊是啊，夏天他就上学了，他的书包都买好了。

那好吧，明天傍晚我还来，到时我看你到底会不会游。杨教练摸了摸宝贵的头，推起车子，轻跑几步，轻轻一跃，上了车，从槐花街上消失了。

第二天，杨教练如约在傍晚到了黑石礁海边，他教了宝贵一阵，几个动作、在水里的姿势等，让宝贵学着做，练了一会儿，杨教练还和两个女孩一起带着宝贵游了一会儿。宝贵从来没有往深海里游过，但宝贵胆子大，他跟着教练一起往深海里游，有好几次，他感觉自己就要沉下去了，但是他发现自己还能看到旁边的两个女孩，他知道自己也能往深海里游了，他既惊喜又害怕。有一次，他听到锦绣和宝珍在远处大叫，他才意识到自己的头埋进了水里那么一会儿，他已经忘记自己游了多远。他跟着教练回来时，看到锦绣和宝珍站在海边直拍手。

那段日子，他们几乎天天相约在黑石礁的海边游泳，锦绣和宝珍帮忙看着衣服，或者从家里拿来水给他们喝。

不久后的一天，杨教练和市体校的另一位老师来到宝贵家，他们把宝贵带到了劳动公园里的少儿体校的游泳馆，让宝贵在游泳馆里面游泳，他们还用尺子把宝贵上下左右好一顿量，不知道宝贵哪个地方长对了劲，他们要让宝贵到少儿体校学游泳，他们对豆芽儿说宝贵天生是棵游泳的好苗子，不做运动员真是太可惜了。他们体校开始招收学员，他们说宝贵的各方面条件都非常的棒，是做运动员的好材料，练好了将来能出成绩。豆芽儿说这孩子太淘气太野了，非常顽皮，学功夫还行，学游泳不行，在海里翻滚那太危险，再说我得商量一下。豆芽儿没说和谁商量，锦绣就格外地好奇她想和谁商量。

杨教练说，学游泳不是到海里，只在泳池里练习，比赛也在泳池里。我们体校的泳池正在维修，等维修好了，我们训练也在泳池里，冬天也能游泳。等宝贵上学了，我们会在下午让他练习游泳，不会影响他念书。而且进了体校还有补助，有好吃好喝，发运动服，还能到处比赛走南闯北的，杨教练说了好多，宝贵只记得杨教练说过有红烧肉吃，他顿时两眼放光，猛咽口水。

后来，永金受豆芽儿的委托专门到市体校去了一次，回来后豆芽儿就同意让宝贵去学游泳。豆芽儿还主动带着宝贵到了市体校，她答应了杨教练的要求，反正现在学习好也没有什么用，再说宝贵太调皮，有个教练管着也很好。

回来的路上豆芽儿对宝贵说，进了少儿体校就是大孩子了，如果想跟杨教练学游泳，就得像个大孩子样儿，首先要扔掉弹弓。宝贵决定放弃弹弓，他准备把弹弓送给锦绣做纪念，他知道锦绣喜欢弹弓，离不开弹弓，以后他要好好游泳，他还要得冠军，还有运动服穿，有红烧肉吃，宝贵觉得自己一下子长大了，成了真正的运动员了。

宝贵对锦绣和宝珍说，他想在进体校前，最后带锦绣和宝珍去打一次麻雀，他要再给她们俩烤一次香香的麻雀肉吃。

三

城乡交界地区最适合建设大学，在城郊接合部的黑石礁，就坐落着七八所大专院校，当时被称为学院区，堪比现在的大学城。

紧靠黑石礁的海边西部山下就有一所水产学院，学院背山面海，风光极好。山上是茂密的树林，山脚下是黑石礁海滨，早晨的水产学院不是在海浪声中就是在鸟鸣中醒来。水产学院靠近大海，又依山而建，所以学院没有围墙，完全开放式的校区，槐花街的孩子们最愿意去水产学院的操场上玩。学院操场上有各种好玩的器械，有成排的单人秋千，有两头用铁链子拴在架子上，人在上面行走时前后上下起伏的活动平衡木，要想在活动起伏的长长的平衡木上从一头走到另一头需要相当高的平衡技巧。操场上还有鞍马、水泥乒乓球台、篮球架、单杠、双杠，两头各能坐着十几个人的巨大跷跷板。那里经常聚满了孩子。

不知从何时起，各大院校开始武斗，时常能听到不远处穿梭的枪声，像电影里的内战，水产学院也变得异常的闹腾。一个住在学院半山腰小楼里的老教授被戴上了纸帽子沿街批斗；有一个漂亮的喜欢穿布拉吉的英语老师，脖子上被挂了好几个破烂鞋，站在水泥乒乓球台上晒着大太阳。还有一个叫姚闪闪的老师，据说她不肯改掉资本家爸爸给起的这个带有资产阶级色彩的名字，也戴着个大牌子，挨了批斗。槐花街的孩子们经常被水产学院里的高音喇叭吸引，他们停下了喜欢的游戏，跑到操场上，跟在大人的身后看批斗大会。武斗初期，派别多得大人们都无法分清，有时昨天还在指挥批斗的人，第二天也被挂上了大牌子遭了批斗。不过，这样的情景没有持续多久，过了一段时间，学校里帮派之间的争斗啊武斗啊都渐渐消停了，水产学院的操场上开始冷清了，教学楼和宿舍楼都安安静静的，长时间地关着门，学院已经好久没正经上课了，就像现如今关闭的工厂放了长假一样，不见了师生们的踪影。学生们都走南闯北地四处串联去了，学校里曾经激烈的枪声也已经消失不见了，没有了起床和熄灯号子的嘹亮的声音，也没有了狂风肆无忌惮的侵袭。夜晚的街道也像宵禁一样静静的，只有麻雀和孩子们的欢叫声在四处流窜。只有孩子们是欢畅的，什么也无法阻止孩子们的快乐。他们又开始跑到学院的操场上去玩了。

这是个看似平静的日子，槐花街的上空家家户户的烟囱里飘动着灰黑色的烟。夏天过去，宝贵就会上学，上学后的宝贵也会成为少儿体校的学员，宝贵在这个夏天里要带着宝珍和锦绣痛快地玩一玩。

宝贵手持弹弓，站在操场边上，仰望着天空，等待着成群的麻雀飞过。

麻雀在天空中真是太小了，小到像夜空中的星星，像夜晚飞行的萤火虫，像眼前乱飞的苍蝇。麻雀也因为夏季食物的丰沛而不肯轻易地落地，更少靠近人，弹弓这种新的捕杀工具很考验一个人的智慧和运气，如果不是在它们结伙出行成群飞过时动手，很难打落它们。锦绣和宝珍跟在宝贵的后面，她们因为无法直接参与射击而只好充当另外的角色，她们在耐心地等待猎物到手的同时，还要一起帮宝贵寻找可以用来射击的石子，石子要挑选尖锐锋利可以使鸟儿致命的那种。当鸟群飞过的时候，宝贵会迅速地拉紧皮筋，将手中的石子射出，宝贵的弹弓在锦绣和宝珍看来，精准，致命，那些石子像真正的子弹总能在弹弓皮筋的助推下，飞速地抵达麻雀的阵营里，总会有一个倒了霉的麻雀的身体被击中。

许多年以后，锦绣的眼前常常会出现那天的情景，陷入不着边际的想象之中。她不知道如果宝贵没有过早地离开她，长大后的宝贵会不会成为她的亲哥哥，虽然有一天锦绣知道了一些真相，但是锦绣永远也没有从妈妈那里得到真实的答案，她也就无法断定宝贵究竟是不是自己的亲哥哥。锦绣记得在宝贵死去以后方芳又找人把横在两家人之间那道院墙给拆除了，把那扇形同虚设的小门彻底地拆除了。其实那个院和院墙上的小门本来就是一扇关不上的小门，木头小门上有一个不顶用的门闩，小门经常大敞四开，宝珍只要伸过手就能够得着门这边的门闩，这门闩简直就不应当存在。那一堵不结实的墙和一扇不起作用的小门，正好把两家人隔开。锦绣的记忆里，爸爸经常伸着脖子看院子另一头的宝贵，她只当是爸爸喜欢男孩子，这样的喜欢还让锦绣生出了说不出来的醋意。锦绣当时并不知道，爸爸没有想到的是，他自己都不知道，他的这种喜欢没有停留太久，因为他的一个错误决定，使锦绣从此充满了忧伤。

四

锦绣和宝珍跟在宝贵后面，他们在操场边的树林空地上等待麻雀飞过，当时，五岁的锦绣怎么也没有想到，这个早晨，她和宝贵宝珍两兄妹的天真童年将就此结束。

锦绣清楚地记得当时的情景，当时锦绣和宝珍正在地上捡石子，宝珍还用一个有着小尖角的石子划了一下锦绣的手背，锦绣装作生气地叫起来。这时，一群麻雀从远处飞来，只听宝贵说快看家雀儿飞过来了，宝贵边喊着边抬起了手臂，他刚拉开弹弓上的皮筋，锦绣感觉有什么东西嗖地飞过头皮。锦绣听到宝珍大声地叫着锦绣锦绣你快看宝贵怎么了怎么了，锦绣还没有反应过来，就看见宝贵一个踉跄地向自己扑过来。宝贵把锦绣扑倒在地，宝贵的头也重重地撞在了锦绣的胸前，宝贵的左胸前像院子里的地瓜花一样，一下子盛开了，鲜红到刺目，那花朵的中心正在往外冒着一股股红色的血泡泡，锦绣立即伸手按住了冒血泡泡的地方，她感觉手被血泡泡烫着了，滚烫滚烫，她和宝珍一起尖叫起来，吓得树上的鸟儿风一样飞散开去。

一颗不明来历的子弹，打中了宝贵的胸口，洞穿了宝贵的人生，他甚至没有机会尝试一下真正的人生，没有感受成功或者失败的任何滋味就匆匆地告别了人世，这个槐花街上最俊俏的男孩子在一个夏日的清晨里永远地告别了这个世界。天堂的大门看似紧锁着，却将窗户洞开，那窗户里伸出来一只手，抓住了宝贵，他抛弃了妈妈豆芽儿，抛弃了喜欢他的永金叔叔，抛弃了热爱他的锦绣和宝珍，抛弃了喜爱他的亲人，抛弃了槐花街沁人的槐香，独自一人扬长而去。

不知道是附近哪一所高校里飞来的一颗子弹打中了宝贵的胸膛，那时候宝贵正在对准天空中一群正得意飞翔的麻雀准备射击，有一只小麻雀甚至跳到了他们跟前，完全是一副挑逗的姿态，锦绣肯定那是宝贵看到过的最美的麻雀，黄色黑色绿色杂色相间的麻雀，灵动，自如，欢愉，自信，甚至感觉它在轻松地歌唱，宝贵一时间竟然被这只漂亮的麻雀所吸引，甚至差点儿因为凝望太久而忽略了天空中成群的麻雀，他赶忙拉起了弹弓，射向了呼啸而过的麻雀。

宝贵在那个早晨让五岁的锦绣和宝珍领略到了死亡和离别的滋味。

公安人员封锁了附近的几所学校，不许学生们进出，他们在附近的各个学校搜出了许多枪支和子弹，他们挨个枪挨个子弹对照排查，他们运用了各种技术力量，来分析打中宝贵的枪和子弹的方向，那些枪里找不到打死宝贵的那一支枪，也没有查出与宝贵胸膛里的子弹一样的子弹，也没有找到是哪一支枪里面飞出了那颗子弹，也无法确定它飞来的方向。他们查明，那天海运学院有五个学生在一起喝酒，他们也听到了枪声，但是他们不确定是自己学院还是别的学院的枪声，反正他们当时喝得太多，他们无法清醒地回忆起那声音的确切位置。海运学院的一个老师也证明，那天几个学生个个喝得烂醉如泥。总之调查毫无进展，这使宝贵的死成了一件无法侦破的死案，那个真正的凶手明显已经逃之夭夭，或许他正在人群中假装伤心的样子也说不定，有时候真正的凶手永远也不会得到惩罚。

锦绣飞一样跑回家，她手上身上的血把院门弄得一塌糊涂，已经听到枪声的爸爸正在炕上往窗外望着，当他看见锦绣后好像一下子反应过来，他连鞋子都没来得及穿就跑了出去，等锦绣跟着跑到操场上时，操场上已经聚集了许多人，里三层外三层的人让锦绣费了好大劲才钻进人群，锦绣看到山峰一样的人堆里躺着一个人，那个人正是宝贵，他正躺在地上，一只精致的小弹弓握在宝贵左手里。他胸口的衣服已经模糊一片，冒血泡的小洞已经开始发黑，像秋天山里熟透的紫色玉米缨子，暗红，绵软，无力地飘在风中。

锦绣看到爸爸一把抓起趴在宝贵身上哭泣的宝珍，像扔一块抹布一样扔到一边，他抱起宝贵就冲出了人群，他冲过偌大无比的操场，冲过无比漫长的槐花街，冲向慢吞吞的有轨电车，他边跑边大声哭喊着快救救孩子快救救宝贵救救我的宝贵我的宝贵啊……清晨的操场上，清晨的槐花街上，清晨的黑石礁广场上，清晨隆隆作响的电车上，清晨的天空中啊，到处都回荡着锦绣爸爸嘹亮而悲伤的哭号，那是个多么忧伤而衰败的夏天啊，那些生长的绿都在锦绣的眼前染成了血的红色，一切都是那么的衰败。陈锦绣拉着储宝珍的手，紧紧地跟在豆芽儿后面，她们大步奔跑着，她们旁若无人地奔跑着，完全不管周围人好奇的目光。这个住在槐花街有些沉默的男人，把另一个女人的儿子紧紧地抱在怀里，焦急而悲伤地跑着，一路上到处留下了他慌张而凌乱的脚步声。

他们去了锦绣妈妈的医院，那天锦绣的妈妈方芳正当班，方芳被锦绣爸爸的哭号震动了，她拿着听诊器的手开始发抖，她说宝贵的脉搏已经没有了他失血太多时间太长已经……锦绣的爸爸突然地吼叫起来，他说你是什么大夫，你是个笨蛋的娘儿们你是不是就盼着他死你救他求你救救他你就抽我的血救救他吧抽我的血我的血和他的一样一样……

锦绣爸爸抱着宝贵号啕大哭，锦绣的爸爸最终也没有能让自己的血救了宝贵，宝贵在锦绣爸爸的怀里一直没有醒来，宝贵是不是没有勇气面对宝珍和锦绣，宝贵就这样死去了。随着爸爸一起跑到医院的槐花街的人，眼睁睁地看着锦绣的爸爸倒在医院的诊室里，他的努力看起来毫无用处，这个世界并不会因为你的焦急和痛苦而产生怜悯，是的，永远不会，他狂奔的脚步一点儿也没有阻止宝贵离去的决绝，这个执拗的孩子，为什么让人如此的伤心。

很长一段时间里，锦绣的眼前都是爸爸痛哭的情景，她后来能和宝珍成为好朋友，很大程度上要归于这情景。

那天，锦绣被妈妈搂在胸前，锦绣又闻到妈妈身上的来苏水味，她突然感觉那味道特别的亲切，她紧紧地搂住妈妈，努力想把那味道闻到身体里，她突然懂得了妈妈的心跳，狂跳的那种，或许是悲伤的跳也未可知，那个叫宝贵的男孩子曾经让这个女人多么的愤怒而又怜爱啊，这个早晨让锦绣无比的忧伤，这个五岁的小女孩从此不再有欢乐。

体校的教练来找宝贵时，宝贵已经不在了，他自行车上的两个漂亮的女孩和教练一起张大了嘴巴，愣在院子里，他们从此再也没有到过黑石礁的海边，像一道闪电瞬间消失了。

宝贵当然没有当成运动员，宝贵死于一颗不明来历的飞来的子弹。

后来锦绣经常会陷入冥想，宝贵确实不像是来自人间的孩子，更不像是豆芽儿的孩子，他有着天生敏感的性格，过于机灵和聪明的大脑，他甚至有着无法解释的过目不忘的本事，有着同龄孩子不具有的智慧，那种少年老成的感觉让陈锦绣想想都感到吃惊，难怪他最后死于非命，这样的人本不该继续活下去，他们离老天太近，近到可以互相言语，近到可以义无反顾地告别凡间的亲人。

从夏天到冬天，锦绣的爸爸一直都闷闷不乐，有一天，他开始长时间地离家，他换了新的工作，他开始四处跑供销。

那个冬天最后的一个雪夜里，锦绣由于迷恋渐渐稀少的雪花，在半夜里爬起来看静静飘落的雪花。陈锦绣不想让这雪花快快地化掉，她伸出冒着热气的手，伸到了夜晚的窗外，她想象中如果雪花永远不会融化，那爸爸就永远会在等待启航。那个冬天里，锦绣期待着雪花下个不停，锦绣期望爸爸永远走在回家的路上，永远都在不停地走，像下个不停的大雪，她知道，如果雪停了，雪花化掉了，她和妈妈的灾难也就降临了。

五

果然如锦绣所料，又一个冬天，槐花街上的雪下个没完没了，世界上没有任何一场雪会让锦绣记得那么深刻。

槐花街两侧的槐树都被雪压住了，那些支棱着的干树枝树杈在豆芽儿看来要多丑有多丑，真不明白当初为什么要种这种形状丑陋的树，但是如果五月时槐花的芬芳入鼻，锦绣也就释然了。不过，那是多么短暂的时光啊，像出嫁的新娘子，刚刚还一脸喜庆，过不了多久就大腹便便，美丽和惊艳都那么短暂，难道一生的丑陋就是为了那一瞬间的美艳而生？

锦绣总会莫名地在半夜里醒来。以往锦绣是最贪睡的孩子，她睡着时有人把她抬走她也不会发觉，她把自己半夜里莫名醒来怪罪到那些吵闹不休的麻雀身上，她自己也清楚麻雀半夜里也会熟睡。锦绣夜半醒来时，屋子里总是静悄悄的，像幽暗的海底。锦绣总会第一时间爬到窗前，打开小窗户，把手伸到了窗外，后来锦绣明白了，为什么那个冬天里，自己总是感到隐隐地不安。那天麻雀集体鸣叫引开了锦绣的视线，锦绣看到院子里有一长串大大的脚印向远处延伸，用不了多久，树梢上飞来飞去的雪花就会盖住那一串大而刺眼的脚印。有一段时间里，妈妈方芳经常值夜班，这样的脚印就会出现在通往宝珍家的路上，无论下雪与否，那宽大结实的脚印都会让锦绣一眼认出来，锦绣的眼前总是现出那串脚印，那脚印让锦绣的心里开始有了痛的感觉。

一些不为人知的事情就这样在夜半发生。

锦绣变得沉默起来，像父亲一样的沉默，她喜欢一个人独来独往。有一天，她说，今天家里会有客人来。锦绣的妈妈权当是瞎话，她照例要去上班，丝毫不顾锦绣的话。晚上回来，看到一个远房的姑姑坐在院子里，月光下，锦妈妈的脸变得惨白。锦绣的妈妈吓坏了，锦绣怎么会有那么怪的念头，让她不知所措。

妈妈说，锦绣你猜我今天看见谁了？锦绣不假思索地说，是不是老二？

你怎么知道的？

就是知道。

锦绣经常一个人偷偷到海边，晚上的大海上时而星光点点，时而暗淡无光。锦绣小时候最怕别人说海上会有水鬼，说打仗的鬼子都是从水里游过来的。锦绣多少次坐在海边想，如果爸爸是自己心甘情愿地跳下海的，那他一定不会怕鬼，爸爸不怕鬼我也不怕鬼。任何圆的东西在海面上漂动，锦绣都会激动，锦绣在大海边大声地喊叫爸爸，那声音传了很远，锦绣总觉得那声音爸爸能听到。

锦绣喜欢冬天，但冬天里，锦绣又有着百般的惆怅。锦绣最喜欢下雪天了，下雪天里，锦绣最喜欢堆雪人了。以往爸爸都会带着她们一起堆雪人，他们堆的雪人总是又高又大，锦绣总是会给雪人装扮一番，家里的胡萝卜毛巾枕头红领巾鞋子锅碗什么的都会成为她的工具，每一个冬天，每一场雪下来后，锦绣家的院子里都会有新的客人来到，有时是一个留着长长胡须的老头儿，有时是一个戴着红领巾的小丫头，有时是胖胖的大婶儿，有时又是活泼的男孩子，他们有的体态臃肿，有的苗条灵巧。锦绣给她的客人们起着各种各样的名字，好像有了名字他们就有了生命一样，有的叫小红妹妹，有的叫长胡子爷爷，有一个少年，她给起名叫壮志。那时锦绣正在看一本小人书，小人书里有一个抗战英雄在战场上牺牲了，书上面有“壮志未酬身先死，将士一去不复返”的句子，锦绣和宝珍都觉得很喜欢。只有妈妈对这个名字不满意，说这名字有些悲壮和严肃，不像个雪人的名字。爸爸却不以为然，觉得这个名字用在生命短暂的雪人身上正合适。锦绣热爱她的客人，从它们出生那天起，锦绣就精心地为它们梳妆打扮，直到温暖的日子一天天到来，一点点开始侵蚀她那些可怜的客人，她眼睁睁地看着那些雪人一天天消融，变得弱小，变得无助，直到有一天风和太阳彻底地收走了那些客人为止，陈锦绣看着它们一点点成长，又看着它们一点点消失，又伤心又难过，直到下一个寒冷日子里新的客人到来。锦绣的爸爸总是会说，每个人都是一样的，最终都会消失得无影无踪，像雨下在土地上，像风吹在天空中，像江河汇入大海里，都没有留下一丝的痕迹。锦绣当时并不能体会这些话的含义。锦绣总是和爸爸一起堆雪人，只有爸爸才会把雪人堆得那么好看那么结实，也只有锦绣才会把那些雪人打扮得那么美丽那么精神。

锦绣没有想到，有一天，爸爸也和那些雪人一样，消失得无影无踪，而且消失得那么迅速，让锦绣有些猝不及防。

那天，方芳早晨上班前告诉锦绣，在家里要好好听话好好做作业，说过几天爸爸就要回来了。方芳站在水池前，认真地洗米，然后控干净大米里的水，装到饭盒里，再倒上酱油，又用勺子在玻璃罐头瓶子里挖出一勺猪大油，放在饭盒里，她对锦绣说，晚上我给你带点心吃。

从爸爸离家那天起，雪就开始不紧不慢地下着，锦绣把雪堆在了一起，她在等待爸爸回来。那天，屋子里的炉火正旺，下班的方芳正在铁皮炉炉盖上烤着切成一片一片的玉米饼子，饼子被炉盖烙得金黄，香气四溢，方芳喊来锦绣一块吃。锦绣并不理会，锦绣正专注于妈妈饭盒里的宝贝，方芳那天带的饭是酱油米饭，她每次都会给锦绣留下一小块，那一小块酱油米饭总是老老实实地挤在饭盒的角落里，锦绣等妈妈回来的第一件事就是翻妈妈的包，找出饭盒，吃那块酱油米饭，那是锦绣的点心。这时候锦绣正在吃着酱油米饭，香香的味道不知道要比金黄的玉米饼子好吃多少倍。她边吃边大声对妈妈说，要是爸爸回来了一定会给我带好多好吃的东西。

真是个馋嘴的丫头，这么馋将来会嫁不出去的。

锦绣并不理会，吃完酱油米饭就跑出了家门，她本来打算要到宝珍家，和宝珍一起做寒假作业。她远远地看到有一帮男女在院子不远处闲站着，再往远处，槐花街上也三五成群地站了好多人，他们都在向锦绣家的方向看着，比画着。锦绣正纳闷，见妈妈出来了，妈妈方芳手里拿着一件织了一半的毛衣。锦绣的妈妈一定是要去邻居王小芬家去研究花样，槐花街上谁都知道王小芬会织毛衣，花样多得让人眼花缭乱。锦绣刚刚要拍宝珍家门，看到妈妈走出了院子，院子外面的那些人看到锦绣妈妈像逃课的孩子看到了老师，一下子四散开去不见了影子，锦绣和妈妈一样，好生奇怪，他们怎么了？锦绣看到人群中的王小芬见到妈妈连忙低下头，匆匆地拐进了槐花街的巷子里。她平时最愿意和锦绣妈妈一起讨论毛衣式样，尽管她自已根本买不起漂亮的毛线，在黑石礁，只有锦绣妈妈这样当医生穿白大褂的人才舍得买那么漂亮的毛线。锦绣的妈妈好像并没有察觉什么，她朝王小芬家里走去。锦绣跟在妈妈的后面，王小芬不知道怎么那么麻利地躺在了床上，她摆出一副病恹恹的样子，躲在床上不肯起来，那种表情比真病了还要难受。锦绣的妈妈伸手摸着王小芬的头，一脸的困惑，她说你不痛快就到我们医院里看看，明天我当班，你记得去找我。

锦绣跟在妈妈的后面又一起回来了，那天，锦绣和宝珍一直在院子里堆雪。雪堆越堆越高，一直堆到满眼月光，她想堆更多的雪，用处会很大的，她想留着等爸爸回来帮她堆雪人。锦绣和宝珍也试着堆雪人，但她俩堆的雪人歪歪扭扭，不成样子。锦绣的心里想的是爸爸的模样，但她总也堆不像，她跑回屋拿来爸爸的帽子扣到了雪人的脑袋上，把爸爸的围巾也送给了雪人，还试图给雪人戴上手套，锦绣从来没有这么认真地堆过雪人，她对雪人投入了太多的精力。她终于堆好了一个偌大的雪人，她大声地喊来妈妈，说妈妈妈妈你看啊，这雪人像不像爸爸？锦绣的妈妈站在院子里，她突然冲过来，拿起雪人手里的棍子拼命地击打雪人，把雪人的帽子打飞了，把雪人的胳膊和手都打断了，最后把雪人的脑袋也砍下来了，吓得宝珍坐在地上好长时间没有起来，一向优雅不动声色的锦绣妈妈狠狠地捣毁了雪人，她把雪人的胳膊肘大腿肚子什么的一个个捣掉，然后撒得院子里到处都是，直到地上铺了一层层乱七八糟的雪花。

每当锦绣讲起这段故事时，方芳都有些不认同，方芳的记忆与锦绣的记忆总是不同。她说是锦绣的脑子坏掉了，才会想到什么大雪封门房屋倒塌被雪埋掉的情景。方芳肯定锦绣脑子一度坏掉了，因为是她自己亲手掴了锦绣两个大嘴巴子。方芳认为那才是事情的真相。

方芳事后也经常回想那天的情景，不过与锦绣想的有些不同。

因为方芳的坚持，锦绣只好重新组合自己的记忆。

大雪封门的那些天，槐花街停水停电停工，一切都停止了，那些天的锦绣在家里特别的听话。不过，锦绣有些心烦意乱，心里说不出什么感觉，抓心挠肝一样的难受。妈妈专门做了酱油米饭，但锦绣吃在嘴里感觉一点儿滋味也没有，锦绣食不知味，一脸的沮丧。晚上，锦绣在写作业，她写了会儿，感觉有些困乏，就趴在桌上睡着了，她做了个梦，她被梦中的情景惊醒了，锦绣至今也弄不明白，那是自己的梦境还是现实。锦绣醒来后，看见妈妈方芳坐在灯下发呆，就冲着妈妈突然没头没脑地说了一句话，锦绣说，爸爸坐的船沉了，船上的人都死了！然后她又说了一句，大雪会下个没完没了。

一瞬间，锦绣的脸上脱骨离肉一般的疼痛，她被妈妈狠狠地掴了一巴掌。锦绣被打昏了，她做了一个长长的梦，她梦见自己飞了起来，她看到自己飞到了很远很远的海上。醒来后的陈锦绣仿佛对一切都已经了如指掌，她有着超越常人的灵感，让自己害怕的灵感。好长时间她说不出话来，成了哑巴，只好用手比画，大人们都说锦绣一定是让妈妈的一巴掌打坏了脑子，不然锦绣怎么会做一些让人不可思议的事情呢。她竟然会画画了，有一天，老师在教室里教学生画画，外面有人来找老师，老师出门的一阵工夫，锦绣跑到黑板前自顾自地画起来，等老师回来的时候，锦绣已经画完了，而且正是老师想画的画，老师和同学一起惊讶地看着锦绣，仿佛看一个怪物。更离奇的是，锦绣竟然健步如飞，本来在操场上玩得好好的，转眼间不见了，像飞一样一下子回到了自家的院子里，一会儿又跑到操场上去了，她甚至没有惊讶家里发生的一切，她早就提醒过妈妈，她一点儿也不奇怪家里发生的事：锦绣爸爸乘坐的那条老而旧的货船，船上有三十七个船员还有一船的货物，货物里还有锦绣爸爸置办的年货，有锦绣喜欢吃的山东油条杠头和猪肉，这些都在她眼前真实地显现出来，她用不着听任何人说。

锦绣有了超越常人的灵感，这灵感让锦绣自己都感觉无比害怕，在她昏睡时，黑石礁那些建在槐花街上的平房倒塌了好多间，到处都是残砖破瓦，死了好多人。

锦绣醒来也和昏过去一样突然，让人有些措手不及，本来，锦绣只是想好好睡一觉，但她的耳朵突然被什么狠狠地刺了一下，疼痛不已，她听见妈妈方芳嗓子里发出了骇人的撕裂般的声音。

锦绣超乎常人的灵感持续了好长时间，直到妈妈方芳在别人的提醒下，又出其不意地狠狠地打了锦绣一个巴掌，比第一个巴掌还要厉害，锦绣感觉自己的喉咙一下子打开了，她的号哭声让所有人大喜过望。不管是被大雪压住，还是被妈妈掴了巴掌，反正重新会说话以后的锦绣脑子里还是会偶尔跳出些小灵感，她能看到很远的地方有人正在往她家里走来，比如说，大军舅舅，有一天，锦绣对妈妈说，大军舅舅喜欢你，你会嫁给大军舅舅。

锦绣的妈妈没有再打锦绣，她已经领教了锦绣奇怪的灵感。一直到工作以后，锦绣还会时不时地显现她的小灵感，有时候遇到什么事，宝珍就会说锦绣你给我来点儿灵感，锦绣对宝珍毫不吝啬，锦绣总会给宝珍最真实的指引，后来，有一天，她突然感觉到完完全全散失了这一灵感，后来她仔细想想自己灵感完全散失的缘由，她感觉一定是不洁之身偷走了她的灵感。她把灵感散失的原因归结于第一次性爱，自己不再灵光的灵感一定是因为藏一峰，那些不再洁净的念头，是灵感散失的根源，所以后来有一天，陈锦绣不得不下决心杀掉藏一峰这也是其中的原因之一。

六

墙角处是泛白的军绿色帆布行李包，包里的冰水开始融化，里面的东西染花了行李包，一块黑一块红模糊着，斑驳不堪。从包里渗出来的水顺着包的底部开始往外溢出，顺着墙根一点点弥漫开去，像尿了裤子的孩子，委屈地偎在角落，惊恐地低着头。锦绣猜包里一定有爸爸给自己买的红色的拉带鞋，那是爸爸走之前答应过锦绣的，爸爸从不食言，还会有新的文具也不好说。旁边堆着两个冻成冰坨的面袋子，锦绣知道除了一袋面粉外，另一个面袋子里一定挤满了油条和猪肉还有杠头等好吃的东西，这些都是要提前备好的年货，锦绣的爸爸每次都会借着到山东福建等地购买海带苗的机会，顺便采购一些年货。这是爸爸年前最后一次出差，从夏天的订货到冬天的购买需要好长一段时间来来去去，但冬天最后一次的远行，总是锦绣最期待的，总会给锦绣带来惊喜。油条一定是用绳子捆在一起的，杠头也是硬邦邦的又好吃又耐嚼，只是这时候都被海水泡了不知多久，冰化了，里面一定会挤成一堆乱酱。不过，眼下并没有人在意堆在墙角的这些东西，大人们都在大屋里守着不省人事的妈妈，那些不知道从哪里冒出来的亲戚，让锦绣一下子害怕起来，她只想一个人躲起来，再也不要见到任何人。

家里住满了人，有一些人锦绣从来没有见过，锦绣从来不知道自己还有这么多的亲戚，除了出身不好的外婆一家她好像不记得自己有什么亲戚。她躺在床上，躲在被子里，空气里都是新被子里散发出来的樟脑丸味道。锦绣从来不知道，家里还有那么多的姑姑和叔叔大爷。有一个老得不成样子的女人，锦绣甚至不敢正眼看她。她的声音浑浊，像是从烟囱里喷出来的浓烟，她边哭泣边数落，让人听不真切。有一个远房的婶婶，声音响亮，隔一会儿就号叫一嗓子，她大声地叫道你个死鬼我们跟你背了多少包袱啊因为你吃了多少苦啊现在日子刚刚好你就悄悄地溜了你看你把这个家收拾得多好你看你弄了多少床被子多少个柜子多少衣服把这么多好东西留给了别人自己没有了影儿你怎么对得起我们呀你这个死鬼啊你哪儿去了没良心的啊……她边哭叫边把家里的东西都数落一遍，还用手抚摸着那些被子，仿佛锦绣的爸爸被缝进了被子里，她粗糙的手指划过被面的噪声刺痛了锦绣的耳鼓。

如果赶上放假，爸爸一定会带着锦绣出差的，锦绣跟着爸爸去过好多地方，如果哪个早晨爸爸出门办事了，会把她放在旅馆里，盖好被子，然后再出门。陈锦绣的衣服总是最漂亮的，老师总是说，这孩子穿着绸绸呢；看呀看呀，她穿板鞋子，小孩子穿板鞋子，哪里买的；她吹泡泡糖，这孩子吹泡泡糖……锦绣在别人眼睛里永远都那么与众不同，这种与众不同使锦绣很容易就成为孤家寡人。她不习惯没有爸爸的日子，爸爸总会在中午等在教室门口，用自行车载着她一起到爸爸单位的食堂吃一毛钱的炸鱼和白面馒头，每次出差回来，他总会第一时间去接回女儿，不管她正在上课还是正在睡觉，爸爸总是让锦绣换上新买的鞋子，或者当场换上新衣裳，或者从包里抓一大把的糖果给锦绣，锦绣身上到处都是爸爸给买的礼物，扎的头绳，宽宽的绢子做的裙子，绣花的手帕，塑料的文具盒，各种图案的铅笔橡皮等等，把锦绣打扮得不同寻常，让锦绣在阳光下，泛着彩色的光芒。

爸爸失踪以后，锦绣趁人不注意偷偷地跑到槐花街一条小巷里，那里有一个小院堆着爸爸买好的东西，有一次，爸爸带锦绣来过小院，爸爸说这些都是将来盖房子用的东西，等时机成熟了要把家里的房子翻新重建。这是个颇具野心的计划，锦绣在小院子里看到了红砖、水泥和木料，它们悄悄地躲在苫布下，不动声色。锦绣后来再来到那个小院时，小院里的红砖和洋灰木料全都不见了踪迹，后来有一天干脆连小院里的门框都没有了影子。是什么人把小院扒得面目全非？锦绣想象不到未来这里是什么样子。锦绣本来还想把这个事隐瞒下去，但是有一天，家里突然来了几个人，他们把锦绣家里值钱的东西都搬走了，有一个人甚至说把钱借给了爸爸盖房子用，说人死了账不能死，他们的行为让锦绣的妈妈一时不知道怎么办好。锦绣家的房子还是老样子，她最终也没有住上爸爸要盖的房子，那个放材料的小院里早已经长满了杂草。

七

雪后的槐花街突然莫名其妙地热起来，甚至大街上有的人穿起了短袖，雪也瞬间融化得无影无踪。

永金原本已经买了船票，他临时改坐货船回来完全是出于偶然。在锦绣昏睡的十天时间里，大雪封城，永金只好在烟台港等待客船启航的指令。那些天，闲来无事的他几乎天天到码头附近的一家西安饺子馆里去喝酒，饺子就酒，越喝越有，他边喝边想。有一天，他看到饺子馆里闪过一个熟悉的身影，是老郑，老郑是旅顺水产养殖场一艘货船的船长，那天他们正准备晚上启航回家。他和老郑一起边喝酒边叙旧，然后又跟着老郑一起回到了码头，码头上的客船已经恢复通航，码头上挤满了人，永金的船是第二天晚上开船，他听从老郑船长的建议卖掉了客船的船票，他挤过拥挤的人群，跟着老郑船长上了天工号货船。离家十多天，他想快点儿回家，“我想早点儿看到我的宝贝女儿我的胖丫头锦绣”，这是后来妈妈告诉锦绣的，锦绣有点儿不相信，她不太相信感情深藏不露的爸爸会说出这么动情的话来，或许都是锦绣的想象也不好说。不过，锦绣知道，只有自己才会让爸爸满怀思念，这一想法至今也没有改变。

深夜的渤海湾里一片宁静，货船在大海里默默地前行着，向着大海的深处，如果可能，第二天一早他们就会在旅顺港上岸，用不了多久，就会回到家里看到锦绣，还有锦绣的妈妈。这样的想法是锦绣强加给爸爸的，因为此时在睡梦中的永金突然感觉到了一阵强烈的震荡，接着他重重地摔倒了，等他好不容易爬出船舱时，他看见船的半个身子倒在了海里面，并在一点点地下沉。

永金乘坐的货船在渤海湾夜航时跑错了航线，他们的船没有按照指定的航线行驶，他们不知深浅地乱闯，他们不知道渤海湾暗礁林立不逊于闻名世界的百慕大，他们在这片不在航线上也就是无人经过的水域迷了方向，最后触礁翻船。一开始船翻倒扣在水面上，但是困在船舱里的老刘在里面憋闷得太久了，他听不到甲板上的声音，看不到外面是黑夜还是白天，他找来一个铁钎，拼命地朝舱底砸去，一下，一下，砸得船上的人心惊肉跳，砸得海面上海鸥呜咽鸣叫，直到砸漏了舱底，透亮的小孔还没有来得及挤进阳光，海水怒气冲冲地涌进来，把船彻底地拽入海底。

锦绣醒来后，听到有一个人在和妈妈低声交谈，她听出那是唯一活下来的水手大邢子在对妈妈描述沉船时的场景，多年以后，锦绣甚至怀疑是否有这样一个人真的讲过这样的一个故事。

如果船一直不沉就一直会有希望。

他确实跳下去了吗？

确实跳下去了。他摘下手表交给我，说如果我活着让我把表交给你。

那么冷的天，11月的冬天了，他能游多远？

他说这表很值钱的，是孩子姥姥给他的，说是姥爷年轻时在国外留学时买的英格表，他说孩子的姥爷是名字写到县志上的名人呢。这表我本来可以不给你的，我不给你，也不会有人知道，但我不是那样的人，人是要有良心的，我不能做昧良心的事。

你确实看到他是游走的？

是啊，当时远处亮着灯，你知道夜晚的海上亮着灯的肯定是船，他肯定是游到了那条船上，不然打捞的人已经在海里打捞了一天也没有找到他，他们可都是技术很高的潜水员啊！

你看着他游走了？

是啊，朝着亮灯的船游走的。

他再坚持一会儿，就和你一样了，活着多好。

我是水手，我身体好，船上的东西能烧的都烧了，也没有招引到救援的船，谁让我们跑的不是航道呢，没有船经过的。

再说我也冻死过去了，浑身都僵了，也差一点儿没命了，说不定永金他现在还好好的呢。

他还穿着你给他织的毛背心呢。

锦绣听到了什么东西撕裂的声音，妈妈喉咙里发出的嘶哑的哭泣声撕裂了她的耳膜。

陈锦绣的眼前浮现出另一番情景，大邢子说得没错，她清楚地看到爸爸一个人跳下海，向远处游走了，他是在船沉下去的最后一刻跳下海游走的，夜晚的大海远处有一艘大船在慢慢地行进，锦绣清楚地看到那是一艘挂外国旗帜的大船，锦绣相信爸爸靠自己的力量完全可以游到大船上，如果可能，他会跟着那条大船一起去远方也不好说。

锦绣想象着爸爸游走的时候不是黑夜而是明亮无比阳光照耀的晌午，只有晌午时光才会有人有闲情逸致到甲板上沐浴阳光，锦绣的眼前永远都是蔚蓝的大海，她看到爸爸像一只活泼的海鸥，摆动双臂飞走了。

锦绣希望那天的大雪凝固所有的江海河流大川，凝固所有悲伤的记忆。

锦绣无法肯定，那是她和爸爸的最后一面，那些天，家里里出外进的人流不断，天气异常暖和，还没有堆成形的高大雪人露出了亮晶晶的肉身，雪白透明光滑的皮肤与肉身连在一起无法分辨，被掏空了的肉身一点点融化。

本来已经有救援船去海上寻找了，可是船走错了航线，所以没有找到，那么大的大海，茫茫一片，茫茫一片啊，后来，还是山东的兄弟单位帮忙扩大了搜索范围才找到了沉船。

男人的声音在屋子里起伏，陈锦绣的妈妈躺在床上，并没有因为家里来人而坐起来，她的眼里已经没有任何事物，目光空洞地注视着天花板。

据说他和船一起坚守到最后，我们已经研究决定，追认陈永金同志为中国共产党党员，我们要为他召开隆重的追悼大会。

陈锦绣对这个声音非常熟悉，他经常到家里来喝酒，他总是客气地叫锦绣妈妈为大嫂。

你真相信老陈跳海走了？声音游丝般的弱。

我信。老陈水性好。

那可是 11 月的寒冬啊！

屋子里长时间沉默，只有呼吸的声音飘荡。

因为没有找到爸爸的尸体，锦绣执拗地认为爸爸还活着，当然她没有指望爸爸会马上回来，当她知道了爸爸的故事以后，就更没有指望他会回来，锦绣只当爸爸远游去了。成年以后，当别人问到锦绣爸爸时，陈锦绣就会说，他在外地出差呢。她总是想，说不定爸爸被那条外国大船救了下来，也许已经被带到了外国，也许哪个漂亮的女人收留了他，并且和他结了婚，当年来槐花街讨饭的春秀哥就是跟了槐花街的有房子的青青姐，做了倒插门的女婿。也许爸爸正走在回家的路上，顺路看看外面的风景。锦绣的脑子里都是爸爸活蹦乱跳的样子，所以爸爸的单位要给爸爸开追悼会时，锦绣拒绝参加，甚至给爸爸下葬时，锦绣也没有前往，锦绣清楚爸爸的坟是一座空坟，里面除了衣服裤子鞋子袜子还有手表水杯什么是真的以外，全是假的，她拒绝给一个假的爸爸磕头，她知道那个空空的坟里面什么也没有，连个躯壳都没有，更别说高大的爸爸怎么会喜欢钻进那样憋屈的小盒里呢。

后来，当方芳开始另一段感情时，试图把锦绣带离槐花街，但遭到锦绣的强烈反对，锦绣甚至威胁要与方芳断绝母女关系，这才打消了方芳的念头。锦绣不是个执拗的孩子，她的坚持不是没有原因的，她担心外出多年的爸爸一旦回来，找不到自己怎么办，锦绣要一直守候在这里，她不能让爸爸在失去了宝贵以后又失去女儿锦绣。锦绣舍不得拆掉院子里绑在两棵槐树上用绳子做成的吊床，每当夏天时，锦绣就会躺在吊床上，懒洋洋地等着槐花盛开，等待着爸爸的不期而归。

开始写作以后，好多次，锦绣想动笔写爸爸和他的船的故事，但是一个资深的编辑老师告诉锦绣，至少要看一百条船才能写爸爸和船的故事。这看似简单的提示让锦绣倍感压力。不过，锦绣还是用心记住了那个日子，爸爸一个人跳下海游走的那个日子，虽然深冬夜里的海上一片漆黑，但那天的日子在陈锦绣的记忆里清晰无比，她永远也不会忘记那个日子。

1974 年 11 月 24 日。

第五部　碎光阴

一

黑石礁人称劳动公园为“街里”，在黑石礁人眼里，去劳动公园那就是去“街里”，是去最繁华的地儿。锦绣每次去街里前都会站在门前高高的台阶上看着不远处的大海发呆，脸上透着不情愿，她眼前总会时不时地显现出爸爸奋力远游的身影，从远处奋力地游过来，游向岸边，有时会看到爸爸奋力地爬到远处的大船上，有时会看到爸爸眼睁睁地看着大船从身边驶过而没有发现他，爸爸绝望的目光在锦绣的眼前晃动着，但这样的情景总会在爸爸慢慢沉下去的情景中破碎，让锦绣难过不已。锦绣经常一个人躺在沙滩上，听着海潮拍打沙滩的寂寥的声音，涨潮时，海面上都是出海的小船，她会默默地看着那些小船离岸，直到人影船影越来越小，小到成为天空下的一个个小点点。那些奋力摇动的大橹，直奔向深海里的飘着玻璃瓶的海带筏子上，人们总是在冬天里去播种，夏天才去收割，用他们手里锋利的镰刀，然后把海带装在巨大的网袋里，用吊车吊到沙滩上，然后再在沙滩上晾晒，一望无边的海滩上被海带盖满了。种植海带的工人，穿着雨衣雨裤，脚上是大水靴子，脚步有些笨拙，扛着大橹，从小船上下来，有时候手里会提着木撮子，那里面装着一些海螺或者什么新鲜的海产品，晚上的饭桌上一定会有鲜美的海味。那是黑石礁独有的景致，那些涨起又退去的海水，那阳光下泛着波纹的大海不经意间地偷走了锦绣那些单纯而寂寥的日子，大海带来的悲伤与记忆，把锦绣的年少时光切割成碎片。

雪已停，阳光仿佛约好了似的从高处坠落，穿过高大的槐树枝丫，跌落在锦绣的身上，给锦绣浑身上下画上了规则不等横竖交错的格子，那些格子有粗有细，有方块有长条，还有的曲里拐弯，各种各样，七短八长。锦绣白白的脸上透着红润，胖胖的身子包裹在厚厚的紫红色条绒布的棉袄里，像一团火，圆乎乎地滚到院子里。她抬头看了看天，阳光在白雪的辉映下有些晃眼，她微闭上眼睛，仰脸朝着天空长长地吐了口气，接着“啊！啊！啊！”大叫几声，声音响亮而空灵，一团白色的雾气从她的嘴巴里蹿出来，像正在翻开的热水壶的壶嘴儿直往上冲气，冲得老高老高，那些气在空中鸟儿划过一样，又瞬间消失得无影无踪。锦绣叫过后，好像还有些不过瘾，她看了看院子四周，四处平坦，没有一点儿起伏，雪用它的漫不经心，把一切裸露的肮脏的丑陋的东西都遮盖起来。可惜了这么厚的大雪，锦绣有些沮丧，突然又像是发现了什么，她磕磕绊绊紧跑了几步，跑到院子里的两棵大槐树跟前，抬起脚，照着一棵大槐树用力一踹，挂在树上的雪像轰炸机上投下的一排排炸弹，成团成片劈头盖脸地砸下来，弄得锦绣满脸满身的雪花，树上的鸟儿惊得扑棱棱飞起来，飞向远处。她接着又往另一棵树上踹了一脚，然后迅速地从树下跑开，这一次，她脚下一滑，猛地朝前扑去摔在了雪地里，一只手套丢出去老远，她就像仓皇出逃的士兵，自己被自己的炸弹炸倒了，新穿的紫红色条绒布棉袄沾满了雪花，锦绣趴在雪地上，像是摔得很痛，很久不肯起来。

槐花街一群群打雪仗捉迷藏的孩子，宝珍正蹲在路边握雪球，看到锦绣跑过来拉起锦绣。她的脸冻得通红，鼻孔里的黄鼻涕一上一下地抽着。宝珍还穿着过年前穿过的旧衣服，黑色的条绒棉衣是用染料染过的，条绒已经磨平了，胳膊肘处是一个磨坏了的洞，脚上的鞋子全是雪水，脏乎乎的已经辨不清颜色了。宝珍看着她，说你又要和你妈妈去看你舅舅，你的舅舅怎么不来看你们呀？

锦绣正不知道如何回答，这时，锦绣的后脑勺突然爆开了花儿，锦绣猛然感觉眼前的槐树一排排朝自己倒过来，五彩缤纷的阳光瞬间消失了，锦绣的脸顿时感觉冰冷无比。她的头被一个大雪团从后面重重地砸中，她一下子倒在了雪堆里。宝珍被这突如其来的雪球吓蒙了，回头再看时，扔雪球的是邻居的小子，人早就跑远了。

方芳正在屋里拾掇自己，每次出门前她都要收拾打扮很长时间，站在镜子前换来换去，像是要去相亲。锦绣知道妈妈的刻意打扮不是要给哪个心仪的男人看，也不是为了在槐花街的女人们面前炫耀。锦绣妈妈本来就不同于槐花街的那些女人，她给人的感觉是一副清高自负的样子，即使死了男人也不会表现得像别的女人那样逢人就摆出一副哭丧的脸，也不会随便和哪个邻居主动打招呼，她总是让人感觉目中无人。她是槐花街最漂亮的女人，更是槐花街少有的优雅女人，她身上都是医院里好闻的来苏水味道，她总是留着柯湘头，一边别在耳后，一边遮着小半边脸，若有若无的笑容，慢条斯理的深思的样子，她走步从来也不大步流星，即使看到电车马上就要开了，只要她紧跑那么两三步就可追上电车，她也不会跑步追车，她宁肯再等下一辆车，她表现出一种有别于普通女人的优雅和清高，豆芽的爷爷说她特别像20年代星个浦公园那些撑着洋伞的女人，如果锦绣妈妈生在那个年代，才不会和槐花街的人做邻居，如果不是家道中落，锦绣的妈妈这时候可能正在做着阔太太也不好说。豆芽当然相信爷爷的话，豆芽的爷爷在小车队拉车的时候，经常给槐花街的女人送货，豆芽的爷爷说，锦绣的妈妈就应当生在那样的人家，可惜她命不好。

其实豆芽的爷爷也是一知半解，他并不是很了解锦绣妈妈。锦绣的妈妈是地道的大连人，大连人有一个最大的特点就是好打扮，这不是虚荣，也不是撑门面，这是风俗，是习惯，是大连人的特质。大连人的好面子是因为受外来文化的影响，过早地接受了西方文化中干净体面和虚华的一面，这使得大连人天生好打扮，喜欢把外表打扮得光鲜明亮。方芳也只是习惯性地要打扮，不为别人，不为自己，只为了体面，为了好看，为了习惯。大连人什么不讲究也得讲究面子，大连人最好面子。

生活困难的时候，人们最不在意的恐怕就是穿着打扮了，吃饱肚子难道不是最要紧的事情吗？但是槐花街的人不会这样，槐花街的人骨子里流淌着时髦的血液，这血液生生不息地补给着槐花街的女人们，使槐花街的女人们虚荣到即使饿坏肚皮也要把自己打扮得鲜亮惹眼。每到过年，方芳总是要带着锦绣去拜年，有时去同事家，有时去不远不近的亲戚家，有时就那样带着锦绣到商场里公园里转转，不做什么事，有时只为打扮得光鲜明亮地出门。方芳总会把女儿也打扮得光鲜明亮。不过，要想把一个女人打扮得漂亮光鲜也不是件容易的事，你总会面对柜子里少得可怜的衣服叹气，不管你怎么会过日子，钱永远都不够用，锦绣妈妈要么借东边韩老师家大女儿的深蓝色羊毛围巾，要么借西边庄颖妈妈的黑色手提包，还会把藏在箱底的红色毛线手套拿出来，那副毛线手套是细毛线织成的，那时候鲜有细毛线，方芳把一根根四股的粗毛线一点点拆成两股的细毛线。手套一年里舍不得戴上几回，在箱底压得扁扁的，像一条干透的发红的老板鱼，散发出卫生球沉闷哀伤的味道。方芳总是穿上熨烫笔直的料子裤子，烫裤子的熨斗是铁块做成的，在炉子里烧得几乎要红了，用一块厚厚的湿布垫着，贴到料子裤子上，每烫一下，嗞啦一下子熨斗就会挤出厚布上的水汽，屋子里就会升腾起雾气，因为垫熨斗的都是些旧布，味道就有些酸不拉叽的，一股湿漉漉的奇怪的味道在四处流窜。

一切收拾停当后，方芳和锦绣才会出门，她们浑身上下一种新崭崭的感觉，像过年大街上燃过烟花的纸屑，那纸屑虽然残破，却是新鲜的，是透红的，是年的气息，是喜庆的味道。在大连街上，即使大家知道你穿的用的是借的也没有人会笑话，但如果你穿一件破的衣服或者打了补丁的衣服就会有人笑话，大家在年节里互相欣赏的目光也是善意的，慈祥的，温和的。平时方芳对锦绣的打扮也是颇费心思，给锦绣织了好几件毛衣，每件毛衣都是各种颜色毛线的混合体，那些毛线是颜色不一的各种剩毛线，方芳总会想办法让这一团团零零碎碎的毛线变成一件漂亮的毛衣，要么是有趣的图案，比如几朵小花或者几棵小松树，或者是一朵向日葵，再或者一只兔子一只山羊或者是一只小松鼠，不然就会织成几个大色块的图案，拼图一般。还有一次，锦绣的妈妈突发奇想，在锦绣的毛衣胸口处绣上了“幸福”两个字，这两个红色的字衬在黑色毛衣底色上，看上去既夺目又别具一格，让槐花街的女人们羡慕了好久，有些年轻的姐姐拿着毛线主动来找锦绣妈妈，才不管槐花街的女人们怎么看，怎么挑拨，年轻的姐姐们就是喜欢锦绣妈妈这样不同于槐花街的其他女人的样子，就是喜欢她一个人默默走路的样子，她们都想靠近锦绣妈妈，让自己也添一些别样的风韵，有味道一些。也许她们并不知道，对生命的认知是需要时间和经历反复打磨的。锦绣穿着那件绣着“幸福”两个字的毛衣，感觉真的很幸福，多少年了，那两个字在锦绣的脑子里没有离开过，她幸福着，从来都是幸福的。那是最早的期待，却给了她满满的能量。

方芳听到锦绣在院子里的叫声，便从窗户里往外看，见锦绣躺在院子里，先是身子一震，接着感觉一股酸楚的热流涌上喉咙。她来到院子里，紧走几步，拉起锦绣，看到锦绣一身一脸的雪，她又生气又心疼，朝着锦绣的后背就是一巴掌，说好好的新衣裳又让你作索了，这孩子怎么就没有个女孩子的模样呢，简直愁死人了！这巴掌打和没打一样，锦绣并不生气，反而咯咯咯地笑起来。这笑声让方芳既生气又心疼，看上去锦绣像是个没心没肝的孩子，似乎遇到什么事也不知道愁，但是方芳知道她的心思，锦绣外表粗心实则是个情感非常细腻的孩子，在这样落雪的早晨，锦绣一定是又想起了她的爸爸。

方芳用毛线手套拍打着锦绣浑身上下的雪，雪花面粉般扑簌簌往下落，却没有面粉那般纠缠不清，细白的雪被风吹起四处飘飞。雪很白，并没有弄脏锦绣的衣服，她的衣服依然干净漂亮。方芳把锦绣的帽子重新戴好，从两边往中间拉了拉锦绣的衣服带子，把红色的围巾系紧了，又拍拍锦绣的脸颊，锦绣低下头不再笑，眼泪终于躲不过去，滴在妈妈的手背上。方芳并不言语，只是抱了抱锦绣，拍了拍锦绣的肩膀，然后拉着锦绣的手，一起出了院子，顺着槐花街，向黑石礁电车站走去。

二

如果在吃和穿两件事上选择，方芳更愿意在穿着打扮上下功夫，在大连，必须要穿好的、穿讲究些才行，这也是大连人的天性，大连人天生都爱打扮，讲究穿而不讲究吃。“苞米面肚子，哔叽裤子”就是形容大连人宁可肚子里装着苞谷，也要攒钱买上一条哔叽裤子。大连的女人可以在家吃糠咽菜，可以吃不饱肚子，但出了家门走到大街上了马路，一定要有一身光鲜的行头，就像如今满街装修华丽整洁的店铺，店里面的东西如何不一定重要，但外表一定要干净惹眼明亮。

“宁叫肚子饿，不叫袖头破。”大连的流行趋势几乎可以与同时期最时尚的城市同步，一度上海有了啥时兴的衣服，大连街头马上就会跟着出现，广东成为时尚中心时，大连天津街服装一条街里的服装全是广东同期最时髦的货，难怪有人说吃在广东，穿在大连。

早年槐花街上的女人是大连市最时髦的女人，以至于后来槐花街上换了居民以后，这里的女人着装也是城市里最时髦的，即使再穷也有许多办法穿得体面，穿得讲究，穿得自如。锦绣小时候衬衫太贵，只有爸爸这样经常出差的人才会有，也只有出差的时候爸爸才舍得穿，平时为了穿得体面，妈妈会给爸爸做假的白衬衫领子，假领子就像是如今女人内衣的形状和大小，加上领子，没有袖子，用两根带子扯在胳肢窝下，脖颈处的领子长短到最上面第二排扣子的地方，后背干脆什么也没有，空空的只有个带子拴着。假领子穿在中山装的里面，敞开外衣的衣领，脖颈处就会露出一圈雪白的的确良衬衫，不过，锦绣知道，别人也都知道，里面的白衬衫是假的，如果扣子再往下解立即就会露出破绽，假领子的里面可能是破旧的打了补丁的秋衣，或是干脆赤着胸脯的肉身。有一回，锦绣就看到爸爸光着身子穿着假领子，虽然有些好笑，但等爸爸穿上中山装外套，立即有了一种里外一新的感觉。

那时候没有几个人买得起白衬衫，走在大街上，大家都知道穿在里面的白衬衫是假的，但是大家都这样穿，宁肯自己欺骗自己，也不愿意失了面子。有一阵流行腈纶的秋衣秋裤，五颜六色鲜艳好看，有些人穿了秋衣秋裤，怕别人不知道，特意把外面的衣裤的袖子和裤角弄短了，这样，穿在里面的秋衣秋裤就会从里面露出来一圈，远远看去，一圈或蓝或红或绿或紫的秋衣秋裤贴着手腕鞋帮露在外面，穿的人脸上透着风光，看的人脸上满是羡慕。但是腈纶在那时也是稀罕物，很贵的，不是谁都能买得起。那些买不起又想穿的大连人就会想办法，就会自己买来边角料，商店里还有专门卖给穷人的裤头、袖头等零件，配套的还有衣领，这些零件嫁接到破旧的秋衣秋裤上，这样，通过嫁接，外表看上去，露在外面的部分都是一样的，分不清你里面穿的是真的还是做了假的秋衣秋裤，反正露在外面的都一样的光鲜好看五彩缤纷，穿的人脸上也一样透着得意和满足，才不管里面是败絮一片还是繁花似锦。

锦绣小时候就养成了习惯，即使出门到小铺打酱油也要打扮打扮，妈妈也不会因为急着用酱油而催促她，总是看着锦绣收拾利落后才满意地把酱油瓶子交给她，经常在锦绣出门前妈妈要检查一下她的穿着，帮锦绣拽拽衣袖，抻抻衣襟，不会让锦绣有半点儿邋遢相。长大后的陈锦绣第一眼看到藏一峰时就是被他干净漂亮的外表吸引住了，那时陈锦绣并不知道，她的人生会因为那样一张干净的脸和外表而改变。

三

锦绣装作高兴地跟在妈妈身后，是啊，她没有理由不高兴。她们一起来到了黑石礁广场上，她们一起坐上电车，往劳动公园方向去。这是锦绣和妈妈的秘密，自从爸爸失踪以后，锦绣一直和妈妈两个人生活。方芳在槐花街几乎没有什么朋友，也少与邻居交往，她读过医专做医生的经历，让槐花街的人觉得高不可攀，更助长了方芳的傲气和清高。记不得是什么确切的日子，已经很久了，基本上每到这天锦绣就会跟着妈妈往劳动公园去，后来慢慢成了固定的日子，每隔一段时间，陈锦绣就会跟在妈妈的后面，匆匆告别黑石礁那些神秘的乌黑的礁石和拍打在礁石上的浪花，故意不去理会那些细碎而匆忙的浪花拍打岸边的细沙的声音，到位于青泥洼桥的部队大院里的大军舅舅家。锦绣一点点发现，妈妈越来越迷恋那个地方。

锦绣穿着新棉衣，两排黑色的大扣子排在胸前，涤卡料的裤子，裤子被烫得板板正正，像晒干了的老板鱼，硬实，笔直，挺拔。但仔细一看就看出了问题，锦绣裤子前后的颜色不一样，前片是深蓝色的，后片是黑灰色的，贴在外面的两个大布兜是黑色的。方芳总是到商店里买各种便宜的处理的布头，回来给锦绣拼凑成各种好看的衣裤。锦绣的裤子虽看上去像拼盘，但是并不影响美观，反而更增添了一抹情趣和景致，锦绣总是被妈妈打扮得与众不同。

大军住在青泥洼桥的一栋土黄色的二层小楼里，以前每到过年时，锦绣就会跟着妈妈去那栋小楼给大军舅舅拜年。锦绣的记忆里，大军家里总是有许多许多好吃的，有成箱成箱的罐头，那些罐头五花八门，要什么有什么，不仅有牛肉猪肉狗肉兔肉罐头和各种水果罐头，还有海螺罐头、大虾罐头、鲅鱼和鲐鱼罐头等等，让锦绣大开眼界。还有铁桶装的花生油，香喷喷的炒瓜子，陈锦绣对富有的记忆最早就来自大军舅舅家的年货。而方芳给大军舅舅的年货是一件打得周正精致的毛衣，上面是漂亮的麻花状或者地瓜垄状的各种好看图案。方芳织工好，织的毛衣均匀板正，每织一会儿，就会拉过锦绣，放在锦绣的后背上比量着，仿佛锦绣就是大军舅舅一样，嘴里总是会不由得问锦绣，毛衣好不好看，你摸摸好不好。锦绣并不在意妈妈的唠叨，她伸手在毛衣上摸着，绒绒的感觉，就好比摸到了姥姥家大狗花虎子的后脊背，皮毛结实而又光滑，让人心里涌出暖暖的爱意。

一开始方芳一个人去大军家，偷偷地去又偷偷地回，她只告诉锦绣自己是值夜班。医院里值夜班很正常，是啊，有哪个医生没有值过夜班，不值夜班的医生简直不能算是医生。再说哪个行业没有夜班，没有夜班的城市还怎么运转，病人来了怎么办，难道病人只能在白天发病？但是锦绣知道方芳不是值夜班，锦绣能从她的眼神和身上的气味分辨她是不是真的去值班。她很自然地把方芳的去处与劳动公园的小独楼联系在一起，方芳匆忙而急切的脚步根本不像是去单位上班，没有谁会以那样一副急切的心情去上班，这就越发让锦绣觉得方芳夜晚的去处充满了神秘。要知道锦绣有着超乎常人的灵感，她想知道的事一定会知道，她察觉到了方芳的去处，那是锦绣不愿意想象的地方，但锦绣又拦不住方芳的脚步，她知道即使拦住方芳的脚步也拉不住她的心。有一天，锦绣看到方芳吃过晚饭后围上围巾，那是条驼色的羊毛围巾，是槐花街唯一一条不是手织的围巾，是有人从上海给方芳捎来的，锦绣一下子猜到了它的出处，锦绣说妈妈你不是去值班，你想去劳动公园你不用说谎。锦绣看到妈妈藏在驼色围巾里的脸涨得黑紫，她转过身来，抱住锦绣，把锦绣的脸埋在自己的胸前，说锦绣你真是个鬼精灵的孩子。

那天，方芳是带着不安离开家的，她驼色的围巾在锦绣的眼前消失了。本来方芳想放弃去劳动公园，她只要到黑石礁车站的邮电局的夜间电话室里去给他打个电话就行，但是她还是决定去劳动公园，她知道，为了迎接她的到来，大军已经把两个孩子打发到别处去了，这是一个难得的机会，她不能不去，一想到与这个男人的肌肤之亲，她就涌出按捺不住的冲动。她不想告诉任何人，尤其是不能告诉锦绣。你懂吗，这是女人的秘密，有一天，你长大了，成了真的女人，你就会明白这个秘密有多么的重要。

那天晚上方芳走后，锦绣就一个人上床睡觉了，她已经习惯了一个人睡，她上床以后没有想太多，所以她不知道后来的事。那天晚上，宝珍突然拉肚子，豆芽儿让宝珍自己找锦绣拿点儿药吃。锦绣家里有的是药，平时宝珍经常跟锦绣要药。只是那天晚上，宝珍把锦绣家的门砸得山响，也没有听到锦绣的动静，晚上宝珍明明看到锦绣回了家，而且家里的门是从里面插上的。宝珍敲不开门就准备回家了，但是她还没有离开，肚子又开始痛了，她只好跑到院墙跟前，脱下裤子就方便。这时，豆芽儿不放心跑出来找宝珍，她给宝珍擦屁股时闻到了一股异样的味道，豆芽儿就说这是什么味道，宝珍虽然肚子很疼，但是还是嘿嘿笑着说妈妈是我拉屎的臭味吧，豆芽儿开始以为是，后来越来越觉得不对劲，说怎么好像有股子煤气的味道。宝珍顿时想起什么，她大叫是锦绣家，锦绣家的煤气味儿。豆芽儿和宝珍来到了锦绣家门口，果然从门缝里钻出一股很浓的煤气味儿，豆芽儿用力地砸门，屋里一点儿动静也没有，豆芽儿找来东西把锦绣家的门弄开了，跑到满是煤气味儿的屋里一看，锦绣已经不省人事。

豆芽儿和宝珍把锦绣抬到院子里，找来槐花街在黑石礁街道开大解放车的尚师傅，把锦绣送到了医院。他们光想着抢救锦绣了，等把锦绣抢救过来后，他们才想起方芳在医院里值班，但是他们在医院里没有找到方芳，医院里的值班大夫说得清清楚楚，方芳早就不值夜班了，他们不能让一个没有爸爸的小孩子一个人在家，他们照顾方芳所以只安排她上白天班。锦绣在昏迷中听着他们的议论，锦绣喃喃地说，妈妈去外婆家了。宝珍当然知道她在撒谎，宝珍晚上一遍遍地上厕所时，看到方芳穿着大衣出了家门，这么晚了火车都停了，她去锦绣外婆家几乎是不可能的。宝珍知道，锦绣一定知道什么秘密，如果锦绣不想说，她宝珍就不能问也不应该问。

后来，锦绣经常想起这段往事，锦绣觉得自己无论如何不能去写妈妈的感情方面的故事，任何一种外在的描写都会让妈妈和自己颜面尽失。不过，她又实在不能不写这段故事，这段故事，在整个故事里十分的重要，起到了承上启下的作用，所以锦绣无论如何也躲不开这段故事而往下进行。

在槐花街人的眼里，一个女人死了男人就等于死了性，死了男人就等于丧失了享受性的权利，如果要改嫁或者偷人那一定会让人唾弃，没有哪个女人敢拿自己的荣誉去享受性。那以后，方芳好久好久没有再到劳动公园去，那栋小楼成了方芳疼痛的记忆，她决定让自己的痛慢慢地消化。她知道锦绣是个执拗而敏感的孩子，她永远躲不开锦绣那洞悉一切的目光，她不想失去锦绣，更不想让别人说三道四，不想让别人觉得她是一个想男人想疯了不要女儿的女人。再说，性是什么东西，性难道不是害人的东西吗？看看豆芽儿就知道了，看看自己就知道了，性让人疯狂又让人迷失，她有时恨恨地在心里诅咒自己的性，诅咒自己的欲望，让它们统统去死吧，难道没有了性会死吗？

方芳每晚都守在锦绣的身边，假装自己只在乎母女之情，但她知道，每一个晚上，她都辗转反侧，那封闭了很久的欲望大门一旦打开，就会让人难以入眠，多少个夜晚，她都是在饥渴中惊醒，但她压抑着，不能让槐花街的人看出来：啊，这个正经的女人，也会想男人？那是多么不光彩的事情啊！

有一天，方芳在下班时，看到大军的司机站在医院的大门口等她，她顺着司机的目光看去，看到医院左侧小花园边上停着的吉普车，大军正坐在吉普车里向她招手。是啊，吉普车太过招摇，只能躲在远处。她犹豫了一下，还是不由得走了过去。她刚钻到吉普车里，大军就一把把她搂住，接着用嘴堵住了她的嘴，几乎让她窒息。大军的手在她身上到处乱摸，大军说，你怎么不去找我了，你不理我我就会死的，你知道吗你这是要我的命，你知道吗我的亲亲啊……

这当然是锦绣的想象，不过，写这段时，锦绣只当是去写一个陌生人，如此才会让虚构显得更加的真实。

事情的真相是，那天晚上，方芳坐着大军的小吉普车回到了槐花街，方芳当着槐花街人的面把大军领回家了，这当然需要勇气。当时锦绣正躺在床上捧着本大书看得入迷，她清楚地记得那是一本长篇小说，书的封皮上写着“马恩列斯选集（一）”，而封皮里面的书名叫《乌云琪琪格》，那是在方芳枕头底下发现的一本大书，里面的爱情描写让少女锦绣心跳不止。这时候，一个黑影出现在她卧室的门口，她看到一个高大的男人向她弯下身子冲她微笑着，那笑容突然让锦绣想起了爸爸的目光，她只感觉头晕目眩，浑身被雷击了一样，一下子坐了起来，锦绣本想恶作剧地叫一声爸爸回来了，但是，她看到了男人身后的妈妈。锦绣知道，她陈锦绣即使被煤气熏死一百回，眼前这个男人也不会放过妈妈，妈妈也不会离开这个男人。

四

锦绣记起，爸爸刚刚失踪那一段时间，妈妈好长时间无法正常说话和工作，后来，不知道是谁的主意，让妈妈在家里给医院的一位同事看小孩，工资照付。小孩子的名字叫小豆豆，是个女孩。那段时间，家里突然多了一个小孩子，就像家里突然多了一条小狗一样让人忙碌。小豆豆被抱来时才刚刚会走路，每天早晨小豆豆的妈妈把孩子送来，晚上再到锦绣家接走孩子。但锦绣知道，妈妈根本无心照看小豆豆，很长时间妈妈独自沉浸在自己的世界里，像如今得了自闭症的人一样。记得寒假的一天，锦绣正在烤地瓜，小豆豆不知道怎么醒了，她被地瓜的香味迷惑了，哭着要吃烤地瓜，这让锦绣和妈妈很为难，小豆豆的妈妈一再强调，不许给孩子乱吃东西，小豆豆是一个娇惯的小孩子，她的每一声咳嗽或者哭叫都会让她的妈妈长时间地无法平静。有一天，小豆豆的妈妈有事不能来了，小豆豆的爸爸来接小豆豆，当时小豆豆正在拉屎，小豆豆的爸爸等女儿拉完屎后，竟然端着小豆豆的屎用手一点点地拨拉，他一下子一下子在屎里拨拉着，让锦绣一次次地想吐。小豆豆的爸爸没有白费劲，他最后竟然在小豆豆的屎里摸到了一颗粉红色的纽扣，锦绣当然不会给小豆豆吃那种东西，但是那颗纽扣是从哪里来的呢？那颗不知来历的小纽扣结束了小豆豆在锦绣家的短暂生活，这确实让人感到惊讶。

那是过了很久以后的事情了，方芳重新工作了，她再度成为槐花街上风姿绰约的女人，她后来和大军的交往没少让槐花街的人私下里嘀咕，但是，她何时又在乎过别人说三道四？

煤气中毒事件发生后，也就是大军来看过锦绣后，她和大军的交往不再躲避锦绣，但每次大军来之前，锦绣就会离开家，她不想在家里待着，更不想和大军见面。她一个人去海边，顺着海边走，一走就是小半天。

有一天，她隐隐担心的事情出现了，方芳对锦绣说，她以后想每周到大军家去住几天，如果锦绣愿意，也可以天天住在那里。大军家里有一个大院子，一栋小独楼，有吃不完的罐头，附近还有电影院，锦绣还可以转到劳动公园小学上学，可以和他家的两个哥哥一起，穿立领或者翻领的绿军装上学。

锦绣的眼前浮现出自己穿上绿军装的样子，那种收了腰身的小翻领的女式仿军装，但她的眼里却不知道怎么充满了恨意，她的内心里其实在责怪妈妈，妈妈你还记得那些故事吗？妈妈你还记得你躺在床上要死要活的样子吗？那些爱呢？想和另一个男人结婚，怎么可以？再说爸爸回来怎么办？他找不到我怎么办？他说过，他一定会回来的。

我哪里也不去，我宁肯在海边走一百年，或者死在黑石礁。

快快长大吧。

锦绣觉得长大太遥远。

大军还是放弃了到槐花街来，他的人和他的车都太招眼。锦绣看见妈妈没有坚持多久就已经憔悴不已，那个身上有着干净来苏水味的妈妈，不再对着镜子慢慢地打扮，不再反复地洗着自己的手，出门时胡乱地抓件衣服套在身上，锦绣看在眼里，有一天她对妈妈说，你可以到那里去，想去多久就去多久。

那以后，方芳脸上重现了光芒。他们重新上路，他们乐意把相聚的中心设在劳动公园他的小楼里。和槐花街的别墅一栋楼住好几家不同，大军的小楼只属于他自己，那栋小楼也不像槐花街的别墅那样，外接了那么多的大大小小的房子，像粘贴了一块又一块的补丁，层层叠叠。大军的小楼墙上都爬满了绿色的爬山虎，到了秋天，那些爬山虎还会变成金色红色，光彩夺目，那样的小楼只属于高干。大军的小车可以直接开到他们的小院里，院子里还有车库，楼里有专门烧锅炉的工人和给大军做饭收拾家的保姆。大军的小院位于劳动公园的边上，几乎和公园连为一体，小院的后门可以直接通到劳动公园里，那里又美丽又安静。

锦绣终于穿上了女式收腰的草绿色的确良军装，漂亮的锦绣有了些迷人的味道。穿上军装的锦绣有种轻飘飘的感觉，锦绣没有理由拒绝和妈妈一起到小楼里。他们会不会结婚？他们结婚了，我会不会离开槐花街？还有，要离开宝珍也有些难过，毕竟在劳动公园锦绣还没有遇到跟自己合得来的朋友，锦绣本来就挑剔，离开槐花街不知道自己会不会遇到宝珍那样处处让着自己的朋友。其实锦绣明白，即使不让他们来往，注定也等不到爸爸，毕竟爸爸失踪许多年了，所以锦绣不再排斥妈妈和大军的事情。不过，事情的进展好像并不顺利，方芳和大军并没有如锦绣想象的那样顺理成章地结婚，后来锦绣才知道，让妈妈为难的并不是她，而是大军的两个儿子。

锦绣跟着妈妈去大军家里玩时，感觉大军家的两个哥哥明显不喜欢她，虽然哥儿俩的妈妈已经过世，但是他们并不喜欢自己家里来一个新妈妈，他们觉得有保姆侍候已经足够，再来一个女人有些多余，他们虽然有些惧怕自己的爸爸，但是他们不怕锦绣和她的妈妈。他们总是把保姆端上来的菜用筷子搅来搅去，搅得锦绣一脸的沮丧。锦绣天性喜欢吃，但锦绣又颇像当医生的妈妈，特别爱干净，甚至有些轻微的洁癖。每每兄弟两个把盘子里的菜搅得乱七八糟时，锦绣就特别的揪心，他们把沾着米粒的筷子伸到菜汤里捞着肉片，在锦绣看来，仿佛把擦屁股的纸丢到了锅里一样叫人恶心。关键是他们还特别的两面派，每次吃完饭，保姆带着他们三个人一起从后门出去到劳动公园玩时，他们都会眨眼间跑得无影无踪。保姆也借口去追他们，而留下锦绣一个人在公园里转悠。但锦绣知道这时候是不能回小楼的，总有一些特殊的时间属于妈妈和大军，锦绣没有勇气回到那个小楼里，她欺骗自己什么也不知道，她不想知道那个小楼里发生的任何一件事情。

锦绣把劳动公园的木马等游戏玩了无数遍，玩得觉得再也没有什么意思了。有一天，锦绣发现了劳动公园的少年宫里有一群孩子正在画画，她趴在窗户上往里看时，眼睛一下子有种刺痛的感觉，她看到一双雪白细腻修长的手，那双手中的左手放在桌子上，右手握住一只小手，正在教一个女孩子画画，那个女孩子的头挨着那双手的主人的下巴，女孩子还转过头朝着那双手的主人笑了笑。锦绣顺着那双手那个女孩子的头往上看去，一个瘦瘦的戴眼镜的男人，正俯身在女孩子的后面，专心地教那个女孩子画画。锦绣仿佛感觉到了那种呼吸，她突然有种冲动，她想学画画。

大军很快搞定了锦绣学画的事，每周日上午九点锦绣会到位于劳动公园的少年宫美术班学画画。按照锦绣的提示，大军给锦绣报的班是美术一班，锦绣记住了班主任老师叫凯，凯和妈妈见面时，凯伸出了那双让锦绣窒息的手，他的双手握住锦绣妈妈的手时，锦绣的目光一刻也没有离开过那双手，她盯着那双手一脸的痴迷。

锦绣对画画好像并不上心，心里还有些后悔，妈妈方芳一定找到了可以堂而皇之到大军家去的理由，锦绣一个人孤单地在少年宫学画。

凯并没有因为锦绣是新来的同学而格外对她关照，他仍然经常趴在那个女孩的后面，手把手地教她学画。锦绣知道了她的名字叫小洁，小洁当真一副纯洁的样子，理个齐耳的娃娃头，小眼睛眯眯着。凯经常教完小洁后还会轻轻地在她的头上亲一下，小洁知道又像是不知道，那姿势看似不经意却又像刻意的，让锦绣心里有种怪怪的感觉。她也想让凯教，可是凯总是把锦绣的画拿到手里，看一会儿，指着画，对锦绣说一些指导性的话，可锦绣根本听不清他在说什么，她的目光停留在那双手上，那双手多好看啊！比妈妈的手还白还细还好看，锦绣太想握握这双手，或者让这双手握一握自己的手，或者让凯也亲一下自己的头发。锦绣时常看着凯发呆，半个上午，画纸上还是空白一片，不见一笔一画，她怎么也看不出小洁哪里好看，没有自己的双眼皮大眼睛，不像自己这样白白胖胖，更没有自己这样聪明。锦绣有些沮丧，她常常偷偷地叹气，有一次，她又轻轻地叹气，凯注意到了锦绣，终于，凯站在了锦绣的身后，在看锦绣画画，可是锦绣眼前的画画本上空空的什么也没有画，凯肯定充满了疑惑，他低下头仔细地看着锦绣，锦绣抬起头来讨好地看着凯，期待凯能弯下身来，站在自己的背后，握住自己的手，像对小洁那样，教自己画画。她的目光与凯对上了，但是凯好像并没有领会到锦绣的请求，他似乎有些不解。锦绣终于忍不住了，她的眼睛里渐渐地充满了泪水，渐渐地目光变得模糊，她的表情一定是吓到了凯，凯终于俯下身来，锦绣听到凯骨节作响的声音，那声音震撼着她，使她欣喜若狂，她一把抓住了凯的手，那白净得耀眼的手，第一次她亲手摸到了凯的手，她把手和画笔放在了凯的手里，他俯身在她的身后，他的鼻尖触碰到了她的头发，锦绣甚至感觉到了凯在轻轻地亲吻自己的头发，正如锦绣想象的那样，她闻得到凯身上的好闻的味道，干净的香皂的味道，干净的太阳晒过的味道。锦绣抓住凯白净的手，凯的手背上一片模糊，锦绣看到自己的眼泪落在了凯的手背上。锦绣发现，她少女的第一次怦然心动是因为凯。

有一段时间放假，凯把锦绣和小洁还有几个孩子学画的地方临时改在了凯的家里，凯的家在劳动公园附近，这样，锦绣每周去劳动公园时直接到凯家画画，然后再到劳动公园的小楼里与妈妈会合。与锦绣不同的是，每次小洁的妈妈都会到凯家里来接小洁。小洁的妈妈漂亮，总喜欢在头发上别一个亮晶晶的塑料发夹。凯一看到小洁妈妈就一脸笑意，连雪白的牙齿也露出来，他们总有说不完的话。锦绣发现，凯喜欢自己和喜欢小洁是不一样的。锦绣有时候真是个敏感的孩子，又是个不肯随便屈服的孩子，她渴求与报复的目光肯定无遮无拦。有一天，当小洁妈妈和凯的手长时间地握在一起的时候，锦绣无心画画，她本来和小洁正在凯家里的书桌上画一个娃娃，小洁的妈妈和凯在里屋说话，声音时而神秘时而开放，锦绣低着头画着画，终于等到他们聊完了从里屋走出来，凯例行公事一般地检查了锦绣和小洁的画，凯在看了锦绣画的娃娃的素描后突然愤怒起来，凯压抑着自己的愤怒以不使自己发出更大的咆哮，他当着小洁和小洁妈妈的面大声地说锦绣你这个孩子怎么这么可恶，你为什么把一个活泼美丽的女娃娃画成了一具僵尸？锦绣并不在意凯的愤怒，她拎起放在桌上的用来画画的道具布娃娃，扯着布娃娃的一条腿用力地把娃娃扔出老远，她大着声说，这布娃娃不会说话，不会笑，不会吃，不会拉屎放屁，当然就是一具尸体了。锦绣甚至不慌不忙地问凯，你会让她说话吗？

凯把锦绣拽到了劳动公园的小楼，方芳面对着年轻的凯面露羞愧，她几乎是还没有等凯讲完就连忙说道，这孩子根本不是画画的料，我们不学了行不行？

凯并不放手，看上去凯的愤怒加重了，凯大声争辩不是学不学的事情，这是一个关于小孩子成长的事情，原则性的事情。凯白净的额头开始发红，肿胀了一般，这让锦绣竟然有了丝丝心疼的感觉，她喜欢凯俯下身子，手把手教她画画的感觉，但凯太过于关心小洁和小洁的妈妈，这让锦绣非常的生气，于是就把布娃娃画成了僵尸。

这次家访并没有让锦绣产生丝毫的畏惧。其实这是一个小孩子的恶作剧而已，这点儿事情值得来家访吗，是不是吃饱了撑的？以后不许去学画画了。大军舅舅在饭桌上这样评价凯，他一直为凯的突然来访打断了他和锦绣妈妈单独相会时的温馨场面而不满。锦绣坐在饭桌前，想起凯对小洁和小洁妈妈种种特别关切的样子，想起他看到小洁和小洁妈妈时高兴的神情，想到再也见不到凯了，心里的愤怒突然加重了，锦绣看见桌上一个油饼的盘子，结实的厚厚的盘子，锦绣拿起盘子猛然朝大军的脸上砸过去，大军像在战场上挨了枪子儿一样，额头立刻布满了鲜血。

锦绣收回自己的目光，她用自己的想象力把大军舅舅打得满头满脸的血。锦绣知道自己不可能真的那样去做的，锦绣突然发现，大军的目光停留在妈妈的脸上是那么温柔，那眼光让锦绣有种异样的感觉。

锦绣离开了少年宫的画室，但她还是要到劳动公园里来，不画画的锦绣喜欢一个人在公园里瞎逛，她喜欢在阳光明亮的公园里漫无目的地走着，看到树上偶尔有几片残叶飘落下来，她都会注视好久，想象好久，锦绣常常想，爸爸会不会像那些偶尔飘荡的叶子或者鸟儿一样，哪一天会突然落在她的跟前？

那天，锦绣在劳动公园里漫无目的地转着，那天也没有喜鹊，也没有落叶，所以锦绣的心情有些木然，继而她又为自己的这份木然所激动，突然想哭，她捂住脸，坐在破木椅上哭了起来。陈锦绣发现哭泣不仅可以发泄内心的痛苦，而且很容易使自己沉醉其中，她不由得由小声哭泣变成了大声哭喊，公园里不见人影，仿佛到处都回荡着她的哭声，等她哭累了，哭清醒了，她才松开手，擦了擦眼泪，这时候，陈锦绣猛然吓了一跳，眼前蹲着一个人，是凯！凯就在陈锦绣的跟前，他看着陈锦绣，眼里都是心疼和爱怜。天色已晚，但陈锦绣并没有感觉到，也没有感觉到脸上的泪水。凯看了陈锦绣好长时间，看得那么专注，看得心痛不已。过了好久，陈锦绣感觉到一个暖和和的身体抱住了自己，是一个宽厚的肩膀，陈锦绣看到了凯，凯半蹲在陈锦绣的眼前，把陈锦绣的脸抱在自己的怀里，陈锦绣的眼泪再一次汹涌而出，她紧紧地依偎在凯的怀里，在黑暗中把自己的脸埋在了凯的胸口，陈锦绣感觉到凯的脸抵在了她头发上，一样的泪水涟涟。陈锦绣抬起头，伸手摸了摸凯的额头，凯的额头是多么干净明亮啊！陈锦绣想，为什么他会有这样干净明亮的额头？

凯俯下身来，轻轻地抬起陈锦绣的脸，抹去锦绣眼角的泪水，他嘴里喃喃地说，锦绣你这个孩子真的很怪啊！小小的年纪为什么有那么多忧伤啊为什么啊……

陈锦绣想象着凯对自己的亲热，想象着自己第一次被一个男人拥吻着，这个可怜的小姑娘一个人在这个寂寞的下午大声哭泣，她有着怎样让人心痛的心思啊！她又是多么的可怜可爱啊！凯的目光烫着了陈锦绣，凯的额头是多么的洁白，多么的干净啊！就连头发也一丝不乱，还有那双手，就在自己的眼前，不由得，锦绣抓住了凯的手。

锦绣决定重新回到凯老师的画室，但是还没有等锦绣再去凯家，凯和小洁的妈妈一起出事了，这使锦绣短暂的学画生涯不得不提前结束。那天，小洁的妈妈在凯家里聊天，他们在家里聊着聊着就搂在了一起，本来他们拉着窗帘没有人会看到，但是有一伙人正在凯家对面房顶上修理房子，他们在屋顶上看到屋里一对男女赤条条地搂在一起，凭经验他们知道两人不是夫妻，谁家夫妻大白天不上班拉着窗帘脱光了衣服搂在家里？他们毫不犹豫地报告了派出所，派出所很轻易地就查清了事实，凯和小洁妈妈一起被挂上大牌子在街上挨斗，他们这对“狗男女”被人唾骂时，锦绣心里难过不已，为凯和凯那双让人动心的白净的手。她想与那瘦瘦的身子抱在一起的是自己多好，这可怕的想法一出现，锦绣就把自己给吓到了。

凯被抓走时锦绣还不知道，方芳告诉她画画班停课了，可锦绣偷偷地去过，画画班还在上课，只是教室里换成了一个年轻女老师。这之前，来了好多穿制服的人来找锦绣，他们提到凯，不过，锦绣告诉他们凯什么也没有做。那些女孩，凯怎么会看上她们？她去了几次教室，专门去端详那些学画的女孩子们，那些女孩子头发潦草，没有光泽，胸脯也平平的没有起伏，脸色更好不到哪里去。锦绣想，一定是凯的事情吓到了妈妈，所以妈妈不让她学画了，不学就不学吧，反正看不见凯了，看不见凯，画画还有什么意思呢？

不画画了，锦绣就彻底不想去劳动公园了，那里的长条板凳不再那么光亮，上面落满了灰尘，还有公园里的树木都枯黄了，凉亭里不见了拉胡琴拉手风琴和唱歌的人，荷花池里的荷花早没了踪迹，不见了当初的妩媚，池里的水也混浊不堪直到结冰，就连大军家的爬山虎都像是干巴巴的草绳子，乱七八糟地爬满了房子的四周。

五

锦绣发现了一个更好的去处，她喜欢上了看电影，到劳动公园附近的儿童电影院去看电影。

锦绣喜欢看电影，锦绣和宝珍经常到附近的海运学院的学生俱乐部里看电影，校园有许多非洲国家来的黑人留学生，他们每出现在黑石礁的街头，立即就会引起围观。他们黑黑的皮肤和白白的牙齿经常会让黑石礁的大人孩子们惊讶不已。

每到海运学院俱乐部放电影时，锦绣和宝珍就会跑去看，不过，俱乐部只对学院里的学生和学院的家属开放，但不管管得多么严格，锦绣和宝珍每次都能混进去。宝珍先找到了好办法，她总是笑嘻嘻地跑过去拉着黑人留学生的手，让他们把自己带进俱乐部，这办法屡试不爽。收票的阿姨看到小孩子们跟在黑人留学生的屁股后面往里钻，就用眼睛狠狠地瞪着他们，但她们看到外国留学生总会收起严肃的面孔，主动微笑地打招呼，她们当然不会当着外国人的面不让他们进去。锦绣也跟着效仿。所以她们每次都能顺利进去看电影。而每次一进到俱乐部，锦绣就立马甩掉黑人留学生的手。宝珍就笑话锦绣，锦绣说，我害怕他们的眼睛。宝珍说，有什么好怕的？我才不怕呢，他们能到中国来留学一定是有钱人，如果可能嫁给黑人也不错啊。后来锦绣和宝珍说起这事时，宝珍大笑，宝珍说其实心里最野的是你陈锦绣而不是我储宝珍，外表疯癫的人可能真有一颗安静的心，而外表文静的人说不定是巫婆在世呢。

儿童电影院里不一定非得放儿童电影，就像是装鸡蛋的盒子里面有时不一定装鸡蛋一样，锦绣一走进电影院就会被电影里那些动人的画面吸引。

大军知道锦绣喜欢看电影，他找到儿童电影院的放映员，那个放映员曾经是大军的手下。放映员喜欢上了这个愿意看电影的小姑娘，锦绣从此不用花钱看电影了，尽管一张电影票只有两毛钱，但是锦绣省着那些钱可以买一些地瓜糖或者买点儿零食汽水什么的。锦绣喜欢坐在电影院里，锦绣经常会坐在电影院里一整天不出来，她喜欢坐在黑暗中的感觉，就如同躲进了神秘的城堡，一群来历不明的男男女女在白布上跳动，四处都是变幻不定的光影，那些躲藏在黑暗里的忧伤还有快乐，都在光影里融化了，她的思绪也在黑暗中飞翔，那些光影暗合了她孤寂的内心。有时她并不在意影片上演的是什么，她在那些电影里看到的是自己的影子，不同的影子，那些无法言说的忧伤，那些不为人知的疼痛。有时一部片子会演好久，她却记不住任何的情节，但有时一部片子她又喜欢看很多遍，《南疆春早》《西沙儿女》《春苗》等等，每一部都看好多遍。有一阵子，上映《车轮滚滚》，连着好几个星期，锦绣都去看，电影里那支运粮的小分队，在老民工耿东山及其养女——指导员耿春梅的带领下，运粮支前，一次次出生入死，与以大地主郑子成为首的一股流窜的土匪勇敢地进行了斗争，完成了任务，春梅还与自幼失散的哥哥重逢。

每看到兄妹重逢的时候，锦绣的眼里就噙着泪花，她突然想到了失散多年的爸爸，还有在眼皮底下消失的宝贵。尽管她早已稔熟了故事情节，也知道最后的结局，但是她还是一次又一次地被故事感动着，她不知道为什么那时她那么容易被感动，那么容易落泪，她甚至跟着演员一起背诵大段大段的台词，说得周围的人都向锦绣投来了异样的目光，那目光并不能阻止锦绣，倒使锦绣更加专注于电影情节。

有时一天只放映一部片子，锦绣就会一场接一场地看下去，从早晨看到晚上，有时锦绣闭着眼睛听着台词也知道电影演到哪儿了，她发现自己的背功也在不断地长进。学校里教室紧张，学生上课都实行上下午二部制，低年级的锦绣只能下午上课。冬天黑得早，陈锦绣晚上回家要走夜路。老师经常会让背完课文的学生先放学回家，陈锦绣总是第一个举手，她总是会第一个背完课文，不管那课文多长多难背。她的记忆力让老师和同学们惊讶，简直无人可比，这让她欣喜无比。不过时间长了，她又生出好多的寂寞，因为第一个背完的总是她，经常只有她一个人往家走。她总是一个人孤零零地走在傍晚的夕阳里，感受着一个人的胜利是多么的无聊。有时她都吃完晚饭了，还不见宝珍回来，宝珍总是抱怨课文太难背诵了，她总是觉得锦绣一定是用了什么方法不告诉她。不过，有好几次，锦绣听到晚回来的宝珍说，老师见大家都背不下来，干脆放了大家，大家背得乱七八糟，老师甚至听得困了睡着了。还有老师的儿子，总会在窗外敲着玻璃捣乱，让老师快点儿结束好带他回家，老师只好让大家回家接着背，说第二天再检查。可第二天又有了新的课程，经常大家都逃过了不用再背。只有陈锦绣一个人背了，多么可笑的事情啊，只有她一个人认真地背了，他们竟然全体跑掉了。久而久之，锦绣倒是真的觉得自己吃亏了。有几次，老师总是第一个把目光投给锦绣，说陈锦绣你背好了吗，锦绣只好摇头，她故意不好好背，她看到老师顿时失望的表情，老师说陈锦绣你怎么也不好好学习，你是好学生啊。可是再怎么说，锦绣也不想举手了，她从此再也不举手了，那种一枝独秀的感觉让她感觉孤立无援让她觉得太难受，像一个人坐在孤零零的电影院里一样，个中滋味只有她自己知道。宝珍很少举手，有一次，宝珍举手了，宝珍下了功夫，提前把要教的课文背诵好了，宝珍不费吹灰之力背完了课文，得到了老师的表扬，锦绣看着宝珍冲自己开心地笑着，锦绣感觉，宝珍的胜利，像是自己的胜利一样。

大军从朝鲜回来后，就住进了劳动公园的小楼里，他不喜欢孩子妈妈到小灰楼里来住，据说他的老婆突然得了怪病，头上长着难看的脓疮，头发都掉光了。有一天，他老婆到山上去拾柴草，不知道为什么昏迷过去，从此再也没有醒来。

怪不得两个男孩子看方芳有种异样的眼神，还有那个保姆，也一定知道些什么。

后来有一次，喜欢看电影的锦绣带着宝珍到家附近的水产学院俱乐部里看《望乡》，电影里的日本男人强奸日本妓女的画面刺激了槐花街的男人和女人，那是最早的涉及性的影片。当天晚上，槐花街的一个男孩王城把邻居的一个叫宋云的女孩给强奸了，那年王城只有十五岁，后来，王城在槐花街消失了好久，没有人知道他去了哪里，直到有一天，宝珍的爸爸回来了，说在凌源的农场看到了正在劳动改造的王城，他在农场出工时看到了瘦成猴子一样的王城。只是让槐花街人没有想到的是，十几年后，回到槐花街的王城，竟然与宋云结婚了，还生了一个儿子，他们想用一辈子的时光去治疗互相造成的创伤，那些曾经的伤口，或许永远无法愈合。

那天方芳在黑石礁遇到了一个老乡，她们站在黑石礁车站聊了好长时间。等到了劳动公园，方芳匆忙和锦绣在劳动公园门口分手，锦绣就去了电影院，她们约好晚上八点就在青泥洼桥2路汽车终点站见面。可是那天锦绣在电影院里睡着了，她正睡着，突然听到一阵乱糟糟的哭叫声，锦绣还没有弄明白是怎么回事，电影院里一下子就黑了，她听到电影院里的凳子稀里哗啦的翻倒声和大人孩子的叫声，一个人从她身子上爬了过去，她被挤到了凳子底下，绊倒在电影院长排的凳子下面。她并不知道，她刚刚经历了一次地震。

不知道过了多久，她隐约听到有人在喊她，她听到妈妈绝望的哭喊声，她听到了妈妈的声音，她想爬起来，却一点儿力气也没有，她突然想到，如果永远不要醒来是不是也很好？她就那样躺着，直到一束手电筒的光照到了她的身上。

那天地震来的时候，看电影的人一下恐慌起来，大家都一窝蜂地往门口跑，发生了踩踏，死了好多人。锦绣被往外跑的人挤倒在电影院的凳子底下，在那里，她在昏迷中躲过一劫。

锦绣没有告诉妈妈，她之所以能容忍妈妈去那个小楼，是因为被大军承诺给她的那身军装迷惑了。她梦里都想着穿上那样的军装，本来，大军答应让锦绣将来当女兵，文艺兵或者通信兵，总之，锦绣时刻想象着自己穿上军装的样子。

方芳好长时间不去小楼了，直到多年以后，锦绣也没有明白确切的原因，劳动公园那栋风中寂寞的小灰楼很快就被锦绣忘记了，锦绣也没有再去儿童电影院，长大以后，她经常在想，那些光影的背后，究竟藏着怎样惊人的秘密？

六

墙上是白色的瓷砖，一条条暗灰色的经年污浊水汽形成的不规则线条渗透在瓷砖上，擦不干净，像爬满墙壁的藤蔓，有着影子一样得意的表情，那些线条更像一双双男人的眼睛，肆无忌惮地盯着屋子里形形色色的女人，让来这里的女人有些局促甚至不安。

屋子其实是人民浴池的盆堂的小房间，屋子里大部分地方被一个浴盆占据着，余下的地方只有浴盆一半的大小，如果有两个人同时在房间里就会挤得转不开身，实在小得可怜。人民浴池的盆堂总共才有十间，一字排开，每个房间有一个浴盆，这样的小房间浴池叫盆堂。盆堂的票比大澡堂贵好多，到了快过年时，这里挤满了人。

每到快过年时，方芳都会带着锦绣到人民浴池洗一次盆堂，这是她们的节日。盆堂外是大更衣室，雾气腾腾的更衣室里挤满了人，更衣室的门口有一个厚厚的门帘，门帘外排了两支队伍，两支队伍一长一短，长的队伍是洗公共大浴池的，人多，但地方大，流动性快，而短的队伍就是洗盆堂的，盆堂少，时间长，需要排很久。排队的人手里都抱着一个盆还有衣物洗漱用品等。被让进门帘里面的人，说明离进浴池已经很近了，那些被堵在门帘外面的人，他们离进浴池还有太远的距离。不过，排到了门帘里面的人，因为近在咫尺也许更焦急，因为即将得到，便没有了平和的心态。

洗盆堂的人还是少数，那都是不会过日子人做的事，谁会花那么多钱去洗一个小时的澡，那么点儿时间洗不透，更不划算。大多数人更喜欢到大澡堂子去洗，尽情地祸祸水。不过，城市中大澡堂子少得可怜，也就斯大林路上民寿浴池，解放广场上的军人浴池、解放浴池，武汉街的武汉浴池等等几个。浴池一般都不大，双人床大小的池子里挤进了三四十人，大家站着，互相碰着，屁股碰屁股，池子四周的边沿上也坐满了人，后来的人根本挤不上座位，只能站在那里洗，有时候前面那个人哈腰，屁股就会顶到后面人的嘴巴上。过年前人多，大家可能好久没有洗澡了，身上积下的灰尘在大池里泡出一团团的白泡沫，认识的不认识的，都互相搓着灰，搓完了，再去抢淋浴头，一个淋浴头下站着好几个人，锦绣记得有时自己刚把头发上打满了香皂，就被挤出了淋浴头，有的人以自己的屁股大，占地方就大，用力顶着，占着淋浴头不走，锦绣总是躲得远远的，有时头发上的泡沫干了，也没有抢到淋浴头。所以，锦绣就特别盼望过年，只有过年了，锦绣才会和妈妈一起去洗两个人一个浴池的澡，尽管只有一个小时的时间，但是锦绣更喜欢这种独属于自己的时间和空间。

快过年时各个浴池里都是人满为患，连附近农村的人也来凑热闹，从早晨六七点钟就有人排队，因为排队人多，浴池一下子就会放进去好多人，更衣箱根本不够用，全部满员。没有箱子的人，服务员发一个网袋，让浴客把衣服放进去，一包一包地堆放在板子上。终于进入休息和更衣区，平时用来更衣的床上已经堆满了装衣服的网包，边上坐着几个脸色红红的女人，还有些女人敞开着怀，露着奶子站在那里风凉。谁会在意呢，反正都是女的，没有人会在意你看还是不看她们。

娘儿俩从一大早就开始排队。天气寒冷，其间锦绣和妈妈轮换着到旁边的天百商店里躲了好几回。锦绣和妈妈终于排到了屋里面，从红砖青瓦的大红门进来时，二十多平方米的接待厅里已经挤满了人，大厅里卖票的服务员戴着白帽子，头发掖在帽子里，红光满面地坐在卖票的窗口前，不停地一遍又一遍地数着钱。大厅里有一个大大的镜子，镜子前几个刚出来的女人，浑身冒着热腾腾的湿气，澡堂里的味道扑面而来。

中午娘儿俩终于排到了，盆堂里被水汽占满了，锦绣赶紧脱衣服，而妈妈早就脱好了衣服，正在麻利地清洗浴盆。更衣室里那些洗完了和还没有开洗的人，她们要么光溜溜的浑身冒着热气，在那里透着气，身上沾着水珠，浑身上下透着清爽，还有香喷喷的香皂的味道；要么脱光了准备着随时冲进去。娘儿俩本来应当和别人一样，听从服务员的话，提前脱好了衣服，那样会节省好多时间，她俩只有一小时的洗浴时间，可方芳不喜欢让别人看到自己光溜溜站在那里的样子，那些排在门口的人边计算着何时能够进到浴池，边漫不经心地看着更衣室里的人。方芳沉默着，与服务员对抗着，坚持不提前脱光衣服，她的执拗总是会招来服务员的不满，威胁要严格控制她的时间。

终于盆堂的小房间彻底属于她们了，锦绣突然有种异样的感觉，有什么东西在眼前一闪而过，她看到妈妈朝窗户看了一眼。窗户很高，玻璃上刷着灰白色油漆，油漆已经看不出多少白色，斑驳不堪又有些黏乎乎的感觉，有的地方的油漆纸片儿一样地翘起来，像快咽气的蝴蝶。锦绣什么也没有看到，不过，锦绣隐约觉得有一双眼睛趴在玻璃上，甚至听到了重重的喘息声。

浴盆边沿上都是黑乎乎又脏又黏的灰尘，是前一对母女留下的，那一对母女，老的已经很老很老，老到浑身皱巴巴、干巴巴，没有力气的样子，老到锦绣都不敢抬眼看她，而那个女儿，好像也很老，没有方芳那样光滑的肌肤，她们被屋子里的水汽包裹着，两个人默不作声地擦着身上的水珠，一起互相帮扶着走出了盆堂。她们被服务员催促得太急，只是匆匆地拨下了水塞，来不及清洗浴盆。本来清洗浴盆是浴池服务员的事，但是人太多，而且时间有限，从进门到出来只有一个小时的时间，洗澡就像打仗，没有人等得及让她们清洗，那会占用好多洗澡的宝贵时间。一个小时的时间里，要先清洗浴盆，再放满水，这又要花去好长时间，然后再泡澡，然后再搓澡，还没有洗利落，外面的人已经就放进来了。

方芳并不说话，仿佛说话会耽误时间，她利落地脱掉内衣裤，全身赤裸地开始刷浴盆。终于水龙头开始往浴盆里放出干净的热水，方芳的头发上已经涂上了香皂，满脑袋搅成一团乱麻，看不清面孔，但锦绣感觉到她的兴奋，她拿着家里带来的盆从浴盆里舀满水放在地上，撅着腚在洗头发，她边洗边催锦绣快点儿进去，浴盆里水不多，锦绣顺从地爬到浴盆里，水有些热，转眼间就烫红了她的双脚，她坐下来，立即腿肚子和膝盖骨也一点点地烫红了，她说水有些烫，接着想站起来，但是方芳说烫烫更好，下灰快，不要紧，一会儿就好了。锦绣听话地坐在浴盆里，水一点点越来越多，锦绣被那滚烫的热流浸泡着，全身开始发红，她试着在身上胡乱地搓了几下，直到锦绣泡得身体的每一寸肌肤都发白发皱，被一片温热气息包围住了，无数细小的水流像无数根细细的长长的手指，像凯细长的白白的手指在抚摸她，轻轻地抚摸，她突然有了小洁妈妈的感觉，心跳加速，凯的手在她的额头、乳房、肚皮甚至于顺着肚皮往深处抚摸，大腿深处吸引着她的目光和思绪，那些手指像一些温柔的水漫过身体的每一个角落，在身上争先恐后地奔流，陈锦绣有一种飘飘欲仙的感觉。如果这是凯的手，陈锦绣想，陈锦绣不会拒绝的，那是多么美妙的享受，为什么拒绝呢？为什么不要呢？陈锦绣在这些无数的手指的抚摸中深深地进入了一片幸福与眩晕之中，她感觉到从没有有过的亢奋和幸福。

这时，方芳已经洗完头了，她哧溜钻进浴盆里，但她没有坐在锦绣的对面，而是坐在了锦绣的后面，她把锦绣抱在怀里，轻轻地用手给锦绣搓着后背，然后是脖子，然后是前胸，然后是锦绣的大腿……每次洗盆堂，妈妈都是这样给锦绣洗澡的，但这一次，锦绣突然有了一种异样的感觉，她突然地很享受这样的近乎爱抚的搓洗，在这宝贵的时间里和宝贵的空间里，只有她们俩，赤裸着身体，挤在狭小的浴盆里，享受着美好的时光。方芳坐在锦绣的身后，她的手温柔又耐心地洗着锦绣的身体，嘴里喃喃地说锦绣你的皮肤真光滑啊，将来要找个好男人。她的后背紧紧地贴在妈妈凸起的挺拔的乳房上，锦绣突然想妈妈这样的手在大军的身上会一样的温柔吗？她想象着要是一双男人的手在身上游动时的感觉一定是美妙无比。陈锦绣突然有种冲动，她有种想转过身来紧紧抱着妈妈的念头，一股热流从心里涌出。她突然说，妈妈我看见你们了。

看见什么？

你，还有大军舅舅。

什么？

那天晚上，煤气中毒的那个晚上，我本来跟着你去了，我看见你们在一起。

锦绣的妈妈像突然变成了哑巴。

你们会结婚吗？

他说等两个儿子长大了。

长大了多慢啊！

还有你，还太小。

锦绣终于忍不住了，锦绣说，你和舅舅那个事……好吗？

锦绣感到妈妈胸口突然地喷射出一团火，烧光了自己头发，她似乎看到了身后的妈妈已经举起手，不过，锦绣看到妈妈的手凝固在半空中，嘴里“啊？！”地叫了一声，惊讶的叫声把锦绣吓了一跳，锦绣扭过头来，顺着妈妈的目光看去，洁白的浴盆里，一股鲜红的细流在自己的大腿间慢慢地游动，像细长而缠绵的红色蚯蚓在清澈的河道里爬行，漫过自己的大腿，再漫过妈妈的大腿，向四处散布开去。

陈锦绣和妈妈都被浴盆中那鲜艳的血流惊呆了。

你来例假了？

是是是是是是……吗？

是，你来例假了！

锦绣感觉到肩膀上有水滴在猛烈地撞击着自己的胸膛，那是妈妈的眼泪，她不知道，妈妈为什么会掉下眼泪。

终于要洗完了，等在门外的一个又黑又瘦的女人端着盆，提前进来了，迫不及待地等在那里，她脱得光溜溜地站在锦绣和方芳跟前。方芳没有受到那个女人的影响，她认真地给锦绣擦身上的水珠。锦绣不由得打量起眼前的女人，她的眼睛停留在那个女人的私处，看了好久，那里长了一堆乱蓬蓬的干草，没有妈妈的那么蓬勃滋润，还有她的皮肤，粗糙得像男人的脸膛，锦绣被自己的想法吓到了。这时，进来的黑瘦女人突然像发现了什么惊人的秘密，她指着锦绣下体惊讶不已，她她她成人了？这么点儿个孩子成人了？

方芳有些厌恶地皱着眉，并不理会那个女人，这样咋咋呼呼的女人一定是个没有见识的女人。方芳继续用毛巾给锦绣擦拭着身子，这时候，猛然听到那个女人尖叫一声，她手指着高高的窗户，大声叫着：有流氓有流氓，窗户上有流氓，有流氓偷看女人洗澡，快抓流氓啊！她高声大叫起来，冲了出去。快抓呀！抓流氓啊！她扔下盆跑出盆堂，外面一片大乱，有人冲进盆堂，又有一群人冲出浴池，还没等锦绣回过神来，就听到窗外传来了一个男人的惨叫声。

锦绣的妈妈抱住锦绣，悄声地说，那个，千万别吓回去啊，你成人了，吓坏了一辈子就完了。

那以后，陈锦绣常常会做一个相同的梦，她总是在梦里一个人赤身裸体地走在空无一人的天地间、山野上，而四周是无数双暗藏的眼睛。

七

隔一段时间，方芳就会带锦绣下一次馆子，锦绣贪吃，对待好吃的东西仿佛对待积怨已久的仇人，一副不干掉誓不罢休的样子，以至于长大以后锦绣特别地贪恋美食，锦绣自认她的爱吃肯定与小时候的经历有关。

锦绣和妈妈去吃好吃的总是避开槐花街的人，在槐花街的人看来，爱吃实在是让人不齿的行为，爱吃和馋联系在一起，过分爱吃就是不会过日子的表现。吃到肚子里的东西，就是过一下嗓子眼儿，到了肚子里变成了废物，把钱用在吃上是多么愚蠢多么不值得的事情啊！如果一个人吃得再好，却穿得不好，就会让邻居们笑话这家女人不会过日子，所以，槐花街的人是很鄙视能吃会吃好吃的女人。如果哪个人家的女人让人觉得嘴馋，那这家里的儿子娶妻和女儿嫁人，就会被人拿吃说事。不过，方芳并不在意别人说什么，她经常带锦绣去吃好吃的。

方芳说，馋是天性，如果人连吃的欲望都没有了，活着也失去了意义。这话真是太不合时宜了，让槐花街的女人们听到了准会说三道四的。锦绣记得外婆曾经告诉过锦绣，好吃懒做的人是最没有出息的人。锦绣不知道什么样算是有出息，只是记得外婆跟她讲过贪吃会酿成大祸的。因为在吃上的不注意，锦绣的外公外婆差点儿丢了性命。日本殖民时期，本地居民不许吃白米饭，锦绣的外公在金州登沙河镇上开中药铺，还有一家诊所。金州一度是日本侨民最多的地区之一，锦绣外公的药房经常有日本人光顾，他的诊所也治好了不少日本人的病，其中有一个开米行的松田先生，偷偷地给了外公一些大米。外公吃完了大米，却不小心在衣袖上沾了大米粒，让一个前来买药的日本人看到后举报了，遭到了日本人搜家，后来，外公的一位日本朋友帮忙，才使此事不了了之。这件事真假已经无从查证，但是锦绣想妈妈的好吃一定是随了外公，因为锦绣自记事起，就知道外公好吃好喝，每顿饭必有酒，是个远近出名的好吃好喝的主儿。大连人不会在意你吃什么，在意的是你穿什么，外表一定要非常讲究。即使是饭桌上的美味也是用来讲究的。再穷，面子上肯定不会丢份儿，有时候你看到的人外表打扮得光鲜体面，很可能是家徒四壁。陈锦绣小时候最愿意过年了，过年有新衣服穿，还有好东西吃。大连人过年都“走油”，“走油”时家家敞着门在大锅前烹炸，邻居关心的不是你家里炸了多少老板鱼多少刀鱼多少麻花多少脆环多少萝卜丝海蛎馅的丸子或者什么稀奇的东西，而是关心你家里“走油”走了多长时间，你“走油”时间越长，越说明你家有东西可炸，有实力，说明你家趁，也说明你家平时会过日子，你平时吃得再好，过年“走油”的时间短，也会让邻居瞧不起，自己也会觉得丢面子。再穷的人家，过年的饭桌上也是满眼风光，肯定会有几道硬菜，因此陈锦绣的记忆里，过年最盼望家里有客人来，越是尊贵的客人来越好，那样陈锦绣才会吃到看家好菜。那时候好东西不是留给自家人吃的，是留给客人吃的，给亲戚吃的，客人吃饱了，吃光了才行，主人才觉得有面子。大人们才不会在意自家的孩子是不是没有吃到什么好的东西。

本来，那天洗完盆堂后，锦绣和妈妈还有一件重要的事情，就是到人民浴池旁边的天津街锅贴铺去买锅贴。买锅贴的人和洗澡的人一样多，需要排好长时间的队，而且一次只允许买二斤，锦绣妈妈提前排了队，和锦绣两个人每人领到一个号牌，这样就可以多买一份，算准了时间，等洗完澡出去，买锅贴的号也差不多就可以排到了。

虽然她们精心安排，还是出了岔子，因为在浴池外面抓到一个偷看澡堂女人洗澡的男人，锦绣和妈妈被请到了天津街派出所。

负责办案的警察是一个中年男人，腿看上去有点儿跛，皮肤有些黑，眉毛很重，远远地就能闻到身上有很重的旱烟味，洗得发白的制服上有着几个钢笔水的点子，帽檐儿上是一圈土黄色的汗渍。锦绣想，这个人身上这么多钢笔水是不是特别愿意写钢笔字啊，果然，还没等问话，他就拿出一支钢笔，在一个本子上写了老长时间的字，然后才抬起头，看着方芳。一开口，浓重的山东口音差点儿让锦绣笑出声来。

你洗了多长时间的澡？

一个小时。

一个小时？怎么记得这么清楚？

盆堂只让洗一个小时。

你洗了这么长时间就没有发现窗户上有人在偷看？

没有。

警察把钢笔帽重新套上，目光有些严肃，不过，警察盯着方芳看了一会儿，站了起来，一跛一拐地来到了方芳跟前。

你是二院的吧？

方芳脸上满是疑惑。

你忘记了？警察兴奋起来，上次我摔断腿，是你给治的，腿上的骨头和骨头还连着一根钢钉。

锦绣明显感觉到自己的手被抓紧了。

我叫王大双，是你的病人，你忘了？

方芳点了点头，说想起来了。

警察盯着方芳好长时间，突然收起感激的表情，严肃起来。

刚才抓到一个流氓，我已经审问了，他说他在澡堂的玻璃上看了你老长时间，你也看到他了，还说你很高兴让他看。

方芳的指甲扎在锦绣手心里。

怎么会，我光想着快点儿洗澡了，根本没有注意窗外有没有人。

警察显然不信。

看你是个大夫，还是有文化的人，听说你死了男人？

方芳抬起头，你怎么知道的？

听说的。

这闺女是谁？

我女儿。

听说你在浴盆里搂着你女儿做流氓动作？

我抱自己的女儿怎么是流氓了？

两个人在一起搂搂抱抱小资产阶级低级趣味，不是流氓是什么？

方芳浑身哆嗦，我、我是她妈。

你这是耍流氓。

你的问题很严重。警察厉声呵斥。

方芳一时不能言语，突然搂住锦绣哭了起来，边哭边说，这是我自己的女儿，再说我们好容易排上了队，还等着买锅贴，我女儿还等着我买锅贴给她吃……

这个事情很严重，我们要先通报你们单位，再调查一下你有没有其他行为。今天是礼拜天我值班，今晚先拘留，等明天上班再向领导汇报。

方芳和锦绣被留在了派出所里，屋里有一个木板条做的一副有靠背的长条凳子和一张办公桌，锦绣闻到了窗外飘来的锅贴的味道，那味道跟着夜色，一点点地消失了。

陈锦绣不记得何时睡着了，半夜醒来时，发现自己躺在长凳上，身上盖着一件厚衣服，锦绣似乎闻到了一股钢笔水的味道，又好像是铁锈的味道，锦绣一摸，衣领处有一个硬硬的小长条，是警察的领章。锦绣吓了一跳，她没有动，在黑夜里睁着眼睛，四周黑乎乎又静悄悄的，这时，锦绣听到了不远处传来了剧烈的撞击声和鬼魅般的呻吟声。锦绣爬起来，循着声音走过去，锦绣在派出所最里面的一个屋子里找到了声音的出处，屋里黑着，却有月光洒进来，锦绣依稀看到妈妈仰面朝天地躺在地板上，王大双正穿着秋衣赤裸着下身，一下一下地撞击着身下的女人，锦绣几乎被吓着了。锦绣听到王大双边动作边颤着声音说，你这个骚娘儿们一看就是个骚娘儿们。锦绣听到了奇怪的声音，她忙捂住了嘴，一瞬间，那声音让锦绣的血一下子涌了出来，把垫在身下的毛巾和厚厚的棉裤都浸透了。

第二天天还没有亮，方芳扶着锦绣出了派出所。王大双在派出所的领导上班之前放了娘儿俩，不仅如此，王大双还骑着自行车把她们送到了青泥洼桥电车站。冬天的早晨四处黑乎乎的，风从前面袭来，刺得锦绣的脸有些疼，锦绣坐在自行车前面的横梁上，她尽量地前倾着身子，但她的头皮还是会在车的晃动中偶尔碰到王大双胡子拉碴的下巴，还有，能听到王大双粗重的呼吸声。锦绣还知道，这时的妈妈正坐在自行车的后座上，手正环绕着王大双的腰。锦绣想不出妈妈的脸是不是会贴在王大双的后背上，要是爸爸骑车，妈妈多半会把脸贴在爸爸的后背上，一双手也会把爸爸搂得紧紧的，因为那双手也经常会碰到锦绣的腰。

到了电车站，王大双把一个包袱递给方芳，王大双不知道从哪里弄来了锅贴，正是锦绣喜欢的那种味道，韭菜虾仁，或者芹菜猪肉的，反正无论是什么馅的，都是锦绣喜欢的味道，那味道直往锦绣的鼻子里钻。方芳一手捧着包袱一手拉着锦绣上了电车。电车是第一班，车上还没有几个人，也没有开灯，但锦绣分明看到了妈妈眼里的泪花。

那天回家以后，她们谁也没有吃那包里的锅贴，方芳把装锅贴的包裹扔到了黑石礁的海里时，锦绣一点儿也没有心疼，她们从此再也没有去过盆堂，也没有再排队买什么锅贴。

不过，王大双并没有轻易地放过方芳，那以后，他最大的乐趣就是纠缠方芳，他喜欢听到方芳的声音，那声音不知道要比自己婆娘的好听多少倍，即使求饶也那么动听，还有方芳白大褂里面光滑的皮肤。王大双不知道，如果他早日放过方芳，就不会惹来杀身之祸。

八

方芳好长时间不去劳动公园的小楼了，时间久了，锦绣反而有些怀念在劳动公园里闲逛的日子。但这样的日子已经结束了。每隔一段时间，王大双就会来到锦绣家，锦绣知道，只要王大双一直来，她恐怕就一直无法再去劳动公园了。

王大双总是在夜晚到锦绣家，这是方芳要求的，她弄清楚了王大双的身份。王大双是转业干部，媳妇还留在山东农村的老家，所以锦绣和妈妈洗盆堂那天王大双才会值班。一个人生活的王大双经常值班，他喜欢值班，值班多好，不然他一个人度过漫漫的长夜是多么的孤单啊。王大双形象粗鲁，但好像还挺会疼人，每次来，总是大方地带二斤锅贴，装锅贴用的是粉红色的包裹皮，上面已经油渍斑斑。他来了以后，总是自己到锦绣家的厨房，在碗柜里找到一个钵子，把锅贴从一个大号的铝制饭盒里倒出来，放到钵子里，再把空饭盒重新装到粉红色的包裹皮里，留着下次再用。他总是笨手笨脚的，不是碰掉了挂在碗柜里的勺子，就是碰倒了放在碗柜里的酱油瓶，夜晚的厨房里时常会传出惊心动魄的声音。他放好锅贴，一脸满足的样子看着锦绣和方芳。他并不知道，自从方芳和锦绣从派出所里出来以后，她们闻到锅贴的味道就恶心无比。

锦绣把自己关在自己的屋子里，耳朵却在妈妈的屋子里巡游，不一会儿，锦绣就能从妈妈屋里的动静中听到出些端倪：粗暴地扒光衣服的声音，纽扣四处飞溅碰撞在墙壁上的声音，偶尔皮带抽打皮肤的声音，一下又一下，还有可怜的求饶声，那声音细小清脆，击打着锦绣的耳鼓，如果无声无息，那也可能是皮肤正在遭受王大双的扭掐，反正每次王大双都要弄伤方芳，最后，伴随着粗重的喘息一下又一下猛烈地撞击，那是他最后的动作，完事后，王大双总是费力地爬起来。王大双的右腿断裂过，里面有连接的钢钉，那是方芳亲手植入的，那枚钉在王大双膝盖上的钢钉，像扎在锦绣的心里，一下又一下，把锦绣的心扎得千疮百孔。

方芳一度不敢上夜班，王大双有几次找到医院，他总是把方芳的夜班休息室弄得一片狼藉。有一次，方芳得病住进了医院，方芳住院期间，王大双还来敲过锦绣家的门。方芳只好从医院里回到家，方芳借口锦绣一个女孩子在家里不放心，取消了医院里的夜班。她不再特意躲避王大双，这样的日子一直持续到夏天，放暑假的时候，方芳安排锦绣带着宝珍去了外婆家。那段时间，豆芽儿回到山东老家去送宝珍爷爷的骨灰，宝珍的爷爷一定要把自己埋在老家，看上去对自己生活过的这个城市过于薄情寡义。锦绣和宝珍在外婆家度暑假时，锦绣耳朵里仿佛还时常能听到家里隔壁屋子里传来的杂乱的声音，等锦绣从乡下回来后，发现家里重新进行了装修，原来涂了红油漆的地板换成了水泥地，墙也刷得雪白，门窗都重新上了蓝色的油漆，屋里散发出好闻的味道。

宝珍听锦绣说过盆堂后一直想去洗一次，有一天，宝珍央求锦绣带她去洗一次盆堂，宝珍大概攒了好长时间才攒够了洗盆堂的钱。那天，她俩一起去天津街的人民浴池去洗盆堂，她俩排了好长时间的队，终于进了门帘里面，马上就要轮到她俩了，这时一个个子矮小模样蠢笨的女人端着个盆直接进了浴池里，那天人不多，她洗大池子所以不用排队，她买了票直接进去了。她走过时，锦绣和宝珍不由得同时捂住了鼻子，那女人身上散发出一股难闻的酸臭味道。女人进去后，不知道因为什么原因突然和一个服务员吵了起来，女人一口难听的山东话，说话速度极快，这口音让锦绣一下子想到了王大双，她才想起，已经好久没有看到王大双了。

这时候，那个矮小的女人突然把那个和她吵嘴的服务员的帽子扯下来，揪住了服务员的头发，嘴里大声地叫骂着，你个X养操的玩意儿，我打死你，再让你多嘴，你个X养操的，妈了个X的……她骂得又使劲又难听，样子凶悍无比。大家拥上来，好容易才拉开了两个女人，服务员的头发已经被矮小的女人扯下了一大把，女人并没消气，她光着身子，一手叉腰，另一只手指了一圈，说道，你们都他妈给我听好了，再他妈的嚼舌根子别说我不客气，等我男人回来了把你们全他妈的枪毙了，臭不要脸的娘儿们！说完，转身进了浴池，狠狠地摔上了浴池的玻璃门。

这个凶悍的女人叫张大花，是王大双的老婆，王大双已经失踪有些年头了，活不见人死不见尸，虽然经过多方查找，仍然不见王大双的影子，王大双仿佛海面上飘浮的雾气，在阳光下蒸发了，不见了，真是怪了。王大双失踪后，张大花从山东老家带着孩子到派出所要泼要人，找不到人就要吊死在派出所门口。最后，张大花被安排在派出所的食堂里做饭，她和两个孩子的户口也迁到了大连，据说张大花提出的要求中还包括给两个儿子安排工作，当时孩子还小，领导已经答应张大花等她孩子长大了就安排进公安局工作。

宝珍终于在锦绣的带领下，洗了一次盆堂，巧的是，锦绣和宝珍洗盆堂的屋子正好是锦绣和妈妈最后一次洗盆堂的那间屋子，锦绣记得门牌号是5号。锦绣特意看了看盆堂里高高的窗户，窗户已经涂了一层白色的油漆，涂得很密实，不见一丝缝隙。那个偷看的男人被放出来了吗？锦绣才想起来，她一直没有见到那个趴在窗口偷看她和妈妈洗澡的男人，又突然感觉这一切不太真实。

锦绣和宝珍痛快地洗着，宝珍边洗边说，怪不得你妈妈总带你来洗盆堂，真舒服啊！宝珍躺在浴盆里，只露出头来。因为不是年节，所以洗澡的时间放宽了，她们用不了那么多的时间，她们就一个这头一个那头地躺在浴盆里泡着澡聊着天。

宝珍说你那两个奶子真大啊，你肯定像你妈妈吧，要不我妈说你们娘儿俩是一对骚包。

你才骚包呢。锦绣用水往宝珍的头上泼去。

宝珍捂着嘴呵呵地乐着。

男人摸了你的两个奶子一定魂儿都没有了！

不害臊！锦绣跳起来打宝珍。

我的怎么长不大呢？

那天她们洗得很痛快，锦绣还答应宝珍要送给宝珍一个军用茶缸，军绿色的漆，上面印着红色的五角星，五角星下面是几个数字，那是部队的番号，锦绣只有一个，但锦绣决定送给宝珍。宝珍瞪大了眼睛，宝珍激动无比的样子让锦绣的眼泪差点儿掉下来，锦绣在水里摸到宝珍身边，锦绣光溜溜地抱着宝珍，锦绣说宝珍我们要做好朋友，要做一辈子的好朋友，一辈子！

终于有一天，大军家的两个儿子当兵了，大的当了工程兵，小的当了文艺兵。大儿子听说要到一个叫秦岭的地方去修铁路。大军说男孩子要想有出息就得到艰苦的地方锻炼锻炼。那天，锦绣和妈妈一起去火车站送大军家的两个哥哥，两个哥哥胸前戴着大红花，脸上掩饰不住的喜悦，他俩坐的是送新兵的专列，他俩被临时安排坐在同一节车厢里，列车启动时，他俩从车窗里伸出半个身子挥手，军绿色的军装把两个男孩衬托得格外精神，仿佛一下子长成了两个男子汉。锦绣心里羡慕不已，眼里有些潮湿。

没过多久，方芳就和大军结婚了，锦绣执意要留在槐花街，留在自己家里。让锦绣没有想到的是，方芳不但没有反对，还支持锦绣的决定，方芳说反正你也要长大，以后，在这个屋子里结婚生子过自己的日子，多好！

第六部　醉计谋

一

豆芽儿想离开扫大街的队伍已经很久了，但是豆芽儿没有可以帮上自己忙的亲戚。本来永金可以帮豆芽儿换一份工作，豆芽儿心里总是感觉永金爱自己要胜过爱方芳，这种自以为是的想法，使豆芽儿在永金去世后，很长时间都在夜里偷偷地掉眼泪，豆芽儿自个儿的男人被抓走时她也没这么伤心过。豆芽儿的男人一辈子不回来她也不想，但她不能不想永金。

豆芽儿扫大街要早起，不过，扫大街的豆芽儿却有一个让人费解的爱好就是她格外地喜欢坐电车。她经常借着早晨人少坐在上第一班电车，在城市间穿梭。电车上不开灯，总是漆黑一片。豆芽儿喜欢坐电车的驾驶室里。当然，电车没有前后之分，驾驶室在车的两端，电车既不能掉头，也不能拐急弯，只能走直来直去的道儿。豆芽儿小时候就觉得电车的脸和屁股是一样的，分不清哪是前方哪是后方。每到电车开到终点站时，司机熟练地拿下来操作盘上活动的驾驶用的扳手，啪啪啪关掉几个小开关，然后到车的另一头驾驶室再往相反的方向开，这边的驾驶室的座位就空出来，驾驶室就成了随便什么人都可以坐的地方。说是驾驶室，其实就是驾驶员后背上有一面两侧都敞开的墙，两侧安上一个铁栏杆，司机开车时，把铁栏杆安上，有栏杆挡着，形成了一个小小独立的空间，成了驾驶室。小时候，一上电车，豆芽儿总是抢着到驾驶室里坐着，其实电车司机的座位小小的，硬硬的，而且只能半直着身子坐，没有坐在车厢长条凳子上舒服，但是豆芽儿就是喜欢坐在驾驶室里。豆芽儿喜欢在电车上胡思乱想，她记得电车道两旁的一切，哪天新增加了一处小房子、一个报摊、一个修鞋摊。有一次刮台风，成仁街电车站跟前的一棵大树被大风刮歪了，一直歪着好久了，突然有一天，一下子倒了，横在了电车轨道上，电车停了大半天，长长地排成一排，车上的乘务员司机都下了车聚在一起聊天，像过节一样的开心。电车在轨道上，如果坏了一辆，所有的电车就都得停下，大道上像散了场的电影院，一下子挤满了人。大家经常这样下车，往有汽车站的地方步行。

有一天，豆芽儿照例在天没亮的早晨坐上了电车，她买票时不小心把一分钱掉到了地下，电车票四分钱一张，她手里剩下三分钱怎么行？她低下头在漆黑的车厢里找，把手伸到座位底下去摸，摸着摸着，竟然摸出了一个钱包。电车上只有豆芽儿一个乘客，两个乘务员到前面与司机闲聊，豆芽儿悄悄地打开钱包，从里面摸出一毛钱，买了车票后赶紧在下一站下了车。她本来应当到黑石礁下车的，她的扫大街用的推车和扫把还放在黑石礁广场边一个铁皮房外面，一会儿她还要扫街，但是她又等不了，她必须下车。她下车后，找到一个角落，确定没有人后，打开了钱包，天啊，钱包里整整齐齐地码着十三张十元钱的新票子，她吓坏了，忙按住怦怦乱跳的心，把钱包藏了起来。

豆芽儿一天都心神不定，有好几次，她想找一个地方翻翻钱包，但是没有地方，广场边上的公共厕所里面没有门，蹲在那里会让别人看到。好容易挨到下班，豆芽儿回到家立即关上门，仔细地检查起钱包，没错，里面整整有十三张十元的钞票，豆芽儿数着钞票，心里乐开了花，她反复地数，数了好几遍，又反复地摩挲着钱包。这个钱包也太好了，皮子黑亮，一定是牛皮的，不是猪皮，猪皮她能看出来，皮质粗，毛孔眼儿大，不值钱。她仔细翻着钱包，发现钱包的侧面拉链里有一张纸条，打开一看，上面写着门牌号码，中山区南山里 8 号。第二天下班后，她重新坐上了电车，到了南山里，那里四处都是绿树掩映的小独楼和平房小院，南山里 8 号是一个独门独院的小平房，她远远地看着，门框上钉着一块光荣军属的牌子，怪不得这地方那么好。小院里静悄悄的，连着几天豆芽儿都在那里转悠。有一天，她正望着房子出神，这时一个穿花衣服留短发的漂亮女人打开了院门，她出了院子向远处张望，豆芽儿吓得连忙躲起来，幸好女人没有看到她。

女人出来进去好几次，不停地往远处的路口望，路口悄无声息。终于，下午四点多，路口处有一个穿着中山装的中年男人正在四处张望寻找着什么。女人远远地看到了，忙向他招手，他看到了，迅速地跑过来，女人一把拉过他的手，说怎么才来。男人说，你给我的纸条丢了，我隐约觉得不是6号就是8号，刚才去6号看院子里有小孩子玩，我就直接过来了，看来我的记忆力还真好。男人嘿嘿地笑着，女人一脸甜蜜地搂着男人的胳膊进了院子，豆芽儿看到院门锁上了，还看到窗帘是拉着的，豆芽儿几乎毫不费力地就断定，这个女人和这个男人在偷情。

豆芽儿坐在那个南山里胡同等到天快黑了，直到平房的院门吱呀一声开了，豆芽儿看到中年男人走了出来，中山装的扣子扣得规规矩矩。女人跟出来，男人说回去吧小艳，女人就点点头关上了门，把脸上的笑容也关了起来。豆芽儿看了看天，感觉这两个人在屋里待了好几个小时，他们在里面一定做那事了，但是也不用这么长时间啊，那事难道能做好几个小时？真他妈有意思。

中年男人四下看了看，大步朝前走去，豆芽儿远远地跟随着，男人衣着整齐，大步流星地走着，步伐坚定坦然，头发弄得整整齐齐，看不出丝毫的疲惫与混乱。豆芽儿跟在他的后面，一直跟到2路无轨电车上，又跟着男人从青云街下了车，再跟着他爬上了一个坡，拐进了一个小院子里，院子里有三户人家，他进了中间那个房门，他刚进去不久，豆芽儿看到一个女人推开门大声地叫着，小英子，快回家吃饭，你爸爸回来了。声音刚落，隔壁一个房子里跑出来一个小姑娘，她们一起进了屋，关上了门。

豆芽儿往回走，她倒了一遍无轨电车，又坐了十几站地的电车，回家时已经很晚了，她找到一根熟玉米，边啃边想着那个女人和那个男人的样子，怎么看这个男人都像是一个干部，她决定第二天去那个男人家里，继续跟踪他。

她被自己的想法兴奋着，几乎一夜都没有合眼。

二

豆芽儿仅用了两天时间,就弄清楚了去南山里8号偷情的中年男人的底细。豆芽儿简直可以用心花怒放来形容自己的心情，她有了个绝妙的想法，她被自己的想法弄得兴奋得睡不着觉。

这天早晨，豆芽儿没有去环卫队上班，豆芽儿说自己牙疼，要请半天的假去医院。豆芽儿这一次本来想说肚子疼，但怕肚子真的疼反而不好，不如还是让牙疼吧，反正她的牙真的疼过，再疼一次也无妨。豆芽儿前一天下班时向队长请的假，豆芽儿没有理会队长大杨要扣她工资的威胁。环卫队里的人都知道大杨对豆芽儿有点儿那个意思，但是豆芽儿怎么会看上大杨？要是让方芳知道，不知道会被笑话成什么样子。

阳光很好，豆芽儿喜欢在阳光明媚的日子里办事，天助人愿。如果天上下雨打雷，在豆芽儿看来那是老天生气了，老天生气时就不要去做事，做了也白做，老天都发脾气了，人能好到哪里去，所以豆芽儿出门办事都喜欢找个阳光明媚的日子，虽然她平时的事情不多。豆芽儿换上了平时舍不得穿的涤纶的针织上衣，头发上抹了头油，梳得光溜溜齐整整，脸上擦了白白的“面友”，套上线条笔直的藏蓝色的涤卡裤子，穿上新买的黑色布底板鞋。板鞋底边雪白，格外惹眼。豆芽儿没有去花钱包里面的钱，那些钱和纸条还整整齐齐地放在里面，她想了，用这些钱能买好多好多东西，可以买一块上海牌手表，也能买一辆永久牌的自行车，还能买红灯牌收音机等等，但是，如果她把这笔钱用好，会比买这些东西都划算。

豆芽儿坐着电车，一路上都坐在电车后部的驾驶室里，这样可以不被别人注意而一个人独自乱想。终于到了解放广场，顺着电车轨道，豆芽儿很轻松地就找到了电车厂。她到电车厂时还没到上班时间，电车厂的大门里伸出几条轨道线，那些电车就是从这个院子里开出去的。豆芽儿不急，她躲在不远处，正好能看到电车厂开门，她在耐心地等着，不时，有几辆电车从里面依次开出来，豆芽儿看到几乎每辆电车的乘务员都斜挎着收款用的专用包，一边一个守在司机的两边，边说边笑着开出了厂门，按豆芽儿的理解这些应当是上正常班的人。她正在出神地看着那些电车，这时，一个熟悉的身影出现在电车厂门口，豆芽儿听到门卫大声地向他打着招呼，豆芽儿听到了门卫叫他王厂长。豆芽儿看到王厂长进了一个二层红砖小楼里，无疑那里是厂长的办公室所在地。等到八点，豆芽儿终于走进了电车厂的大门，她告诉门卫找王厂长有事，已经和王厂长约好了。门卫笑容满面地把豆芽儿让进了大门，并指着小红砖楼告诉她厂长在202，上二楼右拐第一个门就是。豆芽儿装作老于世故的样子，她不能让别人看出自己是兴奋还是胆怯。

豆芽儿走进了电车厂的院子，上了小红砖楼的二楼，她很顺利地找到了202室，豆芽儿敲了敲门，里面传来了一声好听的男中音，请进。豆芽儿就进去了，男人从桌上的一堆文件中抬起头，豆芽儿一看，那个中年男人就坐在那里，脸上略有些严肃，看上去板着面孔，甚至让人感觉到几分威严。豆芽儿有些紧张，但她很快调整好情绪，都说外表不苟言笑的男人私底下都很色，看来不假。

你找谁？男人的声音真好听，结实有力，那女人一定是被这声音吸引了。

豆芽儿说我找你。

找我？我们认识？

我认识你，你不认识我。豆芽儿嘿嘿地笑了两声，但自己听了都觉得有些不自然。

你找我有什么事？

豆芽儿从包里拿出钱包，在他眼前晃了晃。

我捡到了你的钱包，我是来给你送钱包的。

王厂长惊讶地从办公桌前站起来，走到豆芽儿跟前。他看了看豆芽儿，又看了看钱包。

你在哪儿捡到的？

电车上。

电车上？哪个电车？

4路电车。

4路电车？王厂长一脸不解，我没坐过4路电车啊。难道是？他的脸腾一下红了起来，他想起来，前几天的一个晚上，他和电车厂的一个乘务员在已经下班入库的一辆电车里……难道那辆车是4路车？他喜欢在电车里做那事，刺激，有力，纵情，随心所欲。

豆芽儿似乎也一下子明白了眼前这个男人在想什么了。

你怎么知道钱包是我的？

我知道这是王厂长你的钱包。

王厂长有些局促不安，他翻了翻钱包，说，这钱包不是我的。

豆芽儿说，不会吧，钱包里纸条里的地址是南山里8号。说着，豆芽儿扬起了手上的纸条。

王厂长忙站起来，去把门关严实了。

你怎么知道的？

我还知道，那个女人，她的男人是个军人。

你，你想干什么？

我只是来还钱包的，我在环卫队扫大街，不然我不会捡到钱包的。

你不是说在电车上吗？

是啊，捡东西是我的工作。不过，这个钱包在哪里捡到的得看你是怎么想的。

王厂长从钱包里拿出钱，然后想想又重新把钱放进去，又从抽屉里拿出一些钱，也装进钱包里，递给豆芽儿，说，这些钱、钱包，全都给你，行了吧，就当我从没丢过。

豆芽儿摇了摇头，豆芽儿说我不能要你的钱，我不是来要钱的。

怎么？不想要，嫌少？你扫大街挣多长时间能挣到这么多钱？

谁的东西就是谁的东西，拾金不昧是我们环卫队的优良传统。

那你要什么？豆芽儿明显感觉王厂长声音有些难听。

你是电车厂的厂长？

是，怎么样？

我不想扫大街，干够了，让人瞧不起，孩子也遭人白眼。豆芽儿突然抹起了眼泪。

这跟我有什么关系？

有关系。我想让你把我调到电车厂工作，我想当乘务员。

想当乘务员？怎么可能？你想得也太美了吧。

对你来说，这是小事。

凭什么？

豆芽儿不紧不慢地说，小艳可是军人的老婆，你破坏的可是军婚啊。说完，豆芽儿抓起桌上的钱包，头也不回地就往外走。

等等。王厂长站起来时，豆芽儿已经走到门口，王厂长追出来，对着豆芽儿的背影说，你明天晚上下班再来，明天白天我有个会，明天下班我在办公室等你。

豆芽儿头也不回地出了小楼，出了电车厂的大门，她跑到一个角落里，用手按住乱跳的胸口，她本来想试试，她不相信自己是个这么有胆量的人，她做了什么？这是她做的事吗？但这一切的确都是她豆芽儿做的，她豆芽儿现在怎么胆子这么大，从豆芽儿变成了棵树，怎么可能，豆芽儿就是豆芽儿，再怎么长也长不成一棵树，但是她豆芽儿真就长成了一棵树，结实，有胆量，还敢异想天开。

不过，豆芽儿想做的事就要做到底，所以第二天，豆芽儿就真的来到电车厂，来到王厂长的办公室。

红砖小楼里静悄悄的，豆芽儿轻轻地走上二楼，刚走到二楼王厂长办公室的门口，王厂长就打开了门，看样子他早就等在那里了。他用力地把豆芽儿拉进门，把门关上，一把抱住豆芽儿。这正合豆芽儿的意，但豆芽儿不想让他就这么得逞，挣扎着说我要到电车厂我要当乘务员。

我操，这算个什么鸡巴事，易如反掌，王厂长边扒开豆芽儿的衣服边说，你想当乘务员不要紧，从此你得让我……嘿嘿。他说着，笑了起来。

不过，豆芽儿没有当成乘务员，王厂长让豆芽儿在黑石礁电车站当了一名调度员。有一天，他边和豆芽儿做那事边对豆芽儿说，当乘务员得是品格高尚的人，不然天天和钱打交道，容易起贪念犯错误。豆芽儿说怎么会，我捡到那么多钱都没有要，我不会贪钱，再说我真的想当乘务员。

王厂长说，我还不知道你，你这不贪比贪更让人害怕，行了，老老实实当个调度吧，正好原来的调度马上退休了。说这话时，王厂长和豆芽儿正在一个神秘的地方，做着他们双方都乐意做的事。

豆芽儿的调令终于到了环卫队，豆芽儿一下子从扫大街的人变成了电车厂的调度员，她拾金不昧的事迹还在电车厂广为流传，厂长在全厂大会上号召员工向豆芽儿学习。没有当上乘务员，没有坐进喜欢的电车里，豆芽儿虽然有些遗憾，但是能当一名电车调度也行啊，在外人眼里，调度不知要比乘务员风光多少。至少，豆芽儿在方芳面前不再自卑了，宝珍也不会因为妈妈扫大街而毫无颜面。

豆芽儿与王厂长有了上次的性体验后，竟然有些怀念电车上做爱的那种奇妙的感觉，本来豆芽儿还想找机会去会会王厂长，但是，突然有一天，还没等豆芽儿去找他，王厂长就响应号召作为五七干部全家一起下乡去了。

一开始，豆芽儿还害怕因为王厂长下放了，自己的工作也不保了，但是王厂长走了一点儿也没有影响到豆芽儿。豆芽儿一直不明白，王厂长干得好好的怎么会被下放，她曾经悄悄去过南山里 8 号，小院的院门总是紧闭着，平房里也总是一点儿动静也没有，像从没有住过人家一样的安静。

那平静的背后会是怎样一个波澜壮阔的世界啊，豆芽儿常常想。

三

电车司机大多是女性，那曾经是豆芽儿从小特别羡慕的职业。常在黑石礁乘坐电车的人都知道，冬天里，如果黑石礁广场电车站调度室小铁皮房屋顶冒烟了，就说明第一班电车已经发车了；夏天里，黑石礁广场上第一个亮灯的小屋，也必定是电车调度室。黑石礁广场上的电车调度室，总是非常的招摇。

宝珍上学时的电车票是四分钱，等宝珍参加工作时，电车票涨到七分钱，再后来涨到两毛钱，现在是一元钱。豆芽儿对这些记得特准，谁也说不过她。进入80年代以后，电车相关技术也有了改进，有了消音器、防噪声轨道、路轨平交、隔音屏障等设备和技术，不似从前那样轰隆隆到处作响，而人们已仿佛全然忘记了当年在电车里面沙丁鱼一样被挤得扁扁的情景，对电车全是美好的回忆。夜深人静的时候，甚至渴望听到电车那种穿越城市上空的声音。

生在这座城市的人天生喜欢坐电车，电车里的座位有点儿像现在地铁里的座位，左右两侧大家并排坐着，不是看到对面的人，就是看到站在跟前的人的腿。

豆芽儿从小就喜欢听电车的铁轮碾过铁轨轰隆隆的声音，如果没有那样的声音，没有了那样左右晃动的幸福的飘飘的感觉，豆芽儿就会无精打采。多少次，豆芽儿就坐在中途停下来的电车上睡着了，或是停电了，或是哪个部件坏了，反正一时半会儿也修理不好，有时等到很晚电车也没有修好。豆芽儿经常会等到天黑也不见车修好，想走天已经黑了，于是只好干脆就在车里等着，等着家里人来找她，十有八九家里人都知道豆芽儿待在电车里，就会打听电车坏在哪里，在哪一站，赶来接兴高采烈的她回家。有一次电车修好了，豆芽儿不知道，坐在电车上跟着一起入了车厂的车库，豆芽儿醒来时天早已黑了，豆芽儿自己拉开车门往外走时，路过车厂的门岗，把看车的人吓个半死，以为是下屯街下水道里的碎尸还魂了呢。

还有一次，一棵大树倒了，横在电车轨道上，电车停了长长的一排，后来城建工人来了，把大树一点点锯成一块块的，像是碎尸，然后再一点点运走。豆芽儿小时候看过碎尸，有一次下大暴雨，下屯街马葫芦（下水道）里就漂出来好多截成一块块的碎尸，那是下屯街一户人家丢失的一个女孩子，之前一点儿线索也没有，甚至连可以找倒霉蛋顶罪的蛛丝马迹都找不到。这个碎尸案成了一个死案，后来一个做了警察的邻居还试图去破这个死案，但是一直没有破了，就像从此再也找不到的那些砍掉的大树。豆芽儿每次看到那个留在现场的树根，就会想到下屯街那个被人碎尸的女孩子，哪怕她像树根留下一点儿痕迹也行啊。那些树被砍去了四肢，没有了摇头摆尾的资格，只留下一个粗壮的树根，一开始泛着青涩的黄色，感觉还有一点点活着的希望，后来就一点点变黑了，变得死气沉沉，直到再也找不见一点儿原来的影子。谁也不会在意，没有人会记住大树曾经长什么样子，但豆芽儿记住了，电车经过那里时，豆芽儿经常会专注地看一会儿那根大大的粗壮的树桩，也会想起那些不知被运到哪里的碎尸。豆芽儿的心思是敏感的，她站在司机旁边，一天天地注视着沿街的一切，每一个新的面孔都逃不过豆芽儿的眼睛，那些再普通不过的小房子还有那些灰围墙里面的景象常常在豆芽儿的脑海里变幻着模样。在豆芽儿的眼里，电车道两侧全都成了迷人的景色，充满了生动和新鲜的感觉，多少年都看不厌，多少回豆芽儿看光景坐过了车站。哪个车站站台上新增了一对新人，或是有时一对新的面孔和豆芽儿走在一起时，豆芽儿早就知道了他们的来龙去脉。电车上乘客少的时候，站在中间的售票员有时候会走到后面来，跟后门售票的说闲话，这时候豆芽儿最爱听她们讲话了，她们知道也不比豆芽儿少，毕竟她们天天在车上工作，她们会说哪个单位新发了刀鱼，哪个商店里新来了上海的羊毛衫，哪个人买了人字纹的大衣，哪家人有跑船的新增了彩色的电视机，还有谁谁戴了一块新款的上海手表，谁家的儿子新娶了谁家的姑娘等等，好像坐电车的那些人是她们的亲人，她们知道他们的一切。是啊，那时候少有人搬家，大家几年几十年住在一个固定的地方，没有强迁，没有改造，大家住得按部就班，工作也按部就班，变化不断的就只有爱情了，是的，一个小地方引人注意的改变就是因爱而发生的，因为结婚，一个地方才会稍微变化一些。人们乘坐电车谈恋爱，乘坐电车去生孩子，乘坐电车去上班上学走亲戚，电车是人们最亲切的交通工具，人们发生的一切都没有办法躲避开电车的凝视。电车是变化最密集的地方也是最最容易产生爱情的地方，在这个城市里，曾经流传过太多电车上的爱情故事。槐花街有一个姑娘李小媛的男人就是在上早班时和她同乘电车认识的。第一次好像是下雨的时候，一个男人撑一把黑色的雨伞在等电车，他主动把孤单无助的小媛请到了伞下，他们一起等电车。那个年代，有一把黑雨伞的男人是多么的酷啊，一下子就把小媛给迷住了。他们都倒班，一个在热电厂当工人，一个在西安路饺子馆里做面点师。恰好他们都坐第一班电车上早班，后来，不管下雨不下雨，他们都相约黑石礁车站，一起坐电车上班。

豆芽儿了解许多关于电车的事情，豆芽儿说起电车时，总是得意扬扬，没有人比她知道得多。她听爷爷说过，第一批行驶在大连街头的电车叫“美国大木笼子”，是由三个国家的技术拼凑起来的，车身为木结构，它的底盘出自英国，电气部分出自德国，再由美国组装制造出厂。电车当时分白牌车和红牌车，白牌车是好车，干净、舒适，乘客多数是日本人。中国劳工和普通百姓只能乘坐挂红牌的“破车”。

其实，早在大连开埠建市没多久后，赢得了日俄战争的日本人为了巩固在“南满”的统治，就由南满洲铁道株式会社大规模实施了城市电气铁道筹建计划。1909 年，有了第一条从游园(今裕景商城)至大栈桥(今大连港码头)的有轨电车后，在其后长达三十多年的时间里，开通了十条有轨电车线路，车辆达百余台。百年来，电车已然成了这个城市不可缺少的一部分。每当看到老式电车在城市里穿梭，豆芽儿时常有种穿越时空的感觉。曾经有人在报纸上撰文，觉得这种古老的电车与现代化的城市形象不符，提议要把电车这种殖民地色彩较浓的产物移到乡下或者干脆取消，报纸上甚至还进行了“大讨论”，不过，讨论的结果是大多数市民反对。幸好结果豆芽儿还算满意，不然她说不准自己会不会跳出来反对。后来一度有人对这些老式电车进行了翻新改造，换成了漂亮的外壳和动感的车身，但是没过多久，人们就对这些新式样的电车腻歪了，如今时兴复古，于是，又有人依照老电车的式样仿造了一批，再看那些飞驰的电车，就像看到了久别重逢的亲人一样，总有说不出来的喜悦。

因为电车，黑石礁与别的地方有了不同之处，多了些热闹和喧哗，多了些妩媚和浪漫，仿佛黑石礁没有了夜晚和白天的分别，在人们的记忆里是转动的，哪怕夜沉睡了，哪怕月亮凝固了，有轨电车都是在咣当声中照跑不误。不管刮风下雨还是冰天雪地，有轨电车都会沿着自己的线路和目标前行，像一个被情迷惑的妇人，执著地坚守着曾经许下的诺言，恪守初始的本分，不改真情。

四

豆芽儿很快适应了电车厂的工作。生活看上去平淡无奇，甚至有些糟糕，她每天有些无所事事，像钟表指针一样，一圈圈地转着，从早转到晚，从白天转到黑夜。虽然每天可以穿着漂亮地坐在调度室里，吹吹哨子，挥挥胳膊，但是新鲜感没有持续多久，豆芽儿反而觉得天天待在小屋子里越来越无聊。她也没有多少漂亮的衣服可穿，天天跑进跑出风里雨里也十分的忙碌。她甚至有些怀念在环卫队工作的时光，想到哪里就到哪里，想什么时候休息就什么时候休息，虽然辛苦却自由自在，无拘无束。

闲情逸致一定是无事时产生的。平时一有空闲，豆芽儿就喜欢坐在窗前看黑石礁广场上的光景，看那些南来北往的行人，看他们的穿着打扮，猜测他们的身份。

豆芽儿的观察力越来越敏锐，纠察队的出现让豆芽儿的观察力得到了进一步的提高。有一段时间，为了纠正不正之风，出现了许多纠察队，大街小巷时常晃荡着这些纠察队的人。因为调度室位置好，可以观察到整个黑石礁广场，一度成为纠察队在黑石礁广场上的一个制高点。纠察队的人经常躲在调度室里，观察广场上和电车站附近的行人，如果发现了什么不正之风，他们会立即冲出去，采取行动。

豆芽儿跟着纠察队队员长了见识，她总是下意识地去琢磨行人的穿戴打扮，判断人的职业年龄贫富甚至来自本市的哪个区域，虽然市内有中山、西岗、沙河口和甘井子等几个区，但是城市好像又太小了，小到从城市的东部码头开车到西部的黑石礁海边，如果以九十公里的时速，估计半小时就会把车开进海里了，飞机起飞十几分钟就到达山东境内了。城市小那也是城市啊，要分清哪个区的人并不容易，豆芽儿却能准确地判断陌生人是市内哪个区的人，准确到是学校老师还是工厂的工人，是山东人还是此地巴子人，是日本人的后代还是俄国人的混血儿，她像一个经验十足的侦探，总能在一团乱麻中准确找到值得怀疑的细小的线头。

豆芽儿记得小时候，一个显著的标志是几乎人人喜欢穿白晚霞子（白衬衫），穿白晚霞子的人有一个共同的特点，就是喜欢把领子翻出来，白晚霞子很贵，不是谁都能买得起。有一段时间，不知道哪个聪明浪包发明了假领子。豆芽儿跟着那些纠察队队员学会了识别假白晚霞子领子，她甚至找到了识别的诀窍，真的白晚霞子，因为有整件衣服的支撑，领子都比较熨帖地在脖子周围立着，而那些假的领子，基本上都是用一根细带子扯在腋窝下面，有时为了省事儿，就干脆把衣领缝在外套领子里圈上，只要不脱衣服，绝对发现不了领子的真假。不过，假领子总是不安分，要么左高右低，要么就得把外衣的扣子系得紧紧的，以免露出破绽。

纠察队队员有一段时间专门抓穿喇叭裤的人，打击力度非常大，可是仍有一些时髦的年轻人抵挡不住喇叭裤的诱惑，但又不敢明目张胆地穿喇叭裤，就想办法打马虎眼，把裤腿收到一定尺寸，想蒙混过关。纠察队钻进电车站台的人群中，拿着尺子哈着腰量一些人的裤脚，如果宽度超过七寸五，纠察队的人就会毫不客气地把裤脚剪开，干脆撕开。纠察队的那些人权力大着呢，专治不正之风，修理歪门邪道，看哪个男的头发长了或者是哪个女的头发烫了卷了，就会说你是“封资修”，看哪个人不顺眼了，就说你裤子腿开得太宽，不标准。

豆芽儿常常看到那些裤脚宽出尺寸要求的人被剪了裤脚的情景，那是多么让人尴尬的事情啊！如果哪个人穿的裤子被认定为喇叭裤，那么就会被纠察队毫不留情地剪掉。被剪了裤脚的人，如果里面的秋裤是真的秋裤，纠察队的人就会觉得失望；如果里面的秋裤是假的，是旧的破的打了补丁的破裤子接了一圈的腈纶布头，里面破败的景象露出来，顿时就会让人失了颜面，无地自容。

豆芽儿坐在小铁皮房里正看着黑石礁和广场的川流不息的人和车，此时她的小铁皮房里藏着两个随时会冲上街的纠察队队员。纠察队里有一个叫大彪的人，他人高马大，声如洪钟，经常会出其不意地出现在电车站，豆芽儿目睹了他在电车站上给那些戴假领子和安假裤脚的人带来的难堪。他戴着红袖标躲在小铁皮房里，通过自己的判断，准确地推测出哪些人穿的是真衬衣而不是戴的假领子，哪些人的裤脚超过了七寸五而不是七寸，哪些人的皮包里就是个破饭盒和手纸而没有钱包。他总是能准确无误地猜出来，他为自己的判断而得意，以自己判断准确为荣，也以此为乐，他和他的同行们在调室里互相交流经验，还会打赌，这让豆芽儿也渐长了见识和经验。大多数时间里，他们都装作在聊天，其实他们的眼睛始终盯着窗外，搜索着目标，他们总是三两个人一组，到处去晃，有时把红色的袖标露出来，有时干脆藏起来，他们称之为引蛇出洞。

五

储宝珍不记得什么时候开始把陈锦绣当成心中的目标的，她对陈锦绣的羡慕好像是与生俱来的。陈锦绣本来和自己住在一个院子里，但是储宝珍从来都没有把自己比成和陈锦绣一样的人，在储宝珍的心里，陈锦绣不知道要比自己高贵多少倍，每当两个人在一起时，储宝珍就会觉得陈锦绣与自己比是多么的不同。

陈锦绣一定无法想象到，一个没有男人陪伴的女人——年轻的储宝珍妈妈豆芽儿，是多么渴望男人的拥抱啊。当她体会到永金臂膀的强壮时，她的渴望暴露无遗，让她来不及思考，更无法装作无动于衷。

储宝珍的爸爸储运来有一天没有任何征兆地病了，病得很重，觉得自己将不久于人世，于是他悄悄地回来了。他看上去骨瘦如柴，再也无力干任何力气活，他只好回来了，躲在家里。因为过去的那段历史让他觉得毫无颜面，尽管已经释放就业，但是骨子里他知道自己有罪，这是不为人知的罪恶。他一个人从凌源的劳改农场回到家后从不出门。每到晚上，他都会搂过豆芽儿试好多遍，但都不知道怎么回事，怎么使劲用力也不行，他的归来让渴望男人的豆芽儿无比沮丧。他开始打豆芽儿，打得豆芽儿浑身上下没有一块好地方，但他不打豆芽儿的脸蛋儿，他知道如果打了脸蛋儿，就永远打走了自己的女人。

豆芽儿不再进他的屋子，她和女儿一个屋子，这让储运来无比沮丧和生气，他有时候追过来，当着宝珍的面打豆芽儿。

有一天，他从梦中醒来，看到女儿宝珍的屋门开着，他看到睡在蚊帐里的宝珍光滑的身子，他钻进了女儿的蚊帐，但是他不舍得动自己的女儿，他把手伸到了女儿微微隆起的乳房上，轻轻地微闭着眼睛揉搓着，轻声地哼着，他的物件奇迹般地坚挺起来，他一手抚摸着女儿，一手在自己的物件上摩擦，一股幸福而亢奋的暖流涌过，他兴奋地叫起来，把宝珍吓醒了。

那以后，每到豆芽儿上早班，宝珍爸爸就会钻到宝珍的被窝里，他搂着宝珍，抚摸着宝珍的身子，上下左右全身摸个遍，他闭着眼，一寸一寸地抚摸，直到他有了反应然后再兴奋地射精。他的表情在宝珍看来充满了痴迷和罪恶，让宝珍又害怕又厌恶又迷惑，她不敢告诉妈妈，有几次，她都在妈妈起床上班的时候追出去要跟妈妈一起上班，让豆芽儿好生不解，还笑着说宝珍你是不是睡毛愣了。豆芽儿有一段时间甚至想把这个秘密告诉锦绣，但她怕爸爸再一次被抓回去。

有一天豆芽儿因为走得匆忙忘记了什么，她不想吵醒女儿，她摸黑熟门熟路走回了屋里，但她突然站住了，黑暗中她仿佛看到两个人，那神秘的粗重的喘息声因为她的突然出现而戛然而止，那喘息声停止得太匆忙，反而使人感觉更加的粗重，像一把铁锤直击豆芽儿的胸口。她略微定定神，装作什么也没有看到，关上门走了出去。

一路上豆芽儿一直不解，储运来从凌源的农场回来后，就丧失了性功能，他们用各种办法试了多少次，但都失败了，每次试完储运来都无比沮丧，他说我完了我废了。

豆芽儿以后又偷偷地查了几次，她发现只要自己上早班，储运来必到宝珍的床上，她发现储运来用抚摸宝珍而达到性高潮，他总是让宝珍脱光了衣服平躺在床上，他一个人在那里抚摸着宝珍，直到那个东西硬起来，他就会把宝珍的手拉过来，让宝珍去摸他的硬物，然后就会听到储运来怒声骂着你这个小 X 养操的东西，你给我滚蛋，快滚蛋！他用手自己上下抽动着自己的那个东西，直到射出来。有一天，宝珍并没有跑走，而是光着身子站在床边看着爸爸，那眼神吓到了豆芽儿。

豆芽儿婉转地问过宝珍，才知道储运来没有伤害她，但是豆芽儿还是充满了恐惧。豆芽儿知道储运来得了什么病，她知道，他的病在心里，可怕的致命的病。

宝珍，爸爸是病人。爸爸得了奇怪的病，病得很重，这病不能和别人说。

砍掉头也不说。

豆芽儿终于让王兵了却了他的一桩心事，有一天半夜收车后，豆芽儿把王兵叫到了停在黑石礁车站的电车里，她决定把自己的身子给王兵，她知道王兵已经想了好久好久。本来豆芽儿不想给他，王兵在她眼里还是个青春无知的小伙子甚至是个孩子，但是豆芽儿有自己的计划，这计划只有王兵才能帮她实现。她心里甚至有些可怜这个年轻的男人，不过，男人总要成长，不经过女人的男人怎么成长？如果一个二十多岁的男人还没有品尝到女人的滋味那多么可怜，如果能实现自己的目的而又能让王兵愉悦又有什么不可以呢？

毕竟王兵想要自己很久了，这个，傻子都会看明白，豆芽儿心里更是明镜一般。

六

黑石礁海边礁石林立，潮浪激涌，泡沫翻腾，珠飞玉碎，幽蓝深邃，让人遐象无限。但在宝珍眼里，如果不是有大潮，这里实在没有什么让人称道的地方。终于，黑石礁的海退大潮了。

退大潮的黑石礁滩涂上蕴藏着极品生猛海珍品，像有人匆忙落下的金银。黑石礁每年冬天都会发一两次大海，发大海时，黑石礁的男女老少全体出动，奔向大海去赶大潮，挖捞海珍品。那些住在黑石礁之外的人们也不舍得放过赶大潮的好机会，他们往往在前一天夜里乘最后一班车到黑石礁，他们没有黑石礁人得天独厚的条件，他们只能蜷缩在海边某个角落，或者哪一个四面透风的出海人放工具的房子里，在寒冷中等待着大潮退去，用那些唾手可得的海珍品焐热冻得透凉的四肢。

夜晚的四周都是的灯影，风极大，像夜里临时起意越狱出逃的犯人，盲目，疯狂，迅疾，惊恐，胆大得超乎了想象，炉膛里开始跳起了蓝色的火苗，硬硬的蓝色火苗正努力地烘烤着密室一样的房间。宝珍不敢偷懒，她知道这样的日子里偷懒是说不过去的，小孩子的把戏往往逃不过大人的眼睛，那点儿小伎俩总会让人一眼识破。

窗帘拉得紧紧的，像是怕极了夜的纠缠，外面的天好像亮了，宝珍爬出了冒着热气的被窝，知道了不可能躲避的事，莫不如死心塌地地去应对。天蒙蒙亮时，风吹得有些累了，仿佛忽然间就停了下来，宝珍利落地穿着衣服，走出家门时，四周仍然是一片黑暗，风却不似夜半那么疯狂，宝珍怀里抱着热水袋，全身包裹得严严实实，球一样地跟在妈妈身后，向黑石礁的海边走去。

储宝珍妈妈要去赶海，在前一天晚上，沙滩上早早就有等着退潮的赶海人，他们从市内来。在储宝珍看来，他们有点儿傻，竟然不知道潮汐就来赶海。在黑石礁海边，小孩子都知道怎么看潮汐，知道初一十五两头潮，口诀都知道，所以，看到有人从市内穿着靴子提着筐到黑石礁赶海，储宝珍就笑话他们是海猫不知潮水。

宝珍的任务是在沙滩上看东西，身边都是大大小小的筐、盆、水桶等，妈妈已经跟着还没有退尽的大潮，拿着工具，向海的深处挺进。海浪的声音渐渐弱了，像是退到了天边。远处赶海人的声音与海浪的声音搅成乱麻，听不真切。她坐在黑暗的沙滩上，身上像爬满了从海上溜走的巨大蟹子，它们伸出有力的钳子，正一点点抓紧她的身体，越抓越紧，让她充满了恐惧。那些硬邦邦的脊背下面藏着眼睛和牙齿，锋利远甚尖细的四肢。远处的海面像鱼的眼睛，无力地眨着，让人无法留下它们那星星点点的光亮。困意并不会因为寒冷而放弃对人的折磨，宝珍的眼睛在那些星星点点的光亮里一点点地暗下来，天地模糊，不远处有另外人家的孩子，也一定是女孩子，男孩子都和大人往海里走了。性别上最早的区别其实就是劳动分工的不同。宝珍坐在海滩上，海浪退去的喧嚣像周而复始的时光，在她的眼前退去又归来。

面对大潮犹如面对丰收的田野，宝珍妈妈把自己包裹得严严实实的，看上去像个村妇。她拖着一个大筐，脸上透着疲惫，她的筐里面装满了大蛤、蟹子、海胆、鲍鱼、海螺等等，她把那些东西放在宝珍身边，然后又往海的深处走去。

天渐渐亮了，宝珍手里的热水袋早已冰凉。走在大海深处的人都变成了小点点，而那些晚来的赶海人，总是会先跑到宝珍跟前，看看她身边的战果，然后边抱怨边往海的深处跑去。退大潮时，黑石礁的海会退到好远，甚至有好几公里的样子，越往深处去，海珍品的数量越是多得惊人。退大潮时，大人们赶海的工具不再是小钩子小铲子，而是铁锹和大个的钩子，铁锹每深入到海沙石之中，都会翻出惊喜。那些埋藏至深的大蛤，黑色坚硬的壳沾满了细沙，它们已经在那里沉睡了太久，它们甚至不知道会被人这么轻易地找到，以至于被抓出来时，还在张着大口喘着气。那些附在礁石下的海参，正在睡梦中，你只要伸手在礁石底下摸一圈，就会摸到它们软软的肉身。身上满是长短不一刺刺的海胆，并没有想到会被人轻易找到，它们的自大和徒有其表的外形总是让它们成为别人捕杀的目标，它们太过招摇，怎么可能逃脱致命的擒拿。还有鲍鱼，它们紧紧地吸附在礁石之上，看上去让人无计可施，不过，对付顽固者人们总会有办法，一把长长的铁铲很轻易地就把它们连根铲掉，不管它们多么的执拗。

大筐里不时地出现响动，那些从海上捉来的战利品，它们好像知道了自己命将难保，一个个蠢蠢欲动，极力想逃出大筐，它们又同病相连，没有了海水的滋养，更远离了自己的兄弟姐妹。一切都缘于一场呼啸而至的狂风，从下午开始刮起，直到后半夜的仓皇逃窜。

这是一次多年不遇的大潮，黑石礁人不会放过这样的机会，他们赶海用了好几个小时，他们不但赶了好多海珍品，他们还从海里拖上来一具已经泡得发白变形的尸体，那是宝珍的爸爸储运来的尸体。宝珍想起，退大潮前几天的一个晚上，妈妈豆芽儿做了许多好吃的给储运来和储宝珍吃，豆芽儿看到储运来往宝珍碗里夹菜时，轻轻地哆嗦了一下。豆芽儿给储运来买来了金州白酒，他们一家很少一起吃饭喝酒，宝珍记忆里，这是让人记忆最深刻的一顿饭，摆在桌上的菜甚至比过年的时候都多都好。

那天晚上储运来喝了好多酒，宝珍很肯定他最后喝醉了，甚至醉到了人事不省。那天宝珍早早地就上床睡了。当时宝珍并不知道，爸爸已经不在人世了，退大潮那天，人们在黑石礁的海里，发现了投海自尽的储运来。

七

凌源监狱农场给黑石礁派出所发来了一份监狱医院出具的证明，储运来得了肝硬化，已经到了晚期，他的自杀是很自然的事。后来宝珍似乎也觉得储运来的自杀很正常，她回想起爸爸对自己做特殊行为的那些日子，储运来从来没有亲过自己，后来想想储运来可能知道自己得肝病有可能会传染，如果不是又怎么解释这样的行为呢？宝珍当然不会把自己的疑问和想法说出来，宝珍不想让妈妈难堪，宝珍觉得自己已经长大了，长大了的宝珍不想在失去宝贵和爸爸之后，再失去豆芽儿一样纤细而可怜的妈妈。

她不想。

豆芽儿记得很清楚，那天晚上豆芽儿和王兵相约上了电车，已是后半夜了，他们来到了成排的电车跟前，他们钻进了最后一辆电车里，那是王兵开的车，已经停在终点站好久了。她钻进电车里，黑暗中一把被王兵拉进怀里。可是豆芽儿并不急，豆芽儿说，如果帮我做件事，我就把自己给你。王兵几乎是未加思索就答应了。王兵没有理由不答应，他还无法控制自己的身体，那一时刻，他的身体根本不听他的指挥。于是，豆芽儿就把自己脱光了，把衣服扔在地上，月光下豆芽儿的身体泛着醉人的光，迷住了王兵的眼睛，他把豆芽儿放倒在地下，他们滚在了一起，王兵撒欢地在她身上运动，他说姐姐姐姐姐姐姐姐姐姐我想你想死你了我要你和你好一辈子……他第一次尝到女人的滋味，只有二十岁的他青春勃发，勇猛无比。

突然有一天，王兵突然不辞而别，有人说他辞职了，南下广东经商去了。

多年后有一天，从日本回来的宝珍突然接到了一张请柬。王兵在南方开了一家电车博物馆，收藏了世界上各种各样的电车。博物馆开业那天，宝珍去了，她看到博物馆院子里有一个小铁皮房，里面有炉子，还有一副大大的厚棉布手套，那是他的创意，他还原着年轻时的感动，也许他的心里又痛恨又怀念，他从那个女人那里得到了第一次的性也许还有爱，很短，但她的温度一直都在，哪怕他为此颠沛流离。

有一天，劳改农场的领导到大连出差，他到了豆芽儿家时，才知道储运来死了，显然那封劳改农场的信是假造的，他根本没有得什么绝症。豆芽儿被抓起来了，她把所有的罪都揽到了自己身上，没有吐露半点儿王兵的消息。豆芽儿终于被判刑了，无期徒刑，这让豆芽儿有种解脱的感觉。她也被发配到了凌源劳改队，有一天，她在农场劳动时，被一条毒蛇咬死了……

豆芽儿被这样恐惧的梦惊醒，只是每当从这样的梦里惊醒时，豆芽儿就心痛无比，她格外牵挂王兵，那个阳光的大男孩，因为参与了她的阴谋而离家出走，他在哪里？还好吗？宝珍始终不相信爸爸的死与妈妈有关，宝珍妈妈应当是爱爸爸的，不然，妈妈为什么会经常对宝珍讲一些爸爸的往事呢？宝珍记得妈妈讲过一件给她印象非常深刻的事，为了那件事，宝珍几乎不再恨爸爸了。有一次，豆芽儿去劳改农场去看储运来，他们正在田里干活，正赶上吃中午饭，送饭的挑着担子远远地走来了，担子上是两个大大的水桶，水桶里面是稀里哗啦的疙瘩汤。他们放下手里的活准备吃饭，但是挑担的厨师突然绊倒了，两桶疙瘩汤一下子从桶子里洒出来，流得到处都是。这时，只是短暂的瞬间，所有人都朝厨师跑来，大家一起趴在地上，喝着洒在泥里的疙瘩汤。也许是那一次，储运来喝了太多的混着泥土的疙瘩汤而得了肝病也不好说。

爸爸虽然得了肝病，或许也是不治之症，也许他想死，但宝珍相信他是在不想死的时候死去的。会不会是锦绣的爸爸永金帮忙？不过，那时候，锦绣的爸爸似乎已经失踪很久了。

谁知道呢，储运来和陈永金，他们或许都与海有缘，他们最后都把生命交给了大海，这是宝珍和锦绣都始料不及的。

也许，他们只属于海。

第七部　花裙子

一

大岛雄独自一人在大年初一来黑石礁旅社找锦绣的时候，看到的却是储宝珍，当时她正对着镜子费力地往下扯着坚硬的刘海，她的头发很不听话，发丝很硬，总会在早晨让她费心侍弄。

储宝珍总是很晚才起床，她不喜欢早起，尤其是近一段时间，她的身子感觉有些懒懒的更不想早起，她想象自己要是一条躲在地下某个角落里幸福冬眠的蛇多好，可以长长地睡去，哪怕永远不醒，如果醒来，那她也要做缠绵的女人，如蛇一样，身着华丽精美的花纹长袍，袍子下面是随时准备起舞的婀娜身姿，就像陈锦绣的妈妈方芳一样有着蛇一样软软的腰身，只给那些懂得的人以温柔，否则便会一吮断命。豆芽儿说方芳像个狐狸精。但是储宝珍私下里最羡慕方芳阿姨，宝珍总觉得自己才是方芳的女儿，而陈锦绣谁的女儿也不是，说不定是从哪里捡来的也不好说。在储宝珍看来，陈锦绣执拗而固执，清高而傲慢，除了命好外，没有什么地方比她储宝珍强。

储宝珍有一个懒女人的梦想，尽管豆芽儿一直教育宝珍女人懒惰和嘴馋是多么让人不齿，但宝珍有自己的想法。宝珍打开窗帘，窗外的树梢上挂着厚厚的白雪，雪花和树像画一样，风没有听起来那么疯狂，好像怕树上的雪落下来，碾碎这寂静的早晨。树的枝头没有叶子，却给了储宝珍满世界的丰满，像终有一天要无法掩藏的肚子。她抚摸了一下自己的肚子，外表看那里平坦光滑，只有她自己知道，那里面有了一个小生命，总有一天她的秘密会大白于天下，会成为人人皆知的秘密。她的内心里复杂不已，她想要的不是这样的早晨，也不是这样的醒来。

一对喜鹊一前一后跳到树上，惊扰了枝头上的白雪，雪像飞扬的礼花，牵动了宝珍的目光，她必须清醒地想一想了。本来昨天晚上，她想借着和妈妈要钱买衣服的当儿顺便说说自己的事，但是妈妈误会了她的意思。而且，宝珍感觉豆芽儿好像最近心事重重，她知道这时候说起自己的事无异于给自己找罪受，年三十的晚上，她一个人在旅社里值班，她是自己要求的，她想一个人度过这样的夜晚。

整个晚上，她都在做梦，她梦见冬天的上海，上海的早晨，医院长廊里奔跑的那个男人吴江，在大街上高喊着自己名字寻找自己的那个男人吴江，在码头上徘徊的那个男人吴江，让她心动的那个男人吴江，整个晚上仿佛就站在树尖上朝着她微笑。她想起了他们第一次那个夜晚，她听到了他重重的喘息声和擂鼓一样的心跳，那声音不是盲目的性爱的声音，她能分出爱和性的不同的声音，就好像闭着眼睛也能感觉到大雪落地慢慢增长的厚度一样。

储宝珍早晨起来的第一件事就是弄头发。储宝珍的头发又粗又硬，睡一宿觉起来头发就像张飞的胡子一样炸开了窝，本来过年前储宝珍想到黑石礁理发社去弄一弄头发，可是她现在没有那份兴致，这个早晨，她只想把那些支棱的头发弄熨帖了，不那么难看就行了。不会有人在意她的面容，也不会有人抚摸她坚硬的头发，她也没有可约会的恋人，没有要去见的未来的婆婆，更没有想去看望的亲戚朋友。她们家在这个城市里没有亲戚，所以她就没有亲戚，这是储宝珍的痛。当然，她有从小一起长大的姐妹一样的陈锦绣，但陈锦绣却是让她又爱又恨的人，虽然她可以经常和陈锦绣倾诉，但是眼下这个她唯一可以倾诉的人并不在家，这时候的陈锦绣正在一个北方的小镇上，说不定此时正在被窝里缠绵也不好说，是啊，他们不缠绵干什么？他们会把那么宝贵的时间用来想宝珍吗？

储宝珍的年是没有打算的，她主动要求值年三十的班，这让许多人松了口气，储宝珍只想一个人待着，对着电视，或者对着报纸杂志，或者就呆呆地望着天，就是不想面对任何一个人。储宝珍的年已经没有意义，自她偷偷去了上海又偷偷地回来以后，她一直想理清自己乱麻一样的思绪。

昨天豆芽儿跟她说，有人给她介绍了一个对象，让储宝珍早点儿抽出时间去相亲，对方是下屯街的老邻居。又是下屯街，那个肮脏的街，刷锅水泼在街道上的下屯街，冬天里厕所的粪便溢出来冻成小山一样高让人无处下脚的下屯街，夏天黑夜里女人光着身子在院子里公共水龙头下排队等着冲凉的下屯街，下屯街下屯街，难道我储宝珍命里就得纠缠在下屯街这样的地方不成？储宝珍想起下屯街的厕所，突然恶心得要命，想吐。

不过，不去下屯街又要去哪里？看来自己真是嫁苦力人的命。都说女儿像妈妈，看来自己这辈子会和妈妈一样的苦命。

电炉子燃烧了太长时间，让她有种昏沉沉的感觉。储宝珍想嫁人，但她不想嫁给不想嫁的人，但她储宝珍又不能不嫁人，自己肚子里有一个小生命，储宝珍已经下决心要留下这个小东西，但是又不知道应该怎么办。这是她天大的秘密，目前只有她和吴江知道，如果让别人知道了，将出现不可收拾的结果。她想起旅社服务员宋小红就因为未婚先孕，犯了生活作风错误，每天上班前的早会上，她都要当着旅社全体人员的面做检讨。宋小红本来可以神不知鬼不觉地不让人发现她的秘密，可以顺利地躲过这一关，只要她偷偷地做掉这个孩子，或者马上结婚。她决定选择后者，她开始积极地筹备婚礼，但是没有想到，她正要举办婚礼的时候，她的妈妈突然去世了，她家是闯关东过来的山东人，按山东人的习俗，亲人去世后一百天内禁止办喜事，于是她只好等，盼望着一百天快点儿过去。但她的肚子不能等，这一百天就像一百年一样的难熬，她的肚子越来越大，她终于捂不住了，她的肚子暴露了所有的秘密，她受到了旅社领导的批评不说，还不得不当众检讨。她一天又一天、一遍又一遍地读着她的检讨稿，她把自己肚子里的孩子和那把持不住的欢愉，扒皮一样地呈现在众人面前，最后，她实在没有什么说的了。有一天，旅社的领导等她检讨完了又说她检讨得不彻底，宋小红站在那里，她突然爆发了，仿佛不记得曾经罪恶的感觉，她说话的声音也不再像是婴儿般的呢喃，她突然当众大着声音讲她的爱情故事，讲她和她的未婚夫第一次是谁先主动的，讲她怎样喜欢那样的感觉、那些缠绵的抗争，她完全进入了自己的世界，旅社的男人女人们坐在食堂的餐厅里，涨红着脸与她一起体验着她的体验。

那是她最后一次检讨，因为第二天，她就去做了流产，她说她不想让孩子一出生就受尽羞辱。

宝珍想到宋小红做检讨的样子，突然非常害怕这样的情景出现在自己身上，未婚先孕是多么令人羞耻，她怎样才能留下肚子里的这个小家伙？如果想留下，也许唯一的办法是去相亲，越快越好，在肚子里的秘密被发现以前，把自己嫁出去，去做下屯街的媳妇。

储宝珍边弄头发边想去相亲的事，听说对方是个转业兵，转业兵虽然没有什么学问，但毕竟也见过世面，也算行吧，再说你宝珍不过是一个旅社的小服务员，一个不起眼的丫头而已。对，今天就去，现在去，如果成了，马上就可以结婚，就到外地旅行结婚，最好是去上海。上海是个多么好的城市啊，宝珍才从上海回来，那是她多么喜欢的城市啊，有大连买不到的好看的衣裳，有外滩，有城隍庙，还有南京路，她想起那首熟悉的儿歌：南京路上好八连，一条裤子穿九年，新三年，旧三年，缝缝补补又三年……那时她和锦绣觉得九年太少，还不够俭朴，把九年改成了十五年，又加上了凑凑合合又三年，破破烂烂又三年……

最重要的是那里还有她心里疼痛的牵挂，那是她今生第一个爱过的男人。

宝珍小时候就向往上海，小时候同学小艳的爸爸到上海治病，在上海住了一个月，他回来后买了整整一百块泡泡糖，当时小艳只给了她三块，这三块泡泡糖太珍贵了，但也太少了，不管她怎么节省，这三块泡泡糖还是很快吃完了，简直可以说还没有完全品尝到泡泡糖的滋味就不见了，宝珍决定去小艳家，当面跟小艳要。小艳不在家，开门的是小艳的爸爸，小艳的爸爸脸和手都白白的，像地窖里存了一冬天的大白菜刚刚扒了外面的那层菜叶一样白。宝珍红着脸站在小艳的爸爸面前，小艳的爸爸很善解人意的样子，简直可以说洞悉她的内心，你不是来找小艳的吧，你是来要泡泡糖的吧？他边说边从一个装饼干的铁盒子里抓了一把泡泡糖在手里，足足有十几块的样子，宝珍的心蹦出来一样地狂跳着。小艳的爸爸说，你过来，坐到叔叔的腿上，过来呀。宝珍按住自己的胸口，怕自己的心脏跳出喉咙，一瞬间，宝珍仿佛看到了蛇。她平生最怕蛇，她曾经被一条躲在地瓜地里的绿色的蛇吓得昏厥过去。不过，宝珍还是走向了小艳的爸爸，慢慢地靠近小艳爸爸，她看见小艳爸爸苍白的脸上突然涌起了紫色的青筋，喘气粗重起来。他把糖塞到宝珍的手里，把宝珍抱到自己的腿上，他把手伸进了宝珍的怀里，抓住了宝珍的两个小而圆圆正在膨胀的乳房，一种异样的感觉蚂蚁一样爬进宝珍的身体里，她看到小艳爸爸闭上眼睛张着嘴，他的样子吓到了宝珍，宝珍悄悄地抓紧那些泡泡糖。这时，门外传来了开门的声音，宝珍迅速地跳起来，她撒腿就往外跑，她听到身上的衣扣猛然欢叫着飞离胸膛，她听到身后椅子翻倒的声音，甚至把迎面走来的小艳撞倒在墙根，她听到小艳哭叫的声音那么尖锐而刺耳。

宝珍在同学面前吹起了泡泡糖时，小艳远远地看着她，面对宝珍，就仿佛面对一条蛇。

宝珍收回自己的胡思乱想回到了现实中，她准备答应豆芽儿去相亲。还有，她已经二十多岁了，她有理由像陈锦绣那样买漂亮的衣服，她要把自己打扮得好看一些，她要想办法让来相亲的那个男人喜欢自己，如果可能，不管什么样的男人，不管喜欢不喜欢，她都要跟着走，她要尽快有一个自己的家，爱情？对储宝珍来说，似乎已不再。她抗不过岁月的折磨，也等不及用行动向锦绣炫耀，虽然这是宝珍心底里解不开的结，但是没有办法，也许正像豆芽儿说的那样，这就是命。

储宝珍又开始打扮自己，她想，男人都喜欢什么样的女人？女人不能太强大，看看槐花街的男人，哪个不喜欢方芳阿姨，哪个男人不想帮她，哪怕提提包也行。

储宝珍在脑子里勾画着自己未来的样子，把头发从后面盘起来，觉得不好看，就散开了，乌黑坚硬的青丝跌了下来，长长的头发缠绕着，布满腰际。她伸手从后面把头发扭到了一起，还是不好看，脸上的青春痘好像也在摇头。她放下头发，把脸靠近镜子，准备收拾一下脸上的痘痘。这时传来了敲门声，这声音虽然很轻，但还是让储宝珍吓了一跳，她惊讶地停住动作，镜子里面闪出一张脸，是一张陌生男人的脸，储宝珍听到有什么东西扭动的声音，是自己快速转动的脖子，她停下来，把自己的脸从镜子前挪开，转过身，看到一个瘦小的男人出现在门口，正往屋里打量着。

你找谁？

我……

你啥时进来的？怎么一点儿动静都没有？

我敲了门了。

这男人的声音听上去有些秃舌子。

男人走进屋来，奇怪地哈下腰，对储宝珍深深地鞠了一躬，然后递给她一张名片，储宝珍疑惑地接过名片，名片上是一排日文，储宝珍在上面找到了“大岛雄”三个字，储宝珍一下子想起了他，怪不得有些面熟。

你找陈锦绣？

是的是的。男人兴奋起来，一个劲儿点头称是。

储宝珍请大岛雄坐下来，她看着大岛雄那张冻得有些发红的脸，心里恨恨地想，这个叫大岛雄的男人只不过才见过陈锦绣几次而已，却冒着严寒千里迢迢从日本来找陈锦绣，真是疯了。

大岛雄当然不懂，女子都善于隐藏妒忌之心，而男人对此难以理解。

看样子这个男人要白跑一趟了，他可能见不到陈锦绣。

二

豆芽儿不喜欢方芳不等于宝珍不喜欢锦绣，宝珍喜欢方芳阿姨，喜欢她的皮鞋、皮包、手套和漂亮的围巾，喜欢她说话慢条斯理的样子。大人们的恩怨好像并没有影响宝珍和锦绣成为好朋友。本来嘛，她们住在一个院子里，同出同进，宝珍有好玩的东西想着锦绣，锦绣有好吃的东西想着宝珍，她们是一对拆不开的姊妹。

尽管宝珍和锦绣已经成了同事，但是宝珍心里，对锦绣还是有那么丝丝缕缕又爱又恨的情感。她俩虽然住在一个院子里，但是宝珍住的是偏厦子，而锦绣住着大房子；锦绣总是穿好看的衣服，而宝珍从小到大没有买过几件像样的衣服。锦绣的妈妈是个医生，而宝珍的妈妈却扫大街，虽然后来当了调度，但在宝珍心里还是无法与锦绣相比，总觉得比锦绣矮半个头。这些就像看不见的旧伤，总会在阴雨天里时不时地让宝珍有疼痛的感觉。

在宝珍看来，锦绣懂得的东西真多，锦绣说的话储宝珍都信。小时候的锦绣经常跟爸爸出差，有一次到天津，锦绣说她本来要和爸爸去海河边上玩的，但是锦绣哪里也没去，锦绣感冒了。这件事刺激了宝珍，在宝珍看来，感冒还算病吗？喝点儿姜汤发发汗就好了，怎么还能不去玩？还有，每到过年的时候，陈锦绣就回老家，穿着红色的皮鞋，新棉袄，新手套，全是新的。而宝珍没有可去串门的亲戚，那些在山东老家的亲戚和妈妈老死不相往来，而且都是穷亲戚，宝珍和妈妈一样，从来都不想见到他们。

七岁那年，两人结伴上了黑石礁小学。

黑石礁的桥头不远处，立着一块一米见方的大牌子，上面用中日俄英四种文字写着“军事要地，外国人不得入内”几个字，所有外国人不经允许不得入内。黑石礁小学虽然远离城市中心，但就在星海公园的道边上，而这条大道是通往旅顺的观光路，沿途的风景区成为贵宾到大连的旅游必经地，有人说，到了大连不到旅顺等于没有到过大连。黑石礁小学因为特殊的地理位置，经常会接到一些重要的任务，就是接待外宾，而每次接待外宾的时候，宝珍都会伤心不已，这样的日子对宝珍来说无比难过，因为她没有花裙子可穿，无缘参加学校组织的接待活动。

那时候来的有名的客人非西哈努克和其夫人莫属，他们多次到旅顺。每次西哈努克来时，黑石礁小学就会被安排接待外宾的任务。所谓接待，其实就是让学生们站在道路的两侧对客人的车队欢呼跳跃。学生们手里拿着纸做的彩色绢花，排着整齐的队伍，待西哈努克车队一行路过时，所有的学生一起欢腾起来，道路两侧锣鼓喧天，号声嘹亮，欢迎的人群随着鼓号一起边跳边挥舞着手里的绢花齐声高喊：热烈欢迎西哈努克亲王！热烈欢迎西哈努克亲王！如此反复，一派热情洋溢欢天喜地的情景。有时候车队会慢下来，车里的人会向欢迎的人群挥手致意。但大多数情况下，什么人也看不见，只看到黑色的车窗玻璃上挡着窗帘，窗户关得严严的，飞一样从大道上一闪而过，开过黑石礁广场，根本看不到里面的人影。只有一次，陈锦绣看到一个胖胖的老头儿，她告诉储宝珍那肯定是西哈努克亲王，她看见西哈努克亲王在车里向自己挥手微笑。这场面让无法到现场的储宝珍羡慕了好久，也悲伤心痛了好久。

学校规定，参加接待的男学生要穿着白衬衣和深色的裤子，女学生要穿着白衬衣和花裙子。储宝珍没有花裙子，储宝珍从来没有机会去欢迎西哈努克和他的夫人以及庞大的车队。没有花裙子可穿的储宝珍，只好坐在教室里，等着陈锦绣和同学们回来。

储宝珍因为没有花裙子，所以只能老老实实地待在教室里。宝珍只能从锦绣的描述中，去想象西哈努克的样子，为了看到西哈努克，每次学校组织看电影时，宝珍都会认真地看纪录片，她在纪录片里多次看过这位亲王，但是没有亲眼看到那就不算真正看到。长大以后宝珍才慢慢知道了这位亲王的过去，20 世纪 70 年代，西哈努克流亡北京，此后几年遍游中国多处名胜，在那个没有几部电影可看的年代，西哈努克亲王访问各地的纪录片一部接着一部上映，一时间，最佳男演员为“努克”、最佳女演员为莫尼克公主的笑谈广为流传。

宝珍的妈妈豆芽儿对这位亲王的印象不是太好，所以她对宝珍欢迎不欢迎亲王一点儿也提不起兴趣。有一次，这位亲王让豆芽儿很生气，因为西哈努克的车队要经过群众夹道欢迎的一个路段，为保证车队平稳行驶，当时的革委会一声令下，用石子、沥青把电车的轨道盖上，压路机再碾压结实。豆芽儿那时也被抽调去参加施工，原本从解放广场到中山广场的有轨电车线路，只能行驶到青泥洼桥，其余都盖严实了。

那些天，锦绣和同学们早早就开始排练，她手持彩纸扎成的花束，天天放学后在院子里跳着叫着“欢迎，欢迎，热烈欢迎”。终于迎来了乘坐专列来访的西哈努克，当车队来到了铺在电车轨道上的沥青路面，行驶在被沥青覆盖的电车轨道上，路边的人群都沸腾了，宝珍坐在教室里，仿佛听到了锦绣激动的欢呼声，那声音刺痛着宝珍。访问结束后，贵宾们走了。豆芽儿又被抽调出去，和市民们一起，一点儿一点儿地把覆盖在轨道上的沥青刨掉，让有轨电车重新行驶。

陈锦绣不仅有花裙子穿，而且有许多许多条花裙子可穿，每次欢迎外宾的仪式仿佛就是给陈锦绣准备的节日，她总是被老师安排最前排也是最显眼的位置，陈锦绣总是满脸自豪地大声欢呼着，不在乎会不会喊破了嗓子，不在乎会不会挥酸了胳膊。

有一阵子，学校还经常组织学生到附近的星海公园接待日本客人。有一段时间，许多日本客人专门到大连，他们大多有过在大连或者中国生活的经历，他们到大连肯定会到星海公园，他们把星海公园叫作星个浦公园，那是他们在这个城市里的浪漫记忆。陈锦绣和同学们一起被老师带着到星海公园里与日本的叔叔阿姨们一起联欢，唱歌跳舞。陈锦绣嗓门儿亮，胆子大，唱歌也好听，特别地引人注意。有一次一个中文说得很好的小眼睛皮肤白白的日本阿姨说她特别喜欢陈锦绣，她要教陈锦绣唱日本儿歌，陈锦绣说好啊，结果日本阿姨刚一开口，陈锦绣也跟着唱了起来。那首歌，是陈锦绣的爸爸教给她的。那个日本阿姨吃惊地张大嘴巴，拍着手和陈锦绣一起唱歌。临走时那个阿姨送给陈锦绣一条小花手帕，手帕上面绣着樱花。锦绣其实并不认识樱花，只是那个花骨朵旁边绣了一个“樱”字。花手帕香香的味道，陈锦绣闻了闻花手帕，深深地吸了口气，仿佛闻到了樱花的味道，陈锦绣天真地把红领巾送给了那个日本阿姨。学校规定，不得接受外国贵宾的礼物，锦绣只好偷偷地把收到的礼物藏起来，她只给宝珍一个人看。陈锦绣至今还保留着那条花手帕，后来，陈锦绣有过无数条花手帕，但在她看来，从来没有哪一条花手帕会像这条这么漂亮，值得让她如此的爱惜。陈锦绣在储宝珍面前显摆她的花手帕时，脸上常常是骄傲的神情，陈锦绣也许并不知道，这神情多少次刺痛着储宝珍，也让储宝珍多少次心里暗暗恨着陈锦绣。

外国客人有时还下车和小朋友握手，锦绣有一次还被一个黑人抱着亲了几口，锦绣回家用毛巾在脸上搓了好久。那些天锦绣老是感觉到身上有种怪怪的味道，感觉那味道长在肉里一样难以消除。

每次同学们去参加欢迎外宾的活动时，储宝珍都和其他一些没有白衬衫和花裙子的同学坐在教室里，大家都沉默着，静静地等待着迎外宾的同学们回到教室。储宝珍的头总是埋得很低很低，多少次她都听到自己伤心的哭泣声。

为了花裙子，她甚至想吞掉妈妈成瓶的去痛片。但不管怎样威胁，豆芽儿都一样硬着心肠不给她买花裙子。硬的不行，就来软的，储宝珍有一次在给妈妈端水吃药时，带着可怜的哭腔问妈妈，储宝珍说，妈妈，给我买条花裙子，我们家的日子会过不下去吗？

储宝珍妈妈的眼泪落在了碗里，她把手伸到储宝珍面前，擦拭储宝珍的眼泪，储宝珍伸手抓住妈妈的手，妈妈惊吓般地缩回手，妈妈的手背肿得老高，皮肤发亮，让储宝珍一抓流出了脓水。

这是一双长着冻疮的手，扫街的痕迹还留在妈妈的手上，到了夏天就开始溃烂。储宝珍的妈妈看着储宝珍，说，好吧，给你买。

储宝珍最终还是放弃了买花裙子，以后也没有和妈妈提过花裙子的事。直到后来，储宝珍都痛恨陈锦绣的花裙子，更痛恨穿裙子这件事，储宝珍从来就不会穿裙子。

三

电车的窗户都是上下拉开的，没有插销，有一天晚上，一对从窗口爬进电车里偷情的男女被人抓住了，那个男人叫胡俊，在黑石礁一带很有名，是黑石礁饭店的大厨。一次，他拿饭店里做饭用的盆到浴池里洗澡，结果被人举报，被大解放车拉着沿街批斗，罪名是破坏公物。可能是因为工作的关系，他长得白白胖胖的，平时喜欢说笑话，在大解放车上，他还不时地冲着广场上的人眨眼睛，逗大家笑，他因此一下子出名了。

和他偷情的女人长得漂亮，住在下屯街的海员楼里，丈夫是远洋船员。只有漂亮的女人才有资格嫁给有钱的船员，因为船员有钱，漂亮的女人需要钱才能延续自己的漂亮，她们一方面需要钱用冰箱用彩电打发她们的漂亮时光，一方面又是那么的寂寞难耐。他们两个人背靠背地被捆在一起，被大解放车拉到了广场上示众。大家围着大卡车看热闹，像在看戏，有的人还朝车上扔东西，他们的头上脸上都是白菜帮子、草绳子等破烂东西。这一次胡俊没有笑，两个人背靠着背，想弯下腰都不可能，只能把头尽力地低着。

那天陈锦绣和储宝珍跟着邻居一个姐姐一起去星海公园玩，回来后陈锦绣早早就睡下了，等陈锦绣醒来的时候，看见爸爸正坐在黑暗的窗台上竖着耳朵听广播，那些天家里的收音机坏了，陈锦绣的爸爸只能坐在窗台上听学院喇叭里广播的新闻联播，这时候一个低沉的声音从喇叭里传出来，因为声音有些特别，所以陈锦绣感觉到爸爸的眼神有些特别，表情也格外的认真。正是冬天，冬天晚上八点已经能看到天上的星星了，陈锦绣就躺在火炕上看星星，但是那些星星让陈锦绣爸爸宽宽的肩膀挡住了，漆成天蓝色的窗格子，在黑暗中一点儿也看不出有多美，在陈锦绣的记忆里那是爸爸最后的身影。

等我们把收音机修好了就好了，就不用天天听大喇叭了。陈锦绣的爸爸从窗台上下来，重新回到了被窝里，捏了捏陈锦绣的小鼻子逗着她，陈锦绣抓住爸爸的手想拿开那只手，可是陈锦绣怎么用力也没有用，陈锦绣急得要哭出来了，这种假装愤怒的哭声把正在忙碌的妈妈也唤进来了，妈妈说陈锦绣你再用点儿劲，可是陈锦绣怎么用力也拿不开爸爸的手，最后陈锦绣几乎要哭出来了，爸爸好像心软了，终于拿开了手。爸爸问锦绣长大了想干什么，这种事陈锦绣记忆中爸爸已经问过无数次，几乎每一次陈锦绣的回答都不一样，但这一次回答让陈锦绣记忆深刻，因为陈锦绣回答完不久，爸爸就失踪了，这次回答成了陈锦绣关于这个问题的最后一次回答。这一次陈锦绣说长大了想当会计，当时陈锦绣想，爸爸天天盯着一大堆账本经常弄到很晚才睡，爸爸不睡觉，锦绣也难以入睡。

陈锦绣和爸爸亲，长大以后，陈锦绣也是喜欢和男人交往而不喜欢和女人交往，这不仅是什么异性相吸的原因，也可能是陈锦绣爸爸作为英俊的男人在陈锦绣的心中形成了一定的引力。这种引力是无形的，从小过于依赖爸爸的女孩，一般长大以后也会依赖男人，陈锦绣成年以后的生活中，鲜有女友，她的生活中几乎都是男性。不过，有时候陈锦绣又对男人痛恨不已。一般以为，一旦与男人有了切肤的体验，那么就很难放下随之而来的感情。但锦绣不一样，或许对别人而言，女人对男人的最好的依恋除了婚姻不会有更好的办法了，成熟后的陈锦绣觉得，凡事过于依赖男人是不成熟的表现。小时候的陈锦绣有什么事情喜欢和爸爸讲，陈锦绣对小时候的记忆大多是关于爸爸的。陈锦绣和妈妈的感情一点点好起来是在爸爸失踪以后。爸爸失踪后，有段时间，妈妈经常会长时间地盯着一个地方或者盯着远处目光空洞无物地发呆，她对陈锦绣的漠视总会让陈锦绣觉得与她的距离很远。小时候的陈锦绣经常觉得要是别人告诉她她不是妈妈亲生的她也会信，长大以后，陈锦绣还经常为自己的这样的小念头而苦恼。

夏天的时候梧桐树异常茂盛，高大的树冠将大道两旁空间连接起来，大道像一条长廊，平时，陈锦绣最喜欢走在梧桐树下。只是在这个11月的正午，阳光虽然依然灿烂，大道上却显得荒凉而凄楚，树干像被剥光了衣服的老人，浑身上下散了架一样地立在风中，树上不见几片叶子，树枝间吱吱嘎嘎的声音仿佛激怒了风，风更有力地刮起来，折磨得老树左右摇摆着。老树和风似乎达成了某种和解，只要不是激怒了风，那么风就不会将梧桐树老人连根拔起。在这样的寒冷的11月的正午，陈锦绣从来就不会为这些梧桐树担心。大道上静悄悄的，好久才会有车驶来，又飞快驶去。所有的成果都被收走了，早已不再属于那些耕种的人，这种显而易见的事实已经丝毫提不起人们那种丰收时的喜悦之情。

从这个正午开始，陈锦绣一个人在大道上默默走着，她走在空无一人的大道上，想着一些让她费解的事情，她放学后没有像以往那样兴高采烈地往家跑，而是一个人慢慢走在大道上，四处都是梧桐的树影，照在陈锦绣的脸上，陈锦绣的脸上全是泪。

一个十一岁女孩的脸上流着泪走在正午的阳光下，任凭11月的寒风在她胖乎乎的脸上吹来吹去。陈锦绣走在梧桐树的大道上，一只喜鹊从天空中俯冲下来，跳到陈锦绣的前方，注视着陈锦绣，又跳着飞开不见了踪影。陈锦绣当然没有看到爸爸的船是如何沉没的，陈锦绣想着树梢上的喜鹊俯冲下来的感觉，就好像船沉没一般让人猝不及防。

四

放学的时候，陈锦绣本来和储宝珍一起往家里走，宋云突然跑到陈锦绣和储宝珍的面前背起了刚刚学过的一篇课文，里面有一句“他的孩子溺水而死”。这“溺水而死”几个字显然是冲着陈锦绣来的，她高声朗诵的声音让陈锦绣的眼泪立即涌了出来，储宝珍当然不能让陈锦绣白白流眼泪，储宝珍拎起书包就朝宋云砸过去，储宝珍把宋云打得口鼻出血。陈锦绣想着“溺水而死”几个字不禁悲从中来。陈锦绣想说不定爸爸还活着，这种假想鼓舞着陈锦绣。但陈锦绣的妈妈并不相信爸爸会活着，她说她不相信一个人能在11月的北方的大海里生还。有人说船最后是在公海附近沉没的，据传曾经有一艘不明来历的船救起过一个人，这样的传说鼓舞着陈锦绣，她整天被这样的传言包围着。有的人说，陈锦绣的爸爸是有预谋的，不然为什么好好的客船不坐偏偏去坐拉货的货船。有的人又联想到陈锦绣爸爸的出身。甚至有人想起来，陈锦绣爸爸的水性好极了，他一到夏天就到海里游泳，长时间地游泳，一个人不好好过日子，为什么没事天天到海边游泳呢？这本来就不正常嘛。如果像陈锦绣爸爸这样的人都能被淹死的话那谁会相信？陈锦绣在心里暗暗相信爸爸还活着，陈锦绣被那些传言左右着，一会儿想象着爸爸突然出现在眼前，一会儿又想象着爸爸在黑暗的大海上奋力搏击最后被人救上岸，总之陈锦绣不觉得爸爸已经离开了她，陈锦绣不认为爸爸死了，顶多算失踪了。失踪的爸爸让陈锦绣心怀希望，陈锦绣自爸爸失踪以后，喜欢一个人独自走在回家的大道上，她不再喜欢去坐公交车，她不喜欢那么快回家去，她不想看到躺在床上的妈妈死人一样惨白的脸和发灰的眼睛，虽然妈妈那双发灰的眼睛自从爸爸失踪以后再也没有注视过她，但还是让陈锦绣感到透不过气来。陈锦绣相信爸爸不会死，陈锦绣觉得妈妈完全没有必要那么悲伤，爸爸水性那么好怎么会死呢？可是无论陈锦绣怎么和妈妈说，妈妈就是一言不发，这让陈锦绣的心里充满焦虑。放学后，陈锦绣不再愿意急忙往家里赶，没有给她买好吃的爸爸在家里等她了，也没有人给她检查作业了，也没有人做好吃的炸鱼饼子给她吃了，一切都不一样了。陈锦绣喜欢一个人，喜欢在大道上漫无目的地走着，这会使她远离嘈杂的人群，独自一个人做着各种各样的猜想。

正是冬天，锦绣一个人对着夜空，对着大海。冬天的夜很长，她有时一个人在海边坐着，天气寒冷，有几次她感觉自己被冻成了木头，如果真成了木头，就可以被冲到海里，四处漂着，说不定就会遇到爸爸。

方芳好像成了哑巴，很长时间，她都一言不发，陈锦绣无法和她说话，也渐渐地失去了说话的兴趣。方芳的目光空洞，身上好闻的来苏水味变得混浊模糊，说不出是什么味道。每次陈锦绣有了好事，或者是考了第一名，或者是被挑选进了学校的宣传队，或者是参加了欢迎外宾的代表团，或者是上台唱歌跳舞等等，陈锦绣都会兴奋地跑回家，进门时也一定会特意弄出些声响，但是陈锦绣总是失望，方芳从来没有看她一眼，她沉浸在自己的世界里，她食不知味没有声息。陈锦绣成了无人管教的孩子，陈锦绣不喜欢在家，她的家里总是四处冰凉。为了照顾陈锦绣一家，陈永金的单位让方芳在家里给潜水员和水手织毛衣算是上班。潜水员和水手的待遇都很高，不仅吃好的喝好的，更重要的是他们都穿毛衣毛裤，他们总是送来成包成包的毛线，那些毛线颜色大多是翠绿的，有时也会送来一些灰色的。从那时开始，方芳总是坐在炕上织毛衣，冬天里，阳光穿过窗棂照耀着方芳那张惨白的脸，是的，看上去她的脸上毫无血色。方芳总是一针一针飞快地织着，她的动作娴熟而迅速，她甚至经常闭着眼睛，根本不用专心看着也不会漏掉一针，她总是把毛衣毛裤织得细细的平平的密密的，仿佛要给那些穿它的人筑起一道厚厚的屏障，阻挡着寒冷，阻挡着冰冷得刺骨的海水。陈锦绣总是坐在妈妈的对面，看着她织毛衣，把原来一百二十斤的身体织成了八十斤，住在家里不知不觉竟然瘦得不成样子，八个月里，她总是沉浸在自己的世界，不和住在家里的陈锦绣的外婆说话，也不和陈锦绣说话，她阳光下惨白的脸总是让陈锦绣泪流满面。

陈锦绣和储宝珍喜欢跑到下屯街去玩，她故意不写作业，甚至和储宝珍一起把小胜新买的棉帽子扔到了下屯街的井里，那个厚厚的带着耳朵的棉帽子在井里的水面上待了一会儿就不见了，让小胜趴在井沿上哭了好久。小胜的妈妈找到陈锦绣家时，方芳依旧没有停下织毛衣的手，小胜的妈妈唠叨的事情，绝对会让方芳生气，方芳却平静得让陈锦绣不知所措。小胜的妈妈在陈锦绣家里数落了半个小时，方芳织了半个小时的毛衣，小胜的妈妈最后气愤地扯下陈锦绣妈妈手里的毛衣，丢到地上，然后抬起脚狠狠地跺下去，一下，两下，三下……边跺边骂，你知道我给小胜买个帽子得花多少钱省吃俭用多长时间吗？一个帽子对下屯街的人来说容易吗？你一个女人就为男人活着，男人死了就不活了。没有男人你就不管家不管孩子了，我还以为有文化的人比我们穷人懂事，你再不管孩子你的孩子就和下屯街的孩子没什么两样了，你这样下去对得起你死去的男人吗？真不是东西不是东西不是东西不是东西不是东西不是东西……

陈锦绣看到小胜的妈妈愤怒的样子，陈锦绣惊愕地看着妈妈，心里全是愧疚和悔恨，妈妈的目光多么的无助啊！陈锦绣用力地往外推着小胜的妈妈，外婆送小胜妈妈走时一个劲儿说我们会赔你家小胜的帽子……小胜的妈妈竟然抹起了眼泪，小胜的妈妈说不是帽子不帽子的问题，这样下去这个女人这个家这个孩子就完了。

有一天，一向学习很好的陈锦绣考试的时候故意把考卷答得乱七八糟，那天放学，陈锦绣的老师第一次走进了陈锦绣的家门。当老师牵着陈锦绣的手出现时，方芳仿佛惊醒了一般，把目光对着陈锦绣，仿佛一双悲悯的翅膀裹着陈锦绣，把陈锦绣带进了天堂一般，那些让人恐惧的光芒一下子从妈妈的眼前飞散了，陈锦绣重新看到了妈妈的表情。

陈锦绣和老师走进家门时，陈锦绣看到妈妈正在镜子前试衣服，陈锦绣看到站在镜子前的妈妈形容枯槁，她已经瘦得不成样子。妈妈身上的衣服有些肥大，外婆说我帮你改一改再穿。她们看到陈锦绣时，陈锦绣和老师正站在门口，陈锦绣的妈妈转过身来，对陈锦绣和老师笑了笑。陈锦绣的妈妈说，陈锦绣，妈妈穿这件衣服好看吗？嗯？

陈锦绣跑过去，一把把妈妈抱紧，妈妈趔趄了一下差点儿倒下。陈锦绣的妈妈把目光落在陈锦绣的身上，陈锦绣感觉到自己的心在颤抖。

方芳搂紧陈锦绣，用力地搂着锦绣，一遍遍地叫着陈锦绣，仿佛陈锦绣是失而复得的孩子。陈锦绣顿时感觉一股热流涌过，陈锦绣感觉妈妈的双臂是一对轻柔而忧伤的羽翼包裹着陈锦绣的心房，那一丝丝绵软温柔的关爱，在陈锦绣的心中闪着梦幻般的光芒，多年以后仍让陈锦绣感觉温暖无比。

五

仿佛一夜之间，街道上突然热闹起来，叫卖声吆喝声此起彼落，到处都是做小买卖的人，地摊儿铺得到处都是，全民皆商的时代已经到来。

锦绣和宝珍高中毕业时正值大批的知识青年回城，就业形势陡然紧张起来。有一天，两个人在黑石礁广场上看到了一个广告，地脚优势明显的槐花别墅被改造成了黑石礁旅社并对外招工。

这之前，随着全民皆商的时代的到来，槐花别墅早已被收归国有。

陈锦绣对槐花别墅有着很深的感情，一开始吸引她是因为爸爸永金与一个日本女孩顺子在这里度过的童年时光，让自小失去了爸爸消息的陈锦绣心里对槐花别墅满是探究之情，仿佛要从中打开心结一般。但陈锦绣没有想到，陈锦绣在这里更体味到了让她躲避不掉的爱与恨。当年听储宝珍说槐花别墅要改建成旅社并对外招工时，陈锦绣就想去，陈锦绣太想进到槐花别墅里，她听过太多这里的故事，她想抚摸槐花别墅里的每一扇门、每一个灯盏，槐花树的每一根枝叶、每一片粉红色的花瓣，陈锦绣多么想坐在别墅阳台上看海，看黑石礁海上黑森林一样的礁石，多想睡在槐花别墅里，听电车出发的哨声和车轮轧过铁轨的咣当声。

对陈锦绣来说，到黑石礁旅社工作是一个大胆的举动。当时，陈锦绣刚参加完高考，离大学录取线差了七分，于是陈锦绣准备去读一所叫工业学校的中专。以陈锦绣的实力复读一年再考大学肯定不成问题，因为陈锦绣心里明白自己参加高考时没有完全发力。但工业学校的袁副校长是陈锦绣家的老邻居，袁副校长承诺，等将来分配工作时保证让陈锦绣到一家大型国企当技术员，或者当工程师当干部都行。袁副校长的儿子对陈锦绣情有独钟，袁副校长假公济私地要帮陈锦绣的忙。陈锦绣做着将来当技术员或者当工程师甚至是当科学家的美梦。陈锦绣其实并没有把袁副校长的儿子放在心里，说到底槐花街上没有几个让陈锦绣看上眼的男孩子。

在储宝珍看来，凡是陈锦绣去做的事一定是对的，她只听锦绣的。考试那天，储宝珍就坐在陈锦绣的后面，她一遍又一遍地拉陈锦绣的衣领，甚至拉掉了陈锦绣衣服最上面的两颗衣扣。

锦绣和宝珍在几百名报考者中轻松考取了前十名，两个人成了黑石礁旅社的正式员工。储宝珍没有想到，自己可以与陈锦绣成为同事。刚恢复高考的时候，宝珍还担心锦绣考取了大学，那样自己就彻底地完了，永远也追不上锦绣了。她总是以为，陈锦绣会做一个和自己不一样的人。那些穿花裙子的日子，无疑是她噩梦般的年华，但是今天储宝珍不一样了，她们始终会在一起了，开一样的工资，穿一样的制服，吃一样的饭菜，干一样的活。天啊，储宝珍根本做梦都想不到，她怎么也想不到，陈锦绣甘心做一个服务员，真是不可思议，储宝珍那么喜欢陈锦绣，又那么感谢陈锦绣。

其时，陈锦绣早把当技术员工程师的愿望抛在了脑后，没有什么能比槐花别墅对锦绣更具吸引力，尽管方芳极力反对。豆芽儿没有想到，当宝珍穿上绛紫色的西服套裙和黑色的高跟鞋在黑石礁广场上招摇时，在豆芽儿看来，女儿是那么的鲜亮美丽，她的大脑门显得格外的抢眼。

豆芽儿当然没有想到，正是这个槐花别墅，改变了锦绣和宝珍以后的生活。

六

多年以后，陈锦绣回忆起那个神秘的下午，仍然觉得不可思议。那天下午，陈锦绣在槐花别墅里认识了顺子，这之前，锦绣无数次地想象着顺子的模样，她当年梳着童花头和爸爸永金的合影时常浮现在脑海里，直到顺子出现了，陈锦绣才真实地感觉到顺子是真实存在的一个人。

黑石礁旅社原来是顺子小时候的家，当然也是永金小时候经常来玩的地方。顺子清楚地记得，每到五月下旬，满院子都是槐花的幽香，到处都是粉色、乳白色和纯白色的槐花，槐花开得妖娆、绚烂。槐花别墅虽然槐花街的街口，但那时候高楼少，四处空旷，顺子站在二楼的阳台上就能看到黑石礁的海，从记事起，顺子就常常坐在二楼的阳台上看海。

顺子记得作为中学校长的爸爸并不富有，他的目标就是要当一名出色的教育家，顺子家能住上这么好的别墅都是因为爷爷，当时作为南满铁路的设计师的爷爷，也是大连有轨电车的总设计师。顺子出生在日本，但是妈妈生下她后就去世了，顺子跟着爸爸一起来到了大连的爷爷家。顺子是喝着永金妈妈的奶水长大的，她从日本到大连后，得了急病，于是永金的妈妈就成了顺子的奶妈……当有一天，顺子突然要离开槐花别墅，要离开黑石礁，离开黑石礁广场时，顺子哭得无比伤心。

顺子认识锦绣那一年距离顺子离开大连已近四十年，同来的还有她的丈夫大岛雄。大岛雄没有想到，他第一次去大连，就赶上了满街满巷的槐花怒放，与那些曾经想象的美景撞了个满怀，大岛雄徜徉在槐花街上不能自拔。那以后，大连和槐花仿佛成了穿上了红舞鞋施展魔法的舞娘，在他的心头跳跃不止，似乎迷惑了他的心，令他祈盼和追忆。

一段时间里，顺子带着她的家人多次回到黑石礁的槐花别墅寻根。顺子家的槐花别墅在当年黑石礁富人区里知名度很高，可以说是黑石礁的标志性建筑。顺子在槐花别墅第一次遇到陈锦绣时，陈锦绣正在这幢别墅里做一名服务员，那时槐花别墅和曾经充满诗意的小院子比早已面目全非。正是夏天晌午，旅社房间的门窗都敞开着，客人们都在午睡，那天，顺子跟随陈锦绣到自己曾经的卧室，看到自己的卧室里住进了几个毫不相干的男人，他们正四脚朝天鼾声如雷地睡在床上，让站在卧室门口的顺子满脸泪水。院子里原来网球场的地方新起了锅炉房，栽满了槐树的花园原址上新起了二层楼，那些美丽的槐花连同过往的岁月一起不知去向。别墅的北面紧邻大道的一侧新接建了一排平房，那里成了旅社的餐厅。而能看到大海的别墅二楼的玻璃花房全给封死了，成了能放置四张床的房间，那些铺着粉色花床单的铁床，在顺子面前摆放着，床单上那些怒放的鲜花瞪着烈日一样的眼睛，仿佛化作了凋零已逝的樱花，刻进了顺子的记忆里。

陈锦绣最后一次见到爸爸是在1974年的冬天，那年的冬天来得特别的早。锦绣不知道，爸爸失踪以前，外调的人员已经从外地回来了，他们好像发现了爸爸的身世，这之前只知道爸爸是一个孤儿，他们正准备找爸爸谈话时，爸爸正好要出差，他们只好放下打算，准备在爸爸回来后再找他谈话。

那天陈锦绣正在参加每周三下午的政治学习，陈锦绣坐在会议室靠近门边的一张写字台前瞎画，陈锦绣平时喜欢画画。当时百无聊赖的陈锦绣脑子里突然出现了爸爸的面孔，当时陈锦绣脑海里浮现出11月的大海里爸爸坐的那条大船在寒风中触礁然后一点点下沉的情景，陈锦绣的眼泪不由得涌了出来。她的眼前不断浮现出爸爸穿着毛背心，摘下手表，跳下大海游走了的情景，她沉迷在这样的情景里不能自拔。锦绣一边开会，一边胡思乱想，顺手在稿纸的背面上画着，她画了一棵树，陈锦绣在模糊中突然急中生智，她在船即将沉下去的一瞬间，一下子让海上长出了一棵大树，陈锦绣的爸爸在船沉下去的刹那间抓住了这棵树，把自己挂在了树上，他的衣襟在大海上飘动着，像旗帜，迎风招展……

这时候，传来了敲门声，顺子和大岛雄出现在会议室的门口，门打开时，一阵风把陈锦绣刚画好的画吹了起来，在空中飞了一会儿又在地板上翻滚了几下，落到了大岛雄的脚前。大岛雄弯腰捡起这幅画，一下子就喜欢上了这幅画，他想留下这幅画。但是陈锦绣觉得画还没有画完，而且陈锦绣肯定大岛雄读不懂这幅画，但是大岛雄诚恳地说“送给我吧”，大岛雄就像一个小孩，目光里透着恳求。陈锦绣觉得一个日本人说中文的样子挺可爱，就把这幅画送给了大岛雄。

锦绣没有想到在槐花别墅出生的日本女孩顺子，在她四十多岁的一个夏天里，同她的先生大岛雄一起回到了黑石礁。当顺子把一本自己写的回忆录《槐花飘香的小街》送给陈锦绣的时候，陈锦绣一下子就被这本书迷住了。陈锦绣打开书的时候看到了爸爸永金的照片，因为在陈锦绣的家里也有一张同样的照片，照片上一个日本小女孩理着童花头，和一个小男孩站在网球场边上，阳光特别耀眼，晃得他们睁不开眼的样子，但笑容却是那么清晰地现在他们的脸上。陈锦绣不假思索就喊出了顺子的名字，这让顺子大吃一惊，她并没有想到，在她看到陈锦绣的时候，当年那个叫永金的男孩在女儿陈锦绣十一岁的那一年突然失踪了，从此没有了任何消息，就如当年的顺子离开大连一去不回一样。而更让顺子没有想到的是，她的丈夫大岛雄有一天会远渡重洋再次回到大连。

顺子带来了爸爸留下的一个素描本，里面都是他亲手画的钢笔素描画，这个图画本有许多地方画的是槐花别墅，顺子的爷爷和奶奶都在别墅门前出现过。

那次离开黑石礁旅社时，大岛雄送给了陈锦绣一只白色的瓷杯做纪念，大岛雄说这杯子本是一对，另一只在奈良的家里，他说他会再带给陈锦绣，有一天他肯定会让两只杯子相逢，毕竟它们是一对。他告诉陈锦绣白瓷杯是他自己烧制的，他说他在日本奈良的家中有一个烧制陶瓷的窑，他最大的爱好就是业余时间里烧制陶器而不是像别的日本男人那样去酒馆消磨时光，这让陈锦绣对眼前这个小个子日本男人心生好感，但那时的陈锦绣并不知道以后会和大岛雄有什么瓜葛，她的好感只是好感而已，没有什么更深的寓意。大岛雄说他家里好多用品都是自己烧制的，他烧制各种各样的陶器以消磨他充裕的业余时间，他说以后有机会一定请陈锦绣去他家里做客。

七

那天早晨正在镜子前摆弄自己硬硬的发丝的宝珍看到出现在门口的大岛雄时，一时没有反应过来，当她听到这个叫大岛雄的男人嘴里吐出“陈锦绣”几个字时，储宝珍终于弄明白了，这个叫大岛雄的日本男人是来找陈锦绣的。

第八部 白瓷杯

一

这是大岛雄第一次独自来大连，大岛雄想起第一次来大连时的情景，和那时相比，觉得现在的自己真是很走运。大岛雄和顺子第一次来大连时中日邦交还没有恢复，那次，大岛雄就想能否单独坐一次大连的电车，但是顺子坚决不让，觉得那样会很危险，仿佛他们坐上电车就会被抓进监狱一样。

第一次乘船到达大连港时，大岛雄和顺子还有同伴们站在甲板上，他们有上百人之多，他们几乎同时发出了阵阵的欢呼。就拿大连港码头来说，虽然最初由俄国人设计，但是大部分的建设都是由日本人完成的，这让观光船上的人多少有些亲近感。中日恢复邦交后，最早到大连观光的多是早期在大连生活和工作过的日本人的后裔，要么和顺子小时候的经历差不多，要么在大连出生，要么在大连度过了幸福的童年时光，他们有太多的记忆停留在过去的时光里。顺子第一次回来时，她甚至感慨电车道两侧的风景几乎都没变，大岛雄记得非常清楚，他跟着顺子第一次坐上开往黑石礁的电车时顺子心情激动，顺子对大岛雄说她有种穿越时空的玄妙感觉。

重新回到大连的顺子正值女人最迷人的岁月，那份成熟和美丽让陈锦绣着迷不已。顺子也是那时从锦绣嘴里知道了永金失踪的消息，这让顺子伤心不已，这次对旧居的回访，使顺子突然生出了对往昔生活的怀念。

二

大岛雄下决心到黑石礁找锦绣的时候，顺子已经去世三年了，大岛雄总是觉得自己这时候来找锦绣会不会太早了点儿，但是他心里确实怀着模糊而美好的心意而来，这一点他觉得顺子会理解的。顺子跟他在一起的时候，总会不由得讲起她的童年，一讲就是几十年，仿佛那个童年才是顺子今生的全部，而不是仅仅的七年光景而已，而他也被顺子童年的光影吸引着，忘却了当下的时光。本来对于作为战败国的日本，殖民地的统治对被殖民地意识形态的影响以及恶行，世人已经有了普遍的共识，但顺子还是那么怀念那些逝去的时光，那是属于她自己的时光，不关乎政治和历史，只关乎她个人的命运。她甚至肯定地说，如果不是因为要突然地离开大连，如果她一直生活在大连，她敢肯定她会嫁给永金，她说她从没有怀疑过永金对她的爱。大岛雄想到当时尚小的顺子竟然会想到出嫁时的情景不免觉得好笑，但是童年对一个人的影响很微妙，旁观者真是难以说清，这一点让也同样念旧的大岛雄不忍去打破顺子的美梦。是的，那是顺子的美梦，一个女人的美梦，女人总是怀念那些不可能实现的美梦，而且总把那样虚幻的美梦想当然地当成人间最美好的梦，为了这样的梦，她们甚至忽略已经抓在手里的东西。

顺子刚回日本的时候总想着有一天会回大连，还是孩子的她当然无法预料以后的事情，她感觉这辈子只会嫁给永金，她没有理由不做这样的假想。顺子有时说不清东京的模样，却把大连深深地记在心里，仿佛大连才是她的家，她的内心把大连比作自己的故乡，而东京对她来说，像一个驿站，她更像一个过客。顺子一度把自己当成一个中国女孩，扎小辫子，穿拉带鞋，当有一天，她在大学里遇到大岛雄时，天性多愁善感又喜欢浪漫的大岛雄成了她的忠实听众，如果不能嫁给永金，嫁给喜欢听自己故事的男人也不错。也许结婚才能满足顺子的愿望，顺子和大岛雄结婚了，从那时起，一有时间，顺子就给他讲大连，讲黑石礁，讲槐花街的槐花，讲槐花别墅里的童年时光，讲通往黑石礁的绿皮电车里的味道。她几乎无时无刻不想重回大连，她喜欢到有大连痕迹的地方，他俩一起去看那些建筑，大阪公园里的博物馆、北九州市的图书馆、上野火车站等等，在大连有跟它们一模一样的建筑，只是用处不同罢了。

大岛雄与顺子一起四处游览的时候，感觉非常的幸福，他奇怪那个在大连的假想情敌没有给他多少威胁的感觉，却让他充满了兴趣，到后来，他鼓励顺子把小时候的经历写出来，加上一些保存下来的珍贵的图片照片等资料，顺子果然出了本书——《槐花飘香的小街》，里面还有当时岳父写给岳母的信，顺子家后院子里网球场的照片，还有顺子和永金的合影。第一次看到永金的照片时，大岛雄的心里暗笑，照片上这个不谙世事的小毛孩子，怎么也看不出有什么过人之处，想象他已经娶了妻子，而她固执地说，他会等她的，她说他说要等她的。

大岛雄是坐着朋友的货船从大阪出发的，他先跟着货船到济州岛，又从济州到了青岛，然后从青岛来到了大连，到大连时正是大年初一的早晨，大岛雄先是从码头上坐上有轨电车到了兴工街，又从兴工街换上了去黑石礁的有轨电车，整条线路穿越大连城市的东西部，电车的模样基本上还是老样子，即使在百废俱兴的20世纪80年代几乎也是没有什么变化，线路也基本上延续了三四十年代留下来的老线路。大岛雄每次来都和顺子一起坐电车，心里别有滋味。他们一遍一遍来来回回地坐，仿佛要回到过去的时光，每当坐在电车里时，仿佛是坐在顺子爷爷当年亲自组织设计安装的电车里，仿佛它们没有染上岁月的痕迹仍然在自在地运行，在快乐地奔跑。

每当顺子说起小时候的经历时，大岛雄就非常的痴迷。现在与过去的交错，基于历史事实的幻想，自然魅力的永存，在大岛雄的心里，交织成了缤纷的旋律。大岛雄小时候是在东京度过的，他一直羡慕顺子有机会在大连度过童年时光，这种不一样的童年时光对大岛雄来说既神秘又令人向往。他不知道是因为喜欢顺子还是喜欢听顺子的故事，反正最早吸引大岛雄的一定是顺子的故事成分多一些，他总是缠着顺子给他讲大连还有顺子生活过的黑石礁。当然，顺子偶尔不经意间提到的童年伙伴大岛雄假装听不到，故意不往脑子里进。等到大岛雄有机会到黑石礁时，大岛雄又感觉顺子对小时候的一些描述有些不大准确，大岛雄眼里的黑石礁广场也没有想象的那么大，广场周围都是乱七八糟的楼房和平房，槐花街上的日本房和大杂院混杂着，如果不穿越槐花街，从黑石礁广场上根本看不到海。怎么可能在广场上看到海？大岛雄感觉，一个人儿时的记忆基本上是模糊和夸大的，一个人能记清楚几件七八岁时候的事情？有时候儿时的记忆中感觉不可逾越的河流长大了看却是小溪一条，儿时看到的山也没有那么高，道路也没有儿时记忆中的那么宽，还有许多事情与儿时的记忆不符或者大相径庭，这样的错觉让大岛雄怀疑顺子的话，只当是她童年的美好回忆。本来嘛，顺子对童年的记忆占据了她生活的全部，更何况那记忆里还有她永远也回不来了的两小无猜青梅竹马的朦胧的爱情。

如果那也可以称为爱情的话。

三

黑石礁车站往西百多米的路边，有一块几乎要埋到地下的不起眼的石碑，石碑上写着“市政界”三个字。别小看这块石碑，它可是一块名副其实的界碑，是城郊的分水岭。从这块石碑往东，属于城市。而从这块石碑往西的由家村、杨树沟、河口、小平岛和旅顺，那里大多属于郊区和农村。石碑的旁边，紧挨着一个中学的操场，这所中学后来成了全国知名的重点高中。那时，学生们见天地在那块界碑周围跑来跑去，把皮球踢在界石上，有时还会踹上几脚，不是为了解恨，也没有什么原因，就是莫名其妙地想踢上几脚，觉得这块石碑挡害，并不把石碑当回事，却不知这块石碑成了城乡间的绊脚石，挡住了多少人进城的脚步，阻挡了多少乡下人的梦想。

20 世纪 80 年代以前从凌水桥到小平岛一直到旅顺都是军事禁区，旅顺是军港，是海军军事重地。在黑石礁凌水桥桥头有一块一米见方的大牌子，上面用中英日俄文写着“军事重地，外国人不得入内”等字样，分外醒目。锦绣认为，除了中文之外之所以还要用这几种外国文字，一定是因为使用这些外国文字的国家是当今世界上最坏的国家，写上中文一定是提醒大家知道这牌子是什么意思，不用美国法国德国等文字，一定是大家相互处得还不错，应当是这样吧。锦绣知道顺子的故事，也知道顺子家的历史，所以当大岛雄和顺子让锦绣带他们去旅顺时，锦绣还是有些紧张。但是锦绣并没有把他们当成坏人，电影里的那些间谍坏人都是佩戴墨镜礼帽文明棍，显然他们过于忠厚，甚至有点儿不起眼，于是锦绣从没有把顺子和大岛雄当成可以防范的人。

大岛雄和顺子在锦绣妈妈帮助下精心打扮了一番，他们到旅顺不是为了窃取军事机密，他们去旅顺是为了看看埋葬在旅顺鸡冠山附近的顺子爷爷，是去给自己的亲人上坟，这有什么不可以。如果锦绣的爸爸有一座坟，锦绣也会惦记着去上坟的。于是他们一起去旅顺，顺子告诉大岛雄，她说她记得很清楚，她小时候坐车去旅顺时，从车上就能看到黑石礁和小平岛的海，人坐在车里，感觉好像就在浪花上飞驰。大岛雄就问锦绣，小时候的黑石礁是顺子描述的那个样子吗？真的像顺子描述的那么美吗？每到这时，锦绣总是说小时候只记得什么东西好吃，根本不记得吃以外的事情，她的回答总是让顺子和大岛雄开怀大笑。

大岛雄一个人静静地坐在电车后部的长凳子上，这儿正适合一个人回想往事。他跟着电车一起走走停停，电车上的人很少，他们上上下下换来换去，等电车到了解放广场时就只剩下大岛雄一个人。大年初一的电车上似乎能闻到年的味道，两个女乘务员跑到前面去了，她们一左一右地倚在驾驶室旁边，和司机一起聊着天，大岛雄虽然会说汉语，但是他完全听不懂嘻嘻哈哈的笑闹声中的话，她俩穿着新衣裳，衣服上面还有叠出的皱褶，她们都没有人在意大岛雄。

大岛雄手里有一个小册子，是顺子自制的纪念册，有些陈旧，但看上去很精美，顺子宝贝一样地呵护着，上面都是顺子收集到的关于 20 世纪 40 年代之前大连的资料，有大连早期的市情记录。说是小册子，实际上是本记录本。那上面的记录曾经让锦绣多少有些吃惊，虽然后来的城市六百多万人口数字看起来很平常，但锦绣看到 1904 年日本占领大连市区的时候人口却只有一点八万，到日本离开大连的1945年，人口也不过七十万，其中日本人就接近二十一万。这个数字曾经让锦绣吃惊不已。锦绣后来到城市规划建设部门工作时，热爱写作的她一度热衷于创作关于大连城市历史的小说，锦绣开始关注城市历史文化，她曾经特意去查找了一些资料，发现20世纪二三十年代日本人的大量涌入，给大连带来的影响一直持续着。

锦绣因为突然出现的顺子，很认真地研究了一些关于大连20世纪三四十年代的历史，在锦绣看来，不管日本人怎样美化他们对殖民地的作为，也掩盖不了日本长期霸占大连的野心，从日本对大连早期巨大的建设力度就可见一斑。

日本人曾经颁布命令强制推行日语作为大连地区的国语，而汉语被日本人称作“满语”。他们一厢情愿地把这里的人当成了天皇的子民，其对大连的重视程度一点儿也不亚于日本本土，甚至刻意将大连日本化。顺子的小册子里有许多在星个浦公园拍摄的照片，那时的星个浦公园与大岛雄后来看到的星海公园完全不一样。顺子小册子里的大和旅馆已经成了工人文化宫，高尔夫球场已经不见了踪迹，黑石礁海边别墅所剩无几，广场周围建了许多高楼，从广场上再也看不到黑石礁海边和星个浦公园海边的景致了，也听不到惊涛骇浪的声音，那些浪花拍岸的景致就像仓皇出逃的日本妇人一样，收起装模作样的和服，短衫绑腿轻装上阵匆忙出逃，似乎一夜间了无踪迹。

电车的座椅和门窗都是陈旧的感觉，如果不是车前部不时传来的欢快的笑声，大岛雄真有种恍如过去的感觉。他坐在电车上，把眼里的大连和顺子的大连联结起来，仿佛顺子就坐在身边，仿佛他回到了过去的时光。小时候的顺子很调皮，他总是在小伙伴永金的带领下偷偷地跑去坐蓝色电车，小孩子坐车都是不要钱的。让顺子印象深刻的是，虽然红牌电车上的人很多很挤，但电车上的大人们挤在一起远远地看着他俩，不去挤碰顺子和永金。大岛雄想象着他们俩一个穿着日式的连衣裙娃娃鞋，一个穿着背带裤子黑皮鞋，一定时髦得很。大人们一个个不动声色，不说话，沉默着，默默无言，但车内浮动的空气中有汗臭味和大蒜的味道，这让顺子和永金感到恶心。他们经常从始发站坐到终点站，再从终点站坐回始发站。他们坐了几次不再坐了，再坐车只坐白牌车。大岛雄从顺子的讲述中感受到她的那种快乐与幸福感。不过，在大岛雄看来，坐电车的经历完全没有那么美好，大年初一早晨的电车上四处冰凉，冻得人浑身发抖。顺子当时肯定没有想到，因为她喜欢乘坐的电车，最后竟然使她与自己的爷爷永远分开了。

“如果贪图一时之欢，一生都会伴随分离与痛苦。”这是顺子后来出版的回忆录《槐花飘香的小街》里的一句话，不知怎么，大岛雄对这句话记忆深刻。

四

大岛雄和顺子有一个朋友前田先生是个大连通，也可以说是大连迷，前田做建筑师的父亲前田松韵曾经是主管过大连城建法规的人。前田很看不起大连建市初期的那些日本建筑，他认为屋檐高度甚低而形成了没有规律的丑陋外观，感觉大连一个早晨就出现了日本村镇的景象。不用说什么卫生，甚至外观上都无从谈起。一个来到大连的日本人，认为大连的日本建筑作品比较失败，这样的建筑形象太让日本人在外国人跟前丢面子。估计这种鳞次栉比的小街小巷的带有岛国特点的建筑形象，很令前田自卑。前田先生后来提倡的城市建筑尽量欧化，这倒很符合俄罗斯人对大连主街的构想。所以前田先生保留了更多的欧式建筑设计，对于这类建筑而言，阳光是宝贝，强调巴洛克风格里比较连续的墙面和大气的外观。

大岛雄坐在电车上四下欣赏着，刻意观察起留下的为数不多的老建筑。他坐在清晨的电车上，不用畏首畏尾怕东怕西，他闻不到臭烘烘的气味，也不用担心像东京的地铁那样，跟不认识的男男女女前胸贴后背地挤在一起，有时候脚抬起来后就没有地方落地，哪个姑娘的马尾会塞进你的嘴里，哪个个子高的男人难闻的狐臭味会顶得你的鼻子几乎窒息。在这样一个别样的早晨，他有太多的自由和勇气坐在电车上。他感觉自己足够幸运，他不用像顺子那样要等到几十年后才可以重新回到黑石礁，如今他想来就来，没有人会阻止他，没有人会打扰他，在这个发生过太多故事的城市里，在大年初一的早晨，他可以自由地欣赏着沿途的风景，不用担心中国人俄国人还是其他什么人会把他怎么样。

大岛雄从城市东部前往城市的西部，他或者带着复杂的心情与有轨电车一起，轰隆隆地划过城市的早晨，穿越城市。他坐在有些冰冷的电车上，没有别的想法，他只想到位于槐花街街口的黑石礁旅社去找陈锦绣，他的目光不时地投向车窗外，思绪不由得自由飞翔。他坐的电车一路上畅通无阻，他庆幸自己热衷于学汉语，如果不是热衷于学汉语，他不会认识顺子，也不会知道有一个叫大连的地方。他用心地记下了一个个有趣的电车站名，解放广场，电车穿过时足足行驶了半分钟；振工街，在顺子的描述中，这里是铸钢厂和炼铁厂最早所在地；还有富国街，这个站名一定是后取的名，大道两侧很少行人，漫山遍野的树上积满了厚厚的白雪，南面是靠近海滨的一片晒盐场，眼下依然可以看到成块成片的盐田，像下满棋子的围棋的棋盘；星海街，这个名字的来历大岛雄略知一些，以星海起的地名却跟冼星海一点儿关系没有，而是与星个浦公园有关，缘于黑石礁海湾中多是形状奇特大小不一露出水面的礁石，传说这些“天外之石”星罗棋布，才由此得名星个浦。不过，对中国文化和历史稍有了解的大岛雄还是一下子会想到大音乐家冼星海，这位早逝的音乐家让世人能记住这么久也算不枉过一生。不过，接下来的星海一站、星海二站、星海三站和星海公园，这些毫无创意的站名让大岛雄有些不解。

南部是一片开阔无际的海滨，电车驶过，大岛雄感觉海滨近到几乎是伸手可及，或许是冬天的缘故，海水呈灰蓝色，那些被海浪冲刷的脚印，带走了多少人和事。大岛雄想起曾经在20世纪70年代风行日本的小说家清冈卓行的作品，清冈的作品一度成了大岛雄业余时间的最爱，《清晨的悲哀》《长笛子和双簧管》《有鸡的秋天的天空》等等，让他印象深刻。那套《清冈大连小说合集》里的作品他都看过，作品让众多顺子这样在大连出生的人生出了许多愁肠百结的乡愁。清冈这位童年和青年时代因为成长和战争而变得异常苦闷的日本作家，一度成了大岛雄的偶像，他的作品后来也成了大岛雄在顺子之外寻找大连痕迹的根据，那忧郁的文笔，缠绵的故事，略微抑郁的主人公，都一度成为他对大连向往的原因，甚至成为爱顺子最贴切的标签。大岛雄自从和顺子来到了大连后，对清冈的作品又多了些理解和喜爱，他理解了清冈的漂泊和无根之苦，清冈这个一度把大连称为故乡的日本作家，曾经想老死在大连，他最终一定是带着不舍的惆怅心情离开了大连，以至于多年以后，当他四十岁以后开始写作时，作品竟然大多是写大连的故事，因为这个城市里的故事让清冈梦里不知身在何处，他似乎被现实和故乡所抛弃，他的第二次婚姻选择也一定与这个城市有关，而大岛雄自己又如何能脱了干系？

大岛雄清楚地想起他和顺子第一次到黑石礁海边的情景。那天，顺子跪在黑石礁海边的沙滩上，面对大海号啕大哭。当年，只有七岁的顺子，本来应当和爷爷一起从黑石礁海边坐船离开大连的，他们计划先乘船到旅顺老铁山，那里有人接应，然后再从旅顺老铁山乘上事先准备好的大船回日本，当时永金的爸爸给他们在海边准备了一条小船还有食物。但是顺子的爷爷没有及时离开黑石礁，他在黑石礁的海边被发现，接着被杀掉了。他死的时候，顺子正和永金在一起，他们因为苏军的进驻而被阻隔在青泥洼桥一带，她因为没有来得及和爷爷一起逃走而幸运地活了下来。

顺子在海边发现了什么，她发现海边少了什么，是礁石！怎么那么多礁石都不见了，大岛雄，你想象不到这里曾经有多么美丽的礁石，都不见了，一切都不见了。

还是陈锦绣后来告诉了顺子和大岛雄那些礁石的去向。20世纪50年代初期，海滨建起好多家水产养殖场，为了能把养殖在海里的海带顺利地吊到岸上，为了运输海带的小船能出入方便顺利靠岸，黑石礁养殖场就用炸药把海边和近海的影响生产的礁石炸掉了许多，从此，那些船只可以自由穿行。锦绣当时还不能理解顺子难过的心情，虽然锦绣曾经看着那些礁石让炸药炸得所剩无几，但当时的锦绣并没有像顺子那样痛苦不已。

那一次，陈锦绣还帮顺子买了一些黄纸和草香，他们一起在海边给顺子的爷爷烧纸上香，那天，顺子和锦绣一起哭起来。大岛雄当时想不清楚，毫不相干的锦绣为什么会和顺子一样悲伤不已。

五

大岛雄终于下了电车，他穿过调度室来到黑石礁广场上，径直往槐花街街口的黑石礁旅社走去，他对这里熟悉而又陌生。黑石礁广场上有许多无声的雪印、脚印和车辙，顺子说苏联红军就是在这样一个无人的早晨，在这个广场上集结后，列队走进了槐花街。顺子说她清楚地记得有一天，一个日本女孩被一群当兵的追赶着，她无处躲藏，拼命奔跑，跑到了顺子家的院子里，顺子把她藏到了地窖里，两个人的呼吸那么的近，但是她们还是被发现了，当兵的一伙人跳进地窖，顺子当时一骨碌爬进藏苹果的稻草筐里。地窖里黑乎乎的，她躲藏在筐里，看见一伙人争先恐后地把那个女孩强奸了，一开始女孩拼命地乱蹬乱踢乱叫，到后来一点点没了声息，最后一个上来的士兵提上裤子后，用刺刀朝那个女孩一下一下地刺去，顺子甚至不知道她是早死了还是被刺死的。那天，顺子躲在苹果筐里，她咬破了自己的手背才没有让自己哭出声来。

不过，大岛雄有时更愿意相信陈锦绣后来为他描绘的情景：那天，顺子一定是站在自家的阳台上，她一定也会清楚地看到那些意气风发的异国军人们列队走进槐花街的情景，槐花街上硬花岗岩铺就的道路被步调一致的行军步伐震得山响。他们不费吹灰之力就占领了槐花街，他们有许多踏平槐花街的理由，他们当中也许有哪个军人还喜欢读一些传奇小说和故事，或许知道曾经有一个暗杀斯大林的杀手就住在槐花街东边星个浦花园的大和旅馆里，槐花街上还曾经住过寂寞不已的末代皇帝和他的女人，他们手挽着手在槐花街上散步，但是苏联红军用坚定的步伐证明了他们的不可战胜。

当时，住在槐花别墅的顺子从家中的阳台上对广场上发生的事一览无余，她肯定没有想到她的家有一天会变成黑石礁旅社。大岛雄环顾四周，看着眼前的黑石礁旅社，无法不想起顺子，那个曾经出生在这里的女人，空气中是否还残留着她的呼吸？还有不远处紧挨着广场的服装店，是当年那家有名的裁缝店吗？她曾经看到过许多日本女人光顾这家店，不知道她们在那里找没找到自己的美丽。

每到日本樱花盛开的时候，顺子就会怀念起槐花，顺子喜欢记日记，把怀念写到日记里，像珍藏珠宝一样地把自己的心情珍藏起来。在顺子看来，樱花和槐花的命运是一样的，绽放的时光都是那么短暂，像女人的青春，一闪而过，可即使是短暂而仓促的时光里，槐花也争相怒放。顺子对槐花的思念使大岛雄的心里装满了甜蜜，虽然他不能像顺子那样有机会住在打开窗户伸手就能触到槐花闻到槐香的房子里，虽然无法追逐槐花别墅院子里网球场上滚动的网球，虽然无法欣赏到挂在槐花别墅走廊里的阿拉伯挂毯，更没有机会触摸槐花别墅楼梯上昂贵的红木扶手，无法体会那光滑而冰凉的感觉，更不会与顺子那个小时候别离的男孩相遇，但是这些都不能阻止大岛雄对黑石礁的热爱和怀念。

大岛雄不得不承认，与以往多次到大连不同的不仅是不再与顺子同行，更重要的是促成此行的另一个理由，就是让大岛雄想念不已的锦绣。在与日本隔海相望的大连，在这个自己既熟悉又陌生的城市里，有一个自己日夜牵挂和惦记的女孩，而为了尽快见到这个叫锦绣的女孩他才不远万里从日本辗转来到大连。他不记得什么时候开始想念锦绣的，但当大岛雄坐上电车时，他感觉到心里装满了幸福的感觉。

大岛雄不是个忘情的人，但自从顺子离开以后，大岛雄更多的时间里会想起锦绣，夜深人静的时候，那个远在大连黑石礁的开满槐花的小院，那个顺子度过童年的小院，不时地出现在大岛雄的脑海里。一点点地，他开始因为那里有一个叫陈锦绣的女孩而开始牵肠挂肚，他多少次都做着故地重游的美梦，他想远在天堂的顺子会理解他的。不是吗？顺子也和自己一样喜欢锦绣。大岛雄此时还无法理清自己的思绪，他还弄不清楚自己想找锦绣要干什么，他只是想找到锦绣，只是想和她一起，做什么都行，一起化装打扮去旅顺，一起装成哑巴到饭店里吃海鲜，一起到黑石礁的大海里游泳，无论做什么都行，他想看到锦绣，只是看到她，看她开怀大笑的样子，看她没心没肺的样子。大岛雄每每想到那个漂亮的会画画的女孩锦绣，脸上都会情不自禁地露出幸福的神情。大岛雄喜欢锦绣，多少次他梦见自己到了黑石礁，但是他又有些担忧，毕竟他不是年轻人了，如果就这样去会是多么的莽撞啊。大岛雄其实知道自己是没有多少把握，那个叫陈锦绣的女孩，他又知道多少呢？知道又好像不知道，也可以说是知之甚少。而且锦绣会怎么看他？但他又一刻也无法停止怀念，怀念那个五月槐花飘香的小街深处，那些让人窒息的味道，那青春美丽的锦绣。

撤侨时顺子跟永金几乎天天在一起，有一段时间顺子的爷爷甚至想把永金一起带到日本。那天，顺子和永金从金州的永金奶奶家往回走，正赶上部队进驻市区戒严，等两个人好不容易回到家以后，顺子的爷爷被人在黑石礁海边枪杀了。后来锦绣的爷爷把顺子送到了一条开往日本的轮船上，顺子当时并不知道爷爷已经不在人世了，顺子的父亲已经早随着学校里的学生一起撤离了，顺子以为到了日本就会和家人团聚。永金和爸爸去送顺子时，顺子眼泪汪汪的样子当时就让永金哭泣不已，后来，顺子眼前时常晃动着永金头戴学生帽的样子，那天永金英俊的眉宇间充满了不舍，他们在码头上像恋人一样哭得死去活来。现在想想，大岛雄觉得那感觉不一定真实，一个七岁的小女孩会对另一个男孩子哭得死去活来？这有些不大可信。不过，顺子有时的确让人感觉有些多愁善感，她对永金的想念或许不是假想，这样便有理由解释顺子三十多岁才出嫁的行为。大岛雄和顺子在一起以后，有一次，顺子顺口说出她嫁给大岛雄是因为第一眼看到他一下子就想到了永金的样子，因为他长得像永金，顺子才嫁给他。大岛雄当时并不介意，大岛雄几乎不相信，一个人对另一个人的爱情会始于七岁的时光而且会持续不变，这怎么可能？

顺子的小册子里有一张旧地图，那张地图已经泛黄且磨损得相当严重，大岛雄手里的地图是新版的大连地图。旧地图上面找不到大连的名字，现在的地图已经与旧地图有了明显的不同，顺子时期的大连是隶属于关东州的小地方，等 1950 年大连改名旅大市时，顺子已经远在日本的学校里上学了，和她一起归国的在大连的日本侨民足足有二十万之多。顺子乘坐的轮船是从大连驶往门司的贝清号，船上挤满了回国的日本人，他们许多人已经在大连生活了几十年，已经把大连当成了自己的家，有些人甚至在大连出生长大，他们离开了，内心里一定充满了忧伤和惆怅。

虽然只有七岁，顺子却有着无法解释的感伤，后来她把自己当时的情绪告诉了大岛雄，大岛雄都觉得不可思议，但大岛雄天生是个多愁善感的人，经常会不由自主地被顺子的故事打动。顺子记得很清楚，那天她离开大连的时候，天上正在下雨，四月的大连很少下雨，但那天的雨下个不停，然而当船一点点离开码头时，天却突然地晴了。船驶了好久才能离开港湾开到大海上，海上的风很大了，顺子站在甲板上，风硬硬地刮在脸上，吹干了她脸上的泪，一道彩虹从天际间闪出，挂在了天边，站在黑石礁家中的阳台上经常会看到这样的雨后彩虹。顺子那天一直在甲板上迎风站着，直到大海上一片漆黑，她当时一定没有想到，这一去就与永金成了永别。这些反复讲述的场景总会感动大岛雄，他努力去体会顺子内心少女时代就长成的忧伤。不过，有时也会在伤感之余产生疑问，那样小的年龄怎么会有那么深沉的爱，分明是想象的爱在指引着她。人有时就喜欢夸大自己失去的东西，那样，才觉得自己曾经活得多么有意义，多么的与众不同，所以才会有那么多的悲伤。

六

陈锦绣至今也无法弄清自己偷偷带顺子到旅顺是对还是错，但陈锦绣肯定自己不是为了钱。如今的旅顺已全然开放，站在白玉山塔下，曾经神秘的旅顺军港一览无余，而白玉山塔下金发蓝眼的欧美客人和韩日客人也比比皆是，这个曾经神秘的军港正在招商引资，进入互联网时代，许多曾经的神秘都变得不堪一击。

顺子长大后当然没有办法和永金结婚，这是个不争的谁也无法改变的事实。顺子后来和陈锦绣说起这事的时候，陈锦绣都觉得好笑，永金是个怎样的人，想告诉顺子永金在二十多岁就结婚了怎么会把一个小女孩的感情当成真的呢，但看到顺子沉浸在自己的幸福里，锦绣就把想说的话吞了回去。锦绣只好说顺子你不是也嫁人了吗，但是顺子说不管我嫁不嫁人，我小时候就爱永金，没有嫁给永金是一生的遗憾。这话让大岛雄听了不知道是什么感觉，锦绣听了倒有几分感动。

顺子带大岛雄想祭拜爷爷，因为黑石礁那块“外国人不得入内”的牌子而止住了脚步，陈锦绣第一次去旅顺时，陈锦绣让顺子穿着妈妈的衣服，把大岛雄打扮成工人的模样。

顺子爷爷的墓地并不难找，就埋在一个自然形成的坟地里，那里在东鸡冠山附近，远看一片荒芜，有五棵槐树并排长着。锦绣的爷爷也埋在那里，只是锦绣爷爷的墓碑上写着“陈良记”的名字，而旁边的墓上什么也没有写。

想到埋在异乡的爷爷，顺子和大岛雄都不由自主地红了眼睛，那天，他们坐在那里了很久，默默无语地凝视着远方。

陈锦绣记得旅顺区内有一条河，一边是比较热闹的旧街区，在旅顺老火车站附近，溥仪曾经在这里下过车，川岛芳子从这里下过车，恭亲王从这里出发和归来，甚至山西王阎锡山也到过这里，等等。陈锦绣对历史知之不多，都是临时抱佛脚从书上看到的。当锦绣带着顺子和大岛雄在旅顺大街小巷穿梭的时候，顺子总能讲一些锦绣不知道的奇闻旧事，她的汉语超级的好，一点儿也不像一个外国人。她给陈锦绣讲小时候的故事，旅顺军港的旧事。顺子穿着锦绣妈妈的衣服，妈妈衣服上有一股来苏水味道，从顺子身上散发出来，让锦绣感觉十分的好笑，有时，连锦绣都觉得顺子像妈妈。

那一次，顺子悄悄地给了陈锦绣些日元，那时候陈锦绣不知道这辈子有没有机会花掉这些钱。多年以后，宝珍决定到日本留学，陈锦绣把这笔钱给了她，宝珍用这笔钱在日本开始了留学和打工的生活，并掘到第一桶金，这是后话。

那天，他们站在旅顺军港附近的河海交汇处的桥上，正是傍晚时分，宽阔的市区显得那么安宁，不远处的旅顺火车站里静悄悄的，墨绿色屋檐和窗棂衬着白色的墙体，在夕阳的余晖中显得格外宁静，那里早已不再是熙熙攘攘来来往往的客运站了，像是无人驻守的小站。受顺子的影响，大岛雄读过许多关于旅顺的小说和史料，到了这里，顺子就给人一种以往在家乡提到旅顺时的自豪感，虽然顺子曾经无数次地在大岛雄面前讲过旅顺，但真的到了旅顺，还是让大岛雄心里产生了些温暖的感觉，感觉自己已经在这里生活了多年，那些熟悉的街道，都呈现在眼前，是梦里的情景，想象的情景，那安静的小桥、车站，那些历史上留下故事的神秘人物。顺子会把这里的每一个值得纪念的地方都说成与自己有关，仿佛在这个城市里，她参与了所有的故事。

他们在那里不想离去，大海是那样的美丽，山顶的白玉山塔让他想起了童年的明信片，那是爸爸的同学寄给他的，他非常喜欢，收藏起来。那些影像，黄昏后的小路，那掩映在松林中的胜利塔，一切一切都在眼前。那回眸间动人的海洋，美丽异常的大海，道旁的房屋，晾晒的海带，他突然有些感动，这样的生活，这样简朴的生活，充满了恬静的情趣，那些残酷的战争怎么会在这么宁静的地方打响?

顺子对旅顺的了解甚至多于陈锦绣，这让陈锦绣有些吃惊。离开中国的日子里，顺子多数时间都在研究大连和旅顺，顺子的书里甚至写到了轰动一时的英国军情六处的一个叫赖利的资深间谍，他在1901年曾经与妻子一起搬到了中国旅顺口居住，哪个人到了旅顺口都会不舍得走，见多识广的间谍选择了旅顺口作为他的定居地，他从旅顺口出发，几年里游历了大半个中国。不过，后来的许多事证明，赖利其实很长一段时间充当双重间谍的角色，他同时为日本和英国收集情报，他和一个何姓中国工程师合伙开设了一家货运公司，他在这个作为掩护用的公司后面，做着惊人的大事，他最成功的一件事，是帮助日本海军窃得了俄国在旅顺港的防务计划，使日本得以对俄国战舰发动突然袭击。不过，这笔横财并没有让赖利潇洒多久，他最终在苏联被捕，他在莫斯科郊外的一片森林中被处决。

顺子的研究让陈锦绣有些隐隐的担心，这之前，陈锦绣并不真正理解间谍的含义，尽管旅顺有间谍早已是几十年前的事情了，但是陈锦绣还是告诉顺子不许带相机到旅顺，她执意地把顺子的相机留在了自己的家里。后来，陈锦绣经常会站在白玉山上看着老虎尾的地方，担心如果战争打起来，是不是自己做了什么让人害怕的事，不过，还没有得到任何印证，顺子就死在了去北海道的途中，这个不幸的事实让陈锦绣一度担忧的心终于放下了。

顺子不知道，大岛雄大连之行之后，心里竟然抹不去锦绣的影子，有一天，他在夜里喊叫锦绣的名字。顺子一直想问问大岛雄，但又不知道如何开口，她知道大岛雄是个多情、多愁善感的人。有一天，他们一起去北海道度假，他们的飞机在飞行途中突然发生了故障，他们永远没有来得及谈到这个话题。

被抢救过来的大岛雄，脑子里竟然不时地出现锦绣的样子，活灵活现的，赶也赶不走，有一段时间他迫切地想见到陈锦绣。

七

陈锦绣把顺子和大岛雄带回家时正是晚上，不然妈妈一定会吓得叫出声来。陈锦绣的妈妈很容易就找到了让顺子满意的衣服，但是陈锦绣的妈妈找不到大岛雄能穿的衣服，这成了陈锦绣妈妈犯愁的事。最后，陈锦绣把邻居杨叔叔的衣服借来了，那是一件中山装，陈锦绣的妈妈说要给自己的表弟试试，这个突然出现的可疑的表弟让邻居一下子联想到许多。

方芳永远不会知道锦绣的心思，锦绣从第一眼见到顺子时就喜欢上了顺子，她对顺子有一种天生的亲近感，想知道顺子的一切，也想告诉顺子关于自己爸爸的一切。锦绣记得小时候听爸爸不止一次地讲过顺子，讲槐花别墅的过往，锦绣无数次地想象爸爸永金和顺子在一起玩耍的情景。锦绣总是觉得他们的认识一定是在一个槐花飘香的日子，但是性格温和的顺子并没有因永金的到来而欢喜，她当时蹲在槐花树下抹眼泪，她的右眼被藏在槐花里的一只蜜蜂蜇成了一条缝儿，永金去的时候顺子刚刚哭完。顺子第一次见到永金时印象完全是模糊的，但那天一整天永金都陪在顺子身边，他用凉水浸泡毛巾然后一遍又一遍地捂着顺子的眼睛，以减轻顺子的疼痛，那天永金细心关照她的情景一定像院子里的槐花香气一样，弥漫在顺子的心中，让她受伤的眼睛变得不再那么疼痛。自从顺子的眼睛被蜜蜂蜇伤了以后，他们就成了一对好朋友。

锦绣的爷爷留学日本时学的是港口规划设计，大连成了日本殖民地后，日本人到大连就像是到了自己家一样，在大连工作和在日本工作都一样，锦绣的爷爷就回来了，给住在槐花街街口槐花别墅的主人——在满铁株式会社工作的山田先生当翻译。

当时不知道是哪位在黑石礁海边建了一半的房子要出售，山田先生就介绍给了锦绣的爷爷，买下它，锦绣的爷爷与山田先生见面便会方便许多。锦绣的爷爷喜欢海，就买下了这栋离海最近的房子，本来锦绣爷爷打算买下来后把房子继续建完，不知道为什么后来一直没有再建下去。

不过，说起去旅顺，后来的锦绣无法不提她的表姐英子，这虽然与整个故事有些不搭，但是锦绣还是觉得无法避开这一段继续写下去。

陈锦绣把顺子带回家以后，在妈妈的精心安排下，锦绣和表姐英子把大岛雄和顺子一起带到了旅顺。英子当时正在一个机关里给领导开小车，她为了得到这个光荣的职业，学开车时差一点儿让柴油把自己烧成残废，好在只烧伤了脖子。多年以后，陈锦绣想起美丽的表姐还一脸的内疚，因为正是自己的那一次旅顺之行，让表姐认识了一个地质队的男人。那个男人轻易就俘虏了表姐的心，表姐从旅顺回来后又多次单独去了旅顺，他们在表姐的车里大胆地亲吻做爱，许多人以为他们会被发现，其实那样落俗套的小说锦绣不会写。为了把这段感情持续下去，他们许下了诺言开始了行动。那个男人常年在外省的地质队里，他每次探亲都不回家，他到处旅游，总是在假期最后几天才回家。他的父亲是个盲人，母亲少了一只胳膊，他有一个病在床上的弟弟需要照顾，他的弟弟从来没有走出过家门半步。当年他以特殊的身份被招工进了地质队，没有人愿意嫁给他，只有村里一个寡妇愿意嫁给他，后来他当上了干部。他外表敦厚结实，一副不善言辞的样子。这个姓曹的地质队队员在锦绣看来充满了神秘感，锦绣喜欢具有神秘感的男人，更喜欢具有神秘感的职业。地质队队员，多么奇怪而陌生的职业，这个职业是多么让人骄傲的职业啊！

不过，锦绣不知道的是，这个地质队队员从来没有把自己的妻子带到过队里，他不愿意让人看到他丑陋的妻子。他在一个人的漫无目的的旅行中与表姐相遇，他们相爱了，他回到地质队里后就计划把表姐带到队里。这之前，人们都知道他的家并不在旅顺，他只是从书本上看到了旅顺的炮台才特意去的旅顺，那天，表姐只是顺路用车把他从山顶上捎到了山脚下的军港，他住在军港附近的一个小旅社里。他其实来自贫穷的庄河乡下，他不知道想了什么办法让表姐一个人多次到那个小旅社去找他，表姐自认识了他以后，就不再对锦绣带领的顺子他们热心，这之前表姐是多么喜欢热闹的人啊！陈锦绣并不了解多少他们相爱的细节，只是有一次表姐说她头一次遇到一个男人在她结疤的脖子上亲吻，他可怜她的伤痕甚至流下了伤心的眼泪，他说他能理解表姐内心的苦楚。那以后，表姐就去了甘肃出差，她以家属的身份住在他的地质队的营房里，给同队的男人们洗床单被套，表姐是多么的漂亮，让他挣足了面子。

不过，英子并没有幸福多久。有一次，地质队在使用炸药时，点燃炸药的药信子死了火，当时，地质队队员曹上前查看，结果死火好久的药信子又突然着了起来，曹没有来得及躲开闪爆的炸药，曹被炸得四分五裂。

曹被炸死后，地质队按照曹的地址发电报到他的老家，让曹的家属去队里处理后事，曹的妻子接到电报后和自己的哥哥一起到了地质队。那是她第一次出远门，她在站台上直奔写着曹的家属几个字去时，地质队的人还在往她身后的人群里张望，他们都认识表姐，他们更多的是犯愁如何对美丽的表姐解释这场让人悲伤的事故。他们看到曹的妻子时还在问她嫂子在哪儿呢，他们把曹的妻子当成了英子的表姐或者什么亲戚吧，反正他们让曹的妻子有些不知所云。曹的妻子到了队里也没有看到男人的尸体，他的肉一块块堆在一起用白布盖着让她没了主意，她坐在地上呜呜地哭起来，她说我男人他爹有病他娘半身不遂他弟弟是个傻子他一出去好几年没有个信儿把一个破家扔给我现在说死就死了让我怎么活啊。她的话让地质队的人目瞪口呆，很显然，曹向他们隐瞒了这个带着结婚证的真实的妻子，而那个漂亮的英子是曹隐藏得很深的美丽的谎言。

锦绣的表姐英子后来收到一个包裹，是曹的队友寄来的。英子曾经给那个队友洗过衣服，他是最早发现曹秘密的人，他悄悄地收藏了曹的一本日记，他从曹的日记本里抄来了英子的地址。

英子后来结婚又离婚了，尽管表姐夫表示根本不会在意她做过什么，尽管表姐脖子上的累累伤痕让人不忍再看，但表姐夫依然爱她，从来没有想到不要她，也根本不在意曾经与别人分享她。在表姐夫眼里，英子是过于美丽的人，这样美丽的人注定要有一些故事的，不然，她的人生会太平淡不是吗，那于她相貌来说是不公平的。

陈锦绣后来爱上藏一峰一定是受了表姐英子的影响，他们都喜欢把远方当成自己最近的思念。陈锦绣第一次看到藏一峰的信，眼前出现的正是表姐那个地质队队员般英俊的样子，这样子是她寻找了好久的样子，一直迷惑着锦绣，直到使她欲罢不能地爱上为止。

其实表姐把他们从旅顺带回来后，陈锦绣的眼前就经常会出现那个地质队男人的样子，她并没有想到，另一个穿着中山装的日本男人大岛雄正在悄悄地注视着自己。

大岛雄果真给陈锦绣邮来了瓶瓶罐罐，其中有一对白色的双耳瓷杯。这是一对有着左右两只耳朵的白瓷杯，这种奇怪的白瓷杯总让陈锦绣有种怪怪的感觉，如果不是一个人的脑子坏了，怎么会烧制出这样的瓷杯，难道一只杯子还要两只手拿着？陈锦绣并不知道，多年以后，做了政府官员的陈锦绣经常在一些星级酒店里用到这样形状的杯子，只是陈锦绣感觉没有一只杯子让陈锦绣有那种异样的眷恋。

大岛雄准备送给陈锦绣白瓷杯时顺子也在场，在顺子看来，大岛雄对这个大连女孩的关心缘于顺子的过去，顺子当时没有觉得这一切有什么不妥当。顺子还格外地称赞过陈锦绣画的那幅画，顺子每看到大岛雄盯着那幅画陷入深思时，眼前就会出现陈锦绣的样子，顺子总是觉得陈锦绣这个女孩子与别人是不一样的，她的目光总是迷离的，游荡的，像心里装满了心事。顺子想起锦绣看到那本《槐花飘香的小街》时，脸上竟然不由得布满了泪水，顺子知道锦绣看到了书里那张一个小男孩和一个小女孩在槐花树下合影的照片，陈锦绣对爸爸的思念之情打动了顺子，一个女孩子那么长情绝对是不可取的，这样的女孩子总会让人生出额外的担忧。

顺子当然记得，陈锦绣答应把画给大岛雄时，大岛雄竟然紧紧地拥抱了陈锦绣一下，虽然顺子看出来，锦绣并没有读出那拥抱里有什么暗示，但是那次拥抱还是让顺子琢磨了好久。很显然，锦绣并没有把大岛雄说的话当回事，当时陈锦绣的目光停留在那本书里的某一页上，她沉浸在自己的世界里，她看到的是消失在大海里的爸爸，她的目光是迷离的，她当然不会把大岛雄放在眼里。顺子不知道，那次，她和大岛雄坐的飞机失事后，大岛雄一个人被挂在一棵树上，奇怪的是，他挂在树上的样子和锦绣画里的情景几乎一模一样，只是他们那次失事是在山上而不是在海里。

因为那幅画，他越来越多的时间里会想起陈锦绣，他没有理由不去找陈锦绣。

后来，大岛雄给陈锦绣写信，大岛雄告诉陈锦绣，他会找一个恰当的时机到中国来见陈锦绣。

一个人来。他说。

八

那天早晨豆芽儿一直心神不定，她时不时地朝黑石礁旅社大院里张望，每次开门关门都会不时卷起地上的积雪，那些积雪像撒在路面上的面粉被风吹起乱飞迷了人眼，早晨的黑石礁没有什么风景，那些行人都低着头行色匆匆地走路，好像家家都有要吃奶的孩子。出出进进调度室好几回，吹走了一辆又一辆电车，豆芽儿才看到那个小个子男人从黑石礁旅社走出来，他重新走回黑石礁电车站，他看上去神情沮丧，一脸失望的样子。豆芽儿看见这个奇怪的男人从旅社出来，她知道旅社里只有储宝珍一个人在那里值班，这个男人大年初一的早晨到旅社很显然不是找储宝珍的，这个男人对储宝珍来讲还太讲究了些，也太老了些。

豆芽儿正在纳闷地看着他，想不明白是怎么回事，这时看见他一下子蹲了下来，接着歪着身子倒下了。豆芽儿冲出调度室，她扶住他，抱紧他的头，这个男人头和脸滚烫，脸上一片模糊，她弄不准是不是因为他流了泪的缘故。

九

在陈锦绣想方设法杀死藏一峰之后的那几天里，豆芽儿和储宝珍把大岛雄留在了家里。大岛雄的伤风感冒很严重，咳嗽不止，豆芽儿拿不准可不可以把一个外国人送到医院，她和宝珍把大岛雄留在家里。再说大岛雄哪里也去不了，他每天处于半睡半醒的状态，可能是吃了感冒药的原因，大岛雄天天昏睡着。豆芽儿想起小时候听爷爷说过，日本人生病时最想吃的是白米粥，她就天天给大岛雄熬白米粥，配海芥菜小菜。大岛雄非常喜欢吃豆芽儿做的小菜，豆芽儿就变着法儿给他做，反正海边到处都是海浪冲上来的成堆成堆不值钱的海芥菜，无论什么时候随便到海边就可以弄一些来。

豆芽儿知道了大岛雄的来意后，就劝大岛雄还是等等陈锦绣，大岛雄想到可以等来锦绣，便安心地在宝珍家里住下来。豆芽儿说服了宝珍，把大岛雄当成贵客一样对待，这的确是他们家接待过的最尊贵的客人，不过她们心里不全是为了陈锦绣，她们才没有那么彪。再说如果将来陈锦绣知道她们隐瞒了大岛雄来的事，是如何也无法交代的。她们陪着病中的大岛雄在家里耐心地等着陈锦绣，心里也在打着另外的主意。

第九部　远方信

一

旅社不过是过往行人的驿站，当然也是个容易让人生情的地方。

住店的旅客成分比较复杂，有做生意的，有跑业务的，有探亲的，有办各种各样公事私事的，还有犯罪的，旅社里就住过一对带着结婚证的男女，但是有一天，他们两口子在水房洗衣服，男的在那里洗，女的在旁边看，嘴上还不忘赞美：没想到你还会洗衣服。这平常的一句话，让某个服务员听出了不同，一家人连会洗衣服都不知道？遂报案，派出所来了一查，果然是两个正被通缉的嫌疑犯。

20 世纪 80 年代开始，文凭热使黑石礁一带的大专院校热闹起来，各个院校开始兴办各种各样的进修班、培训班以及高考补习班等等，黑石礁旅社交通便利价格实惠，经常也会住着一些到院校进修的老师和学生，他们住的时间相对长一些。有一段时间，陈锦绣暗暗地喜欢上了一位来自齐齐哈尔工业大学的陈老师，他和另外两位年轻的老师一起到财经学院进修。陈老师个子不高，胖墩墩的样子，他称锦绣为“一家子”。夏天里，陈老师总是着白运动衣和白运动短裤，脚上是刷得雪白的球鞋，袜子是及膝的白色球袜，干干净净的样子，可能是受当医生的妈妈影响，锦绣喜欢这份干净，陈锦绣生活里仿佛都被干净的白色覆盖了，也被干净蒙蔽了。陈老师断断续续地在财经学院进修了将近一年，隔段时间来一次，有时会带来一些松子瓜子什么的特产给锦绣和大家吃，有时他会额外给锦绣带一些东西，也是些特产，只不过，样式多一些，山蘑菇干、黄花菜干等，总之是些需要下点儿功夫才能吃到嘴里的东西，他对锦绣的好让锦绣把握不准。锦绣还应邀与陈老师及另外两个老师一起到旅顺玩，他们说让锦绣当向导，同去的还有宝珍和另外两个服务员。陈锦绣当时还以为大家就是去玩，后来发现，同去几个人都像是各自心有所属，陈锦绣只是去当了把电灯泡。结果这次小游却给大家带来了麻烦，因为旅社有明文规定，不许服务员和旅客私下里来往，更别说去旅顺旅游了。他们分别被找去谈话，陈锦绣只好说是自己提议去玩的，反正那几个旅客当中没有看上自己的，说自己提议的也不会有什么事。陈锦绣被严肃批评，当众在全体职工大会上做了检讨才算了事。

在旅社里住过较长时间的还有某地邮电局的人，他们是财经学院夜大的学生，他们每隔一段时间就会来集中上课，因为常来，大家渐渐熟悉了。陈锦绣曾经让他们帮着买好看的邮票。有一段时间，在妈妈一再坚持下，锦绣开始上夜校，但她没有听妈妈的话读什么业余大专班，她在一个外语学习班学习英语。锦绣不是想出国，这在锦绣看来几乎是不可能的，锦绣只是觉得会说外语是一件很牛的事，锦绣就喜欢与众不同，这一点肯定像妈妈。槐花街的女人对妈妈方芳充满了成见，她们不能容忍一个不与大家拉家常又特立独行的人，况且一个丢下女儿改嫁的女人在她们眼里是被人看不起的，但她们有时又不得不羡慕锦绣妈妈，毕竟她是槐花街少有的有知识有品位的女人。

锦绣每周有三天时间去学外语，有一天晚上锦绣夜校下课回来，在黑石礁电车站突然看到储宝珍和陈老师一起，他俩站在广场上的小吃摊前吃羊肉串，每个人手里拿着一瓶大连啤酒，他们边吃边笑边尽情地喝着，一副兴高采烈的样子。锦绣不知道宝珍什么时候和陈老师这么亲热了，她在黑暗中呆立了好久也没有缓过神来。宝珍后来偷偷地对锦绣说，她要找个有学问的男人做丈夫，锦绣猜不透宝珍指的是不是陈老师。

陈锦绣是个非此即彼的人，她和储宝珍是好朋友，一起在黑石礁长大，陈锦绣几乎是下意识地保护储宝珍。不知怎么，陈锦绣眼前时常浮现的是小时候储宝珍常常埋在书桌上看不见的脸，没有花裙子的委屈，好像那都是陈锦绣造成的。是的，谁会有陈锦绣和储宝珍这样的友谊呢，以前不会有，以后更不会有了。只是过了没有多久，陈老师最后一次来上课时，把家乡的女朋友带来了，陈老师的女朋友也是一名大学老师。有人就嘲讽宝珍，说人家大学老师怎么会看上旅社的服务员，真是痴人说梦。这话让陈锦绣悄悄地伤心了好久，为自己心底里的暗恋，也为储宝珍的热情而难过。

虽然储宝珍不再对陈老师热情，但是储宝珍从此却在心里埋下了要找一个有学问的人做丈夫的想法，就像陈老师一样。她告诉陈锦绣时，着实吓着了陈锦绣，储宝珍只不过才刚刚十九岁就想着嫁人的事，这在锦绣看来过于超前和大胆了，而对陈锦绣来说，甚至连想一想丈夫这两个字都会暗暗地脸红。

陈老师毕业后再也没有来过，有一天，陈锦绣收到一个邮包，里面是一大包松子和瓜子，还有一封信，陈老师说他有了儿子，他说他寄来家乡的松子和瓜子给大家尝尝，并希望旅社的姑娘们有空到齐齐哈尔玩。陈老师的信里没有提宝珍，也没有写什么让人产生联想和暧昧的话，陈锦绣打开包裹把松子和瓜子分给大家吃了。陈锦绣查了一下，齐齐哈尔根本不产什么松子和瓜子，陈锦绣觉得那些松子和瓜子也没有什么特别的味道，和大街上买的没有什么两样。

二

黑石礁旅社的姑娘们都个顶个地漂亮，她们正是十八九岁的年纪，每当她们成群结队地走在黑石礁街头的时候，就像是黑石礁的一道流动的风景，周围不少单位的小伙子们目光常常围着她们转，仿佛养尊处优的女子，却为了相爱的人，甘愿放下身段。

黑石礁饭店的生意一直是最好的，经常去给客人订餐的宝珍认识了那里的二厨周茂源，周茂源高高的个子却偏偏长着小鼻子小眼，看上去怪滑稽好笑的。周茂源喜欢陈锦绣，每次看到宝珍都要向她打听锦绣，宝珍想到锦绣最大的喜好就是吃了，找一个会做饭的厨师对锦绣来说是最好不过的事了，她还为自己的想法暗自欢喜。有一次，宝珍特意带锦绣到饭店里介绍她认识了周茂源，但陈锦绣有点儿傻乎乎的，看不出有什么不对劲。后来，周茂源经常找借口到旅社找宝珍，也顺便来看锦绣，有时他会在旅社的门口等锦绣，有时还借故送锦绣回家，假装是巧合，后来，还托宝珍给锦绣送过电影票，但看起来，锦绣并没有把他放在眼里，她把电影票给了槐花街的小虎，让到电影院里看电影的周茂源好生烦恼。

夏天，有几次，他一定是打听好了，趁着锦绣白天休息，他到黑石礁海边去游泳，他借口到锦绣家里找水喝或者一些这样那样的事，反正他总是找借口来看锦绣，锦绣也只是让他在家中院子里的槐树下坐坐，有时会泡上一壶茉莉花茶或者弄一点儿小吃之类，那时候锦绣开始热衷于写作，锦绣就手里捧一本书，她手里的书成了挡在他们之间的一道小小的屏障，不大却越不过去，锦绣也不给他机会。是考验吗？是，也不是。周茂源已经是二级厨师，锦绣经常想起宝珍妈妈说的，大旱三年饿不死上灶的，他经常参加各种厨师大赛，看上去还算上进。他曾经对锦绣说，哪天我给你做红烧海参吃。这道菜倒是锦绣的最爱，她刚毕业那阵子没有找到工作，曾经到水产学院饭店当实习生，对海参还是有些研究。那时候经常早晨一上班，锦绣就跟着班长到后厨偷偷吃海参，把发在大盆里的海参挑一个大个的伸到酱油缸里蘸上酱油，然后放在嘴里三下两下给吃掉，动作麻利，他们几乎每天都吃，吃得锦绣的小脸红扑扑的。不过，还有更离谱的服务员，端菜上桌的途中把海参顺手丢进嘴里，送完菜转过身回来时再把嘴里的海参干掉。他每次一吹牛做的什么菜好吃，锦绣就趁机激他，说做得好吃不好吃得我锦绣尝过了才可以做结论。在吃的问题上，锦绣比他们有经验。锦绣最喜欢吃了，自称是个地道的馋丫头。这话不假，锦绣小时妈妈都不敢带她到别人家里做客，因为她看到好吃的从来都不放筷子，盯着好吃喜欢吃的东西不停口，让讲面子的方芳感觉非常丢脸，所以每次出门前，方芳都要教育锦绣一番才行，什么吃东西时嘴里不能出动静，看到好吃的东西要装作若无其事，喜欢的东西不能老吃要有节制等等，锦绣只盼着吃好东西，并不把妈妈的话放在心里，只是点头称是，但等到看到饭桌上的好吃的东西时早就把妈妈的话忘到脑后了，对着好吃的盯住不放，有时还会跟到厨房去接着吃，让方芳好没面子，每次回来，恨不能把锦绣痛打一顿。说这些笑话时，周茂源也跟着大笑，他说，锦绣你喜欢吃好吃的，以后我天天做给你吃。虽然是笑话，但是他真的很会做吃的。有一次，周茂源做了满满一大饭盒红烧排骨，趁锦绣值夜班的时候送给锦绣，他们坐在服务室里，锦绣一块一块不紧不慢地吃着排骨，周茂源看着她一块一块地吃。锦绣整整吃了一大饭盒，等吃完了，锦绣说这里少一道味儿，你用的是料酒，你应当用黄酒，那样味道会更好，弄得周茂源颇为吃惊，他用的的确是料酒而不是黄酒。

他还会做各种各样的蛋炒饭，每次送饭给锦绣吃时，锦绣就说，你不会是偷的吧，怎么这么好吃。周茂源会把鸡块炸成淡黄色的，然后蘸上番茄酱吃，那味道，香嫩可口。有一次，吃炸海蛎子，锦绣的嘴角上沾着油渣，周茂源就用手指帮锦绣抹去，锦绣的脸上满是笑意。那一次，周茂源感觉自己可以抱抱她了，但是他又不敢，锦绣虽然一脸吃相，但她的眼里满是单纯的贪婪，目光也是那么纯净，没有半点儿挑逗和暧昧的痕迹。宝珍说得对，锦绣就是个没心没肝的傻丫头，你对她好她知道，但你对她有那个意思她不一定知道。慢慢他们的好就成了一种习惯，本来他们可以这样相安无事地好下去，但有一天，周茂源和朋友到黑石礁海边游泳，他指着锦绣的家吹牛，说自己的女朋友锦绣就住在那里，那天他们一帮人在海边喝酒，他借着酒劲敲开了锦绣家的门，锦绣在半睡半醒中打开了家门，她看到周茂源来了，以为他又做了什么好吃的，锦绣就说我现在没有胃口我昨天晚上写作写到了后半夜两点现在一点儿胃口也没有，他并没有在意锦绣的话，他一进门就抱住锦绣亲了锦绣，身后发出一片哄笑，锦绣才发现家门口是一群穿着游泳裤光着膀子的傻小子，锦绣不假思索地一把推开周茂源又接着一脚踢过去，拖鞋都飞了出去，锦绣踢到了周茂源的要害处，他捂着自己的私处，大叫着锦绣你这个傻X，骂完面红耳赤地跑了。

那以后，好长时间，周茂源消失了，宝珍也没有机会跟着吃好东西了。锦绣还有些不解，问过宝珍说周大厨怎么不来送好吃的了，他做的排骨其实味道还真不错，好长时间不吃还真有点儿馋啊。

反正那以后，他不再来找她，而锦绣，也没有觉得有什么不对，她开始痴迷于写作，才不在意有没有人送吃的给自己。

三

旅社开业两年后，迎来了一批特殊的客人，一个学制两年半的全国金融行业本科班在财经学院开班，来自全国各地金融界的相关级别的领导共四十人在这个班里学习镀金。

锦绣和宝珍还没弄明白本科专科有何区别时，“文凭热”已经席卷全国，文凭成为提拔干部的重要指标，一时间文凭变得异常重要。为了一张文凭，这些领导撇家舍业地外出脱产学习两年半。当然锦绣和宝珍这些服务员，暂时还体会不到文凭的重要性，但这并不影响她们与他们的亲密接触。

负责本科班学习生活等相关事宜的是一家国有银行设在本地的分支机构的办事处，因为这个班要办两届，办事处干脆把整个黑石礁旅社全部承包了，承包期是五年。

相对于天南地北的散客，旅社更愿意接待这样相对固定的常客，而且这些本科班的学员们大多是有一定资历的金融行业的领导，还有许多银行的行长，他们都是有权有钱有势有前途年富力强的领导，基本在四十岁上下，他们放下了手中的工作，踌躇满志地来获取文凭，看上去个个有着不可限量的前程。他们是领导，他们当然不能和财经学院的那些大学生们一起吃住一起生活一起学习，他们财大气粗，他们有资格包下整个黑石礁旅社。

槐花别墅被改造成办公楼，旅社大院内新盖起的二层楼共四十个房间，全部作为学员宿舍，学员一人一个房间。他们当然不同于那些散客，他们都是有身份的客人，他们个个看上去见多识广的样子，他们来自全国各地，他们用天南地北的方言一下子把旅社包围了一般，让旅社里的姑娘们有了与以往不同的感觉。

姑娘们正值年轻漂亮的时光，那些行长班的学员们一见到旅社的姑娘们，也是心情愉悦，除了上课，他们日常生活都在旅社，他们天天相处，彼此渐渐地了解。这些人的到来，也给旅社的姑娘们带来悄无声息的变化。先是服务员江红和办事处徐主任的儿子谈上了恋爱，不久竟然调出了旅社，到银行当了一名职员。她本来和锦绣一起负责二楼的几个房间，她穿着漂亮的银行制服回旅社的时候，一下子把姑娘们镇住了，那才叫制服，深蓝色带条纹，白衬衫打领带是那么的协调般配。锦绣第一次从她的眼神里看到了骄傲，也从自己的衣服上看到了自卑，这算是什么，再漂亮充其量只是一件服务员的衣服而已，端茶倒水打扫卫生铺床叠被才是本分，原来外面的世界有那么多自己不知道的精彩，这样的差距突然让锦绣难过不已。

也有给锦绣介绍男朋友的，他们轮番登场，有司机，有退伍的军人，有工厂里的工人，他们介绍完自己的情况总会加上一句：你一个旅社里的服务员还想找个什么样的，开车的多好啊，听诊器方向盘，多好的职业啊！上夜班的时候，陈锦绣会带来许多自己做的好吃的东西，腌制的酱排骨、炸得金黄的黄花鱼、切得细细的榨菜丝、滚得圆圆的菜丸子等等，有一个广东来的行长，还要花钱买锦绣做的饭菜。不知道是不是看陈锦绣好吃，有人就给锦绣介绍了厨师，锦绣不由得想起周茂源。锦绣心里暗笑，我喜欢吃猪肉难道还要在家里养头猪不成。锦绣敏感，她内心的自卑成就了她外表的强大。

储宝珍当然会学陈锦绣，她总是和陈锦绣形影不离，宝珍确定，凡是陈锦绣不去做的事，绝对没有必要去做，从小到大她只跟陈锦绣学，也只相信陈锦绣，她的目标就是要和陈锦绣一样，做陈锦绣去做的事。不过，一点点地宝珍有了自己的想法，她不想像妈妈那样过一辈子，嫁给一个那么失败的男人，她即使嫁不了行长，也不会嫁给司机厨师。她的妈妈让锦绣妈妈瞧不起，但她不能让锦绣瞧不起，她知道自己虽然没有锦绣聪明，但不比锦绣长得差。

宝珍和锦绣闲来无事时，时常会讲些客人的笑话，有时宝珍认为，锦绣看人的目光是文学的，而自己，看人的眼光是现实和客观的。有一个吉林来的学员特别喜欢宝珍，他长着一头少白发，他曾开玩笑要让宝珍给他做儿媳妇。他来了不久，被一个远房亲戚请去了，亲戚给他包了虾爬子韭菜馅的饺子吃，结果他撑坏了肚子，住进了医院，宝珍和锦绣去看他时，他还在说饺子，说那个鲜啊，没法不多吃。这样的人让宝珍很瞧不起。还有一个北京来的学员到饭店看大连海参便宜，一连吃了两盘，结果吃得鼻孔冒血。这样的人，在宝珍看来也是没有出息的人，这一点她和锦绣的看法一致。

锦绣和宝珍每天的任务是给学员们收拾卫生、打扫房间、收发邮件、打开水、洗床单被套等等。他们是黑石礁的过客，他们心中装着的目标是宝珍和锦绣们无法体会的，他们每天早上吃过早饭后就到财经学院的课堂上，从黑石礁旅社到财经学院不过三五分钟的路程，这些意气风发的男人，他们并没有想到，这三五分钟的路程带给了黑石礁旅社那些年轻姑娘们怎样强烈的冲击。她们像那些老式日本别墅里经年未曾开启的窗棂，一旦打开，再也关不严实了。

宝珍不知道，锦绣已经暗下决心，她要离开旅社。

永远离开。

四

储宝珍对信的期待就如对心上人的期待一样，特别而强烈。储宝珍羡慕住在旅社里的那些行长们，他们每天下课回来时，往往还没进房间，就会对正在开门的储宝珍问，有没有他们的信来。信是他们与家人之间联系的纽带。有信来的人，都会兴奋地说快快快开门，等着到房间里看信。信是他们的思念，信里有他们的牵挂。如果哪个人没有信来，一般都会不自觉地沉默着，等着储宝珍慢慢地开门，或早早地到餐厅去看有什么好吃的饭菜，在那里边吃边聊着天，把等信的心情转移。

旅社的服务员都是本地的姑娘，她们在这个城市出生、上学、长大，她们生来属于这个城市，也很少有机会离开这个城市。在储宝珍看来，有信来的人都是有人惦记的人。而她的家里，她本人，她周围的人，很少有人会与外面的世界有书信往来，亲戚间如果有事，就会花四分钱买张电车或汽车票登门造访，而不会花四分钱买一张邮票寄一封信，除非他们脑子出现问题，不然在一个城市住着是不会互相写信的。储宝珍妈妈倒是有亲戚在山东老家，可他们之间的关系比较僵，很少写信。有一次，宝珍家突然接到一封山东老家的来信，说豆芽儿的一个姑姑死了，让他们邮五块钱回家办丧事用。豆芽儿肯定自己从来没有见过那个姑姑，她恨死了那封信，要知道五块钱可不是小数目。宝珍记起小时候的一件事，有一次槐花街西巷老王家的二小子小柱子过年时跟妈妈去亲戚家拜年，小柱子顺手把亲戚家藏在柜子上钟表下面的五块钱给偷走了，他把钱藏在了槐花街一处不起眼的院墙上的砖缝里。亲戚发现钱丢了后找上门来，小柱子妈妈第一个就怀疑小柱子，因为那天就小柱子一个人在柜子前站了很久，他占有那五块钱的心思暴露无遗。为了这五块钱，小柱子的爸爸把小柱子打得不成样子，皮带都差点儿打烂了，后来，还是小柱子扛不住打主动招供了，小柱子的妈妈从此再也不敢带小柱子到任何人家串门了。邮走了这五块钱，储宝珍的妈妈心痛了好久，好像还病了一场。后来老家再来信，宝珍的妈妈看也不看就撕了扔到炉膛里。在储宝珍妈妈看来，那些信里面都藏着阴谋，充满了险恶用心，她单方面拒绝回信，以后她和老家老长时间都断了联系，她更不会主动写信回去。

而在黑石礁旅社里也没有哪个姑娘会被远方的人惦记着，她们都是土生土长的本地人，没有人给她们写信，她们甚至没有外地的亲戚。当然，陈锦绣是个例外，陈锦绣就会经常有信来，这也让储宝珍十分羡慕。陈锦绣爱好文学，经常给杂志社投稿，隔三岔五地就会收到信，大多是编辑部的来信。陈锦绣收到厚一点儿的信，就会沮丧着脸，偷偷地把信藏起来，怕别人看见，因为明眼人会看出来，厚厚的信多是杂志社的退稿信，让那些无所事事的姑娘们看到的话，保不准会被她们嘲笑一番：作家也是你这等小人物想当的？异想天开呀！如果收到薄一点儿的信，陈锦绣总是轻轻地舒口气，慢慢地打开信封，表情当然也让大家难以捉摸，这时旅社的姑娘们再看陈锦绣时，眼光里就多了些羡慕的成分。

储宝珍羡慕有信来的人。从来没有人给她写过信。一个人一生能写信读信是多么浪漫的事啊！锦绣总是躲在角落里，打开信，脸上是凝神聚气的样子，陈锦绣看信时的表情最让储宝珍着迷，也让储宝珍心痛，还有一丝丝的妒忌。储宝珍知道永远也不会有人给她写信，储宝珍想，陈锦绣总是会有那么多幸福的事情可做。

储宝珍做出一个大胆的决定，她决定自己给自己写信。

就这样，经常，储宝珍晚上值夜班时，她会在休息室里一个人静静地写信。有时候只是三言两语，有时候又滔滔不绝，有时甚至什么也不写。她经常会耐心地在信里向自己详细地汇报最近发生的事，有一次退大潮发大海了，那天，她和陈锦绣一起在退潮的海里走了好远，走到都看不到岸边了，那次她们捡了好多鲍鱼、海参还有大蛤，大筐装得满满的都抬不动了；她还写家里的脏乱，写小时候没有花裙子穿的忧伤。她的信感情充沛，像面对知心的爱人。有一段时间，她喜欢上了学员吴江，于是她又在信里写对吴江的喜爱和渴望，写对爱的憧憬和苦恼，写对陈锦绣的羡慕，写服务员小姜的低俗，有时还写那些来自各地的银行行长和未来的行长们，告诉自己他们哪个人长得帅，哪个人讨人喜欢，哪个人在她拿钥匙开门时特意用胳膊碰她的胸部，也写她心中未来丈夫的模样，她在信里向自己倾吐爱情，她是多么渴望交流啊！

储宝珍邮信的时候心里充满了期待和喜悦，她下了班从黑石礁坐电车到市内，也许去劳动公园，也许到青泥洼桥、兴工街、五一广场等等，然后找到邮电局，把写好的信折成各种不同的形状，装进信封里，再在信封上粘上漂亮的邮票，封好，然后投到绿色的邮筒里。在她看来，那个绿色的邮筒从此和她一起，成了她秘密的守护者、好朋友。如果快一点儿，第二天，最多第三天，她就会收到自己寄给自己的信了。是的，她渴望收到信，这个在槐花街长大的女孩子，内心里有一种浪漫的情结，她渴望收到一份属于自己年轻的期待。是的，她在期待，在等待，在盼望，旅社里那些等信的人和拿到信的来自天南地北的客人，他们读信时脸上的爱意和不可捉摸的笑意以及神秘，深深地刺激着她年轻的心，她是多么渴望有一封远方的来信呀。可是她从小到大从来就没有收到过写给自己的信，她的爸爸妈妈爷爷奶奶叔叔阿姨哥哥姐姐等等从来就没有一个人给她写过信。是啊，在这座城市里，在没有电话的时代里，写信是多么平常的事呀，但是偏偏没有人给储宝珍写信，也没有让她心动的等待。

终于，储宝珍收到了一封信，虽然是寄自本市，但是储宝珍还是兴奋不已，她到门卫给学员们取信报的时候，门卫的大爷远远地就招呼储宝珍，说储宝珍有你的来信。

储宝珍的心仿佛花般地开放了。储宝珍收到信的消息成了旅社的新闻，有好奇的人就会问储宝珍是不是收到了哪个小伙子的情书，她把信从传达室里取出来，把自己的信和行长们的信还有报纸抱在胸前，从旅社的院子里走过，沿着台阶一层一层一步步慢慢地上了二楼，然后穿过长长的走廊，走到了休息室。储宝珍捧着信，脸上透着幸福，储宝珍一个人慢慢打开信，那一瞬间储宝珍的眼睛里竟然有泪花在闪，目光里满是幸福。

当然，储宝珍一会儿就看完了信，其实不用看，储宝珍也知道信里的内容。因为只有她自己知道，她的来信是她自己写给自己的。是的，就在前一天，下了夜班的储宝珍，从黑石礁坐电车到市内，把自己写给自己的信放进了墨绿色的邮筒里。是的，那以后，二十出头的储宝珍经常在下班的时候，到城市的不同地方，把一封封自己写给自己的信投到墨绿色的邮筒里，然后她会静静地等待着信来，等着别人喊她拿信。因为这些信的到来，储宝珍觉得自己成了和锦绣一样幸福的人，有了同样的期待。

那些她自己写给自己的信里面尽管有时满纸空白，一段时间里却填充着她的内心。

很丰满。

五

储宝珍发觉，自己真的爱上了吴江。

在陈锦绣看来，储宝珍是那种时而精明时而又很傻的女孩，属于那种既聪明又笨拙的女孩，陈锦绣就形容储宝珍是一根筋。而宝珍觉得锦绣有时太过于多愁善感，都是文学惹的事，在宝珍看来，一个女人一生嫁个好男人才是最最重要的，而不要像妈妈那样，嫁给一个下屯街的男人，一辈子让人看不起。

储宝珍和陈锦绣负责二楼五个学员的房间。她俩很乐意分在一起工作，她们从小一起长大，现在又一起工作，一起值班，好像无法不成为好朋友，也无法藏得住各自的秘密。但储宝珍心里又在偷偷地恨着陈锦绣，凡是陈锦绣喜欢的，储宝珍也要喜欢，凡是陈锦绣要做的事，储宝珍也要做，储宝珍觉得自己和陈锦绣一样聪明漂亮，甚至比陈锦绣还要漂亮，但是储宝珍总是在陈锦绣之下，从小到大总是陈锦绣处处占上风。

储宝珍是无意间发现吴江有意无意地接近陈锦绣的。陈锦绣经常看小说，吴江就常常会在陈锦绣值班的时候找各种借口和陈锦绣聊天，向陈锦绣借小说，借了就放在枕头下面也不看，还向宝珍打听锦绣的事，储宝珍知道陈锦绣并不喜欢吴江。陈锦绣正痴迷于写作。不过，发现吴江喜欢锦绣后，宝珍再观察吴江，觉得吴江真是不错。

储宝珍发现吴江真的很讨人喜欢，她心里觉得找到了喜欢的人。

储宝珍让自己爱上了吴江。

这一次，宝珍没有让锦绣占上风，宝珍先于锦绣谈上了恋爱。不过，她的恋爱对象让锦绣感到绝对不靠谱，她喜欢吴江，先不说吴江的身份，更重要的是旅社有严格的规定，严禁服务员和住店的旅客谈恋爱，这是规定，不管多爱都不行。

吴江是金融班最年轻的学员，他有些幽默，喜欢说笑话，旅社里姑娘们都非常喜欢他，有事无事地主动跟他搭话。不过，吴江经常一副心不在焉的样子。

储宝珍告诉陈锦绣，说她喜欢吴江，这在陈锦绣看来有些不着调，但是无法阻止储宝珍。储宝珍想嫁给有学问的人，她才不在乎旅社的规定，也不在乎两地生活，两地分居，那是多么浪漫的事情啊！因为她想写信，她喜欢写信，给喜欢的人写信，只要能写信，多远都没有关系。宝珍说你看吴江不到三十岁，比我大个八九岁不算大，而且他多年轻多有前途啊，他会画画，会设计图书的封面，会写诗，会书法，特别有才。吴江是典型的南方男人，个子不高不矮正好，他秀气白净，脾气好，说话不紧不慢不急不躁，多好。宝珍说你注意到他的手没有，你看他的手比女人的手还白，还细，让女人见了都嫉妒。

吴江住在204房间，他每次看到宝珍都是笑眯眯的，对储宝珍的服务总是不忘道谢。储宝珍打热水来了，他会说谢谢；储宝珍给他送信来了，他也说谢谢；储宝珍提醒他到点了快去餐厅吃饭吧，他还是说谢谢。他不像别的行长对有的服务员挑毛病，他的好脾气让储宝珍舒服。储宝珍就格外地关注关心他，注意着他的一举一动。这一关注关心不要紧，渐渐地宝珍发现，吴江不笑的时候看起来有些忧郁，而且他忧郁起来的样子让人格外的心疼，尤其是让宝珍心疼，有一种说不出来的难受的感觉。宝珍看出来，吴江有心事，而且心事很重。

有一天，吴江接到一封信，储宝珍发现吴江看完信后中午饭都没吃就出去了，储宝珍看到他往黑石礁邮电局方向去了，他是去打长途，在旅社里打长途要经过邮电局转接，往往要等好长时间，这么急着去打电话，一定是他的女朋友又有什么事了。储宝珍暗自后悔把信给了他。

储宝珍知道信是吴江女朋友写给他的。储宝珍知道吴江有女朋友，但储宝珍假装不知道，她就是这个没心没肝的样子。这之后，储宝珍经常会注意信封上来信的地址等情况，来自上海的信最多。储宝珍喜欢偷看吴江的来信，有一次，她在吴江的信里发现，吴江的女朋友正在和他闹别扭，并扬言要和他分手，还让吴江老实点儿，威胁要告诉她爸爸断了吴江的前途。

显然这个女人的爸爸是个大官，不然有谁有能力会断了一个未来行长的前途？这之后，虽然储宝珍没看到吴江给他女朋友写的信，但是她从吴江收到的一些来信里读出了吴江的恳求和讨好，这让储宝珍特别为吴江觉得不值。吴江是男人，虽然长相温柔态度和气，但吴江是男人。在宝珍的印象里，自己的爸爸储运来从来都不会对妈妈说一句软话，即使他真成了犯人，即使他做了坏事，也不会屈从于一个女人。男人就是男人，怎么能受制于一个女人？宝珍想，吴江怎么会爱上这样的女人，有一个做官的老爸就那么不得了吗？这样的女人怎么能配上吴江？有一段时间，吴江和女朋友闹别扭的时候，储宝珍看到下课回来的吴江回到房间就迫不及待地看信，储宝珍的心里都有丝缕疼痛的感觉，但又很无奈。知道了吴江秘密的储宝珍再看吴江的眼神就多了同情，仿佛他遭遇了什么不幸抑或不测一般。

没过多久，储宝珍发现了一个秘密。有一次，储宝珍在吴江去上课时打扫他的房间，夹在枕头下的一本书里的信引起了储宝珍的注意，信封上写着“吴江收”，但吴江女朋友的字宝珍已经熟悉了，很显然这封信不是吴江女朋友写来的信。吴江的女朋友用很特殊很浪漫的信封，字迹都显露出恋爱中的女人那样浮浅和骄傲的痕迹，而这封信，一封普通的牛皮纸信封，有点儿像编辑们寄给陈锦绣的信，有些沉闷的感觉。打开信，一处折过的地方已经断开，显然这封信被反复看过。储宝珍把信打开——这之前，储宝珍经常偷看吴江的信，储宝珍偷看吴江的信并没有觉得有什么不妥。储宝珍知道吴江有个女朋友，而且她知道吴江正在和女朋友谈恋爱，有时还闹别扭。但是这封信显然不是吴江女朋友写来的信，这是另一个女人的信，储宝珍打开信。

吴江，亲密的爱人：

……江水在不断地上涨，江南已经进入了真正意义上的夏天了，而我的心却如北方寒冷的冬季，刻骨的相思让人寒彻心骨……岁月与缘分让两个童年时代就憧憬未来的男女，在进入人生壮年之际无奈分离，不知道这样的牺牲会带给你什么样的未来……喜耶悲耶或者悲喜交织？仰望星空，思及冥岸，竟然有种迷茫和丝丝酸楚，为你，更为我们的女儿……好在我们真心挚爱，……

这是你最后的机会，好好把握，实现你的梦想吧……不想让你再回到这个死气沉沉封闭的小县城，不想让你在这个小县城里度过余生，因为你有才华。永不后悔自己的选择并永远珍惜你！

不要和秋秋闹别扭，不然会前功尽弃……

永远爱你并珍惜你的美玲

××××年×月

这是吴江妻子的来信，确切说是前妻的来信，让宝珍难过的是自己从来不知道，原来人可以在信里在纸上面把思念和爱表达得那么缠绵和惊心动魄。储宝珍简直不敢相信自己的眼睛，她的心咚咚咚地跳个不停……储宝珍悄悄把信收了起来。

吴江回来后就到处在找信，他还问宝珍看没有看到放在枕头下面书里面的信，他丢了信像是比丢了手表还要焦急，他翻遍了房间的每一个角落，这之前，所有的他老婆的来信，他看完都会烧掉，但这一封他想多看几遍。只怪自己大意，昨天晚上喝了酒，又因为思念，没有舍得烧掉信……他清楚地记得信放在枕头下面，自己的房间只有储宝珍和陈锦绣经常来，平时很少有人来他的房间串门，他想来想去，觉得不像是锦绣所为，一定是宝珍的问题。他找到储宝珍，严肃地问储宝珍看没看到一封信，一封牛皮纸装的信，一封写着“吴江收”的信。储宝珍的大眼睛一片单纯，但她单纯的大眼睛看人时，目光里有时会藏着不太老到的狡黠，她时不时有些自己的小主意。储宝珍说什么信，有什么秘密吗？真的这么重要吗？吴江愣了一下，吴江断定信是宝珍藏起来了，他支吾地说信不是很重要，就是一封普通的信。吴江已经肯定信是宝珍拿去了，吴江不再担心，在他看来，宝珍就是一个孩子，顽皮的丫头，和他闹着玩而已，他担心的是信里面写的内容被一起学习的人知道。那天晚上，吴江买回来几瓶啤酒，一个人默默地喝着。他想起与妻子在小城里度过的那些日子，想起了无奈离婚一个人在上海滩奋斗的艰辛，不由得泪流满面。

那天晚上，储宝珍值夜班，她看到吴江没吃晚饭，她就主动去买了一袋三鲜伊面泡上了，又加了两个茶蛋在里面，送到了吴江的房间。吴江喝了太多的酒，头有些昏沉沉的，正在床上躺着，听到有人进来，知道是宝珍，闭着眼睛，并不理会宝珍，宝珍拍了拍吴江，看到宝珍和她手里的面，吴江坐了起来，他仍然笑眯眯的样子，但在宝珍看来比哭还难受。吴江拉过宝珍的手，把宝珍拉到床边，吴江用手指捏了捏宝珍的鼻子，吴江说宝珍你是个坏丫头，可爱的坏丫头！

储宝珍的心跳一下子加速了，这之前，从来没有一个男人这么亲热地接近她，她呆在那里，可是储宝珍却有想哭的感觉，储宝珍觉得自己一点儿也不可爱更不善良，储宝珍想把信还给他，但储宝珍心里有了自私的想法。

六

豆芽儿骂得对，宝珍想男人想疯了，可是储宝珍真不是想男人那么简单，储宝珍从小就拿定主意，要找一个像样的男人，一个亮亮堂堂的男人。

储宝珍知道吴江的秘密，她更加关心吴江，她想，吴江能离开自己的老婆孩子喜欢另一个女人，也会喜欢自己的。她看过吴江女朋友的照片，长相平平，苦瓜脸，粗眉毛，怎么看也不像一个上海姑娘，哪里有大连姑娘美丽。储宝珍感觉自己是多么的青春貌美啊！她偷偷地把吴江想象成以后要嫁的人，储宝珍一旦认准了的事就会付诸行动。储宝珍每天打扫吴江的房间时就会格外的用心，被子叠得板板正正的，枕巾挑最新最干净的，而且三天两头更换。储宝珍给吴江洗枕巾床单都是手洗，而不是扔到洗衣房的大洗衣机里混洗。储宝珍想，南方人都爱干净，不像209房间北方来的姜行长，把烟头扔得到处都是，还随地吐痰。储宝珍怎么会把吴江的东西和姜行长的放在一起洗呢，那简直是对吴江的不尊敬。储宝珍怕在单位给吴江洗床单被别人发现，就偷偷地拿回家洗。

储宝珍觉得自己和锦绣都是有思想的人，她很看不起一起工作的那些同事，看看她们每天在干什么？休息时不是打毛衣就是吃零食，再不就是对着镜子涂抹；哪个人找了开出租的男朋友了，也会有人羡慕得不得了；哪个人穿了一件新衣服了，会在休息室里臭美半天；谁穿了一双新鞋子，干活时还不肯脱掉，高跟鞋的铁跟子在走廊里咚咚作响，吵得人心里闹得慌；烫了个新发型也在大院里晃半天；哪个女孩的未来婆婆给了多少多少钱的见面礼给了多少压腰钱等等。储宝珍却有些不同，她已经报名参加自考，经济的哲学的文学的书一大堆等着慢慢地读慢慢地考试过关……储宝珍想有一张自己的文凭，与吴江匹配的文凭。看到陈锦绣做完事就会捧着本小说在看，宝珍觉得陈锦绣的目标有些不靠谱。陈锦绣的目标是当一个作家，储宝珍觉得喜欢读书是好事，但当作家却有点儿不着边际，女孩子有个漂亮的脸蛋找个好男人才是正经的。储宝珍以前认为的好男人无非是司机了厨师了什么的，储宝珍对配偶的重新定位是因为吴江，有一天，她对陈锦绣说，将来嫁男人就嫁吴江这样有文化有前途的男人。

你以为你是槐花别墅里的公主，你现在是黑石礁旅社里的服务员，有文凭有前途的人会要你储宝珍？那些读大学的人都是千军万马过独木桥闯荡过来的，会看上你一个小小旅社的服务员？年轻漂亮算什么，大学里不知道有多少年轻漂亮的才女呢。陈锦绣就想，储宝珍脑子一定是进水了，像吴江这样的男人，一个秀气的上海男人，一个未来的行长，怎么会是你储宝珍这样女孩子想嫁就能嫁的人？真是不知天高地厚的姑娘。

储宝珍并不介意陈锦绣的想法，储宝珍每天打扫卫生时依旧会把信件报纸杂志等放到行长们的书桌上。储宝珍喜欢看到他们看信时的喜悦，喜欢看他们坐在书桌前写回信时的背影，储宝珍想，如果以后和吴江两地生活也会互相写信的，于是储宝珍又多了一份心思，就是练字。储宝珍得空就会练字，字是人的脸面啊，看看那些行长们的来信就知道了，字是多么的重要啊！

储宝珍的脑门很大，发丝又很硬，不要刘海吧，脑门突出着有些难看，要刘海吧，发丝硬硬的支棱着四处翘着，有点儿张牙舞爪，让储宝珍很烦恼。储宝珍有各种各样的发卷，晚上睡觉时，储宝珍就把脑门的头发卷起来，有时还会用电夹子卷，如果哪天忘记做这些了，她的头发一天都会翘翘着，东一缕西一撮的像遭了风，会败坏她一天的心情。储宝珍喜欢照镜子，有时正干着活，她就会跑到镜子前面弄自己的头发。她经常会用手指沾点儿唾沫去拽刘海，使劲地拽，好像要把那些头发连根拔掉一般，让陈锦绣好不担心，陈锦绣总是笑话储宝珍臭美。

储宝珍在偷看了吴江女朋友的照片后，又增加了烦恼。吴江的女朋友在上海外滩上挽着吴江的手，穿着连衣裙，风刮起裙摆，尽管她相貌平平，但这个叫秋秋的姑娘却有着丰满的胸部，这让储宝珍有些自卑。她感觉自己的胸部还不够丰满，还太小，有一天她突发奇想，她在胸罩内垫上卫生纸，她的胸部突然地高挺起来，让旅社的姑娘们有些纳闷。不过，有一天，储宝珍在干活时不小心让粉红色的卫生纸露出了胸口，一下子，储宝珍的卫生纸成了姑娘们的笑柄，陈锦绣说一定要把这个细节用到小说里，甚至连学员们都知道了这件事，再看储宝珍的眼神都藏着异样的意味。这件事让储宝珍好生烦恼。储宝珍最怕吴江知道了。储宝珍看到吴江见到她时满脸笑意，但那笑意与以往有所不同，是宽厚的有内容的不言语的笑，而这样的笑是让储宝珍心痛的笑。

储宝珍那飞出胸口一角的粉红色卫生纸并没有让她颜面扫地，也并没有阻止她实施自己的目标，储宝珍打开吴江的一封封信，当然储宝珍做这一切的时候只有自己一个人在场。储宝珍在实施着一个秘密的计划，她不想在计划实现前过早地暴露目标。她盯住吴江不放，做着有朝一日嫁到上海去的美梦。

储宝珍偷偷藏起了好些吴江的信，吴江收到的信越来越少，他经常去打长途电话，他一次次到邮电局，长途电话柜台前总是排着很长的队，他经常中午饭都没吃就去打电话。

有一天，因为暂时没有邮票，吴江把写好的信交给储宝珍，让储宝珍帮忙给寄出去，储宝珍看到信封没有封口，她很自然地打开信。信里只有几行字：

宝珍，你还是个小孩子，你怎么会懂得我心里想要的是什么呢？不要再做傻事了。

吴江

储宝珍的眼泪落了下来，她看到了自己绝望的目光。

别忘了储宝珍是一根筋，储宝珍决定试一下自己的运气。有一天晚上，财经学院放电影，所有的人都去看电影了。那天，吴江知道女儿病了，但是他已经离开了女儿，离开了小城，他为什么还会那么的心痛？吴江心情很糟，他独自一人在房间里，一个人就着花生米喝酒，这时，蒙胧中他看到了一个女孩走进了房间。是宝珍，那个偷偷藏起他信的女孩，他当然知道这个单纯的女孩喜欢他，这个天真的丫头，怎么会知道吴江胸中的大志？他在心里笑着储宝珍，又觉得储宝珍可爱和可怜，他并不在乎储宝珍偷偷藏起来的信，他不在意宝珍知道不知道自己的事，与这些相比，他的思念更加深切。

有一天，储宝珍陪着吴江喝酒，储宝珍也喜欢上了酒。她只有二十出头，在成熟男人眼里只有美丽却缺少韵味。储宝珍的酒量很大，等吴江喝得人事不省的时候，储宝珍却还意犹未尽，她借酒壮胆，悄悄地爬到了吴江床上，储宝珍想，只有上了吴江的床，才能牢牢地抓住这个男人。

储宝珍把珍宝一样的初夜给了这个上海男人。

醒来时，吴江在怀里发现了那封老婆写来的信，吴江在看到信时，想烧掉，但他终于没有烧掉。

有天晚上，储宝珍看到吴江一个人出了旅社的大门往黑石礁海边走去，储宝珍就悄悄地跟着他。那天黑石礁海边的风很大，天气有点儿冷，吴江却坐在沙滩上，一点儿寒冷的感觉都没有，他一开始坐在那里发呆，后来往海里一颗一颗地丢着石子儿，后来干脆躺在沙滩上，在天空下躺了好久……

七

储宝珍下了夜班，坐上通往兴工街的电车。储宝珍下了电车，没有像往常那样直接去邮电局，而是跑到了路边的一根电线杆前，扶着电线杆子，猛烈地呕吐起来。储宝珍的胸部再也不用垫粉红色的卫生纸了，她的胸部肿胀起来，以不可扼制的速度丰满着。

储宝珍怀孕了。

宝珍有些茫然地看着四周，她突然发现，眼前有一家叫“老王地三鲜”的菜馆，她毫不犹豫地走进去，要了一碗酸辣汤，一口气喝了下去，然后又要了一碗，又一口气喝了下去，接着又喝了一碗……她整整喝了五碗酸辣汤，然后悲伤地站起来，走了出去……

门卫的王师傅病了，旅社临时安排怀孕的王红替门卫王师傅值班。那天有一封储宝珍的来信，王红拿着写给储宝珍的信，她几乎是随便地不经意地看了看那封信，她盯着“储宝珍”三个字突然像是发现了什么，她分明看到了信封上“储宝珍”三个字明明就是储宝珍自己的字迹，她一下子就认出来了。她们经常写交班笔记，储宝珍的签名和信封上的一模一样。于是，王红毫不犹豫地打开信，正如她所料，信是储宝珍写给储宝珍自己的，但是那封信的内容还是把王红吓着了：

吴江，我怀孕了，怎么办？我想嫁给你，嫁给你……我们有了孩子，有了孩子你总不会不要吧？……

很快，几乎所有的人都知道了储宝珍自己给自己写的信，也知道了储宝珍的秘密。不过，她们不相信她已怀孕，而更愿意相信储宝珍彪了傻了不正常了脑子坏掉了……

储宝珍打开吴江的房间，她按惯常的思维直接到吴江的桌子上看看有没有信来，她休息了两天，她的身体非常的难受。她刚打开吴江写字台的抽屉，突然吓了一跳，不知道何时，吴江就站在她的身后。

你没有上课？储宝珍惊讶不已。

没上，正在等你。

等我？储宝珍单纯的眼睛里一下子蓄满了泪水。

是的，等你，储宝珍……

储宝珍的眼泪终于涌出来，她结巴地说，为什么等我……

吴江抬起手，想抚摸储宝珍的脸，但是却让储宝珍一把抓住了，她把那只手，白净得让她心痛的手贴到自己的脸上，眼睛里充满了委屈和不安。

你，真的怀孕了？

我想嫁给你，吴江。

储宝珍看上去是多么单纯无助啊，这个痴心妄想的姑娘，这个一根筋的傻丫头……吴江突然对储宝珍充满了怜爱，他一把将储宝珍搂进怀里。吴江对储宝珍说，你现在就回家，明天也别上班了，过几天我们就放假了，到时我带你到上海。

结婚吗？

傻孩子！吴江叹口气，说，你真是个孩子，总之你跟我走就是了。

三天后的傍晚，储宝珍如约来到了码头，在候船厅里，吴江一下子就找到了她，吴江刚挽着储宝珍的手，就被几个人围了上来。原来是旅社的经理和几个同事，显然他们已经知道了储宝珍的行踪，但是很显然他们并不知道吴江会参与其中。这之前，旅社的经理咨询了精神科医生，医生根据储宝珍的行为，很肯定地推断储宝珍得了青春期综合征，这种病在旅社人眼里不啻于精神病，他们已经派人暗中跟踪了她，从她不上班到她离家出走。

不过，后来储宝珍还是想办法跟着吴江去了上海，到上海的当天，吴江把储宝珍安置在一家叫鸿运来的旅社里，然后又领着储宝珍去了南京路上的一家商店，给储宝珍买了一件水黄色的羊毛衫，这之前，储宝珍从来没有穿过羊毛衫，而且还是幸福的黄色。储宝珍穿上羊毛衫后，潜藏着的青春红润立即浮现脸上，储宝珍一下子跟商场里那些小里小气的售货员有了区别，她变得漂亮了大气了明亮了，仿佛一下子有了自信。这件水黄色羊毛衫成了吴江送给储宝珍的信物，吴江当然也不会想到，他以后再也没有机会见到储宝珍和这件水黄色的羊毛衫了。

晚上他们在小旅社的单人床上做爱，吴江觉得自己心里真心喜欢储宝珍，但是喜欢和爱真不是一回事，他不知道怎么和宝珍讲才能让宝珍明白，一想到宝珍肚子里的孩子就要告别这个世界，吴江就心痛不已，动作格外的温柔。

吴江把宝珍带到了一家医院，当宝珍明白了吴江的用意后已经晚了，她无奈地坐在医院走廊的长凳上，听着吴江一遍又一遍安慰她，他说你现在还年轻，以后我们再要也不晚，我现在还没有读完书，等读完书了我们再结婚再生孩子。宝珍用手摸着腹部，心里却在不停地哭泣，终于到宝珍了，这时护士让吴江去补交什么费用，宝珍突然想起什么，她站起来，大步走出医院。

宝珍一个人去了码头，她买了一张船票，从上海的码头回到了大连的码头，又从码头坐上通往黑石礁的电车，回到了槐花街的家中。

八

储宝珍回到了大连的家中，让豆芽儿震惊的是，宝珍竟然准备一个人生下孩子。

那段时间豆芽儿磨破了嘴皮子，豆芽儿没有想到，自己倾心保护的宝珍并不是个让人省心的孩子，宝珍怎么可以生下一个和自己毫不相干的人的孩子。你不是想嫁一个好人，出人头地，要成为槐花街嫁得最好的人吗？你傻啊，你要生下人家不要的孩子？将来怎么办？而且这是个多么丢人的事情啊，以后出去怎么见人？豆芽儿关起门来，对着宝珍咆哮，她瘦弱无力的样子让宝珍心疼无比，完全不是调度室门口吹哨子的漂亮女人。

宝珍不想听豆芽儿咆哮，她不想让豆芽儿伤心。有一段时间，储宝珍爱上了大海。不上班的时候，她就会经常走出家门到黑石礁的海边去呆坐，有时她会在海边一坐一个下午。她有时想自己生下孩子，有时又觉得这想法太大胆疯狂，有时又想干脆把孩子做掉，但一想到吴江，又有些不舍，她觉得吴江一定是爱自己的，看他看自己的眼神，对自己的温柔，她怎么会不爱呢，这孩子是他们唯一的联结纽带。有一天，吴江一定会来找她的，如果来了，却不见了孩子，他会留下吗？有了孩子他才会爱我，才会来找我。

储宝珍想到妈妈要给她找个人家的想法也不错，眼下先嫁给一个不起眼的人，然后生下孩子后再离婚。她整天在黑石礁的海边坐着胡思乱想。她从来没想到家门前的海这样的无用，只会让孤独的宝珍更加的孤独。

陈锦绣陪伴着储宝珍，对她们来说，这是难以解决的难题。她们坐在黑暗的海边，遍布于岬湾之中的黑色礁石在夜晚给人一种阴森森的感觉，涨潮时波浪将那些高低不齐的黑色礁石暴露于海面，那些礁石被海浪冲刷着，打磨着，与海浪纠缠着，在海浪中此起彼落，或隐或现，仿佛一群群匍匐前进的将士，神秘莫测。枯潮时黑色的礁石全部裸露出来，仿若疲惫的将士们褪去了战袍，各种姿势，歇息着，喘息着，散漫着，显出了奇异雄伟而又不经意的美，蔚为壮观。

储宝珍暂时还拿不定主意，没有听从妈妈的意见去相亲。有一天，宝珍在黑石礁海滩上遇到了一个天天和自己一样到海边呆坐的男青年，这个男青年看到储宝珍一个人坐在海边发呆的样子，突然觉得储宝珍像极了自己死去的妈妈。于是他们攀谈起来，他主动告诉宝珍，说他是从北方农村来的，他叫梁海明，因为父亲喜欢大海才给他取了这个名字。他说他夏天就要毕业了，最近要到船上去实习，他说他们毕业都会分到远洋公司，很快就会随船出海跑船，他最终要成为一名远洋船员，这是他的梦想。他又有些悲伤，他还拿不准自己能不能胜任这个职业，但他说他会是个没有家的人四处漂泊的人。梁海明说他如果跑船一去就会是一年或者几年，他从小没有妈妈，是爸爸带着他和弟弟一起生活。不过，梁海明很乐观，他说他是幸运的人，他说他们村里的人一辈子都没有看过海，而他以后可以天天看海，他说他好像是为了村子里的人看海的。他说，我可以天天看着海，睡在海里，梦里都是大海，那多么美啊。他觉得这是他的命，也许命里注定没有家注定要四处漂泊，就像注定失去妈妈一样，一切都是命运的安排。

储宝珍说，我也没有爸爸，他死在海里。

他怎么死的。

淹死的。

他们长时间不语。

你愿意写信吗？储宝珍有些唐突地问。

写给谁呢？爸爸从不写信，也看不懂信，他不识字。

储宝珍说，你可以写给我啊，如果你愿意。

你是说让我给你写信吗？

储宝珍点了点头。

好啊，就给你写信。

宝珍的多愁善感打动了梁海明，他说，如果你愿意我会给你写信，我从来没有给人写过信，我很愿意写信，就是不知道写得好不好。

你要想写，就会写好，你用心去写，就会写好，读信的人会读出你是不是用心在写信。

宝珍又说，你要愿意给我写信，我就嫁给你。

梁海明看不出宝珍是不是在开玩笑，他觉得真是太不可思议了，一个刚见面的女孩不但要让自己给她写信，还要嫁给他，一定是开玩笑吧。

我是认真的，我是个认真的人，不信你问锦绣。

谁是锦绣？

就是经常陪着我的那个女孩。

梁海明有些感动，能写信有什么不好呢，眼前的姑娘难道不是善良的姑娘吗？看她的眼睛，和自己一样忧郁的眼睛，而且她是多么美丽。

储宝珍决定嫁给这个愿意给自己写信的男人梁海明，而梁海明是一个海运学院毕业的大学生。正如储宝珍希望的那样，储宝珍嫁给了一个有知识有文凭的大学生，不经意间成了黑石礁旅社里也是槐花街第一个嫁给大学本科毕业生的女孩。储宝珍把梁海明领回家时，储宝珍的妈妈给他包了鲅鱼馅还有韭菜虾仁馅两种馅的水饺，这顿水饺让梁海明吃得泪流满面，他瞬间就被储宝珍家虚假的温馨氛围所打动，多好，如果自己离开家，有一个妈妈照顾自己的老婆，而且在海边，有一个家，可以天天看着大海的家，那样，他们可以互相眺望，不是吗？

储宝珍在梁海明出海的前一周，终于把自己嫁出去了。婚后，储宝珍跟着梁海明回了一趟沈阳农村的老家，储宝珍才知道为什么梁海明不能给爸爸写信，梁海明没有和宝珍说实话，他的爸爸有严重的精神病，被关在老家的破屋子里。不过，储宝珍的美丽征服了梁海明老家的亲朋好友，他们没有想到，这小子能娶到这么漂亮的城里姑娘。

梁海明临走前，储宝珍买了一大包的信封、信纸、邮票，储宝珍要求梁海明不论到哪个城市哪个国家，下船的第一件事就是给她储宝珍寄信，哪怕是一个空的信封，哪怕信里面什么也不写。

什么也不写？那寄信干什么？梁海明不解。

储宝珍一脸愠色，说，梁海明，我不论你写与不写，我只要你那份来自远方的气息，那是打开我心结的钥匙，梁海明你懂吗？

储宝珍生了个女儿，她给女儿取名尚海，梁尚海。储宝珍要让女儿吃最好的东西，穿最漂亮的衣服，她要让女儿永远都有花裙子穿，有漂亮的皮鞋穿，用最好的文具盒。她要让女儿幸福。

梁海明果然经常给储宝珍寄信，每到一个国家，每到一个城市，他都会第一时间给储宝珍寄信，还寄来各种各样的明信片，储宝珍从那时开始喜欢上了集邮和收藏。梁海明的信里有时写满了思念，有时信里果真什么也不写，信封也不封口，就那样寄来，像倒空了的面袋空空荡荡。

梁海明第一次回家是出海近两年后，他随着运货的小卡车一起回到了槐花街，他带回来整整一车的东西，大到冰箱彩电洗衣机，小到吸尘器电风扇热水器等等紧俏商品，后来梁海明国内国外的航线都跑，每次回来都兴师动众的，从成袋的玉米大豆花生豆油到大葱土豆等等，五花八门应有尽有。面对着梁海明，储宝珍和妈妈喜极而泣。储宝珍一下子成了槐花街的富人，储宝珍和妈妈商量说要把这些东西全部卖掉，储宝珍的妈妈几乎是不假思索地同意了储宝珍的意见，她们把这些东西全部卖掉，这些东西都是市场上的紧俏货，她们根本不用愁没有买主。储宝珍拿出妈妈豆芽儿的那股子泼辣干练劲，把梁海明运回家的那些大豆大米等东西起早贪黑地倒腾出去，把大豆卖给豆腐坊，把大米卖给开饭店的同学。还有家用电器，她们不费力气地就卖出去了，而且全是高价卖掉。

有一天晚上，储宝珍和妈妈把窗帘拉上，两个人关上门，坐在灯下数钱，娘儿俩第一次见到这么多钱，她们的手都颤抖了。储宝珍说，妈妈我们有钱了，我要给女儿买最漂亮的花裙子。豆芽儿突然停下来，花裙子刺激到了她，她握住宝珍的手，眼泪流下来。宝珍轻轻摩挲着妈妈的手，宝珍说，妈妈我要让你的手变得和方芳阿姨一样漂亮，我要让你享福。

梁海明是个顾家的人，他不停地往家里倒腾，把挣到的钱全都买了紧俏商品，宝珍和豆芽儿一起把运回家的东西卖出去，换回来成捆成捆的钞票。宝珍把一部分钱存起来，余下的用来收藏邮票，那些曾经在旅社学习的邮电局的学员帮了她大忙，他们当中一个胖胖的张姓学员后来成了市里邮电局的副局长，他帮有钱的宝珍买下了一版又一版的新邮票，宝珍买邮票不是一个一个地买，而是整版整版地买，从生肖邮票到纪念邮票，从特种邮票到普通邮票，她从不落下，凡有必买。她手里有许多梁海明从世界各地邮来的纪念封，各种各样漂亮的邮票，夜深人静的时候，储宝珍会看着那些珍贵的邮票回忆自己永远不再的青春。

梁海明去的地方越来越远，去的国家越来越多，他的信还是正常地来，只是空信封越来越多，他已经不再爱写信了，不再写什么甜言蜜语，不愿意和她讲外面的世界。宝珍只能从他的信封的邮戳上明信片上知道什么时候他又到了哪个国家，他好像越来越热爱四处漂泊的感觉，好像大海是他的家，那里才有他的快乐。

有一天，梁海明从日本寄来了一张明信片，明信片上是日本富士山的风光，宝珍不由得想起了曾经来旅社找锦绣的大岛雄，她找出大岛雄留给她的名片和地址。

储宝珍决定给大岛雄写封信，储宝珍已经非常善于写信，她相信，她的信一定会打动大岛雄。

第十部　舞蹁跹

一

陈锦绣下班后没有如往常一样回家睡觉或者休息。事后，她无意中记住了那天的日子。早晨方芳从劳动公园的那个家打来电话，让锦绣晚上回家，因为那天是锦绣的生日。那天锦绣并没有回家吃饭，有时候她讨厌飘在妈妈身上和医院走廊里一样的来苏水的味道，那是她无法抹去的味道，长在身上一般，跟着她在四处穿梭扩散，挥之不去。锦绣心中始终无法让另一个男人替代爸爸，况且在她心中爸爸并没有去世，他只是失踪了或者是暂时找不到而已。

陈锦绣的执拗似乎让方芳很受伤，但锦绣已经学会了硬着心肠，不去理会方芳的忧伤。锦绣已经习惯了一个人生活，那天下了夜班后，锦绣一个人从黑石礁上了电车，径直往兴工街的火车站方向去了。陈锦绣到火车站去接一个人。这是陈锦绣的秘密，不曾跟任何人讲过的秘密。

火车终于进站了，虽然晚了一个多小时，但陈锦绣并没有着急。陈锦绣正好可以利用这段时间，理一理有些发烫的思绪。陈锦绣花了五毛钱买了一张站台票，到站台上去接站。天一直下着雨，很大，雨点敲打着站台上高高的防雨棚，震得四周叭叭叭子弹一般乱响，那响声仿佛敲在陈锦绣的头骨上，震得陈锦绣的头胀胀的仿佛停止了思维一般。陈锦绣略有些紧张，防雨棚四周都挂满了雨帘，天空仿佛穿着一条大灰裙子，闷闷地罩着乱糟糟的人群。陈锦绣环顾四周，到处都是接站的人，红唇绿袄黑衣白裤蓝裙花鞋五颜六色，即使在20世纪80年代初期，大连仍然是让人向往的城市，一到夏季火车站就挤满了旅游的人群。终于，火车露头了，火车上、站台上有人开始喊着、嚷着。陈锦绣特羡慕身边那些一下子就能从飞驰的列车上看到自己亲人的人，大家伸着脖子，仿佛这时候不打招呼过会儿就找不到人似的。不过今天陈锦绣一点儿也不急，陈锦绣有自己神秘的期待。陈锦绣要接的人是一个她从未见过面的人，他们已经认识了一年多，但他们从来没有见过面，陈锦绣期待着这次见面，这份幸福已经储藏太久了，就像是一罐装得满满的蜜，放了好久，不时地诱惑着陈锦绣，陈锦绣要打开蜜罐儿品尝一下。陈锦绣期待着蜜罐打开的那一刻。列车停稳了，陈锦绣在站台上向四处张望着，手里按约定拿着一本杂志，杂志上有陈锦绣新发表的一篇小说。这一年里，陈锦绣经常把自己发表的作品寄给他看，但这次陈锦绣没寄，因为这次陈锦绣写的是一篇爱情小说，更确切地说小说里有她自己恋爱的影子。陈锦绣下意识地把杂志往腋下掖，她还不想让男人先认出她来。之前陈锦绣和他都互相邮寄过照片，但照片上的人和现实中的人可不一定都是一个模样。陈锦绣瞪大眼睛，她在找穿军装的男人，但是穿军装的男人不是太老了就是太小了，不是太高了就是太矮了，没有陈锦绣要找的人。陈锦绣看着人渐渐地少了，下意识抽出了腋下的杂志，几乎同时，肩膀被人轻轻地拍了一下，陈锦绣回头一看，男人看着锦绣。这张脸轮廓分明，脸颊上湿漉漉的满是笑意，眼睛不大，却很有神采，黑黑的清瘦的面孔，正是陈锦绣期待的那张脸。

男人伸出手对陈锦绣说，怎么了，你不是在信上说保证一下子就能认出吗？陈锦绣脸红了，说一直盯着找你呢，可你怎么会从后面出现呢？男人说自己是隐形人，外星人。接着他们一起笑了起来。陈锦绣立即就喜欢上这个男人，成熟，幽默，俏皮，穿着整洁的军装，两颗星星在肩头上跳跃着，陈锦绣心里不知有多兴奋，陈锦绣说，你怎么和照片上不一样，你可比照片上精神多了。不过这句话陈锦绣只是在心里说说，根本没让男人听到。男人见陈锦绣笑模笑样的，对陈锦绣说，你比照片上还漂亮。

陈锦绣偷偷地打量他，看上去，他多么的体面而自信呀，稳重成熟，个子高大，性格开朗，穿着得体的军装，帽子干净整齐，没有一点儿污渍。他们一起，走出了站台。

他看上去见多识广的样子，尽管这个城市他第一次来，内心充满了惊叹和感慨。在那个封闭的小镇和封闭的军营里，他从来没有领略这样的城市气派，大道干净得可以打滚，甚至比老家的炕头都干净，街头上的军人走路和自己不一样，他也不由得直了直身板。这才是军人应当要待的城市，这里没有阴郁的脸，没有街头无序的叫卖，没有黏滞的土路，即使现在正在下雨，脚下的雨水还是透明的甚至可以说晶莹的。他知道自己喜欢上了这个城市，希望有一天会成为这个城市的人。

本来他没有机会当兵，这之前他想当兵都想疯了，只是想离开土窝窝，后来他把当兵的目的说成是为国家做贡献。当兵前他在村里的雷管厂里当民工，天天包雷管，他的好几个同伴都被炸掉了胳膊和腿，有一个甚至被炸飞了整个屁股。他清楚地记得一个军官领着人到厂子里参观时的情景，那军官气宇轩昂的样子，那气派在他的心里埋下了种子。他们的脸上放着光，他认为那是因为吃了肉的原因，他们在部队里一定有肉吃，而他只能在过年的时候吃肉。他偷偷地跟那个军官说，我想当兵，我能当兵吗？他们笑了笑，他们说凡是有志青年都可以当兵保家卫国。与吃肉相比，这是多么美好的志向，以后他都会认为当兵是为了保家卫国。

他来到了有大海的城市，而且这里有电车，有广场，有花园，还有空气中海水新鲜的味道和满街的槐花香味，更重要的是还有一个叫陈锦绣的姑娘在爱着自己。

二

陈锦绣的第一篇小说发表时，杂志的封二上登载了一张她的照片。海边新增了快照摄影，锦绣喜欢家门前的海，那些灰黑色的礁石浑然大气，她站在一块一半在海里一半在沙滩上的巨大礁石上，以灰蓝色的大海做背景，穿着风衣，手里拿着一本刚刚出版的杂志，迎着阳光，目光远望。

这张照片使锦绣看上去非常的美丽，也使她的业余时间繁忙起来。

陈锦绣晚上去区里的文化馆举办的写作讲习班时，老师特意在黑板上写上了“祝贺陈锦绣小说发表”几个大字。老师姓杨，也住在槐花街，他是图书馆的馆长，喜欢陈锦绣，不过，他有过一段短暂的婚姻，陈锦绣是无法答应的，怎么能嫁给二婚的人，一个姑娘怎么也不可能呀。他给陈锦绣送书，晚上下课时陪陈锦绣回家，但是他始终不敢牵陈锦绣的手。后来他离开大连，去国外留学，那以后陈锦绣经常想起他。

陈锦绣兴奋劲还没有过去，就接到了读者来信。这之前锦绣就想，如果接到第一封信是情信，那就和这个人交往；如果是一封普通读者来信，就不跟任何人来往。锦绣相信缘分也相信命运。

锦绣打开了第一封读者来信，这封信寄自本省一个偏僻小镇的部队，他是一个军人，信里还有一张照片，照片上的男人穿着军装，有点儿神气。信是用漂亮的大八行宣纸写的，秀气的小楷，字迹和人一样的端正。他的信里面写满了对陈锦绣的仰慕和深深的爱意。他说，我家里都是男孩子，我就喜欢家里多一个女孩子，你愿意当我的妹妹吗？

陈锦绣当然愿意，妹妹的称呼让人联想到五四时期的表哥表妹等称呼。这封信像那天弥漫在黑石礁海边的大雾一样，把陈锦绣团团围住。那以后锦绣又收到几百封信，但没有任何一封信像这封信这样吸引锦绣。

陈锦绣的选择是悄悄的不为人知的，除非有十足的把握，陈锦绣是不会轻易地和任何一个陌生男人交往的。

只是让陈锦绣没有想到的是，这个自称家里没有女孩子的男人，从一个穷困潦倒的农户家走出来，家里竟有兄弟姐妹九个，有一个驼了背、掉光了牙的老太太后来差点儿成了锦绣的婆婆。

三

他们很自然地互相拉起了手，像重逢的恋人，随着拥挤的人流往站台外面走。男人不时侧过脸，看着陈锦绣，很成熟地笑着，好像陈锦绣就是他要找而终于找到的人。通过地下道时，地面楼梯有些湿滑，男人紧紧地握住陈锦绣的手，握得很紧。陈锦绣的脸一直兴奋而甜蜜地红着，有一阵子，陈锦绣知道男人在看他，但陈锦绣却不敢看他，只是低着头，把手塞在男人的手心里，幸福的感觉从手心里往外穿过拥挤的人群四处奔跑着。

这是陈锦绣第一次被一个男人牵着手，她的心咚咚咚咚像鼓一样擂个不停。

雨很大，陈锦绣原计划是先领着这个男人到本市最好的公园或者书店等地方去转转，因为男人服役的那个小镇没有真正的公园和像样点儿的书店。但是因为下雨，陈锦绣的计划被打乱了。

陈锦绣并不知道，因为一场雨，自己的爱情故事变得异常的迷离……

他们站在火车站出口处的屋檐下躲着雨，男人已经很自然地用一只臂膀拥着陈锦绣，陈锦绣能感觉到男人的体温。我们去哪儿呢？陈锦绣想了好久拿不定主意，男人却说话了。他看着陈锦绣，认真地说，昨天晚上值班，正好有个战士得了急病，一整夜没有睡觉，今天又挤了一天火车，好容易有个座位了，刚坐了两站地又上来一个抱小孩子的妇女，穿着军装，不想让座都不行，现在只想找个地方先吃点儿饭再好好休息。

陈锦绣想都没想就点头同意了。

我只请了两天的假，只是想好好看看你。他握了握锦绣的手。

到哪儿住呢？陈锦绣想。

在哪里住都一样。

那就到我们黑石礁旅社住吧。陈锦绣心里并不真的想领他去。

你想让大家现在就看到我吗？

看到也没有什么呀！陈锦绣想说，但看出他不想去。

那就在火车站附近找一家旅社住下吧。陈锦绣提议。

他们就近找到一家旅社，正好火车站里就有，登记后，服务员拖着一长串钥匙，领着他们走过长长的昏暗的走廊，走廊里发霉一样的气味立即飘过来，终于到了房间。房间属于半地下室，窗户上半截透亮，也许是由于下雨的原因，桌椅床铺等都黏糊糊的，散发着难闻的气味。

男人皱着眉，我们先去吃饭吧。

吃过饭，男人说，不想回那个旅社了，太脏，味道也不好。

那么去逛街或者去书店，看看有没有你喜欢的东西或者书可以买。

我不想买什么东西，再说下着雨……你知道为什么天要下雨吗？其实就是老天创造条件让咱们待在一起躲雨。

那怎么办呢？陈锦绣脸红了，犹豫起来。

那么我们坐电车吧，你不是在信里说想跟我一起坐坐电车吗？

陈锦绣和男人上了电车。

他们坐在角落里，紧挨着，随着电车晃荡着。陈锦绣想起小时候坐电车的一些事情，讲电车顶上的火花溅到了陈锦绣的白衬衫上，弄出了几个小黑点，烧破了，那时陈锦绣才九岁，陈锦绣拉着乘务员不依不饶。藏一峰被她的故事逗笑了，他说你个小家伙还挺厉害。

突然停电了，电车停在了解放广场的马栏河桥上，就那么停在桥上，大家等了好久见没有开动的迹象，就陆续地下车步行了，等所有人都下车走了，陈锦绣和藏一峰有些不好意思，他们只好也下车了，漫无目标地走着。陈锦绣的手放进衣袋里，握着放在口袋里的钥匙，手心里已经潮湿。这时藏一峰握紧陈锦绣的手，他说我知道你肯定能找到一个更好的地方。陈锦绣感觉好像藏一峰知道陈锦绣有地方去。陈锦绣本来今天不打算也不想告诉这个男人有地方可去。陈锦绣觉得她对这个男人还是不太了解。

你不是一个人住吗？我只想和你在一起好好地说会儿话。

陈锦绣被说动了。去吗？陈锦绣在心里盘算着。陈锦绣没有足够的勇气带着这个初次见面的男人去自己家里，虽然那是她一个人的家，但是她知道一旦这个家门对他开放了，就会永远对他开放，她想好了吗？尽管他们相识已经好长时间了。男人好像看出陈锦绣的想法，男人就笑着说，你是不是有地方可去却不想让我去？陈锦绣说，你怎么看出来了？男人说，傻丫头，你那点儿小心眼儿还能瞒过我。

陈锦绣站在原地不动。陈锦绣说，去可以，你得答应一件事。

什么事。

陈锦绣说你得答应，才会带你去。陈锦绣脸红了，低着头。

男人说，行，说吧，答应你！

陈锦绣声音弱下来，你可不许……不许……但陈锦绣只是在心里对男人说不许动我，但陈锦绣说不出口。男人搂过陈锦绣，他说，你身上有种药片儿的味道，真好闻。他用手撩起陈锦绣脑门上的几缕头发，笑着说，放心吧，傻丫头，我不会欺负你的。

你可是个军人，说话算数。

一定，说话算数。

终于，陈锦绣下了决心，她要把藏一峰带回家。

吃完晚饭，他们来到了黑石礁广场，夜已深，天空中布满羞怯而暗淡的星星。

四

屋子里有一个涂着蓝色油漆的书柜，他先是翻看着书柜里的那些书。她不知所措，眼前竟然是小时候看到的爸爸的情景，她吓了自己一跳。藏一峰对着陈锦绣丰富的藏书赞叹不已。陈锦绣并不奇怪，他们本来就是因为书才认识的，喜欢读书的男人才有前途，陈锦绣那时就这样天真地认为。

从陈锦绣家台阶上可以清楚地看到黑石礁的海，夜晚的海面上阴柔的光。他们俩放下东西来到海边，四处静悄悄的，风从海面上拂来，像温柔的手。惊醒梦中人一般，有夜游的人爬上岸，他们并不在意海边的人，小跑着离开海滩。风并不停歇，不知疲倦地一阵阵拂来，不厌其烦。沙滩上被太阳晒过的海带裙带菜，被潮湿的夜晚的海水浸渍过，有些黏糊糊的感觉。四处不时传来海鸟的声音，它们成群结队，不是戏耍的样子，又不急着争夺地盘，完全是一副忘我的姿态。只有在这样的黄昏和夜晚，他们才大胆而自由地在海边嬉戏。藏一峰枕在陈锦绣的腿上，躺在夜晚的海边，四处潮湿，他却一脸满足的样子，他喃喃自语，要是永远这样多好。陈锦绣说，你想永远就会永远。他动了一下，陈锦绣感觉他的头一下子沉了许多，他说拥有现在我已经很幸福了。

没有让陈锦绣担心的事情发生，也没有让陈锦绣激动不已的拥抱和接吻。男人看过书后，对陈锦绣说，太累了，想躺一会儿。陈锦绣就抽出自己的枕头，看着他和衣躺下。不一会儿，男人就睡着了，均匀地打着细细的鼾声。陈锦绣看了男人好久好久，找出一条薄毯子轻轻地给男人盖上，后来终于也有些困倦了。陈锦绣没有到另一个房间，而是和衣在男人身边躺下了。这是陈锦绣平生第一次和一个男人单独待在一个房间里，也第一次在夜晚和一个陌生的男人睡在一张床上。陈锦绣拿本书，却不看，躺在灯影里，静静地看着男人。男人的脸黑黝黝的，五官分明，透着棱角，他笑起来嘴角开得挺大，很耐看。如果不是这个男人字写得好，出手快，他是不会引起陈锦绣的注意的。陈锦绣与生俱来地认为写字好的男人一定很周正，长得一定很周正，为人也一定很周正。陈锦绣还没有男朋友，陈锦绣一看这个男人是个军人，陈锦绣就想拣这封信回了。陈锦绣的信还没有发出的时候，这个男人的第二封信就来了，接着一封又一封，短短一个月，陈锦绣收到了他二十一封来信，几乎每一封信都是让陈锦绣心动的爱情的表达。陈锦绣读着那些信，渐渐地喜欢上了这个男人。陈锦绣觉得自己开始恋爱了，读着那些赞美的词句，陈锦绣独自甜蜜着，夜晚常常在思念中醒来，望着月亮整夜地想象着男人的一举一动。陈锦绣只知道他在一个部队当指导员，正连职，大学毕业，这些都是他告诉她的。至于他是什么样的人，家里有什么人，在部队里究竟是干什么的，陈锦绣全然不知道，陈锦绣只相信感觉。

夜深了，男人香甜地睡着，陈锦绣就不知不觉放心地睡了。半夜里，男人醒了，陈锦绣几乎同时也醒了，但陈锦绣没有睁开眼睛。陈锦绣害怕着也期待着。男人轻轻地用手撩开熟睡的陈锦绣额前的头发，静静地专注地目不转睛地看着陈锦绣。陈锦绣害怕极了，陈锦绣知道男人心里是有预谋的，也知道自己心里是有预谋的，陈锦绣知道自己的预谋一旦败露自己是管不住自己的。陈锦绣的心不听话地跳了起来，是那种剧烈的跳动，是让人听得到的那种跳动。但陈锦绣又希望自己的告诫可以阻止男人一切不可知的行为。陈锦绣并不知道也并不懂，男人的心里这时候其实正燃着大火。陈锦绣终于忍不住了，装作漫不经心地睁开眼，几乎就在那一瞬间，男人一把搂过陈锦绣，紧紧地吻住了陈锦绣的嘴，陈锦绣听不清是男人还是自己的胸口打着节拍，那一瞬间，陈锦绣已经不能呼吸……这是陈锦绣平生第一次接吻，多么美妙的感觉啊，陈锦绣激动得不能言语。男人尖硬的胡子扎得陈锦绣脸上火辣辣的，但陈锦绣喜欢这样，陈锦绣紧紧地回抱住男人。男人不能停止地一遍又一遍亲吻着陈锦绣，终于把手伸进了陈锦绣的胸前，陈锦绣几乎是在男人手接触到胸部的一刹那就轻声叫了起来。男人的手不停地在陈锦绣丰满的乳房上快速而有力地行走，无法不使陈锦绣激动起来。终于男人扒开陈锦绣的衣服，用嘴咬住了陈锦绣的乳头，吸吮起来。陈锦绣感觉头晕目眩，陈锦绣从来没有体会过如此惊心动魄的感觉，陈锦绣几乎本能地想让这个男人占有了自己……

男人解开腰带，抓住陈锦绣的手，往自己的身体里送。陈锦绣喘息着说你答应的不欺负的不欺负的啊！男人紧紧地抓住陈锦绣的手，说，不是欺负你，傻丫头，这是爱你，爱你，你懂吗，今天是你的生日，这是我送你的最好的生日礼物，我要让你一辈子记住这个礼物。陈锦绣的脑子抵抗着，手却并不听使唤，在黑暗中探寻着，终于在男人的帮助下找到了自己的礼物……

我不会伤害你的，你是一个好姑娘，陈锦绣，陈锦绣，我爱你，真的太爱你了，我已经很久没有这种爱的感觉了。陈锦绣并没听到男人说什么，她感觉自己已经支撑不住了，她在他的臂膀里，不小心碰到了他的身体敏感的那个部位，她吓得缩回了手，他却紧紧地抓住那只手，那只手怯懦地徘徊着，他干脆把她的手拿进去，引领着，她脑袋胀得发紧，她第一次触摸男人的身体，这之前陈锦绣甚至连婴儿的身体都羞于去动，她听到自己喉咙里发出一声尖叫，她将满头的黑发盖住了自己的眼睛和身体，扑向了他的胸膛，他们紧紧地拥抱在一起。陈锦绣的心跳剧烈不已，多少次她渴望这个男人的拥抱。他很有力度，仿佛要让她永远记住这样的时候，那些娴熟的技巧是她当时无法体会的，她体会到了从没有过的欢愉，她瞬间被融化了，她怕自己从此无法在这样的痴迷中醒来……

窗外的夜分明是他的眼，但是那种涌遍全身的暖流还是让她如畅饮了美酒一般醉死在黑暗之中。

千万不要相信这个世界上有奇迹发生，一个成熟的男人和一个情窦初开的姑娘，他们在一张床上一起过夜而始终没有故事发生，如果陈锦绣和男人之间就此结束，那陈锦绣以后的故事就毫无生动而言。

陈锦绣在最渴望爱情的时候遭遇爱情，那时候的陈锦绣并不懂得爱情，并不知道爱情里也充满了陷阱。天快亮的时候，他们醒来，男人捧着如花似玉的锦绣亲吻着，脸上已经泪流满面。

锦绣并不在意他的感动，在陈锦绣的眼里，这一夜是她的成年礼，比生死都重要的一个成年礼。那时候陈锦绣只有一个念头，她说藏一峰你要了我就要一辈子对我好，如果你骗了我，有一天你会死在我手里。

我保证！藏一峰认真地说，怎么会骗你呢？锦绣，我爱你疼你还不够呢。

你发誓。

发誓。

早晨起床的时候，藏一峰身上突然奇痒难忍，在床上打起了滚，身上一片片地起满了红色的疹子，是前一天晚上吃了海鲜的缘故，藏一峰有严重的荨麻疹。藏一峰犯病时，陈锦绣还不知道这个稳重而成熟的男人已经有了家室，男人其实有克制自己的理由和能力，但男人选择了拥有，选择了不应当拥有的拥有。

陈锦绣后来从当医生的妈妈那里知道了这个病，她对这方面知识的了解最终使她不露痕迹地就杀掉了藏一峰。

以后几天，陈锦绣还感觉脸上火辣辣地疼痛，那是他硬硬的胡子吻她时扎的……

因为太过缠绵，陈锦绣忽略了那天下雨的事实。

而对陈锦绣来说，凡是阴雨天里做的事，一定不会有好的结局。

五

陈锦绣相信有些东西表面可以忘记，但私下里还是在某个不为人知的角落里躲藏着，每每看到有邮差骑着车子出现时，就会想到那些着迷了好久的信。那些字排得密密麻麻，如织成的一张张网，把她从头到脚地罩住了，让她无法挣脱。那些网只装有她这一条美丽的鱼，等着阳光下花斑的颜色，月光下呈现的蓝色，做爱时那种粉红色，总之她像一条被困的懂得观赏的美人鱼儿，在跳舞，等着王子的大手解开那些网，解救她。

她用了怎么样的力气才挣脱了那些网，忘记那些充满诱惑的信封，就像是谙熟了性事的女子，放弃性爱就会痛苦，何时，自己成了那份庸俗情感的同行者。

陈锦绣始终记得那个阴雨天里，藏一峰对她说过的话，藏一峰说，一定娶你，如果不娶你或者骗你，一定死在你手里。陈锦绣记得这些话是她逼着他说的，而且当时没有一点儿说笑话的意思。

如此，藏一峰的死是罪有应得。

六

从小镇回来后，锦绣一直担心的事情没有发生，没有呼啸而来的警车，没有夜里惊魂的敲门声，锦绣把自己反锁在家里，直到年后旅社重新开业，锦绣才重新露了面。

一切都过去了，似乎。

有一天，锦绣在槐花街上看到了好久不见的周茂源，他穿着纯白干净双排扣的厨师服，扣子一直扣到嘴巴下面，看上去很神气。

锦绣说，好久不见啊！

他说，我去北京饭店进修了，去了一年。又说，锦绣，我到外地去了一年，你难道都没有发现？

是吗？你去了一年，那么久？难道真的有一年都没有看见你？锦绣突然闻到了他身上那股香香的味道，海参还是排骨的味道，还有点儿像是鱼的味道。

你刚才做了红烧海参？锦绣和周茂源开玩笑。

你闻出来了？

嗯，葱油的味道。

真是个馋猫。

她一下子感觉到身体里有细流一样的暖意袭来。

她说，真想吃你做的红烧排骨啊，那味道，真的好美！锦绣微闭上眼睛，一脸陶醉的样子，再睁开眼睛，周茂源已经走远了。锦绣看着他的背影，突然有种追上去的冲动。

有一天，锦绣特想他，想和他聊聊，聊什么都行，于是锦绣等在他饭店的附近，等他从饭店里出来，她装作无意间碰面的样子。他没有惊讶，她跟着他一起默默地走了一段路，她看到他去了下屯街，她说你原来住在下屯街啊。

是啊，你们槐花街的姑娘看都不看我们下屯街男人。

怎么会？

其实槐花街的人也没有那么好。

她没有听出他的意思，心里只想着他做的美食。她说，我饿了。

饿了？好啊，饿了找我好啊，我最会做吃的。

他一个人住，家小得可怜，只有一间屋子，他在里面又做饭又睡觉。

那天，他做的是法国米饭，他耐心地在那里慢慢地做着，先是把米煮到半生不熟时，放进火腿肉丁，绿色的豆丁，清亮的油，最后是料酒酱油。他很认真地做着，好像忘记家里来了人，不声不响地在那里搅拌米饭。

她跟在他的后面，想象着做小女人的样子也不错，于是一脸的讨好状。

可他的态度有些冷，话少得不自然。

终于，她闻到了饭香。

他拿出碗，独自盛了一碗，吃了起来。

我的呢？

自己盛，你以为自己是公主啊。真不明白为什么，女人想吃美食，却讨厌做饭的人。他说着，大口地吃起来，把大葱伸到装着豆腐乳的罐头瓶里，蘸一下，用力地咬去一截大葱，咔嚓咔嚓地嚼着，眼睛根本不看锦绣。

锦绣拿起外套，出了门，风很大，把门里面飘出来的法国米饭的香味吹得无影无踪。她本来想把关门的声音弄得很响，但是她还是轻轻地关上了门，本来，她就不喜欢那里。

多年以后，有一天，周茂源打来电话。她听出了他的声音，但她装作听不出来的样子。

他只好放下电话。

不知道他找没找到既喜欢吃又喜欢做饭的女人。

七

藏一峰应当感谢陈锦绣，陈锦绣使他处于深度麻醉中，当这个年轻的军官死在小镇上的旅社时，对一切疼痛都毫无感觉。

车厢里有点儿冷，木制的长条板子上都是磨得光亮的木椅子，过道的门咣当咣当地响着，但陈锦绣觉得那响声恰合了心意，她特意往后面走了好几节车厢，确信这个车厢里再没有第二个人，她又趴下来睡，冰冷的车厢里到处都是模模糊糊的，窗外是荒凉的田野，四处都是年的味道，混杂着火车上留下来的特殊的味道，使她对这里充满了怨恨。

火车还在运行当中，一个黑脸膛的警察出现了，他抓起陈锦绣的胳膊，陈锦绣挣扎着，不肯跟着警察走，大叫着挣扎，这时一只手轻轻地拍了拍她的肩膀。

陈锦绣醒了，她被自己的梦吓醒了，她发现身上是一件大衣，大衣上一股怪怪的味道。眼前是一个男人，戴着帽子，不过不是警察的大盖帽，他是一个军人，脸上含着笑意，正坐在陈锦绣的对面，但靠得很近。怎么会是军人？

不过面容还算善良，脸上也干净，但陈锦绣再也不会被这样的假象所迷惑。

对面的军人晃了晃手里的书，是陈锦绣的书。

锦绣的书，一定是睡着了掉在地上的，她趴在那里，并没有抬头，懒懒地伸过手，他却不给她。

这本书不错。

骗人的书。

她终于抬起头，他也跟着抬起手，轻轻地甩了甩，锦绣才知道，自己的头竟然枕在他的胳膊上。

他的手臂显然是麻木了，一副龇牙咧嘴的样子。

脑袋可真够沉的了，看样子里面装了不少东西，一定很聪明。

是你自己把我头放在上面的吧？

他嘿嘿地笑了，说女孩子性格不可以这么火暴，会嫁不出去的。

谁说女孩子非得嫁人了？

想当老处女啊？

他的话让锦绣恼怒起来，你好人做到底呀，人家正在做梦呢！

怕不是什么好梦吧，不然干吗大喊大叫的，不会是在梦里做了什么坏事吧。说完他哈哈地笑了起来。

陈锦绣心慌了一下，拿过书来，拍了拍书，好像上面沾了尘土，她想说关你什么事，但是又把话咽了下去，感觉到自己梦境带来的慌张。她转过身去，把脸贴向长椅的椅背，想再睡一会儿。这时她想起身上的大衣，拿下来，放到对面的椅子上。但是这一次，她没有睡着，脑子里有些乱。过了一会儿，那件大衣重新盖在了自己的身上，陈锦绣的确有些困，她把大衣往上拉了拉，盖住头，那味道怪怪的，但并不难闻。

终于彻底醒来，他仍然坐在对面，认真地看着那本书。见锦绣看着自己，他对锦绣说，这本爱伦·坡的小说集，里面写满了谋杀的故事，你喜欢侦探。

陈锦绣摇了摇头，本来不想讲话，但是她突然改变主意了，她说，我喜欢杀人！

军人并不理会锦绣的话，只当她是在开玩笑，车快到站了，他把一个证件递给锦绣，我的军官证，我叫杨帆。

杨帆，这名帅气！不过，你应当当海军，在海里扬帆，而不是当陆军。锦绣有些嘲弄地对他说。

他并不恼，好脾气地说，我本来想当海军的，可爸爸走后门非要让我当陆军，如果我不听话就得下乡或者当工人，我只想当军人，当一名真正的军人。

谢谢你。陈锦绣指指大衣。

车厢里有点儿冷，大过年的感冒不好。

陈锦绣不置可否。

出来探亲？

陈锦绣不接话，不想说什么，不是话多必失吗，这多好，他一个人说，终究会让人听出什么来。

你对男人有成见？

锦绣晃晃头，眼睛不由得盯着他的军帽看了看。

你对军人有成见？

陈锦绣终于笑了，我讨厌军人，满意了吧？

怎么了？被抛弃了？

我会？

是啊，他笑了，朗朗的笑声，要抛弃也是你抛弃别人。

何以见得？

看你的样子应当挺厉害。他说着站起来，把手伸向锦绣的头，陈锦绣马上警觉地叫道，你干什么？

你的头发上有个线头。果然他从她的头发上拿下了一个线头，给她看了看，又丢开了。

会不会是你刚刚杀了人，或者犯下了什么命案？

你能看出我杀人了？

你脸上怒气冲冲的。

她很不屑的样子。

你一定是去外地看望男朋友吧，生了气才回来，不然大年初一这么漂亮的姑娘怎么会一个人坐火车。或许是相处时间久了，或者……他停了下来，反正这场恋爱你已经结束了。

何以见得？

你睡得不沉稳，而且你总是惊恐地喊叫，脸上也是疲惫不堪的样子，声音嘶哑，显然没有休息好，或者喝了太多的酒，对，酒味很大。还有，你的眼睛里没有激情，也没有绝望，是木然，所以我敢肯定你已经了断了一份感情。不过，你看起来并没有真正地难过，你已经解脱，你已经把这本书看完了，扔在了地上，虽然是下意识的，但是代表了你的心境。

乘务员给他们送来了两份蒜薹炒肉和米饭，她突然感觉有些饿，她以为是他帮订的，刚要说谢谢，他忙阻止说，不用谢我，今天过年，火车上的饭免费。

他们一起吃起来，她把自己的那份吃了个精光。

吃完饭，他从包里摸出一副牌，他们一起打牌，得分的那种，他说谁赢了可以请求对方替自己做一件事，一个想法也可以。不过，陈锦绣总是赢，不是让杨帆去给自己打水，就是让杨帆给自己买瓜子，几个小时后，他们熟人一样，一起下了火车。

杨帆喜欢上了陈锦绣，临分手时，杨帆一定要陈锦绣的地址和电话，陈锦绣推托不掉，不过她马上就想到了一个地址，她写道：大连沙河口区黑石礁广场，储宝珍。我叫储宝珍，珍宝的珍，宝贝的宝，储宝珍。

黑石礁广场很有名吗？

当然，大连人没有不知道黑石礁的。

他们在火车站分手，他说我一定去黑石礁广场去找你，他说，储宝珍你一定会喜欢我的，我一定让你喜欢我。

也许吧。不过，陈锦绣自己知道一定不会的。

陈锦绣离开火车站时，顺手把爱伦·坡的小说丢到了垃圾桶里。陈锦绣想去他妈的什么帆啊船啊，这辈子都再不会和军人打交道。

第十一部　爱逝水

一

梁海明有一天在多伦多的码头上遇到了一个中国女人向他卖东西，梁海明把一封信和一个照片交给这个叫安英的中国女人，让她把信给投到邮筒里，女人看到梁海明的信是寄到中国大连后，说什么也要请梁海明一起吃饭，她说她卖东西不是为了钱，她说她有的是钱，她只是太寂寞，想看看中国的船和中国人，她说她看到家乡的人觉得格外的亲，她想念家乡。

吃饭的时候，安英说你的信封是空的，你连写字的兴趣都没有啊，一个男人对一个女人没有话说了，那就说明已经不爱了，既然不爱了还寄什么信啊。他们那天边吃边聊，让梁海明没想到的是，他竟然爱上了这个叫安英的女人。

梁海明终于在加拿大出走了。出走那天，船长看到他下了船，还主动和他打了招呼，在梁海明的公司有一句名言：即使全中国的人都跑光了，梁海明也不会跑，因为梁海明丢不下他漂亮的老婆储宝珍。

有一次，储宝珍开玩笑说，梁海明你怎么不跑，你跑了，过些年混出身份再把老婆孩子带到国外多好。梁海明就笑着说，哪天我真跑了看你怎么办。储宝珍说你无论跑到哪儿，都要给我寄信。

梁海明的公司规定，船员在国外不许一个人下船离开码头，要两个人以上同行，为的是互相监督，他们的公司跑了太多的船员，他们宁肯在外国黑下去也不肯回来。那天梁海明的船长见他下了船，并没有多想，梁海明是老船员了，如果能跑，梁海明十几年前就跑了。所以，梁海明的公司总是把老实的梁海明派到加拿大或者美国等发达国家，别人下船都必须成双成对互相看着，梁海明就不用了，他不会跑，他到过加拿大很多次了，要跑早就跑了。但那天船长显然失算了，他最终没有等到梁海明回来。后来他在梁海明的床上发现了一封信，那是专门写给船长的信，梁海明明确无误地告诉船长，他不想回去了，就这么简单。

梁海明甚至没有给宝珍写一个字，他长年累月四处漂泊，他终于累了，他想把自己留在多伦多的码头上，那里有一个女人让他有一种更加依恋的感觉。

梁海明厌倦了写信寄信的日子，而宝珍爱信，好像胜过爱他。

梁海明知道女儿尚海不是自己亲生的，但他爱女儿，因为爱，他不想再见到她。

二

大岛雄没有等到陈锦绣，初三的早晨，宝珍带着大岛雄到劳动公园的小楼找方芳。大岛雄告诉方芳，他说他还会再来。临走时他要了一张陈锦绣的照片，他看到陈锦绣的照片时眼泪竟然流了下来，他说，陈锦绣，她真的很美丽，很美丽。然后大岛雄走了，后来，方芳对锦绣说，大岛雄等了你好几天。他们也许无法知道，陈锦绣是多么的忧伤啊，即使大岛雄看到了陈锦绣，陈锦绣也会视而不见的。陈锦绣失去了一段可能的爱情，但是陈锦绣想到在过年的时候能完成自己的计划，她并没有半点儿后悔的感觉。

那次大岛雄来找锦绣时，锦绣正在一个不起眼的小镇上专心地实施着自己的计划，宝珍和妈妈豆芽儿一起侍候生病的大岛雄，大岛雄为锦绣而来，宝珍并不在意，宝珍好像生来就排在锦绣的后面，即使重新活一回。她送走大岛雄后，留下了大岛雄的电话和地址，她不知道，她无意中说过的以后会去看他的话，竟然在以后成为了现实。

终于有一天，储宝珍辞职了。储宝珍想去日本留学，她想到了那个有大岛雄的城市，一个喜欢陈锦绣的日本男人也一定会喜欢储宝珍。果然大岛雄没有让储宝珍失望，她终于获准到了日本，储宝珍到日本后只在大岛雄家里住了一个礼拜就离开了。

储宝珍在日本开始了自由的生活，储宝珍进了一个语言学校学习日语，然后储宝珍开始边学习边打工，储宝珍好像忘记了自己有女儿，好像自己从来都是单身生活一样。储宝珍到日本比较早，那时候日本公司里会中文的女孩子很少，像储宝珍这样漂亮的女孩子更少。储宝珍热衷于谈恋爱，她谈恋爱的目的是学习日语，第一次谈恋爱时，她拥有了第一辆车；第二次谈恋爱时，她有了一间小小的公寓；第三次谈恋爱时，她把自己直接嫁了出去。她的丈夫因为突发心脏病去世，他们的幸福生活没有持续多久他就永远地离开了储宝珍，他把所有的财产都给了储宝珍。在日本丈夫看来，一个年轻的女孩能把青春都给了自己，那是多么了不起的爱啊。再说年轻时这个男人曾经在大连生活过，他喜欢大连，他没有理由不对储宝珍好。有一天，储宝珍醒来时，丈夫已经永远地睡过去了，储宝珍意外地继承了大笔遗产，储宝珍一下子有了好多钱。

储宝珍第一次回来探亲的时候遇到了陈锦绣，那时，她们已经离开黑石礁旅社好多年了，她们都早已经长成了大人，她们不再是槐花街里两个不谙世事爱幻想浪漫爱情的丫头了。

储宝珍已经积累了相当的财富。一开始储宝珍在黑石礁旅社旁开了一家个体音像店，后来宝珍在黑石礁开了一家集邮商店，专门卖各种集邮品。她以往写信寄信的偏爱使她收益颇丰，她手中的邮品和梁海明寄自各个国家各个城市的信和邮票等各种邮品数量相当可观，集邮热兴起时，储宝珍趁机挣了好多钞票。储宝珍这个让信折磨得死去活来的女人最终因为这些信而发了财。

储宝珍后来又在黑石礁开起了饭店，她把半死不活的黑石礁饭店给承包了，改名槐花饭店。宝珍实在太爱黑石礁了，实在太爱槐花街了，那里有她太多的梦想和牵挂。随着周围高校校区不断扩建，学科的种类不断增多，成人教育也不断升级和普及，黑石礁空前地热闹起来，储宝珍的饭店也越来越红火，高峰时期她的饭店每天仅爆炒土豆丝就会卖掉六七千份。储宝珍的饭店不断地扩张，不断地开设分店，她把一个不起眼的饭店干成了连锁，一时间槐花饭店遍布市内。有了钱的宝珍不再满足于开饭店，她不断地扩大生意门类，后来买卖越做越大。终于，储宝珍干起了房地产，她听说黑石礁下屯街槐花街等要进行全面改造，宝珍志在必得，她联系了一家香港的上市公司，拍下了黑石礁旅社和槐花街的地皮。

重新走在槐花街的路上，宝珍觉得槐花街太小了，真是太小了。

三

锦绣被规划部门和宝珍的公司一起请到了黑石礁广场现场办公，黑石礁旅社的王经理早早就等在了旅社的大门口，锦绣走过长长的过道走进小院的深处，看到那栋风中的槐花别墅已经有些破败，原来漂亮的小格子玻璃窗已经换成了廉价的铝合金窗，客房的大门紧锁，门上的油漆剥落了，像天上的残云。锦绣想起和宝珍一起曾经在这里的那些时光，眼窝里热乎乎的。

那次在小镇上杀掉藏一峰以后，陈锦绣好长时间都处于迷茫的状态之中，由于这之前陈锦绣与藏一峰纠缠不休，自己的追求已被渐渐淡忘，但是，陈锦绣毕竟是陈锦绣，她已经厌倦了旅社和工作，厌倦了槐花街里沉闷的气息，在一个初秋的下午，陈锦绣告别了黑石礁旅社，离开曾经令她着迷的槐花别墅，离开了槐花街，一个人，踏上了去省城的火车。

槐花别墅那栋风中寂寞的小洋楼，那些人那些事，离陈锦绣的生活渐行渐远，新鲜的生活已经开始慢慢地吞噬陈锦绣以往的岁月，日子无语，却撕裂着光阴。清晰的更加清晰，模糊的越发模糊。等陈锦绣从省里学习归来时，黑石礁旅社的小院已经有些破败了，那些长满围墙的青藤杂乱不堪，高楼之下的小院显得那么孤单。

国家建立和推行公务员制度以后，陈锦绣考取了第一批公开招考的公务员，她爱好的文学已经退出了生活重心，成为她偶然想起的往事。由于某种机缘，锦绣担任了省领导的秘书，官场历练，锦绣已经如鱼得水。如今的锦绣成了这个城市主管城市建设的领导，锦绣的话对城市规划建设部门的人来说可以说是相当有分量。陈锦绣亲自审阅了黑石礁广场周边地区的规划，黑石礁已然破败，甚至连过往的繁华影子都无从寻找，道路要拓宽，旧区要改造，无论从哪个视角解读，都会让人感觉到新规划的科学合理，取代槐花别墅的将是一幢三十层的崭新的大厦，大厦取名为槐花大厦，开发这个大厦的就是储宝珍。陈锦绣曾经专门找过储宝珍谈话，正式的那种谈话，锦绣想尽可能地保留住槐花别墅，但是槐花别墅占道，面对汹涌的车流，留下这栋小楼显然是行不通的。

陈锦绣不允许拆除槐花街，她对宝珍说，不管槐花街多么小，但那是我们长大的地方，是城市的记忆，你要是拆了，我就永远不认你这个朋友。

储宝珍同意对槐花街老街进行改造，保留槐花街老街，在槐花街的街道两侧设置了一些供游人休息的长椅子，那些长椅就设在槐树下，槐花开放的日子里，坐在槐花树下，闻着花香，会是怎样的景致啊。

王经理跟在陈锦绣的后面一个劲儿地抱怨，说陈锦绣你和储宝珍都是旅社走出去的精英，你们把黑石礁旅社拆除了，这里的百十号人怎么办？我们就靠这个小旅社吃饭，你们给扒了，我们上哪儿吃饭？上哪儿吃饭？

百十号人？陈锦绣心里说不像话，原来可是四十个人，一个小旅社，现在一百多号人，不黄才怪。锦绣听说王经理的四个孩子都在旅社工作，奇了怪了，难道他们准备把家也搬来不成？

槐花别墅要拆除了，拆除那天陈锦绣正好在现场，王经理虽然多方奔走，还是无力挽留这幢老别墅改成的旅社，就如西太后无法阻挡革命党人革新的步伐一样，城市建设正在突飞猛进，那些留在槐花别墅里的故事也随着城市化的进程被碾轧得粉碎。

大岛雄再来这里可就找不到你了。宝珍跟锦绣开着玩笑。

是啊，大岛雄，那个大年初一的早晨来找锦绣的日本男人，他留在雪地里的脚印，早已被大风吹得无踪无影。

四

让储宝珍稍有些意外的是，她的女儿尚海和她一样热衷于写信。尚海每周给储宝珍写一封信，除了详细地说她在大学里的生活外，还在信里和她要生活费，要换手机的钱，要买自行车的钱，要买苹果电脑的钱，不过，即使是要钱的信，尚海也写得那么委婉动人，让储宝珍不好拒绝。更让储宝珍吃惊的是，女儿因为会写信，竟然把学校里学生会最帅的宣传部部长收到石榴裙下，让那些美女学姐学妹们大跌眼镜。尚海告诉妈妈，每次写信时，她的眼前都会浮现出妈妈年轻时写信的情景。尚海也许并不知道，信里那些动人的语言，有时是妈妈凭空想象的，有些思念纯粹是自己对自己的假想。不过，对于尚海信里的文字，储宝珍并不真正追究，她挺好奇女儿信中都写了什么，会打动那个无比清高的优秀的男孩子。

在财经学院进修的吴江并没有如愿完成学业，他被退回了上海，永远离开了大连，最终他也没有当上大领导的乘龙快婿。他的女朋友很决绝地与他分了手，最终他没有实现夫妻两个人的梦想，没有进入仕途更没有当上行长。

很多年以后，储宝珍专门去过上海，去找过吴江，储宝珍还给很多在上海的银行和有关金融机构写信，她始终还是相信信的力量，最终她如愿打听到了吴江的消息，吴江在20世纪80年代末期，带着曾经离婚的老婆孩子一起去了国外。虽然没有见到吴江，但是储宝珍知道他最终回到了爱他的那个女人身边，心里还是有一种淡淡的忧伤和欣慰。

储宝珍想，即使吴江一无所有，也不会想要我储宝珍，他说得对：傻丫头，我们不是一路人。

储宝珍对上海充满了别人不曾知晓的感情，储宝珍的女儿尚海考大学时，她让女儿报了上海的大学，不管是复旦同济还是上海大学上海交大，只要是上海的大学就行，而且报考的全部都是金融专业。尽管她已经知道，那个当年有希望当行长的吴江早已经远走他国，但这并不影响储宝珍期待女儿在金融业做出成就。

五

豆芽儿同意宝珍的决定。

宝珍本来什么也不想带，那个小小的行李简直算不上什么行李，本来她也没有什么像样的东西可拿。

豆芽儿打开放在墙角的行李箱后面的拉链，把一张塑料布塞进去。

东京经常下雨，她说，在那边，没有人认识，下雨时用塑料布披着，没有人会笑话。

宝珍并不去理会豆芽儿的话，她把长头发扎成了一条马尾，穿上了衣服，长裤长衫，连袖扣都系得紧紧的。

虽然是早晨，夏天的热还是围绕身边，像夜里嗡嗡叫的蚊子，抓不到，却不时地会咬你一口。

储宝珍看了眼窗外，槐树上早不见了槐花的影子，但是她还是不由得想起了槐花，还有那些槐花粉白的花朵，宝贵哥哥走后，方芳阿姨再没做过槐花饭。

早上是韭菜虾仁肉馅的饺子。上船的饺子下船的面，等你回来，豆芽儿说，宝珍等你回来了妈妈再给你煮面吃。

水已经烧开了，宝珍听到豆芽儿从碗柜里拿盘子和碗的声音。

宝珍走出房间，来到了院子里，锦绣家里静悄悄的，不知道锦绣一个人在外地怎么样了。

饺子好了。宝珍转过身去，回到了屋里，饭桌上饺子冒着热气，她坐下来，往大屋里望了一眼，那里什么也没有，但是却让宝珍感觉有人在那里，她想起了爸爸。

豆芽儿看出了什么，轻声地说，快吃吧，多吃点儿，下一次不知道何时才能吃到妈妈包的饺子。

她吃了第一个饺子。

好吃吗？

她点点头，却有些费力地吞下了饺子。

钱和护照什么的都放好了？钱放在贴身的衣服里，上厕所时一定要注意了，别掉了。

宝珍又吃了一个饺子，趁豆芽儿转身的时候，宝珍的眼泪一下子掉了下来。

你算有福气的，宝珍。豆芽儿想起小时候，自己因为是个女孩差点儿被送人。她长大了才知道，其实并不是她被送了人家，没有人家愿意要女孩，她当时是被包在破麻袋片里扔在井边，他们甚至不舍得给她一丝布。

宝珍想起女儿尚海，在山东的姥姥家里住着，他们最终因为钱接纳了尚海，宝珍想等将来有机会再接她回来。

如果不是你教育出这么坏的女儿，怎么会让我在黑石礁抬不起头来？

从凌源回来的爸爸总是对着豆芽儿破口大骂，他因为晚上和豆芽儿在床上无能为力而把仇恨都发泄到宝珍的身上，小时候，对她拳打脚踢的，后来，她长大了，身体的形状有了不平的曲线，有一天，储运来走进了她的小房间，他对豆芽儿表示过，他什么也做不了，只是想让女儿摸摸。

宝珍想起小时候，他第一次走进她房间时，她竟然没有恐惧，而是主动地抱住爸爸的脖子，脸主动贴到他的脸上，他没有伤害她，只是把手放在她的身上摸索着，轻轻地，还有些温柔，像猫的尾巴抚过脸颊的感觉。他的手在她身体上迅速而快活地滑过时，她听到了一种奇怪的呻吟声，那声音又似痛苦又似梦魇，然后他死死地抱住她，然后在她的身体上射出来那些东西。

现在的社会真好，女孩子想干什么就能干什么。宝珍仿佛听到了那个声音从遥远的地方传来。

有一段时间，宝珍发现妈妈对自己格外关爱，她经常在自己的碗里看到剥好的煮鸡蛋，豆芽儿会和她说，孩子你记住了，爸爸的事情你永远也不要说，刀架在脖子上都不要说。

宝珍有些茫然不知所措，因为，有一次，她亲眼看到，豆芽儿生生地把一只鸡的鸡头给扭了下来，鲜血喷得墙上地上到处都是，她的脸上也是鲜血。

宝珍眼前盘子里的饺子没动几个，眼前全是过去的影子。

宝珍仿佛还走在过去的时光里，她看到了爸爸的影子……宝珍走进了大屋，爸爸正躺在床上，一张《北京晚报》盖在脸上，那是他每天必看的晚报，三分钱一张，对开四版，看完了，再用来擦屁股。

那个握在手里的东西好像根本没有长在他的身上，她心里颤抖了一下，心怦怦地跳了跳，她想起了他的好，如果他那么做了，她会恨他，但是现在她有点儿可怜他。

你真要去日本？

那声音从报纸下面传过来。

那个日本人真的靠得住吗？

他已经帮我联系好了学校。

这么说一切都要靠你自己。

是。

你行吗？

宝珍点了点头，想起他看不到，又说，是的，靠我自己。

他把手伸过来，她走过去。

他握了握那只手，第一次，那么绵软。

他松开手，她突然觉得手一下子失重了一般。

豆芽儿走进来，看着发呆的女儿，抱了抱女儿，豆芽儿说，宝珍你爸爸要是活着，也会高兴的，你毕竟长大了，可以做自己想做的事情。

那个曾经告发储运来强奸的女人，其实他们早就认识。她一直想和储运来好，他答应了，但是，那个女人和他好过后还要他手上的手表，他没有舍得，那个女人说，你不给我，我就说你强奸就告发你让你一辈子不得翻身。他根本没把她的话当真，他从来没有想到女人会如此的歹毒，他因此成为槐花街上的罪人。

宝珍说，妈妈，你说得对，爸爸是个病人，你原谅他吧。如果他活着多好，会有人陪着你。

豆芽儿用毛巾捂住脸，哭了起来。

其实我，挺想爸爸的。

司机来了，把宝珍的行李搬上了车。

宝珍过了安检口，找到了卫生间，她关上卫生间的门，坐在马桶上，捂住脸，啜泣不已。

如果爸爸活着，真的会让她走吗？

宝珍去留学几年后的一个冬天，在一个深夜里，不知道为什么豆芽儿一个人到槐花街的小井房里去洗衣服。那天的月光很美，豆芽儿坐在井沿边，井沿上都是冰，她坐在那里，突然想看看井中自己的样子。是呀，月光这么好，她还看不清自己的样子。她只知道，月光明媚，她也很美丽，她看到一个女人的脸，那张脸就在井里，她仔细看去，又发现是一个男人的脸，好像是储运来的脸，她再仔细看去，又不像是储运来，储运来的脸黑乎乎的没有那么白净，也没有那么英俊，豆芽儿看清楚了，那是王兵的脸。豆芽儿想起，有一天，王兵在调度室里把手伸进了她的衣袋里，王兵没有抓瓜子，而是把手伸向了她的胸前，她抓住了王兵的手，他的手在里面停住了，他突然哭着说，姐，我想你，想要你。豆芽儿当时想起储运来对女儿做的那些事，她把王兵带回了家，他们一起把储运来灌醉了，他们制造了储运来自杀的假象。说到用情，初始都会埋下心愿的种子，然而时间和功利像无所不能的X光线，会穿透身体最隐秘的角落，毕竟岁月才是孕育种子成长的土壤，培育得好浇灌得当，种子就会在阳光雨露沐浴下长成参天大树，不在意风吹日晒，不在意冰霜雨雪，而令人失望的是，由爱生恨的事就像叶的轮回总是层出不穷。豆芽儿对井中的人把握不准，她还有些纳闷，王兵已经去了南方，怎么会到井里。她想再仔细看看，这时，感觉井里的男人伸手拉了自己一把，她看到了，是锦绣爸爸的脸，对呀，只有永金的脸才那么光滑，那么干净，那么明亮，她被他轻轻一拉就拉到了井里，她听到自己跌落井里时的声音，她咯咯地笑起来，说你怎么会躲在这里。她试图让自己不至于那么快地沉入水中，可锦绣爸爸在水底下拼命地往下拉她，井壁上的冰光滑无比，豆芽儿根本无力抓住这么光滑的井壁上突出的石头，她只能让自己身上厚重的棉衣一点点把自己裹紧，直到衣服和自己都装满了水。

宝珍当然不会回来参加葬礼的，锦绣也没有打算让宝珍知道这件事，她有权让宝珍一个人安心地做自己的事。

六

那天，尽管锦绣费尽心思置藏一峰于死地，但藏一峰并没有死，他被抢救过来后写了封信给陈锦绣。他说，锦绣，我骗了你，而你杀了我，咱俩总算扯平了。但是，锦绣你知道吗，我是多么爱你！那封信我没有寄错，那是我特意为之，我知道，你终将不属于我，我也终将不会再在你的世界里出现，我的出现是个错误，那就用一个错误的方式结束吧。我不知道你是否放了毒药，化验的结果什么也没有发现，由此我看到了你的独特的方式。你说得对，你是个爱憎分明的人，我做了对不起你的事，如果能死在你的手里，对我，也值了。而你没有杀死我，对我，是多么好的折磨啊！

藏一峰并没有骗陈锦绣，他早就想和他的老婆离婚了，他用了一些计谋，他想离婚，他骗老婆自己没当上干部，他穿着便服回到了老家，他希望老婆看到没出息的他，会主动离婚，不出所料，他的老婆真的提出和他离婚了，他欣喜不已，他想他可以真正地拥有锦绣了。但是后来知道真相的老婆还是找到了部队，他被告知，要么和老婆好好过日子，要么扒下军装，永远滚蛋。

那封错寄的信给了陈锦绣杀死自己的理由。

藏一峰又在部队干了一段时间，身体也变得越来越糟糕，他的体质本来就不好，觉得在部队待下去实在看不到什么未来。当陈锦绣一个人去省城读书时，藏一峰也复员了，回到了老家。多少次，他都动了去找陈锦绣的念头，他甚至一个人悄悄地来到了槐花街，来到了黑石礁海边，远远地看着锦绣的家，那个小院，那些装满如烟往事的小院里有着太多刻骨铭心的记忆，他仿佛听到了那个夜晚自己擂鼓一样的心跳，他知道，那是锦绣第一次的恋爱，他想念她的拥抱，想念她第一次的那种惊恐的眼神，锦绣也许永远不会知道，他曾经暗下决心，要对得起锦绣这份爱，这份爱，他相信，他此生都不会有了。

一个人有时候没有办法选择自己想要的生活。

他最终还是和老婆离婚了，他从来也没有想过再娶另一个女人，此生，他只爱一个人，只爱锦绣，永远爱，不要锦绣知道，一个人，在远方，在不见底的心底深渊里，藏着，掖着，爱着，就这样，到老，到死，足够。他用自己的方式爱过了，也死过了。他在那个几乎能冻死人的北方小镇的一个小学的校办工厂里，当一个土得掉渣的小厂长，离他的当那个地区最大官的梦想越来越远了……

锦绣不知道关于藏一峰的消息是自己的想象，还是现实真的让她完成了自己的复仇，反正，锦绣已经决定，自离开小镇以后，锦绣就不是原来的锦绣了，她也不再去理会小镇上发生的一切，生与死，爱与恨，前世今生……

锦绣是个非此即彼的人。

除非你没有爱过锦绣，不然，爱过锦绣的人都记着。

一定记着！

七

储宝珍的施工队轰轰烈烈地开进了槐花街，她事先征得锦绣的意见，要把锦绣家的老房子拆除重建，这正是锦绣爸爸年轻时的愿望，同时再把小院子的高墙拆除，换成通透的好看的低矮时尚的栅栏，这样，坐在院子里就可以看到黑石礁的海。

吹着海风，听着音乐，品茶读书，多好……

这样的景致，锦绣当然无法拒绝，一切由宝珍去折腾好了，反正宝珍喜欢折腾。

黑石礁一带遍布海岸周边的奇特黑色礁石景观，重新引起了国内外地质专家的关注，海边的所有养殖场陆续都迁走了，沿着海滨一带重新进行了整治，宝珍的老街改造方案结合黑石礁的自然景观，进行了全新的规划，她要把黑石礁打造成著名旅游风景区，槐花街也将被打造成有特色的咖啡和酒吧一条街，她的规划实施的同时，沿海一带的建筑风格各异的老房子早就迫不及待地开始了重新装修，用不了多久，那里就可以派上新的用场，届时，夜晚的槐花街上将灯影绚丽，人流如织，必是一片迷人的景象。

一切都按规划按部就班地推进，记得那天，锦绣早早地就来到了槐花街自己家的院子里，那几棵大槐树已经移走，等小院重建后再移回来。院墙已经拆除完毕，大铲车越过院墙轰隆隆地开进了小院。

宝珍说，锦绣，先推哪里？从我家开始？

锦绣说，从我家开始吧，毕竟我家才是正经的房子，是正房，你那是小偏房。

两个对视，继而同时哈哈地大笑起来。

拆房子是世界上最快的营生，几乎是没费多少劲，房子很快拆完了，那天下午，锦绣正在政府开会，突然接到了宝珍的电话。

锦绣拿起在桌子上乱蹦的电话，轻声说，我在开会，开完会再打电话。

宝珍说，锦绣你必须来，有事情。

什么事情不能等开完会？

不行，必须来，马上！

等一会儿！

不行，不能等！

锦绣到了槐花街，见一个大挖掘机正停在锦绣家院子里。院子周围的人已经清走了，现场只有宝珍和负责现场施工的经理。

挖掘机旁边是一堆灰黑色的骨头，隐约还有一个人头。

锦绣心里陡然地紧了一下，一脸惊愕。

第一铲子下去，挖出了一只胳膊，再一下子，又挖出了一个人头。经理说。

这是哪里？锦绣看着宝珍问。

我仔细看了，是你家的客厅。

客厅？

宝珍点了点头，离地面很深的距离。

锦绣呆呆地站在那里。

锦绣认真地看了看那些骨头，一堆骨头混杂着水泥泥土堆在那里，两块相连的骨头引起了锦绣的注意，两块骨头上有一块地方有一些模糊的锈迹，那是因为骨头上钉着钢钉的缘故。锦绣看着钢钉，不由得打了个寒噤，她脑子里立即跳出那个警察王大双的样子，他的一条腿上钉着钢钉，那根钢钉正是妈妈方芳医生给钉在里面的，她想起那个寒冷的派出所里的夜晚，想起那些恶心人的锅贴，她一阵恶心，忙捂住嘴，才忍住没有吐出来。她想起小时候，有一年暑假她和宝珍一起去乡下的外婆家里度过，回来时家里突然扒掉了好好的木地板，换成了水泥地面，还刷上了的油漆，她想起妈妈方芳说过让她一辈子住在这里，在这里结婚生子……锦绣仿佛一下子记起了许多事，但是锦绣已经不是小时候的锦绣了，她已经懂得了不动声色的重要，她似乎知道一切，但她敢肯定，没有人知道她知道这一切。

宝珍的工地被警察封了，警察把那些尸骨收走了，锦绣和宝珍分别被叫去派出所，还有工地的工人和经理等，好多人都被叫去问话。询问她俩的警察很年轻，对她俩挺客气，看上去心不在焉，他简直可以说是敷衍地问了几个无关痛痒的问题，她俩谁也说不清楚是怎么回事。后来警察又问宝珍开发的槐花大厦多少钱一平方米，他说他想买房结婚。

后来，警察当然也去找方芳调查了，毕竟她是那栋房子的主人。此时的方芳正和大军住在一个部队干休所里，每天，他们相互搀扶着，慢慢地散步，慢慢地聊天，他们的耳朵已经不灵光，他们对过去的事也记不清楚了，他们每天互相叫着对方的名字，然后一起出门，一起散步，过着黄昏般迟暮的日子，不温不火，不冷不热，不爱不恨，就那样过着。

法医鉴定，死者是几十年前去世的。案子调查了好长时间不了了之，那堆尸骨被作为无主尸体处理了。

后来，锦绣偷偷地了解到，王大双的老婆张大花二十多年前就回山东老家了，不知道是他们忘记了还是因为张大花离开了，竟然没有人想起那尸骨是失踪的王大双。

很长一段时间，锦绣的心情都无法平静，她一直不让宝珍开工。就这样，过了好久，有一天，锦绣接到宝珍的电话，宝珍问锦绣，那房子还要不要再接着盖？

锦绣当时正在香港考察，她看着维多利亚湾美丽的夜色，想象着未来黑石礁的景色，心里突然有了渴望，她说，宝珍，房子当然要盖了，盖了新房子，我们才有机会住在未来的日子里，那一定是些美好的日子，永远属于我们的美好的日子。

宝珍的挖掘机重新开进黑石礁，接着地基打好了，再接下去，一天一天，漂亮的小楼盖出来了，和原来的一模一样，只是比原来的老房子多了一层，是二层楼的小楼。

宝珍真会取名，她给那个小楼取名槐花咖啡屋。

宝珍按规划重新建设的黑石礁，也换了新模样，高层建筑和低层别墅群错落有致地在黑石礁海边排列着，海滨公园顺应地势地貌重新建设，黑石礁和槐花街全部换了模样。

陈锦绣喜欢做官的感觉，但她也越来越喜欢看书，她知道，那是文学对她的影响，越是工作忙碌她越想念文学。有时她想，爱好文学真好像中了毒瘾一样，一旦爱上文学，一辈子都割舍不掉。有一段时间锦绣迷恋陀思妥耶夫斯基的作品，她几乎看过他的每一部作品，又找来他的传记来看，他的传记也有好多种，其中有一本专门写他的三次爱情的传记她特别喜欢。多年以后，当陈锦绣遇到了真爱以后，陈锦绣才知道，对于一个男人来说，真爱不啻是一场粉身碎骨的感觉，没有什么比心爱的女人出现在生命中会让一个男人那么不顾一切。

那天，在槐花咖啡屋里，她拿起那本传记，找到正在看的一段，读给储宝珍听，那是陀思妥耶夫斯基写给友人的信：

> 她仍旧是我生活中的一切，我爱她到丧失理智……要是同她分离，恐怕我会自杀……我是一个不幸的疯子。这种形式的爱情是疾病。命运中最可悲的时期，她来到我面前，振奋起我的精神，使我认识到自己生存的价值。我们不能不再相爱，甚至我们越不幸，我们就越互相依恋。

那天，锦绣和宝珍两个人坐在槐花咖啡屋里，她们同时想到了那段青葱般的岁月，想到了槐花街里那些飘荡的槐香，她们一直坐着，看着黑石礁的海，直到黄昏降临，直到夜幕低垂……

八

杨帆在火车站与陈锦绣分手后，一直后悔没有跟着锦绣，他怕自己再也见不到锦绣了，他看见陈锦绣把那本爱伦·坡的小说集扔到了火车站广场边上的一个垃圾桶里，他跑过去把书从里面捡了起来，他翻了翻，上面没有什么名字和记号，等他再找锦绣时，人群中已经不见了锦绣的身影。

但他记得锦绣和他说过，说她叫宝珍，只要到了黑石礁广场上就能找到宝珍。他专门到黑石礁广场上找锦绣，结果发现被骗了。

黑石礁广场不大，但要找一个人实在是太大了。他去了几次，都不知从何下手。那年夏天休假的时候，杨帆特意到黑石礁广场，他几乎整天在广场四处溜达，却始终找不到锦绣的影子。他知道是让锦绣捉弄了，但这更加激起了他寻找锦绣的愿望，锦绣那调皮的眼神，聪明、灵动而又忧郁的样子一直在他的脑海里转悠，不肯退去。

有一天，他看着一群在黑石礁广场上玩耍的孩子，他盯着一个七八岁的小男孩突然有了主意。当时小男孩正和几个小朋友一起玩射击比赛，他们手拿弹弓对着树上的鸟儿，杨帆走过去，他对那个小朋友说想请小朋友帮解放军叔叔一个忙，小朋友一看到解放军叔叔立即来了精神，他们一下子就信任他了，穿着军装，戴着军帽，面容和善，小男孩没有理由不信任他，也没有理由不帮助他，而且他答应帮忙成功了会送给小男孩一个军用挎包。天啊，孩子们叫了起来，小男孩说是我的我的，他想，如果上学了，背着军用挎包上学那会多么神气啊！

杨帆让小男孩帮他在黑石礁广场上喊一个叫储宝珍的姐姐，他告诉小男孩他想找到这个姐姐，有重要的事。小男孩脸上露出异样的笑容，好像一下子明白了他的用意，只见小男孩一招手，他的一大帮小朋友一起跟着他跑了。他们跑到黑石礁广场上的最高处，那里正是电车站调度室的位置，只见他们在小男孩的指挥下，一起对着黑石礁广场，大声地喊道，储宝珍，储宝珍，储宝珍，储宝珍……他们准备喊个十次八次的直到喊出储宝珍，但是他们没有喊那么多次，就有人制止了他们，坐在调度室里的豆芽儿走了出来，她不明白一群调皮小子为什么齐声叫喊自己女儿储宝珍的名字。

储宝珍终于见到了杨帆，她看着杨帆惊讶的表情，听了杨帆的描述，一下子就想到了陈锦绣，她对着杨帆大笑不止。

她说你被骗了，我才是储宝珍。

储宝珍带着杨帆穿过槐花街，到了槐花街的小院里。正是槐花飘香的时节，锦绣一个人坐在院子里的槐树下面，正仰着头看槐花，宝珍捡起一个小石子丢在锦绣的身上。

锦绣并不转身，她说，宝珍你以后住我们家里吧，还有这槐树只属于你了，以后我走了，你一个人可以自由了，到时你想领谁来家就领谁来家，想干什么就干什么……

有人从后面一下子把锦绣抱住了，锦绣回过神来，说宝珍你干什么，大热天你抱我干什么？却发现宝珍站在自己的面前，锦绣忙扭过头去，一下子被身后的人吓住了，她一时有些不知所措，她说你你你……怎么找到我的？

杨帆什么也不说，抱着锦绣的腰，头依靠在锦绣的肩头，好长时间不语，就那么默默地抱着，过了很久，杨帆说，锦绣，陈锦绣，我再也不会放你走了，永远不放你走，永远……

你是怎么找到我的？

只要想找，就一定能找到。不管你到哪里，我都会找到的，哪怕找一辈子。

是啊，只要想找，一定会找到的。锦绣想起小时候，那年她只有八岁，她跟着爸爸到天津出差。她小时候爸爸经常带她出差，那天，办完公事的爸爸领着锦绣到鼓楼跟前的小吃街去，带锦绣去吃好东西，锦绣最喜欢吃了，锦绣扭着胖胖的身子，跟在爸爸的后面，手里是油炸糕，嘴里啃着十八街的麻花，还有到处叫不上名字的好吃和好玩的东西，锦绣从来没有看到过这么多好东西，他们在人群中穿梭，后来锦绣被一个小女孩的自行车吸引了，她从来没有见过这么小的女孩子骑着这么好看的自行车，锦绣跟在自行车的后面跑着，越跑越远，一点点地跑出了鼓楼街，直到那个女孩和车子不见了影子，她还在那里看着。这时，她突然听到有人说这是谁家的孩子，是乡下的吧。她听到了，有些气愤，她说我不是乡下的，我是大连的，我们槐花街的街道干净得都可以在上面睡觉。那个人站住了，说这孩子哪儿来的呢，她这才想起爸爸，回头再看，爸爸早就不见了踪影。围观的人越来越多，爸爸怎么会不见了呢，这时，突然下起了雨，四周的人一下子都散去了，一个男人抱起她，把她送到附近的一个派出所。那时，爸爸正蹲在鼓楼的大街上放声大哭，他甚至说找不到女儿自己就不活了，那天，鼓楼大街上传遍了爸爸哭号的声音。后来，有人提醒上派出所去看看，最终爸爸在派出所里看到了陈锦绣，那时，陈锦绣正在派出所放声大哭，锦绣说找不到爸爸我怎么活啊，这个情感丰富的小女孩让派出所里的人又疼爱又好笑。

那天，锦绣爸爸抱着哭泣不已的锦绣，有些严肃地对陈锦绣说，锦绣，你记住了，如果哪一天爸爸突然不在了，你不要这样难过，不管在世界上任何一个角落，我都会想念你，保佑你，你要知道，亲人都住在我们各自的心里，是走不丢的。

九

杨帆的到来并没有改变锦绣的计划，锦绣考取了省城的一所大学，她离开了家，离开了黑石礁旅社。

方芳不舍得锦绣一个人远行，她默默地流着泪，长时间地拥抱着锦绣，她像一只大鸟眼睁睁看着自己的蛋一点点孵化成一只小小的鸟儿，眼睁睁看着小鸟从蛋壳里伸出翅膀扑腾小腿踉跄站起来慢慢地走远继而奋力地飞向天空，又伤心不已又欣慰。人终究不是鸟儿，总是会把未来的日子假想成精致的生活状态，这成了人们得以飞翔的理由。

距离使时光变得模糊，即使再痛的回忆也无法唤醒当时的那种痛感。世界的大小不在于其空间意义上的大小，而在于看世界的眼光。

开学后不久，锦绣接到了杨帆的信：

锦绣，我从宝珍那里知道了一些你的故事，我们说得不多，因为宝珍拿不准你让不让她告诉我太多你的事，看得出来，她很怕你又很爱你。虽然我知之不多，但我的眼前还是常常出现你一个人在海边呆立着想念爸爸的情景，我的眼泪常常会情不自禁地流下来，默默地会流很久，请原谅我的脆弱。我常常在想，夜空下，那个仰望星空想念爸爸的女孩，是多么让人心疼啊，你对生与死的最初的稚气的思考和面对，几乎震撼了我的内心。我老家在南方，每当我想起你童年的时光里，在那个万里之外的南方，那时的我在干什么？一个十一岁就失去父亲的女孩，不是在思考生与死的问题，而是已经直面生死，生死离别在她的心里已经埋下了悲伤的种子。我听宝珍说，在没有了父亲的夜晚，你因为太思念父亲常常不敢开灯，一个人偷偷半夜爬起来，坐在窗台前看着夜空里的星星。是啊，天上那么多星星，一定有一颗是属于爸爸的，他只能在夜晚才能和锦绣说说话。我也试着一个人坐在黑暗的屋子里，不开灯，坐在窗前，对着忧伤的夜空想念你，悲悯的情绪常常围绕在身边不肯散去，父爱的缺失使你的童年失去了真实的幸福和关爱。

而我，一个来自南方的男人，与锦绣灵魂相通的杨帆，自认有着一个多愁善感的童年，然而与锦绣童年相比，我是多么的幸福啊！

锦绣，我想告诉你，有时候，人生要懂得忘却和放弃……长久的思念是一种勇敢，而放弃，是另一种勇敢。

有时候，一个人抵达另一个人的内心或许会终其一生，而我，想做一个给你幸福的人。

十

陈锦绣厌倦了写信的日子，正如宝珍也厌倦了写信的日子一样，那些信，带给她们外面世界的声音，也带来了让她们痛苦的回忆，那场致命的爱情，留给锦绣无法抹去的疼痛，还有一颗永远不会再爱的心。不管遇到谁，对锦绣而言，爱已经死了。

锦绣决定忘掉眼前这个杨帆，但杨帆不停地给她写信。

在学校里，锦绣尽量地忘记过去的事，她试图去拯救受伤的心，她痛快地答应那些对她有意暧昧的约会，她甚至想尽情地放纵自己，但是坐在某个男人的对面，她的眼前总是会浮现出别人的面孔，一开始是藏一峰的，后来是杨帆的。而杨帆依然在给她写信，给她寄书，有一天，杨帆还把那本锦绣丢掉的爱伦·坡的小说集给邮来了，破损的封面已经重新粘好了，打开封面，上面写着几个字：再赠锦绣，爱你的杨帆。

那天是 11 月 20 日，再过几天，就是 11 月 24 日，每年的这个时候，总会让锦绣心里充满悲伤。看着失而复得的小说集，看着杨帆几十封来信，锦绣觉得自己的心里还是忘不掉杨帆。

她决定给杨帆写回信。

杨帆：

今天是 11 月 20 日，再过四天就是 11 月 24 日，因为我现在学校课堂上，所以，我想让你帮我做件事。每年的 11 月 24 日，我都会一个人到大海边，看着远方，想念父亲。这么多年都是我一个人在做这件事，现在我要告诉你，想让你帮我完成我的任务。

也许你还不明白我的心意，那你听听我的故事吧。

小时候，我的家在黑石礁的海边，我对大海有着特别深的感情。我父亲当时是水产公司的领导，负责生产经营，他长相英俊，情感丰富，因为出身不好，很长一段时间内心都比较压抑。我是家中唯一的孩子，所以，他特别地疼爱我，每到夏天，他都领我到海边游泳。有时他把我放在沙滩上，他自己往大海深处游。他游泳游得非常的棒，总是一会儿就游得无影无踪。我记得很清楚，他往海里游时的姿势是双臂同时摆动起落的那种，像海鸥一样，往回游时，是一左一右两只胳膊轮流击水的姿势。

我特别喜欢他游泳的姿势，总是担心地看着他远去，又欣喜地看着他回来，每次他回来，我都在海边跳着鼓掌。他不管游得多累，上岸第一件事就是把我抱起来，亲亲我，那时候我感觉我特别的幸福。那时爸爸的单位经常举办海上游泳比赛，他肯定是冠军。他黑黑的，高高的，又瘦瘦的，但眉眼却很周正，现在想想，他真的很英俊，他属于非常男性的那种样子，但是我现在感觉那时的记忆是破碎的。

那时海边的养殖业主要是海带养殖，每年冬天，作为领导的爸爸要到山东和福建一带沿海购买海带苗，然后运回来，夹在养殖海带的棕绳上，再放到海里养殖。整个冬季的生产用苗都是爸爸去完成采购。我记得很清楚，那一年，爸爸走之前在院子里挖了好大一个萝卜菜窖，把地里的胡萝卜全起出来了，他还给我洗了一个吃，我就是站在院子里边吃着胡萝卜边和爸爸说话，他那天还帮妈妈腌了酸菜，第二天，他就坐船去山东了。他走之前答应我，要给我买一双红色的拉带鞋给我过年穿。于是我就非常听话地在家等着他给我带鞋子回来。

可是，爸爸这一去，就再也没有回来。

爸爸从山东办完事后，本来是要坐第二天的客船，但是他着急回家，也许是着急看我这个宝贝女儿吧，他提前搭了一条货船回来，他认识那条船的船长，原来和人家有业务来往。

后来我才知道，从烟台到大连旅顺的这条航线是世界上最险的一段海域，当时船行到半夜时，突然有人发现船走的方向不对，开船的也发现他们的船偏离了航线，于是开船的紧急掉头。因为船上的东西太多了，超载，再加上不在航线上，船触礁了，成了半翻倒的状态。船上的人吓坏了，他们全跑出来，一开始他们发信号，等着救援，后来，天亮了又黑了，他们还是没有等到船，这时船一点点沉没着，他们在船上把能烧的东西全烧了，为了发出求救信号，但是因为走的不是航线，没有船经过那里。而这段时间里搜救他们的船也在海上找了好久好久，在这段时间里，船上的人一点点绝望，一个个都用皮带绳子把自己绑在固定的位置上，以便给家里人留下一具完整的尸体……我爸爸一直没有绑，他不相信就这样完了，但是到了第二天晚上，还是没有看到救援的船，爸爸把和他关系最好的一个姓邢的绑到了船上，他是个水手，身体最棒的一个，船上三十六个人，只有他一个人活着回来了。其他人全都冻死了，他告诉妈妈爸爸最后的时刻，而这一幕，我一辈子都无法忘记。

那天到了晚上，爸爸已经绝望了，这时看到远处有灯光，很小的那种灯光闪着，他说，他要游出去，他把手表摘下来给了大邢，然后穿着妈妈给他织的毛衣和毛背心，一下子跳到了大海里，向远处游走了……

也许他知道女儿最喜欢他游泳的身姿，也许他不想让女儿看到他死后的样子，也许他真的游走了，他想把他最好看的样子留在女儿的记忆里。

我常常骗自己，说他游到日本了韩国了反正他游出去了，可能他没有办法回来了，也许他被哪个女人救了无法再回来了，他游泳那么好，他会活着的。

有一次，我做了一个梦，梦里他说他在外地结婚了，有了一个女儿，他不好意思见妈妈，但是他非常想念我，他当时带着另一个女儿住在沈阳的凤凰饭店里，打电话让我去看他……

我从梦中醒来，告诉妈妈说爸爸让我去看他，说他活着，结婚了有女儿了，但妈妈说，锦绣你怎么这么傻呀，那是冬天里的渤海湾，他能游到哪里去……

那天是 11 月 24 日，爸爸失踪的日子，那时的天多么寒冷，不知道他能坚持多久……

我至今后悔当时没有去凤凰饭店找他，我现在经常到沈阳都到凤凰饭店门前看好久，好久，我就不明白，他为什么不让我见他呢？

我想念他，太想了，杨帆，你知道想人的滋味吗？三十多年了，我想起他，就泪流不止，不止，不止……

那天，学校举办周末诗会，我听到有人朗诵泰戈尔的那首《世界上最远的距离》，我当时就想哭，那些喝彩的人，让我无法言对。我当时想到的不是恋人，而是爸爸，他和我的距离，就是一生一世都不能相拥的距离。我多想化成那只鸟，我想爸爸如果没有活着，那他也会变成一条鱼，我要飞翔在大海上看着他，天天追逐着他，伴着他。我对爸爸的思念，千年万年也化不开，我不知道他为什么会扔下我，不管我，一个人游到了大海的深处。

我相信，他现在还活着，他在海中自由地遨游。

有时我恨大海，但是我现在不恨了，因为我知道，我的父亲，他在大海里，他是大海里的那条鱼，而我就是围绕在他身边飞翔但永远得不到他的那只鸟。

这么多年，每年的 11 月 24 日，我都会一个人到海边，站在大海边，想念爸爸，在心里呼喊着他。每年的这一天，我都在重复做着这一件事，我几乎在这一天，走遍了海边。我希望那天的天是铅灰色的，海是铅灰色的，地是铅灰色的，世界是铅灰色的，我不想在那天看到太阳，因为我的心里太难过了，我见不得那天的阳光。

那一天，11 月 24 日，一开始我每次去都痛哭失声，后来大了，有时会痛哭，有时会默默流泪，我常常会对着大海喊：爸爸，我想你！你何时回来？我想你，我想你，想你呀，爸爸！

这么多年，我从来没有放弃我的等待，为什么见到今天的大海我内心是那样的悲凉，这一天无论发生过什么样喜庆的事，我的心里，却永远充满了悲伤，因为从这一天起，我的父亲，我的心与他一起永远地潜入了大海的深处。

今天不是 24 日，但是 24 日我在学校。

我提前好几天给你写下这个故事，就是想在 11 月 24 日那天，有一个人能代替我，到大海边，帮我去想想爸爸，喊喊爸爸。我相信，你会懂我的。你到一个无人的海边吧，去帮我喊一声吧，告诉我的爸爸，我想念他，非常非常想念他。

你能帮我完成吗?

锦绣

××××年 11 月 20 日

几天后，杨帆回信了，他告诉锦绣，11 月 24 日那天，他到了黑石礁的海边，一个人面朝大海，向着大海深处，大声地喊着爸爸，他说，锦绣，我喊出爸爸时，心都碎了，他说锦绣我不知道，这么多年你是怎么坚持下来的。

他还说，锦绣，滨城从昨天起进入了真正意义上的寒冬，可是与严寒相比，刻骨的思念更让我痛彻心腑，他还说，传说男人女人一生寻觅另一半，永远不满足地追求，甚至付出了生命也不在乎，一个来自南方的男孩和一个大海边的女孩，想想是怎样的缘分让我们相知，我一定会珍惜你永不改变。是的，永不后悔，珍惜你。

十一

岁月没有磨砺掉她们宝藏一样丰富的情感，更多的时候陈锦绣和储宝珍喜欢坐在阳光下的咖啡屋里，一起回忆那些童年的时光。

本来明媚的下午时光，却被老板打造成忧郁的场景，倾诉或者期待，都充满了引诱的味道，纱幔低垂的玻璃窗，貌似小资的男女们坐在角落里，三三两两，或孤独一个，甲壳虫一样美丽而安静。久石让的《天空之城》若有若无地陪伴着，像典雅而端庄的贵妃。善变其实是人的常态，前段时间锦绣特别迷恋奥利佛香提的《阳光舞者》，早把曾经喜欢的班德瑞忘在了脑后。

宝珍现在是名人了，进咖啡屋里时像鬼子进村般地爬上二楼。宝珍看到坐在角落里的锦绣，锦绣站起来的一刹那，恍若时光倒流，竟然一点儿也没变，还是那么年轻美丽。都说两种女人永远不老，一种是没有心计的女人，而另一种是风花雪月的女人。

都说岁月有痕，而锦绣和宝珍都那么年轻和美丽，宝珍说，锦绣你看上去楚楚可怜的样子格外让人怜爱，如果我是男人我想我会立刻拥你入怀。

去你的，锦绣知道宝珍喜欢拿她开涮，细想想，每一份情感的发生都有着不可抗拒的理由，对和错是多么鲁莽而无知的判断。

轻易相信友谊的大多是女人，而让友谊变得长久的是男人。女人的友谊来得快去得也快，有点儿像飓风前后的村庄，从风景如画到千疮百孔；男人的友谊很难确立，一旦建立，多是生死同盟，很难攻破。女人赖以生存的方式与倾诉息息相关，难免女人的言语就会多于行动。而男人们嘴的笨拙却成就了他们，这样就可以堂而皇之地用沉默掩饰他们的不善言辞。

如今的锦绣和宝珍格外的亲。她们想起小时候，因为对姐姐的渴望，使她俩对左邻右舍的所有姐姐们都是一副讨好巴结的面孔，如果哪个好心的姐姐领着她俩去看露天电影，她们会美美地笑好久。对姐姐的渴望，使她俩珍视女人之间的友谊，把每一个性情相投的女性朋友，都当成自己的亲人。有时候，槐花街的老邻居，无论遇到宝珍还是锦绣，都会不由得问同一个问题，你们俩现在还那么好吗？想当年，你们俩多好啊！锦绣和宝珍的好，在槐花街是出了名的。

宝珍总是对锦绣说，锦绣，我们好一辈子。锦绣就会说，嗯，好一辈子。

杯里的咖啡已经面目全非，加了糖和牛奶，使咖啡看上去不再纯粹。味蕾有时具有很强的欺骗性，即使微小的忧伤也会紊乱脆弱的情感，咖啡在口腔里试图作恶，不然怎么尝不到一点儿香醇的感觉？

所有的爱都事出有因，那些壁垒具有很强的欺骗性，再坚固也无法抵挡内心的狂飙。一切都将过去，一切都将丢失，爱、恨、情、仇、功利、疼痛、岁月乃至生命。时光像金碧辉煌的赌场，总会用筹码吞光你黄金般的年华。

黑石礁广场上的风景和槐花别墅里的花香永远消失了，原来记忆中深刻的东西也已找不到一丝痕迹。广场上不见了卖茶蛋的阿婆和卖羊肉串的胖小子，不见了等着发车的一排排的电车，不见了吹哨子的女调度豆芽儿。时光没有留下影子，却悄悄地偷走了岁月，面对过往，任何一种假设都令人无比忧伤。

陈锦绣就住在槐花大厦十七层里一个既可以观海又可以看到黑石礁广场的一个好几百平方米的单元里，这是这幢大厦里最好的一套房子，是储宝珍专门留给陈锦绣的，她知道陈锦绣对黑石礁对槐花别墅有着不可割舍的情结。黑石礁广场上腾空架起了高架桥，原来的调度室已经拆除了，那里已经不是黑石礁最高处，轻轨电车从黑石礁的肩头滑过，沿着城市的边缘向小平岛旅顺方向开去，电车已经通到了二十公里外的小平岛，不久就会通到五十公里外的旅顺。马路上一串串南来北往的车流瞬间即逝，使陈锦绣越发地怀念那些让人心动的往事。陈锦绣经常捧着大岛雄送给她的白色的双耳瓷杯，冲一杯咖啡，然后站在十七层楼的落地窗前，在这里，陈锦绣有足够的视野审视整个黑石礁。在黑石礁，陈锦绣认识了大岛雄，也认识了藏一峰。人潮汹涌的大街到处是陌生的面孔，只有陈锦绣在记忆的暗处偷偷地打量着过去的时光，陷入怀想之中。陈锦绣常常想，会不会在黑石礁的街头与大岛雄迎面相遇？想不出他离开大连时是怎样的心情。他后来会不会又重新来过？是不是又来找过那个叫陈锦绣的一无所长的女孩？那个初一的早晨，他的心情会否像雪一样苍白？

每年的 11 月 24 日，锦绣都会去大海边看海，看船。如今黑石礁海边已经成了游艇码头，码头上停泊了各种各样的豪华现代游艇，但是在锦绣的心中，那里永远游弋着那条从她生命中走失的大船，当锦绣站在大海边向远方眺望时，心里充满了感伤。杨帆说得对，有时候忘却也是一种勇敢。

十二

多年以后，储宝珍也无法解释，那样一个寒冷的大年初一早晨，怎么会有一个男人为了陈锦绣，不远万里地从另一个国度赶来，出现在黑石礁旅社；更不能想到的是，因为这位大岛雄先生，宝珍的生活从此发生了变化。

前几年，陈锦绣跟随国家某部委组织的老建筑考察团到日本考察老建筑保护，并拍摄老建筑保护专题片，考察团到了日本京都和奈良。当然，陈锦绣没有忘记给储宝珍寄一张明信片，明信片上的日本女人圆圆的脸让陈锦绣想起了年轻时候的储宝珍，寄走明信片时，陈锦绣的眼前浮现的是储宝珍看信拆信读信时的样子。现在大家早已不再寄信，陈锦绣和储宝珍一样，偶尔会怀念那些写信读信的时光。

陈锦绣在奈良住了一周，因为听说大岛雄在奈良住，那本《槐花飘香的小街》里有他在日本奈良的老家的照片，陈锦绣拿着书跟大街上的建筑进行比对，她本来可以问宝珍的，但是她想大岛雄独自来找过她，她也要独自去找大岛雄。摄制组拍摄时，她就四处去逛，她还让导演在日本的妹妹帮着找照片上的房子，她甚至还想到在报纸上登一份启事，但最终还是放弃了。有一天，陈锦绣在东大寺参观，她当时看中了一串佛珠，正在挑选，突然，她看见了那个男人，天啊，是大岛雄，虽然他背朝着陈锦绣，但是陈锦绣还是一眼认出了他。陈锦绣走上前去，抑制着心跳，伸出手来，轻轻地拍了拍大岛雄的肩膀，轻声地叫道，大岛雄先生！

男人转过头来，惊讶地看着眼前的女人，他看到这个女人已经泪流满面，他疑惑地瞪大眼睛，扶住了差点儿倒在他面前的陈锦绣。

眼前的男人不是大岛雄。

当年，大岛雄在大年初一的早晨赶到大连，按他对中国人的理解，不管多么重要的事情，中国人一定会在家过年的。陈锦绣在异乡过年的时候，一个多情的日本男人正在焦急地寻找陈锦绣。他们肯定不知道，那一天，陪伴他们的是各自手中的一只白色瓷杯，而这两只白瓷杯注定永远无法再相逢。正如不是所有相知的人都会相逢，并不是所有期望的爱情都会有一个缠绵的结果，有些人一生注定无法相逢。

每年陈锦绣都会给顺子的爷爷扫墓，有一次她还在墓地上看到了一束鲜花，会是大岛雄来过吗？陈锦绣脑子里浮现出大岛雄的脸孔，大岛雄坐在电车上，面对那些一晃而过的街道，也许会想起那些景色和历史，他会感到丝缕的惆怅和不安吗？

做一个有心人注定要痛苦和悲伤，注定要孤独和奔波。

十三

傍晚时分，不时有鞭炮炸响，天空中焰火还在升腾燃烧，从家中的落地窗前往远处看去，码头上灯火通明，港湾里的泊位上依次停泊着大大小小的各色船只，那些南来北往的船只总是载满了乡愁和牵挂。黑石礁广场上的灯火比平时多了些欢天喜地的模样，把山海映衬得饱满热烈，像极了邻家招摇的新娘，打扮惊艳，生怕别人忽视了她的美丽。年的问候还在四处飘荡，似乎思绪也被这绵延的海岸拉伸了，锦绣不禁想起远在北方的朋友，把电话打过去，问他此时在干吗，他说今天初七，他们那里有吃面的习俗，这时候正在给女儿做面条吃。这样一个平常的画面，突然让锦绣落下泪来，想起了远离的爸爸和远去的童年，锦绣说，如果我爸爸活着，他也会给我做面条吃。对爸爸的思念一下子充塞了整个夜晚，思绪固执地纠结在爸爸两个字上，年少时那些温馨的记忆重新点燃，那些消失许久的画面重新呈现在眼前。

风将夜的光影摇动，港湾里的船只也亮起了装饰的霓虹灯，任何痛的记忆都将成为过去。晚饭时，锦绣也给自己煮了碗面，她叮嘱朋友，一定要好好爱你的女儿，一定。朋友说，一定，也一并爱你，真心地爱你！那份真诚，是送给他女儿的，也因为他的女儿一并送给了锦绣。

有一天，陈锦绣正坐在窗前看书、沉思、远眺，突然觉得黑石礁广场上有那么一个熟悉的身影，她确定那个身影是他！她赶忙拿出宝珍送她的望远镜，仔细看去，他正在黑石礁电车站那里，他的背影还是那么宽厚，虽然脱掉了军装，但也没有像她想象的那么土。只一瞬间，她跑出门，但是电梯不知道为什么都停留在别的楼层，几部电梯都停在十楼以下，还有一部电梯停在二十三层一动不动，锦绣拼命拍打电梯门。她又跑回去看，那个身影还在那里，她确定是他，她重新跑出门，这回电梯终于来了，她跑下去，跑到大街上，跑到了黑石礁广场，跑到了电车站，一辆电车从身边驶过，没有吹哨声，那个背影就在电车门边上，就那么站着，猜不出他在想什么或者在看什么，就那么静静地倚门而立。

她知道他没死，但她不知道看到的到底是不是他。

她真的说不准。